LES HOMMES DE TOUJOURS

"Lettres anglo-américaines"

DU MÊME AUTEUR

MAUVAISE MÈRE, Belfond, 1997 ; Babel n° 1516.
LE TORCHON BRÛLE, Belfond, 2001 ; Babel n° 1410.
CE LIVRE VA VOUS SAUVER LA VIE, Actes Sud, 2008 ; Babel n° 1024.
LE SENS DE LA FAMILLE, Actes Sud, 2009 ; Babel n° 1180.
JACK, Actes Sud Junior, 2011.
LA FIN D'ALICE, Actes Sud, 2013.
PUISSIONS-NOUS ÊTRE PARDONNÉS, Actes Sud, 2015 ; Babel n° 1465.
JOURS REDOUTABLES, Actes Sud, 2020.

Titre original :
The Unfolding
Éditeur original :
Viking, Penguin Random House, New York

ISBN 978-2-330-19798-8

A. M. HOMES

Les Hommes de toujours

roman traduit de l'anglais (États-Unis)
par Yoann Gentric

ACTES SUD

Pour Jr.
L’avenir t’appartient.

Je crois que nous sommes perdus ici en Amérique, mais je crois que nous serons trouvés. Et cette croyance, qui a maintenant la force libératrice de la connaissance et de la conviction, est pour moi et, je crois, pour nous tous, non seulement notre espoir, mais aussi le rêve vivant, éternel de l'Amérique.

THOMAS WOLFE

Peut-être ne désirait-on pas tant être aimé que compris.

GEORGE ORWELL

Mercredi 5 novembre 2008
Biltmore Hotel, bar du 1er étage
Phoenix, Arizona
1 h 00

Ça ne peut pas arriver, pas ici.

Il est au bar depuis une heure et demie ; une douzaine d'hommes sont repartis comme ils étaient venus après avoir noyé leur chagrin, fait quelques affaires et tiré le rideau sur tout ça.

Il y a quatre verres de whisky devant lui, tous différents, et aucun n'est vide.

Dans un coin, la télé est allumée, en sourdine, les commentateurs vont disséquer l'événement toute la nuit. Dans le coin opposé, près de la fenêtre, un couple se bécote comme si c'était la fin du monde. Et au milieu du bar, un cinglé n'arrête pas de passer son pouce sur la molette de son Zippo, d'en érafler la pierre dans un jet d'étincelles. "Coupe-vent", dit-il chaque fois que le combustible s'enflamme. "Coupe-vent."

"Je ne suis pas moins responsable qu'un autre, dit le Gros Bonnet au barman. Ne serait-ce que par humilité, un homme se doit d'assumer ses échecs.

— Vous parlez comme quelqu'un qui plaide coupable, dit le barman.

— Je le suis.

— Nul n'est prophète en son pays ; un médecin ne guérit jamais les siens.

— Sérieusement, vous me sortez cette carte-là ?

— Le samedi soir, je bosse dans les casinos, le Desert Diamond, le Talking Stick. J'ai vu des hommes passer l'arme à gauche sous mes yeux, et jusqu'à leur dernier souffle, ils sont accros. « Encore une carte. Une autre. »"

Le Gros Bonnet secoue la tête. "Tous les hommes font des erreurs, mais quand tu fais deux fois la même, ce n'est plus une erreur, c'est un travers. Ce soir, c'est comme si Fat Man et Little Boy* s'étaient retrouvés pour ouvrir une champignonnière ici même, à Phoenix. Et pourtant, bizarrement, on est entourés de gens qui n'ont aucune idée de ce qu'ils vont récolter. Aucune."

Un homme se glisse dans le siège voisin de celui du Gros Bonnet, jette un œil aux quatre verres de whisky et fait signe au barman.

"Servez-m'en un aussi, dit-il.

— Lequel ?

— Celui du milieu.

— Y a pas de milieu, dit le barman.

— Le Highland Park."

Le Gros Bonnet lève les yeux. "Vous arrivez à les reconnaître dans la pénombre ?

— *Sláinte*, dit l'homme, s'envoyant le whisky.

— Vous n'êtes pas l'un d'entre eux, au moins ?

— D'entre qui ?

— Vous avez les cheveux mouillés alors je me dis que vous êtes l'un de ces connards qui se sont fait asperger de champagne et se sont livrés à une petite danse de la victoire, il y a deux heures.

— Certainement pas, dit l'homme. Je suis le gars qui est descendu piquer une tête dans la piscine histoire de s'éclaircir les idées, plutôt.

— D'où l'odeur, dit le Gros Bonnet. De chlore."

L'homme tapote sur son verre à l'intention du barman. "Un autre.

— Vous étiez dans la salle du haut ?

— Oui.

— Et qu'est-ce que vous avez vu ? demande le Gros Bonnet.

— Un séisme générationnel qui a fendu le sol sous nos pieds."

Le Gros Bonnet étrangle un rire.

* Noms de code des bombes atomiques larguées sur Nagasaki et Hiroshima. *(Toutes les notes sont du traducteur.)*

"Je dirais que ça ressemblait à du Led Zeppelin version metal, têtes d'enterrement qu'on secoue, qui tombent, déçues, avec un tremblement, ne comprenant que trop bien, plaintes des femmes sachant qu'elles vont devoir se farcir des ego masculins en compote au petit-déjeuner. Le visage sombre, morose, de la défaite. Ils ont misé sur le mauvais cheval faute d'en avoir un meilleur, tout en sachant très bien que ce n'était pas tant une course de chevaux qu'une foire d'empoigne.

— Pitié, ne me dites pas que vous êtes journaliste.

— Historien, parfois professeur, auteur à l'occasion mais pas de service ce soir.

— Si vous n'êtes pas de service, pourquoi vous êtes ici ?

— En tant que témoin ? propose l'homme. Compagnon de route ?"

Le Gros Bonnet fait signe au barman. "Donnez-lui l'Ardbeg. C'est l'un de mes préférés. Je le surnomme les Pattes du Père Noël, il a l'air d'être passé par la cheminée. Fumé."

L'homme rit. "Un peu comme le Lagavulin.

— Un peu. Je vais vous dire ce que je n'aime pas, un whisky qui est fruité. Les touches de raisins secs, de cerises ou d'extrait de fourrés figue, très peu pour moi. Ceux-là, je les range au rayon laxatifs." Le Gros Bonnet laisse échapper un rot. "Pardon, dit-il. Je suis un peu plus cuit que je le pensais.

— Faudrait y foutre le feu", dit le cinglé au Zippo, qui fait basculer son briquet en position pistolet, laisse la flamme monter haut puis le referme d'un coup.

Le barman va le voir et lui demande de régler sa note. "La soirée a été longue pour tout le monde, dit-il. Il est temps de rentrer à la maison.

— On n'est nulle part si bien que chez soi, dit Zippo en se levant. Tout chien est lion dans sa maison." Il tire des billets de vingt d'une grosse liasse, vide son verre d'un trait et le repose sur l'argent.

Tandis que Zippo sort en titubant, le Gros Bonnet tapote son verre. "Un autre Ardbeg pour mon ami et moi."

Le barman les sert.

"Vous voulez savoir ce que je suis en train d'écrire ? demande le Gros Bonnet.

— Ouais, répond l'homme.
— Mon souvenir du rêve.
— Le rêve ?"
Le Gros Bonnet hoche la tête. "2 septembre 1945, mon arrivée au monde.
— Le jour de la victoire sur le Japon ?
— Je suis littéralement né avec. La guerre a pris fin, le rêve américain a fleuri et mon nom était écrit dessus. Vous savez ce que j'ai passé la soirée à répéter ? « Ça ne peut pas arriver, pas ici. » Pourtant c'est arrivé. Et ce n'est pas la première fois. C'était déjà le cas il y a huit ans, mais on avait rattrapé le coup. Cette fois-ci, il n'y a pas de plan d'urgence."
Les deux hommes boivent.
"Comment vous appelez ça ? dit le Gros Bonnet, hochant la tête en direction du couple dans le coin.
— Lécher ses plaies, dit l'homme.
— Ça n'avance pas. Deux heures qu'ils en sont au même point.
— Ils sont mariés mais pas l'un à l'autre, dit l'homme. Ils peuvent se faire pardonner ce qu'ils font là, invoquer le besoin de réconfort, mais s'ils montent, ça devient une autre histoire.
— Et vous, marié ?
— Non. Je vous dirais bien que je suis marié à mon boulot, mais ce ne serait pas vrai non plus.
— Déjà passé par ici ? demande le Gros Bonnet.
— Par ce bar, vous voulez dire ?
— C'est ça.
— Oui, dit l'homme. Je venais ici avec mon père quand j'étais petit. Il fallait frapper d'une façon bien précise pour qu'on vous ouvre, du moins c'est ce que mon père me racontait.
— Dans le temps, l'alcool était rangé dans une fausse bibliothèque, dit le Gros Bonnet. Vous voyez ce puits de lumière, là-haut ? En cas d'ennuis, ils allumaient un projecteur sur le toit et les clients décampaient. Je ne suis pas sûr que c'était l'intention de M. Wright quand il a dessiné l'hôtel.
— Je croyais que c'était Wrigley, comme les chewing-gums.
— C'est Frank Lloyd Wright qui l'a dessiné. Wrigley l'a acheté en 1930 et a fait construire la piscine. Les gens venaient ici

pendant les vacances. Il y avait un bureau du New York Stock Exchange au rez-de-chaussée. Ici, c'était le fumoir. Je suis comme qui dirait un mordu d'histoire, dit le Gros Bonnet. Si on voulait entrer, il fallait connaître le mot de passe.

— C'était quoi, le mot de passe ?

— Il changeait régulièrement.

— Est-ce que c'était du style « Il pleut sur le mont Weather » ?"

Le Gros Bonnet le regarde. Le mont Weather n'est pas un nom anodin qu'on lâche comme ça dans la conversation. "Oh, Shenandoah *, réplique le Gros Bonnet.

— Point culminant, dit l'homme, répondant par un autre mot de passe.

— L'écureuil a la noisette, dit le Gros Bonnet.

— J'ai laissé ma valise dans un train, dit l'homme.

— Vous vous récitez des vers, tous les deux ? demande le barman.

— On chante juste la même chanson, dit l'homme.

— On se renifle pour voir si on est membres du même club, dit le Gros Bonnet. Je ne crois pas avoir retenu votre nom.

— Je ne vous l'ai pas donné." Un ange passe. "Qu'est-ce que vous attendiez, ce soir ?

— Plus, dit le Gros Bonnet. J'attendais plus.

— L'espoir, dit l'homme. C'est ce qu'il leur a offert et ils se sont laissé tenter. L'espoir l'a emporté sur le plus."

Les deux hommes restent un instant silencieux, sirotant leur whisky.

"Je vais vous dire un truc, reprend le Gros Bonnet, regardant autour de lui comme s'il s'apprêtait à révéler un secret. Il y a deux cycles dans la vie politique de ce pays ; l'un de dix-huit mois et l'autre de quatre ans. On parle toujours de « la prochaine » comme si on était en train d'acheter des tickets dans un parc d'attractions. La démocratie, ces montagnes russes. Elles montent de quelques dizaines de mètres puis plongent à deux cents à l'heure

* Situé dans les montagnes Bleues non loin de la rivière Shenandoah, en Virginie, le Centre des opérations d'urgence du mont Weather est un centre de commandement notamment pour la FEMA, l'Agence fédérale de gestion des crises, et un lieu de repli pour le gouvernement en cas d'urgence.

et que font les gens ? La queue, histoire de refaire un tour. Puis un autre. Ça monte et ça descend, chaque fois c'est le grand vertige ; on n'échappe pas aux lois de la biologie ; chaque fois c'est le grand frisson. Dix-huit mois. Quatre ans. D'autres pays planifient pour les cent ans à venir. Les Amérindiens parlent de l'état du monde dans sept générations – cent cinquante ans. Et nous, on parle de quoi ? De réductions d'impôts. On donne aux gens trois cents balles à claquer et on pense que l'affaire est dans le sac.

— De la continuité, dit l'homme.

— Le plan garantit que notre gouvernement tel que nous le connaissons puisse perdurer.

— Exactement. Ce qui nécessite une vision.

— La dernière grande vision, c'était le rêve.

— *Bye bye, Miss American Pie**, dit l'homme.

— Il est temps de mettre le programme en œuvre. Le programme, c'est le plan. Vous voyez ce que je veux dire ?

— Donnez-moi un autre indice, dit l'homme.

— Cas de force majeure, dit le Gros Bonnet. Au bout d'un moment, il faut être prêt à passer à l'action. On ne peut pas compter sur autrui. C'est le genre d'histoire qu'on raconte à ses enfants ; celle de la nuit où on s'est réveillé, où on a compris que les choses n'étaient pas ce qu'elles avaient l'air d'être et où on a décidé de faire quelque chose.

— Qu'allons-nous faire ? demande l'homme.

— Quelque chose d'énorme, dit le Gros Bonnet, montrant la pile de serviettes en papier sur lesquelles il a pris des notes. Une correction forcée."

L'homme finit son verre.

"Laissez-moi votre numéro." Le Gros Bonnet pousse vers l'homme une serviette en papier propre. "Restons en contact. Vous êtes le genre d'homme qu'il est bon d'avoir dans son entourage et quelque chose me dit que nous avons une ou deux choses en commun.

* Sortie en 1971, "American Pie" est une chanson de Don McLean qui a marqué son époque. Retraçant avec nostalgie une décennie d'histoire du rock américain, elle est empreinte d'une forme de noirceur qui semble alors avoir gagné le pays.

— Cette conversation n'a jamais eu lieu, dit l'homme, s'apprêtant à partir. Mais au plaisir de pousser à nouveau la chansonnette avec vous.

— Vous travaillez sur quelque chose en ce moment ?" demande le Gros Bonnet.

L'homme hausse les épaules. "Un livre. Une brève histoire du XXIe siècle intitulée *Jusqu'ici*.

— Donc vous êtes historien, mais plutôt du genre scribe.

— À bientôt, dit l'homme, laissant de l'argent sur le bar.

— Super gars, dit le Gros Bonnet au barman. Il connaît toutes les chansons." Un moment s'écoule. "Des chances que la cuisine soit encore ouverte ?

— Qu'est-ce qu'il vous faudrait ?

— Des œufs à la coque et des mouillettes ?

— Je vais voir ce que je peux faire.

— Et passez-moi d'autres serviettes ; il faut que je couche ça sur le papier." Au stylo bleu, le Gros Bonnet griffonne : "Plan d'un patriote pour préserver et protéger. Double arc-en-ciel et cerises sur le gâteau." Il esquisse ce qui ressemble à un schéma tactique de football américain ; deux rangées de joueurs aux airs de cerises rouges placés en U pour défendre la Cloche de la Liberté*.

Un à un, le Gros Bonnet finit les verres posés devant lui. Il est deux heures passées quand le service de chambre arrive avec une assiette couverte d'une cloche. Tadam. Le barman soulève la cloche. "Y a du monde au balcon", dit le Gros Bonnet, contemplant la magnifique paire d'œufs à la coque en train de le regarder.

Le barman rit. "Vous êtes plus drôle que vous en avez l'air.

— Je suis plein, dit le Gros Bonnet. Plein comme un œuf." Il tapote l'un des œufs avec le dos de sa cuillère ; le premier coup finit sur le coquetier d'argent, sonnant l'alarme. Il continue à tapoter, émettant en morse le message : "Nous ne sommes plus en sécurité." Jusqu'à ce que la coquille se fêle enfin.

* Cloche de l'Independence Hall, le siège de la législature de Pennsylvanie, à Philadelphie, où fut signée la Déclaration d'indépendance américaine en 1776.

La veille
Mardi 4 novembre 2008
Comté de Laramie, Wyoming
6h08

Terre et ciel sont ouverts et sans fin. À mesure que la lumière monte, le ciel se colore de teintes roses et rouges à mi-chemin entre la naissance et l'apocalypse.

Elle sort pour être seule. L'air a la pureté de l'hiver qui vient. Elle pense au ciel, à la rivière au loin, aux montagnes, au vaste déroulé des terres. Même pour qui n'a pas spécialement de religion, l'énormité du paysage est une expérience spirituelle. Qui l'invite à la révérence alors qu'elle se tient face au vent. Le sol, recouvert d'une poussière givrée, craque sous ses pieds. Derrière elle, elle entend ses parents quitter la maison.

"Tant que tu es content, dit sa mère.

— Ravi, dit son père. Je suis absolument ravi. Nous serons dans les premiers."

Sonny, l'employé du ranch, est au volant. L'odeur de sa cigarette du matin s'échappe par la vitre entrouverte.

Les bisons sont derrière la clôture, avec leurs yeux énormes pareils à de grands globes noirs pleins d'histoire, de mémoire, et leurs larges naseaux qui recrachent l'air comme des tuyaux de vapeur. Elle les voit comme des animaux antiques, au croisement du taureau et du Minotaure.

Les pneus roulent sur la grille à bétail, poudou-boum, poudou-boum, borne séparant la maison du reste du monde. Par-dessus l'épaule de son père, elle regarde le ranch s'éloigner dans le rétroviseur.

C'est une sensation étrange : hier, elle était au lycée, en Virginie, en train de faire un exposé sur les trois sorcières de *Macbeth*. Après les cours, elle a pris un taxi pour l'aéroport puis embarqué dans un avion qui a atterri tard hier soir. Et maintenant la voilà ici, dans le pick-up, avec son père et sa mère, à l'autre bout du pays. Il y a bien des Amériques ; la langue et la marque de jus d'orange sont peut-être les mêmes, mais ce sont des lieux très différents.

"Je me souviens de ma première fois, dit son père. C'est mon père qui m'avait emmené.

— C'était il y a des siècles, dit sa mère, hilare.

— C'est si drôle que ça ? demande son père.

— Vous y êtes allés en calèche ?

— À pied, si tu veux tout savoir.

— Je suis en train de me rendre compte qu'avant de t'épouser, je n'étais même pas inscrite sur les listes électorales. Je me demande pourquoi je ne participais pas, plus jeune."

Il y a un blanc. Un ange passe.

"T'as bien dormi ? lui demande son père.

— Comme une souche." Elle était montée, avait entrouvert la fenêtre et laissé l'air de la nuit s'immiscer comme le panache d'une lampe magique. De l'air froid, un peu de fumée de cheminée, l'odeur de terre et de fumier des bêtes de la ferme, quelques respirations profondes et elle s'était endormie. "Dès que j'arrive ici, c'est comme si j'étais sous anesthésie." Elle marque une pause et s'aperçoit qu'il attend un compliment. "Et le lait chaud était très bon, merci.

— Un peu d'air frais, un peu de lait frais, que demander de plus ?

— Les cookies, dit-elle. Les cookies du soir.

— Je ne dors pas bien sans eux", dit son père.

Ils gardent le silence alors que la voiture roule vers la ville.

"C'est toujours un mardi ? demande-t-elle quand le silence devient assourdissant.

— Oui, dit sa mère.

— Pourquoi ?

— Parce que ça a toujours été un mardi", répond son père.

Sa mère se moque. "Je suis sûre que les hommes qui ont choisi ce jour à l'origine ne l'ont pas seulement fait pour que deux cents ans plus tard, on dise que ça a toujours été comme ça.

— Eh bien, tu n'auras qu'à chercher, dit son père.

— Y aura du monde ?

— Dans certains endroits, ils font la queue pendant des heures, dit son père.

— Pas ici, dit sa mère. Ici, trois personnes, c'est une queue, cinq, c'est une foule, et douze, c'est un concert de rock."

La voiture se gare sur le parking de l'église.

"C'est dans une église ?" demande-t-elle, surprise. Elle adore secrètement les églises : le rituel, la musique, rêver en "lisant" les histoires dans les vitraux.

"Je partage ton sentiment, dit son père.

— Nous sommes déjà venus ici, leur rappelle sa mère. Pour les obsèques du fils Mason.

— Horrible, dit son père. Je ne sais pas comment on se remet d'une chose pareille.

— On ne s'en remet pas", dit sa mère.

Ils descendent l'escalier menant au sous-sol.

Elle s'aperçoit que son père et sa mère sont les seuls à s'être endimanchés. Son père porte un pardessus en poil de chameau sur son costume. Il n'a pas mis de cravate – mais elle ne doute pas qu'il en a une dans sa poche, à toutes fins utiles. Il a toujours une cravate dans sa poche. Désormais, depuis un incident avec un chocolat fondu, il la range dans un sac zippé. Sa mère porte un manteau rouge sur un beau pantalon. C'est comme ça qu'elle les appelle, des "beaux pantalons" ; elle est toujours en "beau pantalon", sauf si elle sort à cheval, auquel cas elle est en "blue-jean". Ni l'un ni l'autre n'aurait été assez chaudement vêtu s'il avait fallu attendre dehors. À part eux, tout le monde porte une tenue ordinaire : gants, bonnet, parka et pantalon. Quant à elle, son manteau arbore le logo d'une marque chic en haut du bras. Il y a quelque temps, elle l'a recouvert d'un morceau de scotch noir, espérant peut-être que les gens ne remarqueraient rien.

"C'est le grand jour", dit quelqu'un.

Elle a l'impression d'être une petite fille qu'on conduit à son premier jour d'école.

“L’heure est arrivée, dit un autre homme.

— Déjà choisi votre dinde pour Thanksgiving ?” demande son père à l’un des hommes. Elle note qu’il détourne la conversation des événements en cours au profit de généralités de saison.

“Non, monsieur, dit l’homme. Cette année, je monte chez mon frère à Seattle.

— Brave homme.” Il est charmant de voir son père si heureux de côtoyer ces hommes et ces femmes. Il est radieux ; son excitation est palpable. Il serre des mains, toutes les mains qu’il trouve. “Il faut toucher les gens, il faut les regarder dans les yeux et écouter ce qu’ils ont à te dire, lui a-t-il expliqué un jour. Même si ça ne te plaît pas, il faut écouter. Avant, il y avait un mot pour ça – le savoir-vivre.”

“Belle journée, dit son père à un autre homme, qui se contente de hocher de tête.

— Ravie de vous voir”, dit sa mère à l’une des femmes. Tandis qu’ils font le tour de la salle, son père et sa mère saluent des inconnus comme s’ils les avaient déjà rencontrés.

“Aimable à vous de passer”, leur lance un homme.

Lorsqu’elle était plus jeune, sortir avec ses parents lui donnait le sentiment d’être spéciale ; les gens leur accordaient une attention particulière ; elle se sentait dans la peau d’une princesse. Lorsqu’elle y songe aujourd’hui, elle est gênée.

“Bonjour, madame Hitchens.

— Bonjour, Jane, bonjour Meg”, dit sa mère. Les autres femmes appellent sa mère Mme Hitchens et sa mère les appelle par leur prénom.

“Votre fille a eu son bébé ?” Sa mère s’enquiert toujours des bébés et des enfants en bas âge.

“Bientôt”, dit la femme.

Elle s’essaie elle-même à la conversation. “Ce pull est magnifique”, dit-elle à l’une des femmes. Sa mère sourit, chuchote : “Bravo ma grande.” Sa mère l’a élevée dans l’idée que, lorsque des femmes sont entre elles, elles parlent de ce qu’elles ont fait – leurs enfants, des vêtements, des plats – et de ce qu’elles ont vu – voyages, théâtre. Et si l’assemblée s’y prête, de ce qu’elles ont lu – des livres.

“Merci, dit la femme.

— Merveilleuses couleurs", renchérit sa mère.

Son père se meut d'un pas plein d'importance, occupant l'espace d'une façon qui pourrait laisser croire qu'il est le candidat en personne. Mais il ne l'est pas ; il est la machine qui le propulse – l'argent.

"Un éléphant dans un magasin de porcelaine", a dit sa mère un jour qu'elle était en colère contre lui, avant de se justifier en voyant l'air choqué de Meghan. "Écoute, on ne devient pas riche en jouant les gentillets", avait-elle ajouté, et elle en était restée là.

"Ils viendront, entend-elle quelqu'un dire. Juste avant le déjeuner, puis en fin de journée.

— Les gens vont se déplacer, c'est sûr ; c'est ce qu'ils font quand ils ont quelque chose à dire.

— Certains ont le sentiment de l'avoir déjà dit, ajoute quelqu'un d'autre.

— En tout cas, ça ne devrait pas être facultatif, dit l'un des hommes. Ça devrait être une obligation légale ; si vous êtes majeur, vote obligatoire. Ce n'est que mon opinion, mais mon opinion, tout le monde s'en cogne.

— Les gens n'aiment pas qu'on leur dise ce qu'ils ont à faire.

— On pourrait penser qu'ils souhaitent la plus grande participation possible, dit un autre homme.

— Un peu naïf, chuchote son père. Toujours intéressant de savoir comment les gens ordinaires voient les choses.

— Pourquoi tu dis « les gens ordinaires » ?" demande-t-elle.

Il semble interloqué. "Que veux-tu que je dise ?

— Les gens tout court ? Quand tu dis « les gens ordinaires », on a l'impression que tu te considères comme différent des autres.

— Je le suis. Je suis riche et fier de l'être. Les gens ordinaires devraient être heureux de me voir et contents que j'achète leurs produits et fréquente leurs restaurants ; c'est un signe d'approbation.

— De la part de qui ?

— De la mienne.

— Et parce que tu es riche, ton approbation compte plus que celle de quelqu'un d'autre ?

— Si tu préparais un examen, tu demanderais conseil à un bon élève ou à quelqu'un de médiocre ? demande-t-il.

— C'est un examen, ça ?
— C'est la vie, dit-il.
— C'est blessant pour les gens, ça leur donne le sentiment de ne pas être tes égaux, dit-elle.
— Ce n'est pas mon boulot de faire en sorte que les gens se sentent égaux.
— Est-ce qu'un prof vaut moins qu'un médecin ? Les profs sont moins bien payés ; mais sans profs, pas de médecins, dit-elle.
— Quand j'entends le mot « ordinaire », j'entends la *Fanfare pour l'homme ordinaire* d'Aaron Copeland, dit sa mère. Je l'ai vu jouer à New York il y a des années, quand tu n'étais qu'un bébé." Sa mère marque une pause. "Ce qui est super, dans ce genre d'endroit, c'est que les gens sont serviables ; ils donnent un coup de main.
— Ce sont les mêmes personnes qui organisent tout, des défilés aux repas de fête. Des hommes et des femmes d'action, dit son père alors qu'ils se rapprochent de la table d'accueil. Tu savais qu'à partir de seize ans on pouvait devenir assesseur ? Les seules conditions sont d'avoir sa résidence principale dans le comté, de jouir de toutes ses facultés mentales et d'avoir suivi une formation de quatre jours avant l'élection. Un petit blanc-bec qui ne sait même pas faire ses lacets peut très bien s'occuper du décompte et communiquer les résultats. Et on les paye ; dans une ville qui ne regorge pas d'emplois pour les gamins, ce n'est pas une mauvaise affaire."
Voilà que c'est leur tour. Ses parents s'avancent et signent le registre. On y voit leurs signatures de la dernière fois – elle trouve curieux qu'une signature ne change pas au fil des ans.
"C'est votre première fois, Meghan ? demande la femme en inscrivant son nom dans le registre.
— Oui.
— Vous savez comment ça fonctionne ?
— En théorie, dit-elle. Mais j'ai une question."
La femme hoche la tête.
"Vous savez pourquoi on vote un mardi ?"
La femme sourit. "J'ai demandé la même chose à mon mari hier soir. Il n'en avait pas la moindre idée, alors j'ai cherché. Il s'avère que les Pères fondateurs avaient une idée en tête ; au

mois de novembre, les récoltes d'automne étaient faites mais le temps était encore assez clément pour circuler. Et comme les gens avaient une longue route à faire pour participer, ça ne pouvait pas être un lundi, parce qu'on ne circulait pas le jour du Seigneur, ni le 1er novembre, parce que c'est la Toussaint et que c'est important pour certains, etc." Elle marque une pause. Une queue est en train de se former derrière Meghan. "Bref, voilà ce que j'ai appris – vous savez comment ça se passe ensuite ?

— Pas vraiment."

La femme tend un formulaire à Meghan. "Vous prenez ça, vous allez dans l'un de ces isoloirs, vous faites votre sélection, puis vous pliez le papier et le ramenez ici pour le glisser dans l'urne. Fastoche."

Les isoloirs sont des minicabines dont les parois en carton ressemblent au paravent qu'on installerait pour empêcher un gamin de tricher pendant un contrôle ou pour empêcher les gens de jeter un coup d'œil par-dessus l'épaule de leur voisin.

"Tout simplement ? demande Meghan.

— Chez nous, c'est comme ça, dit la femme.

— Comment ils sauront qui a gagné ?

— Ce soir, après la fermeture du bureau, nous serons quelques-uns à rester pour ouvrir les urnes et compter les voix."

C'est ça qu'il fait, le gamin de seize ans ? se demande Meghan. "Et ensuite ?

— On décroche le téléphone et on communique les résultats ; quand mon grand-père était petit, on les transmettait par télégramme – on les envoyait comme un SOS au capitole de l'État."

Elle est surprise de ce procédé en apparence rudimentaire, ringard. Elle ne sait pas trop ce qu'elle imaginait, mais assurément quelque chose de plus considérable, professionnel, moderne, une grosse machine avec des lumières, des carillons et des sifflets peut-être, comme on en trouve dans les salles d'arcade. On associerait la photo de la personne qu'on soutient à son nom, on appuierait sur le bouton puis des tonnes de lumières s'allumeraient et, simultanément, le vote serait comptabilisé sur un immense tableau d'affichage dans le ciel. Un point pour l'équipe rouge !

Mais ça, le formulaire papier, les paravents de carton, c'est banal au possible. Les gens font vraiment la même chose à travers tout le pays ? Et, tard dans la soirée, on en tirera un nouvel ordre politique ? Ça ressemble plus à l'élection d'un délégué de classe qu'à autre chose.

Elle lève les yeux et voit ses parents pousser soigneusement leur formulaire dans l'urne.

Son père lui sourit – il passe le flambeau. Le vif plaisir qu'il tire de ce processus rappelle à Meghan tous les sujets dont ils ont discuté au fil des ans – toutes leurs virées et vacances sur des sites historiques. Voilà la passion qu'il partage. Il ne parle pas de lui-même, ni de son enfance. Il parle de figures historiques, de batailles, de guerres, de traités et des trois branches du gouvernement. On a fait rentrer Meghan à la maison pour voter – pour s'embarquer dans cette aventure électorale par une sorte de rite d'initiation.

Elle se cache dans son isoloir, remplit le formulaire, le plie selon les instructions, puis elle gagne l'urne à la hâte et y fourre son bulletin.

Sur le chemin de la sortie, on a dressé une table où trônent un énorme percolateur à café industriel, des bouteilles de lait et une boîte de donuts dont le glaçage encore frais brille alors que le sucre sèche.

Elle prend un donut. Sa mère la voit faire et paraît horrifiée. Dur de savoir si c'est à cause des calories, de l'idée même du donut au petit-déjeuner ou parce qu'il a traîné là et a peut-être été touché par d'autres. Elle est prise en flagrant délit, le donut pincé entre son pouce et son majeur. Le glaçage commence à fondre. Elle serre plus fort, laissant son empreinte dans la pâte. Alors qu'elle a le donut à la main, hésitant sur la conduite à tenir, son père se penche vers elle et en croque une bouchée.

"Meilleur donut de toute ma vie, dit-il. Ils ont dû être faits dans l'heure ; je le sens ; ils sont encore en train de lever."

Sa mère tend le bras, tire le donut d'entre les doigts de Meghan et le largue dans une poubelle. Sur son visage se peint une expression d'immense satisfaction – comme si elle venait d'éteindre un feu. Meghan n'a plus pour elle que ses doigts collants. Elle enfonce sa main dans sa poche en pensant au moment où elle pourra y passer un discret coup de langue.

“Bon, ben, la messe est dite, commente Sonny lorsqu’ils regagnent la voiture.

— Notre devoir est accompli”, répond son père.

Ils vont directement de l’église à l’aéroport. Sonny fume, la vitre baissée – les courants d’air refoulent la fumée vers la banquette arrière. Meghan voit sa mère retenir sa respiration.

Dès qu’ils sont installés dans l’avion, son père se tourne vers elle et demande : “Alors, c’était comment ?”

Elle ne peut pas dire à son père ce qu’elle pense réellement ; que ça lui rappelle une autre première fois – la perte de sa virginité, qui, elle aussi, s’était avérée moins spectaculaire qu’annoncé.

Elle ne peut pas lui dire qu’elle trouve tout ça si prosaïque qu’elle en conçoit un nouveau type d’angoisse, la douleur existentielle profonde de constater que rien n’est comme on le lui avait dépeint ; qu’en réalité, rien n’est aussi bien que l’idée qu’on lui en a vendue. Elle ne peut rien lui dire de tout ça parce qu’elle sait que ça lui briserait le cœur.

Par chance, avant qu’elle ait pu dire grand-chose, il poursuit. “Dans le Connecticut, autrefois, on votait sur une machine gris-vert métallisé. Tu rentrais, tu tirais un petit demi-rideau autour de toi comme dans un photomaton, puis tu montais ou descendais les taquets en fonction de l’homme de ton choix. Quand tu avais fini, tu tirais un énorme levier à poignée noire pour enregistrer ton vote. Chaque fois que je faisais basculer ce levier vers la droite, j’avais le sentiment d’effectuer un geste capital, de mettre en route une machine à remonter le temps ou de lancer une bombe atomique, je ne savais jamais trop.” Il marque un temps d’arrêt. “Je suis si fier de toi. Ça me touche beaucoup que tu aies fait le chemin jusqu’ici pour glisser ton bulletin dans l’urne avec nous.

— Merci, dit Meghan. C’était très important pour moi aussi, nous faisons l’histoire un jour après l’autre. J’ai glissé mon bulletin en l’honneur de tous ceux qui m’ont précédée et le regard tourné vers l’avenir.

— C’est tiré d’un poème ? demande sa mère.

— Non, je viens de l’inventer. Qu’est-ce qu’on va faire quand on arrivera où on va ? demande-t-elle.

— Je pense que nous déjeunerons un peu, dit sa mère. Puis je ferai une petite sieste préventive.

— J'ai des coups de fil à passer, et plus tard il y aura un cocktail, dit son père.

— On va faire le pied de grue, dit sa mère.

— Ce sera une réunion des fidèles, dit son père.

— Une soirée très tendue, dit sa mère.

— Un beau bordel s'il perd, pardon d'être grossier, dit son père.

— Tony sera là?" demande Meghan. Tony est son parrain, le meilleur ami de son père depuis leurs études.

"Non, il est à Washington, pas moyen de quitter la maison un soir pareil."

Par maison, son père entend la Maison Blanche, où Tony travaille comme assistant spécial auprès du président.

"C'est un très gros poste, dit sa mère. Dommage que ça se termine.

— Pas tant un poste qu'une vocation, dit son père. C'est comme entrer dans les ordres; quand tu as travaillé là-bas, tu sais des choses que les simples mortels ne sauront jamais. C'est le genre d'homme qu'il est bon d'avoir dans son entourage.

— Tu crois qu'il va se marier un jour? demande Meghan.

— Non, répond son père d'un ton catégorique.

— J'espère qu'il ne se sent pas trop seul.

— Tony est un homme très occupé, dit sa mère. Il n'a pas le temps de se sentir seul. Il est ce qu'on appelle un célibataire endurci.

— Il a des amis, dit son père. Des tas d'amis, dans toutes sortes d'endroits."

Sa mère prend un verre dans l'avion.

"Si tôt? demande son père.

— Tu sais bien que je déteste l'avion. Tous les bagages ont bien été enregistrés?

— Oui, dit son père. Et si ce n'est pas le cas, les magasins sont faits pour ça.

— As-tu pris une robe? demande sa mère à Meghan.

— Oui.

— C'est bien que tu sois grande; tu n'as pas besoin de talons. Les jeunes filles ne devraient pas porter de talons de toute façon, mais certaines n'ont pas le choix." Elle marque une pause. "Avoir de belles gambettes, c'est déjà un atout.

— Rappelle-moi ce que veut dire gambette.

— C'est une jambe, par exemple une jambe bien galbée.

— Ah", dit-elle. Et elle n'a même pas envie d'essayer de demander à sa mère ce qu'elle veut dire par là.

"Une jolie cheville, c'est aussi un plus, dit sa mère. Fais un peu voir tes chevilles."

Meghan tire sur les jambes de son pantalon ; elle a de grosses chaussettes sur les chevilles, pas grand-chose à voir. "Elles sont bien à ma connaissance."

Sa mère émet un bruit et se replonge dans ses mots croisés. Son père lit les journaux – tous. Et Meghan regarde par le hublot et songe aux événements du jour.

L'avion atterrit à Phoenix et alors qu'ils débarquent, elle demande à sa mère : "On est déjà venus ici ?

— Aucune idée. On est déjà venus ? demande sa mère à son père.

— Tu le saurais, dit son père avant de se tourner vers Meghan. Si j'étais plus jeune, je te ferais faire un *road trip* à travers le pays. Je trouverais une bonne grosse vieille Cadillac et voilà ce qu'on ferait cet été. Il n'est peut-être pas trop tard, qui sait. C'était chouette quand on est allés à Dallas, non ? T'avais aimé la soupe ? Ils sont connus pour leur soupe.

— Entre autres", dit sa mère.

L'année dernière, aux vacances de printemps, Meghan est allée à Dallas avec son père, qui était en voyage d'affaires. Pendant que ce dernier était en rendez-vous, le chauffeur russe l'a emmenée sur les lieux de l'assassinat de Kennedy. "On y est presque, a-t-il dit alors qu'ils approchaient de la butte gazonnée. Voilà. C'est juste ici, a-t-il ajouté lorsqu'ils furent passés sous le pont de chemin de fer.

— Vraiment ? a-t-elle demandé. La petite pente ? C'était ça ?

— Oui, a-t-il répondu. Vous voulez un autre tour ?

— Oui, s'il vous plaît." Alors ils sont repassés – une fois, deux fois. Au bout de la quatrième fois, le chauffeur a dit : "Ça suffit ?" Mais ce n'était pas vraiment une question.

La butte gazonnée est un exemple de la déception que Meghan a ressentie aujourd'hui. La butte gazonnée ne tient pas tant de la colline ou du monticule que de la bosse, voire, à l'heure actuelle… de l'aspérité ? Est-ce la réalité ou les choses ont-elles changé de proportions ? Est-ce qu'un lieu se tasse et se contracte avec le temps ? Est-ce que l'histoire se ratatine ? Elle se fait la réflexion que la plupart de ses amies ne connaissent le nom d'aucun des présidents qui ont été en fonction avant leur naissance.

Une voiture avec chauffeur les conduit de l'aéroport à la ville. L'habillage est en cuir moelleux et donne l'impression d'être assis dans un gros chamallow. Plus ils roulent vite, plus ils se font silencieux, comme s'ils étaient aspirés, comme s'il devenait plus difficile de parler, de bouger, comme si une force les plaquait en arrière – le mirage du désert, la climatisation, le jour piégé entre l'été et l'hiver. Elle jette un coup d'œil vers sa mère, dont les paupières sont closes, et vers son père, qui pianote sur ses deux téléphones, à l'avant. Le regard du chauffeur croise le sien.

“Il vous faut plus d'air ?

— Ça va”, dit-elle. Elle adore être en mouvement, en suspens entre deux endroits. “Cette route bourdonne différemment, est sur une autre fréquence.

— C'est vrai”, dit le chauffeur. Plus tard, elle découvrira que ça l'est bel et bien, que la route a été refaite avec un revêtement intégrant du pneu recyclé pour en atténuer le bruit, et elle se réjouira de l'avoir remarqué.

Lorsqu'ils arrivent à l'hôtel, la portière de la voiture s'ouvre et l'habitacle perd son étanchéité. Immédiatement, pression de l'air et température se modifient.

Le concierge de l'hôtel les conduit à leur chambre, une suite gigantesque. Une corbeille de fruits emballée de cellophane, un plateau de fromages et des bouteilles de vin les y attendent. La deuxième chambre est équipée d'un grand lit mais aussi d'un lit à barreaux sur lequel sont posés un nounours et un peignoir d'enfant, assorti à celui du nounours. Quelqu'un les a pris au sérieux quand ils ont dit qu'ils voyageaient “avec enfant”.

“Je vais demander au service d'étage d'enlever le lit à barreaux et d'apporter un peignoir plus grand, dit le concierge.

— Franchement, c'est parfait comme ça", dit Meghan, attrapant le nounours. Elle se sent toujours plus jeune lorsqu'elle est avec ses parents, en état d'implosion, entamée dans ses capacités d'expression et de raisonnement. Dans la salle de bains, il y a du shampooing pour bébé et un savon en forme d'éléphant.

La famille descend pour déjeuner parce que sa mère a horreur du service en chambre, ou, plus précisément, a horreur qu'une chambre sente la nourriture pendant des heures après qu'on y a mangé.

Au cours du repas, divers hommes et femmes s'arrêtent à leur table pour saluer son père. Il les voit arriver et chuchote : "Tous aux abris." Certains s'excusent de les déranger ; son père pose son couteau et sa fourchette avec ostentation pour leur tendre la main. Ils la serrent, parfois plus longtemps que nécessaire, en le remerciant de sa générosité. Chaque fois, son père rougit. "Croyez-moi, dit-il. Ce n'est pas seulement pour vous ; j'ai des intérêts à défendre."

Ils se font un devoir de saluer sa mère, qui leur répond d'un petit signe de tête, signalant sans ambages qu'il est exclu d'aller plus loin.

Meghan a comme l'impression de remonter le temps, de redevenir une enfant qui aurait besoin de se jucher sur un annuaire pour atteindre la table. À la fin du repas, une surprise arrive, un banana split, confirmation de son statut juvénile. "Cadeau de la maison", annonce le serveur.

Sa mère fait la grimace, mais goûte le dessert. "Pourquoi faut-il que ce soit si bon, la glace ?"

Son père essuie le chocolat fondu que Meghan a sur le nez et Meghan montre à ses parents qu'elle a appris à nouer une queue de cerise avec sa langue.

"C'est dégoûtant, déclare sa mère d'un ton formel.

— Désolée, dit-elle, recrachant la tige.

— C'est pire, dit sa mère. Crache dans une serviette ou, mieux encore, avale." Les leçons de savoir-vivre de sa mère ne sont pas pour les petites natures.

Si quelqu'un lui demandait : "Comment sont tes rapports avec ta mère ?", Meghan répondrait : "Bons." Elle admire sa mère, l'aime profondément, mais leur relation a quelque chose de guindé. Elle voit combien sa mère a la critique facile. Le dédain que lui inspire le monde a grandi avec le temps, mais Meghan y échappe ; elle en est au moins en partie exonérée.

Elle repense à la lettre qu'elle a écrite à sa mère il y a des années pour la remercier d'avoir rendu visite à sa classe. "Chère Mme Hitchens", avait-elle commencé, recopiant le modèle inscrit au tableau pour les trente élèves. Personne ne lui avait dit de changer la formule d'adresse en "Chère maman". Sa mère avait déclaré que c'était une véritable perle et l'avait fait encadrer.

Lorsqu'ils ont regagné leur suite, son père s'installe dans le séjour. Il a deux télés allumées en plus de son ordinateur et de ses téléphones. Elle trouve cool qu'il soit technophile malgré son âge et ses gros doigts, qui cognent le clavier, raides comme des bâtons de craie.

Bien que ce soit le milieu de l'après-midi, sa mère demande au personnel d'étage de tirer les rideaux occultants, puis elle s'allonge dans le noir avec son oreiller, sa couverture et son masque de voyage. Sa mère raconte tantôt qu'elle peut s'endormir n'importe où en un clin d'œil, tantôt qu'elle ne dort pas de la nuit. Pour la première fois, Meghan réalise que les deux pourraient bien être vrais.

Elle reste un moment aux côtés de son père et lorsqu'il semble parti dans son monde, elle annonce qu'elle va à la piscine.

"Tu as besoin d'argent ?

— Non.

— Prends une clé pour pouvoir aller et venir sans réveiller ta mère."

Elle fait le tour de l'hôtel. Des policiers arpentent le périmètre avec des chiens renifleurs. Un car s'arrête et deux douzaines d'hommes en costume en descendent. Elle imagine d'abord qu'ils font partie d'une délégation quelconque, puis remarque qu'ils portent tous le même insigne à la boutonnière ainsi qu'une oreillette dont le cordon en spirale transparent sort de leur col de veste – le Secret Service. Elle sourit ; ils restent de marbre. Des camionnettes de CNN, ABC, NBC et CBS testent leur liaison satellite et tirent des kilomètres de gros câbles dans toutes les directions.

Elle finit dans un restaurant qui borde la piscine, le Clubhouse, où elle rédige le brouillon d'un devoir à rendre dans deux jours.

"Tirez une tête un peu plus sérieuse encore et vous finirez sur le mont Rushmore." Un homme aux cheveux trop hirsutes pour son âge est en train de la regarder. "Vous écrivez sur quoi ?

— Les termites.

— Vraiment ?"

Elle hoche la tête. "Et vous ?

— L'histoire en train de se faire, dit-il, brassant d'un geste l'air autour d'eux.

— On se croirait au Nouvel An, dit-elle, en train d'attendre la descente de la boule de Times Square.

— Y a de ça."

Elle le regarde. Il est trop vieux pour être uniquement en train de la brancher. Elle s'aperçoit que du seul fait de sa présence ici, les gens doivent la croire plus âgée qu'elle n'est – très rares sont les jeunes à se trouver justement à Phoenix, dans cet hôtel précis, ce jour particulier.

"Vous vivez où quand vous n'êtes pas au bord de la piscine ? demande-t-il.

— En Virginie.

— Du côté de Washington ?"

Elle hausse les épaules. "Quelque chose comme ça. Vos parents ne vous ont jamais appris à ne pas parler aux inconnus ?

— Non, dit-il. C'est même comme ça qu'ils gagnaient leur vie." Il tend la main. "Mark Eisner.

— Votre père était le patron de Disney ?

— Même nom, autre famille.

— Dommage, dit-elle en se redressant. Qu'est-ce qui vous amène à Phoenix en cette douce journée ?

— L'air du temps."

Elle attend qu'il développe.

"En fait, j'écris un livre, ou plutôt je prends des notes dans l'espoir que, comme par magie, elles se transforment en un livre.

— Vous avez déjà écrit des livres ?

— Oui, dit-il. Mon dernier, c'était *Tous les quatre ans on recommence*. Je suppose que vous ne l'avez pas lu. Je fais de l'histoire sociale.

— Ça consiste à aller parler à des inconnus dans des soirées ?

— Parfois.

— Pour celui sur lequel vous travaillez en ce moment, vous avez une hypothèse ?" Même si elle paraît plus âgée, elle reste une lycéenne de dix-huit ans ; tout doit partir d'une hypothèse.

"J'observe l'évolution des discours politiques."

Que dire dans ces cas-là ?

La bonne nouvelle, c'est qu'elle n'a pas besoin de dire quoi que ce soit ; Eisner continue à parler. "Mon père rédigeait des discours ; j'imagine qu'il voulait être président.

— Paraît qu'y a pas mal de concurrence, dit Meghan.

— Moi, je suis le mouton noir."

Elle remarque que les gens qui passent près d'eux présentent tous la même caractéristique – ils en font trop. Elle ne saurait mieux le formuler, sauf à ajouter qu'ils donnent tous l'impression d'attendre d'être découverts.

"Pourquoi ils sont ici ? C'est ce que j'aimerais savoir, dit-elle, les désignant à Eisner. Est-ce parce qu'ils ont acheté une sorte de ticket de loto électoral – si le candidat gagne, ils gagnent ? Ils décrochent un poste, un déménagement tous frais payés à Washington et un nouveau départ dans la vie ? Ils sont vraiment jouasses. C'est le mot que ma mère emploie quand les gens sont guillerets – ça, c'est le mot que mon père emploie. Moi je dis juste foufous. Bref, je ne sais pas ce qu'ils ont, mais tout le monde a l'air un peu foufou ici, comme s'ils étaient pris d'une Beatlemania prématurée. Et d'ailleurs, qui est le Beatle ? Parce que bon, on parle quand même d'un homme politique de soixante et onze ans dont on peut qualifier le parcours de contrasté.

— C'est bon, ça, dit Eisner. « Qui est le Beatle ? » Je peux vous l'emprunter ?"

Elle hausse les épaules. "Je vous le laisse si vous me donnez quelque chose sur les termites."

Il réfléchit. "Deux termites entrent dans un bar et s'écrient : « À nous la gueule de bois ! »

— Peut mieux faire.

— Pinocchio va chez le docteur et dit : « Je crois que j'ai une hypertrophie de la prostate ; j'ai des fuites. » Le docteur secoue la tête. « Au niveau de la prostate, ça va, par contre, vous avez des termites. »

— Cra-cra, mais soit.” Meghan griffonne la blague. “Je ne peux pas l’inclure dans mon devoir et je ne suis même pas sûre de pouvoir la raconter à la prof pour choper des points bonus. L’usage du mot « prostate » est peut-être proscrit par le règlement intérieur. Prostration, en revanche…” Elle rit de sa propre blague. “Lycée de jeunes filles.”

L’historien rit à son tour. “Bon. Peut-être à plus tard.”

Il ne lui a même pas demandé son nom.

Il n’y a pas de dîner, seulement un gros encas commandé au service de chambre à dix-huit heures. Sa mère, qui ne mange jamais dans les cocktails, commande un bol de soupe et un petit pain, car, se justifie-t-elle, même si, en principe, elle ne consomme pas de glucides, elle sait qu’on boira à l’excès et que c’est parfois “une nécessité”. Son père commande un cocktail de crevettes en souvenir de la fois où, dans ce même hôtel, on lui en avait servi des grosses comme des quarante-cinq tours. Elle ne sait pas vraiment ce que ça veut dire mais il semble chérir ce souvenir, jusqu’au moment où les crevettes arrivent et où il se rappelle qu’il a horreur de ça. Elle commande un burger – prudence est mère de sûreté.

Ses parents s’habillent comme si la soirée qui s’annonce était un grand événement, du genre mariage. Ils mettent le paquet : douches, eaux de Cologne, parfums, bijoux, etc. Quand sa mère se nettoie le visage, elle n’utilise jamais d’eau ; elle a une bouteille sans étiquette dont elle verse quelques gouttes sur un carré de coton. “L’eau du robinet est trop dure”, dit-elle. Vue de derrière, elle ressemble à Nancy Reagan. Elle est mince, mais pas squelettique. Elle fait beaucoup de gym parce qu’elle a eu une scoliose dans son enfance et qu’elle a passé un an dans un corset de plâtre.

“Vous vous rendez compte, dit-elle aux gens, une enfant de cinq ans ensevelie une année entière. Ça m’a traumatisée. Je crois que je ne m’en suis pas encore remise.” Quand Meghan a demandé à sa mère s’ils faisaient du sport à l’école, sa mère lui a répondu : “On n’avait pas de sports ; on avait des chevaux.” Elle vient d’une famille de pétroliers texans et a rencontré son mari par l'entremise de son père – Papa Willard. "Ce n'était pas un mariage arrangé à proprement parler, dit-elle. Mais un mariage encouragé. – Tu commençais à te faire vieille, dit son père en riant. – Ce n'était pas comme si personne ne m'avait demandé ma main, dit sa mère. J'ai éconduit tous les garçons. Je voulais rester maîtresse de mon existence, mais on n'avait jamais vu ça dans ma famille. J'ai seulement tenu bon jusqu'à ce que ton père se présente. Et je me suis dit qu'il n'était pas trop mal."

Tandis que ses parents se pomponnent jusqu'à la tombée du jour, Meghan enfile sa robe, se brosse les cheveux et s'assied sur le bord du lit pour regarder le début de la soirée électorale.

"Tu crois qu'il va gagner ? demande-t-elle.

— Je préfère ne pas y penser, dit sa mère. Les professionnels ne sont pas très optimistes, mais notre rôle est de rester positifs.

— C'est toujours comme ça ?

— Comme quoi ? veut savoir sa mère.

— Toute une affaire ?

— Oui, répond son père. C'est toute une affaire. C'est le président qui tient la barre. Dis-toi bien que ça ne nous affecte pas seulement nous, ça affecte tout le pays. Tu te souviens du dîner en l'honneur de John et Cindy auquel on est allés à Washington ?

— J'étais censée être ta cavalière.

— C'était chouette, hein ?" Son père sourit.

"Mais il servait à quoi, ce dîner ? Ce n'était qu'une nuée de gens qui faisaient de la lèche ou qui essayaient d'en faire.

— Exactement, dit sa mère.

— Il faut savoir attirer les gens à soi, dit son père. Et les retenir." Il se tourne vers elles, le teint rosé, ses cheveux blancs soigneusement peignés en arrière.

"Tu es pimpant.

— Merci. On est prêts ? demande-t-il.

— Tu sais, dit sa mère, ça ne me dérangerait pas de faire l'impasse sur tout ça.

— Allez. Zou." Son père les dirige vers la sortie avant que sa mère ne décide de ne pas y aller. Ce ne serait pas la première fois qu'elle serait prise de phobie sociale et aurait besoin de s'allonger.

Ils prennent l'ascenseur et se rendent deux étages plus haut. Son père a tout un planning de cocktails. C'est comme la tournée d'Halloween : tu vas de soirée en soirée et tu croises en partie les mêmes gens de l'une à l'autre. Mais à mesure qu'ils progressent, les petits-fours se font plus raffinés, l'assemblée plus restreinte, le décor plus joli et les compositions florales plus nombreuses.

À chaque étape, sitôt qu'ils ont franchi la porte, son père s'élance. "Tiens, vous allez bien ?" Il serre des mains, tape des épaules, a un mot pour chacun.

Et à chaque étape, sa mère fonce vers le bar. "Une vodka avec un doigt d'eau gazeuse et des glaçons.

— Citron ?

— Vert, merci.

— Puis-je avoir un jus de cranberry avec de l'eau pétillante ? demande Meghan.

— Tu te rappelles ce que je t'ai dit des verres que tu bois en soirée ?

— Ne jamais reprendre un verre qu'on a posé, s'en faire servir un autre. Et, mieux encore, apporter sa propre bouteille d'eau. Tu m'as bien dressée."

Sa mère fronce les sourcils.

"Tu savais que des gens essayaient de mettre au point une petite sucette qu'on pourrait tremper dans son verre pour voir s'il contient de la drogue ? dit Meghan.

— Quand j'avais ton âge, les garçons essayaient seulement de nous rendre pompettes. Aujourd'hui, ils essaient de vous faire perdre connaissance. Il ne t'est jamais rien arrivé, n'est-ce pas ? Tu me le dirais ?

— Mère, je suis dans un lycée de filles. La seule fois où il est arrivé quelque chose, c'est quand tout le monde s'est moqué de deux élèves qui s'entraînaient à s'embrasser. Perso, je pense qu'elles sont lesbiennes.

— Eh bien, dans ce cas, garde tes distances."

Meghan et sa mère restent plantées là – à observer les autres.

Elle raconte à sa mère ce qu'elle sait des termites.

"En tout cas je suis contente que tu ne sois pas comme moi, dit sa mère. Tu parais si à l'aise. Après toutes ces années et toutes ces soirées, je ne maîtrise toujours pas le sujet. À la rigueur, c'est même devenu plus difficile.

— Est-ce que le *gerrymandering** doit son nom à quelqu'un que je devrais connaître, une grande figure historique ? demande Meghan à sa mère.

— Aucune idée." Sa mère prélève un morceau de céleri sur une sculpture de crudités. "Mange ça, ça t'occupera et te détournera des…

— Cacahuètes au pénis", dit Meghan.

Sa mère sourit. Les "cacahuètes au pénis". C'est le nom que sa mère donne aux bols de cacahuètes dans lesquels tout le monde pioche. Il y a des choses qu'il convient d'enseigner à une jeune fille : par exemple, ne jamais prendre de cacahuètes au pénis. Les hommes ne se lavent jamais les mains après être passés aux sanitaires. Ils plongent leurs pattes dans les cacahuètes en attendant qu'on leur serve à boire. Si vraiment tu dois manger, prends quelque chose de bien droit, céleri, bâton de fromage, carotte, mais de grâce, ne le trempe nulle part ; c'est l'autre danger, ceux qui trempent deux fois.

Quelqu'un est posté à l'entrée de la réception suivante, muni d'une liste des invités et de petites photos de chacun. "Pas d'intrus dans cette assemblée, chuchote son père.

— Bienvenue, nous sommes si heureux de vous voir, dit une femme lorsqu'ils pénètrent dans la salle.

— « Nous », c'est une vieille famille de l'Arizona extrêmement fortunée", dit son père.

Une bonne partie des femmes présentes et quelques-uns des hommes semblent avoir connu des travaux de rénovation ; c'est ainsi que sa mère nomme la chose, des "travaux de rénovation".

"Tu vois cet homme ? dit son père, hochant la tête en direction d'un homme distingué tenant sa cour dans un coin de la pièce. Ce serait bien pour toi de rencontrer son fils. Un jour, il possédera la plupart des centres commerciaux de ce pays.

— T'es en train d'essayer de me vendre ? demande Meghan.

— Non. Seulement de mettre en avant certaines options. Il a beaucoup à apporter.

* Nom donné à la pratique du redécoupage électoral à visée partisane, dans laquelle s'était illustré le gouverneur du Massachusetts et cinquième vice-président des États-Unis Elbridge Gerry (1744-1814).

— Et vos enfants auraient toujours des cheveux, ajoute sa mère. Rares sont les hommes de son âge à avoir une si belle tignasse.
— Beurk, dit Meghan.
— John est ici, dit quelqu'un.
— À la soirée ?
— Non, il est en haut. Il est arrivé à l'hôtel.
— J'ai entendu des gens parler de sa relation avec Keating. J'ai vraiment de la peine pour Cindy, chuchote une femme à une autre.
— Ce n'était pas ce genre de relation là, chuchote l'autre.
— Ah bon ?
— C'était une affaire de corruption.
— Je ne suis pas sûre de suivre.
— Une poignée d'hommes ont été condamnés, rien de sentimental là-dedans *.
— J'ai quand même de la peine pour Cindy, dit la femme. C'est dur d'être l'épouse.
— « Le joyau du désert », entend-elle son père dire. C'est dans ce même hôtel que John et Cindy se sont mariés le 17 mai 1980. Pour eux, c'est un endroit synonyme de bonheur.
— Dieu vous entende", dit quelqu'un.

Un vieil homme commence à s'étouffer avec un feuilleté saucisse et, à part les télés, tout le monde fait silence. Quelqu'un finit par demander : "Y a-t-il un médecin dans la salle ?" tandis que d'autres donnent de grandes claques dans le dos du vieil homme et se préparent à lui faire la manœuvre de Heimlich. Au moment même où un grand gaillard se place derrière lui et s'apprête à le comprimer un bon coup, le vieil homme recrache de lui-même. Un gros morceau de bébé hot-dog jaillit de sa bouche et, comme une petite crotte, se pose sur la moquette.

* Ami de John McCain, Charles Keating dirigea la Lincoln Savings and Loans, une banque californienne qui fit faillite en 1989 en raison d'investissements risqués, coûtant 3,4 milliards de dollars au contribuable américain. Cinq sénateurs, dont John McCain, furent l'objet d'une commission d'enquête du Sénat pour avoir fait pression sur l'instance de régulation de cette banque alors que Keating avait largement contribué au financement de leurs campagnes électorales.

“Viens avec moi.” Sa mère la prend par la main et l’entraîne jusqu’aux toilettes. Elle se hâte de fermer la porte, la verrouille, puis se retourne, pose son verre, soulève la lunette et vomit une bile jaune. Par deux fois. “Je n’ai plus l’estomac pour ça.

— C’est pas grave, maman”, dit Meghan, lui tapotant le dos.

Sa mère se regarde dans le miroir, se lave les mains, prend un peu d’eau au creux de ses paumes et se rince la bouche. “Entre nous, dit-elle, sans avoir besoin de développer.

— Promis, juré, craché”, dit Meghan. Et elles regagnent la salle.

À leur quatrième et dernière étape, Meghan voit des gens qu’elle a déjà vus, des amis de son père, mais “connaissances” serait peut-être un mot plus juste ; des hommes avec lesquels il est à l’aise.

Des télés supplémentaires sont apportées pour l’occasion – il y en a au moins deux par pièce. Dans l’une des chambres, un homme au téléphone fait frénétiquement signe aux autres de s’éloigner. “Je suis en ligne avec le comité, souffle-t-il.

— On sait tous vers quoi on s’oriente.

— C’est comme assister à un accident.

— Vous êtes sûrs ?

— Il y a quelque chose qui ne va vraiment pas.

— Il y a plein de choses qui ne vont pas, vraiment pas.

— C’est notre faute, on n’a pas été vigilants.

— C’est elle. Il n’aurait jamais dû la choisir. C’est une imbécile.

— Tu ne crois pas qu’il lui a parlé avant de la choisir ?

— Ben, s’il ne l’a pas fait, c’est lui l’imbécile.

— Quelqu’un lui a parlé, mais a oublié de lui poser les questions importantes, du genre êtes-vous propriétaire de vos vêtements ? Ou qu’est-ce que vous voyez de la fenêtre de votre cuisine ?

— D’ici, moi je la vois, la Russie *, dit quelqu’un.

* Durant la campagne électorale 2008, Sarah Palin, colistière de John McCain, a été visée par une polémique pour avoir consacré 150 000 dollars de son budget de campagne en vêtements pour elle et sa famille.

— Vous vous souvenez quand Cindy a eu son problème de drogue* ?

— Elle l'a surmonté avec une telle grâce.

— Il paraît que John a le démon du jeu.

— Il est superstitieux, j'ai un ami qui l'a connu dans la marine, il m'a dit qu'il avait toujours un porte-bonheur sur lui, un caillou.

— Il s'en est tiré vivant.

— Une boussole ; j'ai entendu dire que c'était une boussole.

— Une plume, enchaîne quelqu'un. Il se balade avec une plume. Son équipe est devenue dingue quand il l'a perdue pendant la campagne.

— Ah bon, il a perdu sa plume porte-bonheur ? On l'a retrouvée ?

— Ça, j'en sais rien."

Son père troque la vodka eau gazeuse de sa mère contre une eau gazeuse agrémentée d'une pointe de vodka. Il lui tend le verre. Sa mère esquisse un lent sourire et en prend une gorgée. Meghan ne sait pas si elle a remarqué quelque chose. Tout ce qu'elle sait, c'est que sa mère est plus silencieuse. Voilà ce qui se passe quand sa mère boit ; elle devient de plus en plus silencieuse, puis elle s'endort.

Ils sont dans l'expectative. On dirait qu'ils sont tous à l'hôpital, à attendre que le chirurgien arrive pour leur dire comment l'opération s'est déroulée. Le suspense grandit, l'air est chargé d'une angoisse contagieuse.

"John va passer dire bonjour, annonce quelqu'un. Rapidement."

Le parrain de Meghan, Tony, téléphone à son père. Son père lui parle puis passe le portable à Meghan. "C'est comment ? veut savoir Tony.

Elle a également été caricaturée pour avoir indiqué qu'on voyait la Russie depuis une île de son État, l'Alaska, alors qu'on l'interrogeait sur l'action de la Russie dans la deuxième guerre d'Ossétie du Sud.

* Au début des années 1990, après deux opérations du dos, Cindy McCain a contracté une dépendance à des analgésiques à base d'opioïdes et a fait dresser de fausses ordonnances à un médecin employé par l'organisation humanitaire qu'elle avait fondée.

— Bizarre, répond-elle. Tout est bizarre. Pendant le vote, j'avais l'impression d'être dans la nouvelle « La Loterie ». Ils cochent ton nom dans un grand livre qui ressemble à celui que le père Noël doit avoir au pôle Nord, puis tu te caches derrière un petit paravent et tu fais une croix sur un bout de papier. Tu fais ça à sept heures du matin, et à la fin de la journée, toutes les croix sont comptées et on sait qui est le président. C'est moi ou c'est bizarre ?"

Tony reste un instant silencieux. "C'est comme ça depuis plus de deux cents ans.

— C'est ce que je veux dire.

— Ta mère tient le coup ?

— Elle n'aime pas les cocktails.

— La sagesse même. Moi non plus, dit Tony.

— T'es où ?

— Chez moi. Je suis trop vieux pour ce genre de conneries.

— T'es plus jeune que mon père, si mes souvenirs sont bons.

— Je suis atteint de vieillissement précoce. Et je préfère être seul pour encaisser les mauvaises nouvelles."

Alors qu'elle parle à Tony, Meghan aperçoit Eisner, l'historien, à l'autre bout de la salle. Il croise son regard. Il fait un geste qui semble vouloir dire "Regardez tous ces gens" puis articule le mot "termites".

"T'as déjà remarqué que les gens étaient bizarres ? demande-t-elle à Tony.

— Je le remarque chaque jour.

— Et que dans l'ensemble, ils n'ont pas de pensée personnelle ?

— « L'effet spectateur », dit Tony. Quand tu seras grande, assure-toi de jouer un rôle actif.

— Va dire ça à mon père.

— Qu'est-ce que tu veux dire par là ?

— C'est ce qu'on est, maman et moi, des spectatrices. Elle connaît si bien papa qu'elle sait interpréter son langage corporel et anticiper ses moindres mouvements. « Et si on s'arrêtait pour manger un morceau. Et si on passait aux toilettes. » On a une blague entre nous, on le surnomme Et-si-on."

Tony rit.

“Mais là, sérieusement, c’est « et si on avait l’air inquiets ». Du coup maman est inquiète aussi. Ça se voit sur leur visage à tous les deux, à tous, en fait. C’est vraiment terrible ?”

Mais avant que Tony ait pu répondre, la salle entre en effervescence. “Faut que j’y aille, dit-elle. Les McCain arrivent.

— À plus”, dit Tony.

Soudain, l’excitation est palpable. Meghan remarque que les hommes se ressaisissent, remontant un peu leur pantalon sur leur ventre, tandis que les femmes vérifient leur coiffure et leur rouge à lèvres. Leur effort pour faire bonne impression est si voyant que c’en est presque drôle – presque.

Et puis il y a une pause tendue, l’attente, l’attente, plus longue qu’on aurait pensé. À l’autre bout de la salle, l’historien fait mine de souffler dans une trompette, comme pour annoncer l’arrivée du roi. Des bruits de talkie-walkie parviennent du couloir et les deux hommes postés à la porte sont concentrés, la spirale transparente de leur cordon d’oreillette leur courant le long de la nuque.

Un flot d’agents du Secret Service déferle dans la salle et leur simple masse suffit à repousser les convives vers le mur.

Quand Cindy et John font leur entrée, une salve d’applaudissements retentit et il y a une ruée vers l’avant – un désir de contact physique.

Quelqu’un tend un micro à John ; il le refuse.

“Je suis vraiment heureux de vous voir tous ici”, dit John McCain. Nouveau tonnerre d’applaudissements. “Cindy et moi voulions simplement passer vous remercier d’avoir œuvré à faire de cette campagne une campagne forte, et d’être restés à mes côtés malgré les vicissitudes inattendues de ces derniers mois.”

Il y a un bref silence. “Comment ça se présente ?” lance quelqu’un.

McCain secoue la tête. “Eh bien, à l’heure qu’il est, je n’aimerais pas être à ma place.” Il part d’un petit rire douloureux. “Mais sérieusement, nous avons tous travaillé dur et je voulais simplement passer pour vous remercier.”

Quelqu’un siffle, comme un serpent à sonnettes qui sonne grave. Le bruit prend de l’ampleur ; il y a plus d’un siffleur. Puis les sifflements sont couverts par des huées, et Meghan ne sait pas si les gens huent McCain ou les siffleurs. “Fais pas ta mauviette”, balance son voisin d’une voix forte. Sa femme lui donne une grande tape. “Tais-toi, t’es soûl.

— On vous aime, John, crie quelqu’un. Ne baissez pas les bras maintenant.

— Nous ne saurons rien d’officiel avant un moment”, dit McCain.

N’ayant rien de plus à dire, John McCain lève le bras aussi haut qu’il le peut, fait un geste à mi-chemin entre le salut et l’adieu et donne un petit coup de coude à Cindy, puis ils s’éclipsent, enveloppés par le Secret Service.

“Avec un peu de chance, personne ne se souviendra de toi, dit la femme de l’homme soûl.

— Je suis le cadet de ses soucis, dit l’homme.

— Je suis surpris qu’il puisse venir là et garder à peu près contenance.

— Que voulez-vous qu’il fasse, qu’il se mette à pleurer ? Il est obligé de faire bonne figure. Qui sait ce qu’il est en train de faire là-haut.

— Il pète des trucs, moi c’est ce que je ferais. Je serais en train de balancer le canapé par la fenêtre.

— Ça suffit, dit la femme de l’homme soûl. Je t’avais prévenu. Allez, on s’en va. Dis bonsoir à tes petits copains.

— Parfait timing, dit-il alors qu’ils se traînent vers la sortie. La nouvelle va pas tarder à nous tomber sur le coin de la gueule, toute façon.”

Meghan est surprise de voir combien les gens sont en colère, comme de mauvais perdants à un match de baseball.

“Qu’est-ce qui se passe si on ne gagne pas ? demande-t-elle.

— On a perdu le contrôle”, répond son père, secouant la tête.

Quelques femmes se sont mises à pleurer ; l’une d’entre elles se répand en sanglots. “C’est comme quand *Challenger* a explosé ; on est tous restés plantés devant nos télés, impuissants, dit quelqu’un.

— Si seulement ils pouvaient annoncer le résultat, dit une femme. Abréger nos souffrances.

— Trop tôt. Ils n’annoncent rien tant que tous les bureaux ne sont pas fermés.”

Le brouhaha se poursuit.

Sa mère réclame un autre verre et Meghan propose d'aller le lui chercher. Sur le chemin du bar, elle cherche l'historien mais ne le trouve pas. Elle passe commande pour sa mère et demande la même chose pour elle. C'est la première fois qu'elle se commande un verre d'alcool.

Alors qu'elle retraverse la salle pour rejoindre ses parents, quelqu'un s'exclame : "Oh mon Dieu." Un silence s'abat sur l'assemblée et tous les yeux se braquent sur la télévision. "Un Noir vient d'être élu président des États-Unis. Oh putain.

— Vraiment ?

— C'est fini ?

— Plié ?

— Qui l'a annoncé ?

— J'entends mes parents se retourner dans leur tombe.

— La vache, dit sa mère quand Meghan la retrouve avec le verre.

— C'est vrai ?" demande-t-elle à ses parents.

Son père est pâle. Il regarde de tous les côtés.

"Papa ?"

La nouvelle a frappé la salle comme la mort. Les serveurs cessent de servir. Des hommes qui semblent pris de nausée se dépêchent d'entraîner leur femme vers la sortie.

Sur les écrans de télévision, les journalistes glosent. "C'est un moment proprement historique : Barack Hussein Obama sera le prochain président des États-Unis ; il est le premier Afro-Américain à accéder à la plus haute fonction du pays."

Ceux qui n'ont pas déserté la soirée restent abasourdis devant la télé.

La chaîne passe l'antenne à une autre journaliste. "À travers tout le pays, les gens déferlent dans les rues ; ils se serrent dans les bras, dansent, allument des pétards. Nous sommes actuellement dans une maison de retraite en compagnie de Clarice Jones, l'une des plus vieilles Américaines à avoir voté aujourd'hui. Clarice a cent un ans. Clarice, comment vous sentez-vous ce soir ?

— Je me sens bien, dit Clarice. Je me suis levée ce matin et j'ai mis mon bulletin dans l'urne. Et regardez ce qu'on a maintenant, notre premier président noir. Ma famille appartenait à des hommes blancs, et regardez. Que j'aie pu connaître ça de mon vivant, moi, vous arrivez à le croire ? C'est extraordinaire et ça nous rappelle qu'il faut maintenir le rêve en vie même quand les temps sont sombres.

— Merci, Clarice, à vous, Tom, dit la journaliste.

— Descendons", dit son père.

Au moment où ils quittent la salle, Meghan entend un homme dire : "Imagine, le jour de son investiture, cet homme va baiser sa femme à la Maison Blanche.

— Ne sois pas grossier, dit son épouse.

— Je dis les choses comme elles sont, c'est tout, répond l'homme.

— On descend, répète son père. Il est temps que Mère aille se coucher."

Lorsqu'ils regagnent la suite, Meghan comprend pourquoi l'hôtel a cru qu'ils auraient besoin d'un lit à barreaux. Son père a engagé une babysitter – pour sa mère. Il présente sa mère à Mme Stevens, qui lui tiendra compagnie pendant que le reste de la famille redescend dans l'arène.

Le téléviseur bourdonne en arrière-fond. "Peu après vingt-trois heures à l'Est, vingt et une heures à Phoenix, le sénateur John McCain a téléphoné au président élu Obama..."

"Est-ce que maman est soûle ? demande-t-elle dans l'ascenseur alors qu'ils descendent écouter le discours de McCain.

— C'est surtout que je n'aime pas la laisser seule", répond son père.

Ils ont des badges spéciaux qui leur permettent d'accéder à l'avant du public. Il y a un chanteur sur la scène et des milliers de gens dans la zone qu'elle a vu des techniciens installer plus tôt dans la journée. Les gens ont l'air fatigués, déroutés par ce qu'ils savent peut-être déjà mais n'ont pas pleinement digéré. Au bout de quelques minutes, le chanteur tire sa révérence et la sono prend le relais. Des machinistes vont et viennent, déplacent du matériel.

Le volume de la musique augmente ; la foule reconnaît la chanson "Raisin' McCain" de John Rich et lance une ovation. De la lisière de la scène arrivent Sarah et Todd Palin, puis Cindy et John McCain. La foule applaudit à tout rompre.

"Fais monter le pétrole !
— Vas-y, franc-tireur !
— Le Mac est de retour !"
Meghan sent qu'elle commence à pleurer.
McCain lève les mains pour faire taire la foule. "Le peuple américain s'est exprimé et il s'est exprimé clairement", dit-il. La foule se met à huer. Il poursuit : "J'ai eu l'honneur de téléphoner au sénateur Barack Obama pour le féliciter d'avoir été élu président de ce pays que nous aimons tous les deux."
Pendant que McCain s'exprime, Meghan est submergée par le sentiment que quelque chose de colossal est arrivé. Elle est témoin de l'histoire.
"J'appelle tous les Américains qui m'ont soutenu à se joindre à moi non seulement pour le féliciter, mais pour offrir à notre prochain président notre bonne volonté et nos efforts sincères... afin de dépasser nos différences... d'assurer notre sécurité dans un monde dangereux, et de laisser à nos enfants et à nos petits-enfants un pays plus fort et meilleur que celui que nous avons reçu en héritage.
— Quel tissu de conneries", dit quelqu'un.
McCain poursuit. "Il est naturel, ce soir, d'éprouver de la déception, mais demain, nous devons la dépasser et travailler ensemble pour remettre notre pays en mouvement. Nous nous sommes battus – nous nous sommes battus de toutes nos forces. Et si nos espoirs sont déçus, cet échec est le mien, pas le vôtre... le chemin était difficile dès le départ. Vous savez, les campagnes sont souvent plus éprouvantes pour la famille du candidat que pour le candidat lui-même, et ce fut le cas de celle-ci. Grande est ma chance d'avoir une famille si merveilleuse. Un immense merci pour Cindy !" Applaudissements et nouvelle pause. "Tous les candidats font des erreurs, et je suis sûr que j'en ai eu ma part. Mais je ne passerai pas un instant à l'avenir à regretter ce qui aurait pu être."
À côté de Meghan, un homme ramasse une casquette McCain/Palin qui traîne par terre et demande à son ami : "Ça vaut quelque chose, ce truc ?"
L'ami prend la casquette, la laisse tomber par terre et la piétine. "Voilà comment je me sens ce soir, démoli, putain, niqué", fait le type.

McCain continue. “Et j’appelle tous les Américains, comme je l’ai souvent fait durant cette campagne, à ne pas désespérer de nos difficultés actuelles, mais à toujours croire en la promesse et en la grandeur de l’Amérique, parce qu’il n’y a pas de fatalité ici. Les Américains ne baissent jamais les bras. Jamais nous ne capitulons. Jamais nous n’éludons l’histoire. L’histoire, nous la faisons.”

Et il a terminé. Il salue la foule.

“Merci, Dieu vous bénisse et Dieu bénisse l’Amérique.

— Je vais au bar, dit son père.

— Je crois que je vais faire un tour, dit Meghan.

— Un peu d’air frais s’impose, dit son père. Tu as besoin d’argent ?

— Il n’y a rien à acheter. L’air, c’est gratuit.

— Détrompe-toi. L’hélium vaut cinq dollars le litre, en hausse de cinquante pour cent sur un an.

— Tu es bien placé pour le savoir”, dit Meghan. C’est une plaisanterie familiale, l’une des entreprises de son père produisant de l’hélium à partir du gaz naturel. “En tant que premier fournisseur mondial.

— Je serai au bar.”

Dehors, malgré l’importante présence policière, des gens fument de l’herbe. Une épaisse odeur flotte dans l’air. Une adulte en robe de bal est en train de vomir à côté d’une voiture. Un homme lui tient les cheveux. “Je te dis que c’était le crabe”, fait-elle, avant de vomir de nouveau.

Des gens restent plantés là, à ne rien faire, tandis que d’autres commencent le démontage. On a l’impression d’une mission ratée, d’un lancement de fusée qui n’a pas eu lieu.

Meghan marche encore un peu et finit au bord de la piscine. Tout est calme. Le bassin est éclairé. L’eau bleue limpide ressemble à un ciel du matin. Les parasols sont pliés, les chaises remises en place. Tout a été rangé avec soin.

Elle s’assied et elle songe sans même savoir à quoi elle songe. Il n’y a pas de ligne claire, pas d’ordre logique. Du temps passe. Combien ? Aucune idée. Elle est perdue dans ses pensées comme elle serait perdue dans le cosmos.

“Comment vous encaissez le choc ?”

Eisner est debout devant elle.

“Aucune idée. Et vous ?

— Ça va, dit-il. Je ne jouais rien dans l’affaire. Jouer étant le mot clé.

— Si c’est un jeu, c’est quand même un sacré jeu. C’est la première fois que je vois des gens se conduire si bizarrement. J’ai l’impression que quelque chose m’échappe. C’est vraiment la fin du monde ? L’apocalypse qui frappe Phoenix ?

— Ce n’est pas rien. Mais la fin du monde ? Ça dépend de quel monde on parle. Pour certains, le monde vient juste de commencer.” Il enlève ses chaussures et ses chaussettes et reste debout au bord de l’eau. “Trempez-y un orteil, dit-il. L’eau est bonne.”

Elle rit. “C’est une métaphore ?

— Non, dit-il. J’essaie de vous distraire ; vous avez l’air très triste.

— Leurs mines m’ont vraiment peinée. Je n’ai jamais vu mon père comme ça. Entamé.”

Ils restent silencieux.

Meghan s’approche de l’eau, ôte ses chaussures et descend les deux premières marches, éclaboussant allègrement. “Vous voyez, je sais m’amuser.

— Avantage à la robe, dit-il, retournant les jambes de son pantalon et la rejoignant sur les marches. On y va ?

— Où ?

— Nager ? demande-t-il, déboutonnant sa chemise. L’eau est chaude. L’endroit est désert. Et Marilyn Monroe s’est baignée dans cette piscine.” Il descend sa braguette et ôte son pantalon.

“Et comme par hasard, vous avez votre maillot sur vous”, dit-elle. Il porte un short noir et est bien conservé pour un homme mûr. Il plonge et se met à nager.

“Peut-être qu’il reste une molécule de Marilyn Monroe là-dedans”, dit-il lorsqu’il refait surface à l’autre bout du bassin.

Meghan passe sa robe par-dessus sa tête et entre dans l’eau. Elle n’a jamais rien fait d’aussi fou jusqu’ici ; enfin, peut-être avec des amis, mais jamais avec un inconnu, dans un lieu inconnu, après une journée si étrange.

Elle nage d'un bord à l'autre et revient, fait des virages et enchaîne les longueurs avant de le retrouver au bout du bassin.

"Ça va mieux ? demande-t-il.

— Oui."

Elle adore nager. Elle adore sentir l'eau sur sa peau ; elle adore se retrouver dans son corps malgré l'étrangeté générale et s'y sentir en terrain familier. Ils sont comme des sirènes dans l'eau – à ceci près que l'un d'entre eux est un homme sirène.

Les lumières bleues transforment la piscine en lagune, en rêve.

Il remplit ses joues d'eau et crache en direction de Meghan. "Je vous baptise avec les eaux de Marilyn Monroe."

Elle rit. Aussi bizarre qu'ait été le reste de la journée, ce moment est magique. Elle a l'impression d'être une femme dans un film étranger.

"Regardez-vous", dit-il, lui montrant son reflet dans l'un des bacs à fleurs chromés qui bordent le bassin. Elle a les cheveux mouillés, plaqués en arrière, le visage éclairé d'en bas par les lumières de la piscine. "Il y a de l'espoir, des possibles, un avenir. Regardez-moi. J'ai vingt-cinq ans de plus que vous – ça fait six élections. Gardez cet instant en mémoire. Vous avez perdu votre virginité politique. Vous voilà baptisée.

— Attendez, vous avez quel âge ?

— Quarante-trois."

Il se tient tout près d'elle et ils sentent qu'il pourrait se passer quelque chose, mais finalement elle disparaît sous l'eau et y fait des doubles saltos. Elle ressurgit plus loin, au milieu du bassin. "Vive les saltos, lance-t-elle, et elle tourne en rond sous l'eau avant de crever la surface. J'ai l'impression de perdre la tête. Ç'a été la plus longue journée de ma vie."

Au bout d'un moment, ils sortent de l'eau, attrapent des serviettes dans la pile, près de la pergola, se sèchent puis se rhabillent. Elle tire son soutien-gorge trempé de sous sa robe et le glisse dans un bac à plantes. Ils regagnent l'hôtel et montent dans l'ascenseur, la peau couverte de frissons, lavée et parfumée au chlore.

"Je vous inviterais bien à...

— Je me lève tôt", l'interrompt Meghan. Elle ne sait pas s'il est train de tenter quelque chose mais ne tient pas à le découvrir. "Vol retour.

— Eh bien, dans ce cas, je vous dis au revoir pour cette fois."

Elle longe le couloir jusqu'à sa chambre, la tête haute et enturbannée d'une serviette de bain. Il lui plaît d'autant plus qu'il la laisse partir.

Elle déverrouille la porte, se glisse discrètement dans la suite et jette un œil dans la chambre de ses parents. Tout habillée sur le lit, sa mère dort profondément, ses chaussures soigneusement rangées l'une à côté de l'autre sur le sol, le halo rouge, blanc et bleu du téléviseur vacillant sur les murs.

Elle présume que son père est toujours au bar. Elle tire le dessus-de-lit sur sa mère et va se coucher dans l'autre chambre.

Mercredi 5 novembre 2008
Biltmore Hotel
Phoenix, Arizona
4 h 30

Son père la réveille avant l'aube. "Tu veux manger quelque chose avant de partir ? Le service de chambre fonctionne en continu.

— J'ai encore le repas d'hier soir sur le ventre", dit Meghan.

Elle était en train de rêver qu'elle traversait à vélo une succession de villages enneigés, demandant chaque fois aux gens si la prochaine ville était bien "la vraie".

"Je suis sûr que tu es épuisée, dit-il. Le baptême du feu. On n'a pas gagné, mais ç'a été une véritable initiation." Il marque une pause. "C'était vraiment extra d'aller voter avec toi. Mais surtout, je ne veux pas que tu t'inquiètes. Hier soir, je suis sûr que tu as beaucoup entendu dire que le monde partait en vrille. Comme je l'ai dit au barman : « Tout homme fait des erreurs, mais il ne faut pas commettre deux fois la même. » Je veux seulement que tu saches que je ferai tout ce qu'il faut pour arranger les choses.

— Je sais.

— Il est important de voir comment se déroule le processus – et on peut dire que tu l'as vu. Je parle trop ; il faut que tu te laves la figure et t'actives. La voiture ne va pas tarder."

Elle se lève, constatant que son corps a à peine défait le lit. Elle se brosse les dents et fait son sac, y fourrant le petit ours et les produits d'hygiène pour bébé de l'hôtel en plus de ses vêtements.

Son père est dans le coin salon entre les deux chambres ; la télévision est allumée, le son coupé.

"Tu es levé pour de bon ? lui demande Meghan.

— Oh oui", fait-il. Il porte un peignoir de l'hôtel par-dessus son pyjama, il a donc dû se changer au cours de la nuit. "Je vais peut-être me traîner en bas pour petit-déjeuner ou profiter de l'aube pour faire quelques longueurs." Il tire un billet de cent dollars de la poche de son peignoir. "Pour le voyage.

— J'ai de l'argent.

— Ton seul argent, c'est celui que je vire sur ton compte. Prends ; tu t'achèteras quelque chose à l'aéroport, un magazine ou une barre chocolatée. Ta mère dort encore, mais va l'embrasser avant de partir."

En bonne fille, elle entre dans la chambre de ses parents. Sa mère est maintenant sous les couvertures, alors Meghan ne voit pas si elle a fini par se débarrasser de sa tenue de soirée. "Au revoir, maman ; je repars au lycée", dit-elle en se penchant pour l'embrasser. Le visage de sa mère est chaud et lisse.

"Ciao, ma grande, dit sa mère en se retournant. Tu sais où est mon masque ?"

Elle tend à sa mère le masque de satin rose, qui s'était perdu entre les oreillers.

"Tiens. Un jour, j'espère que j'aurai exactement le même.

— Noël approche, dit sa mère. Bon voyage."

Mercredi 5 novembre 2008
Biltmore Hotel
Phoenix, Arizona
5 h 30

Après le départ de Meghan, son père place l'écriteau "Ne pas déranger" sur la porte, la clé de la chambre dans sa poche, et part nager un peu dans la célèbre piscine de l'hôtel. Il est en maillot sous son peignoir et se déplace pieds nus car il trouve que les pantoufles d'hôtel lui donnent l'air d'une vieille dame.

Il nage dans toutes les piscines, quelles qu'elles soient. Il nage dans toutes les bourgades, dans toutes les villes, dans tous les pays par où il passe. Il est convaincu qu'on apprend des choses sur un endroit quand on y prend les eaux. C'était une habitude qu'il avait déjà, enfant, avec son père. Partout où ils allaient, ils prenaient les eaux ; son père prenait également l'alcool et les femmes. S'il y avait une ville d'eaux où son père n'avait pas d'entreprise, il y en ouvrait une. Hot Springs, Arkansas. Sharon Springs, New York, qu'il aimait bien parce que c'était là qu'allaient les Vanderbilt. Saratoga Springs, qui était l'une de ses préférées parce qu'ils avaient aussi un champ de courses et qu'il pouvait parier. Sutherland Springs. Hot Wells. Mineral Wells, au Texas, où un homme pouvait "boire jusqu'à resplendir de santé". Et Berkeley Springs, en Virginie-Occidentale, où George Washington avait un jour pris les eaux – d'après son souvenir.

La piscine de Phoenix est impeccablement entretenue, déserte et inaltérée. La perfection. Il marche vers le bout le plus profond du bassin, recourbe ses orteils sur les mots "Défense de plonger" et pique une tête avec l'agilité d'un pro. Nager est une libération. Dans l'eau, il se transforme en inventeur, en super-héros, en homme capable de tout accomplir. Il fait des longueurs en se rêvant sauveteur de gens perdus en mer ; il fait des longueurs et imagine ce qu'il pourrait encore faire de sa vie. Ses pensées se dévident ; son énergie augmente ; il se sent débordant d'idées sur la suite à donner aux événements.

Il nage jusqu'à ne plus pouvoir nager, puis se repose contre la paroi de la piscine et fait une série d'exercices aquatiques avant de sortir, prenant soin de lisser en arrière les cheveux qui lui restent. Il enfile le gros peignoir blanc et remonte à pas feutrés jusqu'à sa chambre.

Sa femme dort encore. Elle est allongée sur le dos, son masque de satin rose sur les yeux, la tête sur l'oreiller de voyage assorti. La dimension de l'oreiller, la posture inerte de sa femme lui rappellent ces gens qu'il a vus allongés dans un cercueil, un petit oreiller de satin sous la tête. Seule sa respiration rappelle qu'elle est en vie. Elle ne ronfle pas – elle halète. À chaque expiration, elle fronce les lèvres – et halète, semblant répéter *"Un peu, un peu**", encore et encore. Lorsqu'elle a les lèvres sèches et pincées, elles ont le plissé parfait d'un trou du cul. Il lui en a déjà parlé – du halètement, pas du trou du cul.

Il la contemple. Ses halètements de somnambule francophone se transforment en ronronnement de chaton, puis en cet étrange sifflement suivi d'un cliquetis propre aux respirateurs artificiels.

Il se lève et ouvre les stores pour faire entrer le jour. Sa femme ne bronche pas. Il s'installe dans un fauteuil, près de la fenêtre, et attend, se demandant si elle a pris un somnifère en plus d'avoir bu. À dix heures, gagné par le sentiment qu'il est en train de dilapider sa journée, il s'approche du lit et lui secoue doucement l'épaule. "Y a quelqu'un ?

— Je suis là. Je suis là depuis le début."

Se souvient-elle que Meghan est partie à cinq heures ? Veut-elle qu'il lui commande quelque chose à manger ? Veut-elle aller nager un peu avant de partir ? Ça la réveillerait peut-être.

"Juste un café."

* En français dans le texte.

Il appelle la réception pour passer commande. Sa femme reste étendue là, les yeux braqués sur le plafond, n'ayant toujours pas bougé.

"Tu as bien dormi ?

— Comme un macchabée", répond-elle.

Mercredi 5 novembre 2008
Sky Harbor International Airport
Phoenix, Arizona
6 h 30

À la boutique de l'aéroport de Phoenix, Meghan s'achète un collier, un phénix argenté en plein essor. Elle écrit dans son journal : "Dans le vol du matin pour Washington, on se croirait dans le train funéraire de Lincoln. Je suis cernée d'accablés et de dépenaillés. Au moment d'embarquer, quelqu'un a dit : « On dirait le dernier vol pour quitter Saïgon. » Les gens ont ri, mais je ne sais pas pourquoi. Mon voisin est soit journaliste, soit fou. Il a une pile de carnets à spirale, fins et tout griffonnés ; il a baissé sa tablette et tape frénétiquement sur son clavier. L'un des hommes appelle l'hôtesse Cindy même si son étiquette indique Katherine. « Pour moi, vous êtes Cindy, dit l'homme. Vous ressemblez à Cindy McCain en plus jeune. Vous pourriez être sa fille. »"

Meghan entend parler deux femmes : "Je suis montée, hier soir ; la porte était ouverte. Il m'a dit : « Ferme derrière toi, putain, c'est pas un hall de gare. – C'est chivah, j'ai dit, visite aux endeuillés. » Tu peux toujours compter sur une juive pour détendre l'atmosphère.

— J'ai les pieds en compote après tant de mois à devoir porter des chaussures sérieuses, va sûrement falloir que je me fasse opérer. Problème d'oignons."

Le journaliste arrête de taper et se tourne vers elle. "Vous prenez des notes, j'espère ?"

Elle le regarde. "Pardon ?

— Vous notez ce qu'elles disent ? Y a de quoi nourrir une enquête de terrain ou un sketch pour *Saturday Night Live*.

— J'en ai noté une partie. J'écris mon journal.

— Sympa, dit-il. Moi j'écris *pour* mon journal. Faut que mon article soit prêt d'ici l'atterrissage."

Elle remonte le store et presse sa joue contre le verre froid, plongeant son regard dans l'infini.

Mercredi 5 novembre 2008
Biltmore Hotel
Phoenix, Arizona
10 h 40

“C’est un foirage monumental, grommelle le Gros Bonnet à Charlotte au moment où ils rendent la clé de la suite. J’ai envoyé un mot à John ce matin. Il n’est pas le seul responsable de cette erreur ; celui qui lui a suggéré cette Palin devrait être traduit devant une cour martiale. Quand on veut séduire les électrices, on ne choisit pas une imbécile. C’était plus une insulte qu’autre chose.

— C’est ce que tu lui as dit dans ton mot ? demande-t-elle.

— Bien sûr que non. Je lui ai dit qu’il avait mené une très bonne campagne et qu’on vivait des temps intéressants. Aimable et simple.”

Elle acquiesce.

Le réceptionniste lui tend un exemplaire de la facture. Le Gros Bonnet l’examine attentivement.

“Il y a une erreur, dit-il à l’employé. Notre déjeuner d’hier ne se montait pas à cent trente-sept dollars. Je crois que je sais ce qui s’est passé, on m’a facturé le banana split offert par la maison.

— Bien sûr, dit le réceptionniste. Un instant.” Il s’active sur son clavier et imprime une nouvelle facture. “J’ai enlevé la glace ainsi que le verre de vin, qui vous sont offerts. Nous avons été ravis de vous avoir parmi nous.

— Merci, petit”, dit-il, sortant son stylo Montblanc pour signer la facture.

Au bord de l’allée de l’hôtel, un homme vend des casquettes McCain/Palin – offre spéciale à durée limitée, deux pour le prix d’une et cinq pour le prix de deux. Il s’est fabriqué un écriteau avec un bout de carton : "Merci pour votre aide. J'ai mis tout mon salaire dans ces casquettes et on n'est que mercredi."

"Pauvre bougre", dit Charlotte.

Le Gros Bonnet demande au chauffeur d'arrêter la voiture. Il baisse la vitre et tend à l'homme un billet de vingt dollars. "Vous en voulez combien ? demande l'homme.

— Pas besoin des casquettes. Achetez-vous un café."

Leur avion décolle à midi. À l'aéroport, les gens ont le même air que les autres jours. On n'a l'impression ni d'un changement, ni d'un choc, ni même d'une grande joie, ce qui lui donnerait au moins matière à réagir. Il veut qu'il y ait une différence ; il veut que les gens sachent que quelque chose a changé et qu'ils agissent en conséquence. Mais tout se passe comme d'habitude. Le vol de Phoenix à Palm Springs n'est pas long. Charlotte prend un verre à bord malgré tout. Il la regarde dévisser la mini-bouteille de vodka, verser l'alcool sur les glaçons et ajouter à peine un soupçon d'eau gazeuse. Elle boit le tout avec empressement, comme si le temps était compté.

À Palm Springs, il traverse l'aéroport leurs lourds manteaux de laine sur le bras ; la pelisse de monsieur, celle de madame, leurs dépouilles de vaincus.

"Est-ce que l'altitude t'a fait mal aux oreilles ? demande Charlotte.

— Nullement."

À la maison, Charlotte patiente pendant qu'il cherche la clé. Il n'a jamais aimé se promener avec des trousseaux, alors dans chaque maison, la clé est cachée sous une pierre. Le problème, c'est que juste devant celle-ci, il y a un jardin de rocaille composé d'une centaine de pierres.

"Choisis celle qui semble avoir quelque chose à cacher, dit Charlotte.

— J'ai demandé à Craig de tout préparer", dit-il, trouvant la clé et ouvrant la porte. Partout où ils vont, ils ont un volant de gardiens, d'employés qui allument et éteignent tout en leur absence.

Il entre, largue ses bagages et commence à se déshabiller, ôtant ses chaussures, ses chaussettes, sa chemise et son pantalon, laissant une traînée de vêtements derrière lui en marchant vers les baies vitrées qui donnent sur le terrain de golf. Lorsqu'il arrive à la vitre, il est nu comme un ver. Il déverrouille la porte et sort, pressant l'allure à mesure qu'il approche de la piscine. Il se jette dans le bassin, faisant la bombe dans l'eau. C'est sa façon à lui d'annoncer son arrivée.

"Sainte mère de Dieu", hurle-t-il lorsqu'il remonte à la surface.

Il sort de l'eau, comme éjecté. "C'est un vrai seau à glace, putain. Même un truc aussi simple que chauffer la piscine, il est pas foutu d'y arriver. J'aurais pu faire une crise cardiaque. J'aurais pu casser ma pipe à cet instant même.

— Toujours bon de tremper un orteil pour commencer, dit Charlotte.

— Il aurait déjà dû être trempé, l'orteil. C'est à ça que servent tous ces coups de téléphone. Pensez à mettre la piscine en route pour dimanche, que l'eau soit chaude à notre arrivée.

— Peut-être que le réchauffeur est en panne ?

— Peut-être que les gens sont des crétins. Pourquoi personne n'est foutu de faire son job, putain ?

— Tu veux dire pourquoi personne ne fait les choses à ta façon ?

— C'est ce que je viens de dire.

— J'en étais sûre, dit-elle. Je l'avais vu venir gros comme l'orage à l'horizon.

— Qu'est-ce que tu racontes ?

— Hier, tu as été de bonne humeur toute la journée, et dès qu'on est de retour à la maison, rien que nous deux, tu t'énerves.

— Où veux-tu en venir ? demande-t-il d'un ton agressif.

— Nulle part.

— Si j'étais toi, je ne dirais pas un mot de plus."

Elle paraît perplexe. "Pourquoi ?

— Ce n'est pas le moment.

— Je ne vois vraiment pas ce que tu veux dire.

— Je te conseille d'en rester là pour aujourd'hui." Il inspire un bon coup. "Le monde part en sucette et je ne suis pas content.

— T'es en colère contre le monde et c'est ma faute ?

— Je n'ai pas dit ça." Il ramasse ses vêtements.

"Mais pour l'instant je suis un facteur aggravant." Elle marque une pause. "Je n'ai pas l'énergie pour ça.

— À cause de l'alcool ou des médocs ?

— Pardon ?

— Tu n'as pas l'énergie à cause de l'alcool ou des médocs ?" C'est la première fois qu'il aborde le sujet.

Elle ne dit rien. Reste plantée là, comme paralysée. Ils s'affrontent du regard. Il fléchit le premier et quitte la pièce d'un pas résolu.

En caleçon, il longe le flanc de la maison, ouvre le placard abritant le réchauffeur, et lorsqu'il s'avance pour monter la température, un taille-haie lui tombe dessus, suivi d'une petite hache, tous deux atterrissant dangereusement près de ses orteils nus. "Connard de mes bouffes", lâche-t-il, puis il se demande ce que ça peut bien vouloir dire. Il monte le thermostat, s'empare des outils de jardin, un dans chaque main, et fonce droit vers les buissons et les palmiers. Il s'attaque au jardin sans pitié, se sert du taille-haie comme d'une machette, fait de grands mouvements d'un côté sur l'autre comme s'il tenait un glaive, frappe la verdure comme un dragon à l'épaisse carapace. Il sabre avec furie ; les débris volent dans tous les sens.

Quand il en a terminé, le sol est jonché de branches mutilées, de membres qui semblent avoir été tranchés par un meurtrier. La sueur picote sa peau griffée de coupures. Une voisine qui passe par là arrête sa voiture : "Faudra évacuer toutes ces saloperies ou vous recevrez une mise en demeure de la copropriété. Et n'oubliez pas que les déchets verts ne sont pas ramassés."

Il est tenté de hurler : *Vous pouvez vous les carrer où je pense,* mais se contient.

Il fourre les débris dans des sacs-poubelles et remise les sacs dans le garage. Il laissera le gars chargé de la maison, ou le gars chargé du jardin, ou n'importe lequel de ses gars se débrouiller avec ça. Mais subir l'humiliation d'un courrier du syndic ou les réprimandes de ses voisins, ça, non.

Dégoulinant de sueur et puant, désormais, il se jette à nouveau dans la piscine et, cette fois, l'eau est un peu plus chaude. Victorieux, il fait son tour d'honneur dans le bassin et se dit qu'il faudra penser à égaliser les haies – certaines ont l'air d'avoir été ratées par le coiffeur.

Puis il rentre et fait à déjeuner. Pour sa femme, il prépare une tartine, une tranche de dinde sur une fine tranche de pain blanc badigeonnée d'une couche de mayonnaise si fine que c'est un film, un voile, la mayonnaise réduite à son essence. Il pose la tartine sur une assiette, l'entoure de quatre rondelles de cornichon, ajoute un verre d'eau et apporte le tout dans le salon, où Charlotte est en train de lire.

"Ça va mieux ? demande-t-elle.

— C'est une question ?

— Oui.

— Quelque chose doit changer.

— Quelque chose a changé, ils ont voté pour Barack." Elle l'appelle par son prénom, suggérant un rapport affectif dans le but d'agacer son mari.

Il pique une rondelle de cornichon dans l'assiette de sa femme et l'engloutit. Il a horreur des cornichons. "J'ai l'impression de croquer une grenouille rancie. Et je te parle de quelque chose de plus gros que ça. De moi.

— Tu es plus gros que Barack ?" Charlotte hausse un sourcil.

"Ce n'est pas ce que je veux dire. Ce que j'essaie de dire, c'est que quelque chose doit changer. Chez moi." C'est le genre de sujet qu'il aborde rarement. "Si j'avais fait une crise cardiaque dans cette piscine, dont l'eau est peut-être à treize degrés, tu n'aurais pas été capable de me repêcher. Je me serais noyé, c'est sûr.

— J'aurais fait le nécessaire. Je suis plus forte que tu ne le penses." Elle attrape un gros livre et le lui jette à la figure.

"Très drôle, dit-il. Suis-je le seul à considérer que nous sommes à un tournant ?

— Il y avait des milliers, voire des millions de gens dans les rues hier soir, répond-elle.

— Ils fêtaient l'événement, je ne parlais pas de ce tournant-là. La question, c'est de savoir ce qu'on attend de moi.

— Qui ça, on ?

— Mon pays.

— Ton pays ne sait pas qui tu es. Ce qui compte, c'est ce que tu attends de toi-même.

— Je ne peux pas vivre comme ça, dit-il. Je ne peux pas passer les trente prochaines années à tout regarder se déliter." Il secoue la tête. "Comment peux-tu ne pas être en rage ?

— Je ne suis pas comme toi. J'ai d'autres désirs. Un jour, tu me demanderas peut-être lesquels.

— Je dois y voir une allusion, je présume, à un échec de ma part, à notre mariage."

Charlotte ne dit rien.

"Moi, je parle d'autre chose ; il n'est pas question de notre mariage, mais d'une Amérique nouvelle, de la destinée qui pourrait être la nôtre, telle que les Pères fondateurs l'évoquaient. Hier, j'ai pris conscience que j'avais en moi quelque chose, une douleur et une colère profondes d'avoir passé tout mon temps à m'efforcer de devenir riche sans avoir rien fait de plus intéressant de ma vie, rien qui puisse changer le monde.

— As-tu trouvé une réponse ?

— Non."

Elle sort un carnet et écrit quelque chose.

"Je te vois, tu sais, dit-il.

— J'en suis consciente.

— T'as écrit quoi ?

— Là, j'ai mis la date d'aujourd'hui et j'ai noté « Bizarre ». En général, je note ce que j'ai mangé. Mes faims. Mes manques."

Il garde le silence.

"Tu sais ce que Joan Didion a écrit ?"

Il secoue la tête.

"Elle a écrit : « Les gens qui tiennent des carnets de notes sont d'une tout autre race, des solitaires s'obstinant à réarranger l'ordre des choses, des insatisfaits pétris d'angoisse, des enfants affligés semble-t-il de naissance par quelque pressentiment de perte. »

— Tu es comme ça, toi ?

— En partie.

— Tu as l'air blasée.

— Je le suis.

— Moi aussi."

C'est la conversation la plus sincère qu'ils aient eue depuis bien longtemps.

"Tu es conscient que les gens qui changent le monde sont peu nombreux." La remarque se veut réconfortante.

"Je ne suis pas d'accord. Chacun d'entre nous le change un peu.

— Depuis quand tu joues les Monsieur Spirituel ?

— Je ne sais pas, ça bouillonne et ça sort tout seul." Il marque une pause. "Comme la bile."

Mercredi 5 novembre 2008
Reagan National Airport
Washington
15 h 50

Le chauffeur de taxi qui vient chercher Meghan à l'aéroport est celui qui l'y a déposée l'autre soir. C'est l'un des réguliers de la compagnie de taxis du coin ; son rétroviseur est festonné de désodorisants, une banane en carton, la langue des Rolling Stones, le petit sapin classique. Le tout produit une écœurante odeur de purée de fruits aigre-douce. Soit le chauffeur est prêt à tout pour agrémenter l'habitacle, soit il est en train de masquer on ne sait trop quelle horreur sans nom. Les filles du lycée l'appellent M. Chicot – parce qu'il a de vilaines dents. Les filles désignent beaucoup de ceux à qui elles ont affaire par une description plutôt que par un nom en tant que tel : le chauffeur avec les chicots, le gros chauffeur, le chauffeur avec les cheveux, la dame du centre médical avec les grosses chaussures, le facteur qui a un doigt en moins.

"Alors, je fais plus vieille ? lui demande-t-elle.

— Plus vieille que vous l'êtes ?

— Plus vieille qu'avant-hier ? J'ai pris de l'âge ?

— Le vol a été rude ?

— Non. Le vol s'est bien passé, mais je n'aimerais pas être hôtesse.

— Ah bon ?

— Non. Le pilote a sa petite cabine à lui et fait le boulot sympa. S'il a faim, les hôtesses lui apportent à manger. S'il doit faire pipi, elles barrent les allées pour qu'il puisse aller aux toilettes sans qu'on le dérange. Alors que de leur côté, les hôtesses se bousculent à l'arrière d'une boîte de sardines, vêtues d'un uniforme entre la tenue de gym et le costume de serveuse, pour répondre aux besoins incessants des passagers. Qui peut avoir envie de s'infliger ça ?

— En gros vous êtes en train de dire que vous avez pas envie de voyager aux quatre coins du monde et de rencontrer des gens intéressants ? Moi, je postulerais bien, mais je crains que l'uniforme m'aille pas trop." Il rit, découvrant ses dents abîmées.

"Les gens sont malpolis et elles sont obligées d'encaisser en gardant le sourire.

— Gérer les clients, c'est pas toujours facile", dit-il. Meghan ne relève pas l'ironie. "Dans le temps, hôtesse de l'air, ça passait pour un job en or. C'était une porte de sortie.

— De sortie de quoi ?

— N'importe, de tout ce qu'une femme avait envie de fuir ; y avait pas tant de carrières qui leur étaient ouvertes. Et pour certaines, c'était même une porte d'entrée."

Il y a un blanc. Elle ne voit pas du tout ce qu'il veut dire.

"C'était un moyen de voyager gratuitement et parfois de rencontrer un homme d'une autre classe sociale, vous savez, de trouver un bon parti.

— C'est sordide.

— Ah bon ? Bref, vous êtes allée où ? Vous avez voyagé dans le temps ? Petit retour vers le futur ? C'est pour ça que vous demandiez si vous faisiez plus vieille ?

— Vous êtes passé me prendre parce que je suis sur votre circuit ou parce que c'était moi ?

— Je prends les courses qu'ils me donnent.

— Y a rien de personnel ?

— Euh, non, vraiment rien.

— Vous vous rappelez la fois où vous m'avez conduite chez l'orthodontiste et où vous avez dû attendre pendant qu'ils réparaient mon appareil ?

— Je me rappelle pas les détails, Lady Girl, mais je peux tranquillement affirmer qu'on se connaît."

Ils roulent un moment.

"Vous êtes d'ici ? demande-t-elle.

— Du secteur.

— J'ai passé vingt-quatre heures avec mes parents. Quand je suis avec eux, j'ai l'impression de m'évaporer ; j'ouvre à peine la bouche. Sage comme une image. Chaque fois que je rentre, ça me semble un peu plus bizarre que la fois d'avant. Ça vient d'eux ou de moi ?

— Ce qui vous arrive a rien d'exceptionnel, dit-il. On appelle ça grandir. Des gens ont écrit des bouquins là-dessus."

Elle ne répond pas.

"Mon arrière-grand-père est né par là-bas ; y a encore la maison. Ses frères ont combattu pendant la guerre de Sécession. Voilà ce qu'on fait dans ma famille, soldat, paysan et chauffeur de taxi.

— Ils ont combattu de quel côté ?

— Là est la question, hein ? Des deux côtés, parce qu'ils vivaient tout près de la ligne Mason-Dixon et qu'ils avaient des personnalités complexes. D'où est votre famille ?

— Ma mère est originaire du Texas et mon père de Wilmington, dans le Delaware.

— Berceau de l'entreprise DuPont, qui nous a fait cadeau de polluants éternels comme le téflon. Vous devriez interroger votre père sur sa vie. Toutes les familles ont leurs histoires, leurs mystères, leurs secrets.

— Peut-être pas toutes. Certaines sont peut-être juste ordinaires."

Le chauffeur hausse les épaules. "Tous les gens en apparence ordinaires que j'ai rencontrés dans ma vie se sont avérés tarés dès qu'on grattait un peu.

— Vous cultivez toujours la terre ?

— Je fais des melons et quelques haricots, mais je suis connu pour mes tomates.

— C'est mon sandwich préféré, dit Meghan. Tomate au sel marin sur du pain frais.

— Avec mayo ?

— Des tonnes de mayo." Elle rit. "C'était aussi le sandwich préféré de mon arrière-grand-père, enfin c'est ce qu'on m'a raconté.

— Vous avez déjà mangé de la mayonnaise maison ?

— La mayonnaise, c'est jamais maison. C'est comme le ketchup ou la moutarde, ça s'achète en pot.

— Marrants, les jeunes, dit-il pour lui-même. Croient toujours tout savoir."

Ils roulent en silence quelques minutes durant.

"J'ai voté, dit Meghan.

— Ah oui ?" Il feint la surprise.

"C'est là que j'étais. Mon père m'a fait venir dans l'Ouest pour voter.

— Vous avez voté pour qui ?

— John McCain, dit-elle comme si c'était une évidence. Et vous ? demande-t-elle d'un ton hésitant, sachant que ça ne se fait pas vraiment.

— C'est un peu comme demander aux gens dans quel camp ils ont combattu, mais je vous le dirai dans un instant. D'abord, dites-moi pourquoi vous avez voté pour McCain.

— Ben, j'ai voté pour McCain parce que c'est le meilleur candidat, dit-elle. Il partage nos convictions.

— C'est-à-dire ? C'est quoi, « nos » convictions ?

— Que ce pays doit être un bon pays, fort, et que nous devrions tous travailler dur.

— Et l'autre gars ? Il les partage aussi ?"

Elle ne dit rien.

"À peu près tous les candidats à la présidentielle défendent ces idées – la vraie question, c'est quels sont les objectifs de McCain pour le pays. On voit très bien la différence entre quelqu'un qui est là pour se faire un nom ou passer à la télé et quelqu'un qui se soucie vraiment des gens. Y en a beaucoup qui sont de bons gros menteurs ; ils iront jusqu'à te dire qu'ils ont servi sous les drapeaux même si c'est pas le cas.

— John McCain, lui, c'est le cas.

— Oui.

— Il a même été fait prisonnier. Moi, je pense que McCain est sincère. Je l'ai rencontré en personne et je crois en lui.

— Ah, enfin un truc convaincant. Vous croyez en lui." Il marque une pause. "Et vos parents, ils ont voté pour lui ?

— Oui."

Il hoche la tête. "Donc vous avez aussi voté pour lui à cause de vos parents."

Elle hausse les épaules. L'idée de faire autrement ne l'a jamais effleurée, mais hors de question de le lui dire.

“Pourquoi vous avez voté pour Barack Obama ?” demande Meghan. Ils approchent du lycée ; elle aimerait qu’il roule moins vite ; elle aimerait continuer à discuter.

“J’ai pas voté pour Obama. J’ai voté pour McCain. C’est un vétéran et un franc-tireur, et ça me plaît. Je suis peut-être pas toujours d’accord avec lui, mais je préfère que ce soit lui qui soit aux manettes qu’un gars qui fait ce que le parti lui dit de faire.

— Et Obama, il fait ce que le parti lui dit de faire ?

— Aucune idée.”

Elle a le sentiment de devoir expliquer à M. Chicot pourquoi elle est si perturbée. “Je n’ai pas seulement été dans le Wyoming. Je suis aussi allée à Phoenix. Pour être aux côtés de John McCain au moment où il reconnaîtrait sa victoire, mais…” Elle se met à pleurer. “On peut faire le tour du quartier ? demande-t-elle. Je n’ai pas envie d’arriver les yeux bouffis.” Sa mère lui a appris qu’on pouvait faire partir les bouffissures en appliquant du concombre, des sachets de thé ou une compresse réfrigérante, mais elle n’a rien de tout cela sous la main.

M. Chicot fait quelques tours supplémentaires ; le compteur continue de cliqueter, le prix de la course augmente et enfin il s’engage dans l’allée du lycée, franchit les piliers de pierre et remonte la longue route surmontée par la voûte des chênes. Pénétrer dans l’Académie, c’est comme faire un saut dans le passé. Tout y est calme, maîtrisé, entretenu, apprêté. Il y a des règles, des traditions, des usages qui n’ont pas changé depuis la fondation du pensionnat en 1904. On ne marche pas sur la pelouse centrale ; le service religieux du dimanche est obligatoire, tout comme l’assemblée du lycée le mercredi matin. Et chaque fois que toutes les élèves sont réunies, elles entonnent l’hymne de l’école, “Les yeux vers Vous levés”, dont il existe aussi une version officieuse, “Les vieux, faut vous laver”.

M. Chicot s’arrête devant le secrétariat central. Le prix de la course est débité sur son compte au lycée, mais elle voudrait lui donner un pourboire, et tout ce qu’elle a, c’est le billet de cent dollars que son père lui a donné ce matin. Elle le tend à M. Chicot.

“Donc je vous en rends quatre-vingt-dix ?

— Je veux juste vous donner ça.

— C'est pas comme ça que ça marche, dit-il, lui rendant le billet.

— J'espère que je ne vous ai pas froissé.

— Prenez soin de vous, Lady Girl", dit-il alors que Meghan descend.

Lady Girl. Ça lui plaît bien. Elle n'est ni une "lady" ni une "girl", et ça lui rappelle un peu Lady Bird Johnson, la femme de Lyndon B. Johnson, qui était amie avec la mère de sa mère.

Lady Girl, la voilà dotée d'un nouveau surnom.

"Toutes mes condoléances, dit l'une des pensionnaires étrangères à Meghan alors qu'elle monte l'escalier de l'internat.

— Merci, répond-elle, se demandant si la fille fait allusion à l'élection ou pense à tort qu'il y a eu un décès dans sa famille – d'habitude, c'est le seul motif recevable pour laisser une élève rentrer chez elle en plein semestre.

— Dans le pays de mon père, quand le gouvernement change, beaucoup de gens meurent. C'est pour ça qu'on est partis ; il ne voulait pas être là-bas quand les gens mourraient. Ma mère n'a pas la même version ; elle dit qu'on n'avait pas le choix. Elle a dit qu'on n'aurait pas été en sécurité. Alors on est venus en Amérique."

Meghan hoche la tête.

"C'est l'avantage de la démocratie, dit la fille. Personne ne meurt."

Meghan hoche de nouveau la tête, et alors que la fille s'apprête à poursuivre, elle dit : "Désolée, je suis en retard, et se dépêche de gravir le dernier étage.

— J'espère que tu te sentiras bientôt mieux", lance la fille à Meghan alors qu'elle passe en trombe devant des affiches annonçant la soirée électorale de la veille et un mot indiquant que l'extinction des feux a été repoussée à minuit.

Elle ferme sa porte et enfile sa tenue d'équitation.

"La cerise sur le gâteau." C'est comme ça que son père avait appelé son cheval. Lorsqu'elle était en quatrième, ses parents avaient commencé à parler de son éducation. À leur arrivée dans le Wyoming, ils avaient estimé que les écoles n'étaient pas assez stimulantes pour faire d'elle "une citoyenne du monde". Sa mère était convaincue que les filles apprenaient mieux en l'absence de garçons. Et ni l'un ni l'autre ne voulaient retourner à Washington, où elle était née, ou dans le Connecticut, où elle avait passé son enfance. Alors ils lui avaient soumis l'idée du pensionnat. Ils avaient rencontré les responsables des admissions de plusieurs établissements, qui avaient demandé à Meghan comment elle se percevait, ce qu'elle espérait devenir et si elle avait des "compétences particulières". Pour Meghan, le pensionnat, c'était Harry Potter, alors, à la chargée des admissions de l'Académie, elle avait fait cet aveu : "Je crains de ne pas avoir de pouvoirs magiques." Ce à quoi sa mère s'était empressée d'ajouter : "Mais c'est une excellente cavalière. – Eh bien, justement, nous avons un programme d'équitation très développé, avait répondu la chargée des admissions. – Si elle intègre votre établissement, je lui achèterai un cheval, avait renchéri son père. Ce sera la cerise sur le gâteau."

Ce qu'on dit sur les filles et les chevaux est cliché mais assez vrai. "C'est le problème des stéréotypes, dit son père. Ils se fondent sur une petite part de vérité."

La cerise sur le gâteau fut un magnifique hongre noir nommé Ranger.

Dès qu'elle entre dans l'écurie, elle a le sentiment de redevenir elle-même. La dimension physique de la tâche, les étapes familières de la préparation de Ranger et l'odeur de cuir poivrée qui flotte dans l'air la replacent dans son corps. "Je suis là, dit-elle en le caressant. Tu m'as manqué hier." Elle lui fait humer un peu de basilic qu'elle a chipé dans le carré d'aromatiques du jardin. Il adore le basilic.

"Ne baissez pas les yeux; regardez toujours dans la direction où vous voulez guider le cheval", crie la monitrice aux filles plus jeunes qui apprennent à monter, dehors.

Meghan donne un léger coup de talons à Ranger et il se met en marche. Ils suivent les méandres du petit sentier qui fait le tour du pensionnat puis, au trot, s'enfoncent dans les bois. Meghan monte depuis qu'elle a trois ans. Les gens sont surpris que sa mère le permette, elle qui d'ordinaire est si protectrice; c'est oublier que Charlotte a grandi dans un ranch au Texas. Jusqu'à l'aggravation récente de ses problèmes de dos, le cheval était l'une de leurs activités communes.

Charlotte trouve que c'est le sport parfait pour une jeune femme ; l'équitation vous enseigne le contrôle, le maintien et le non-dit – c'est ainsi qu'elle le nomme, le "non-dit". Elle veut dire la communication non verbale. Meghan a tendance à penser que c'est leur mode de communication principal, à Charlotte et elle – un regard, un hochement de tête, un soupir.

Une fois qu'ils sont au large, Meghan se penche sur l'encolure de Ranger et les voilà qui partent au petit galop, fendant l'air frais de la Virginie. Les dernières vingt-quatre heures lui reviennent en torrent. Elle voit le visage de John McCain devant elle. Il a les yeux un peu trop vitreux, comme des billes. Dans son esprit, elle fonce vers lui et il est content de la voir ; une lueur de reconnaissance se lit dans son regard. Elle revit le moment où il est entré dans la salle pour serrer des mains, hier soir. Il n'a pas beaucoup regardé les gens, ne s'est attardé sur personne. C'était comme s'il ne voulait pas qu'on voie profondément en lui. Elle avait déjà rencontré McCain lors d'une levée de fonds, à Washington, et il l'avait regardée avec attention. Il avait pris la main de Meghan entre les siennes et lui avait dit qu'il était ravi de la rencontrer enfin. Elle avait ressenti quelque chose, ce soir-là, une connexion, une inspiration. Et tandis qu'elle chevauche dans l'après-midi, elle les ressent à nouveau. Elle se demande si John McCain n'est pas soulagé de ne pas avoir gagné. Est-ce bizarre d'être en train de songer aux états d'âme de John McCain ? Elle fait là ce qu'elle fait sans arrêt – revisiter le passé.

L'après-midi touche à sa fin, les arbres sont presque nus et le fond de l'air se refroidit peu à peu. Il y a dans la nature une vérité que Meghan admire. La nature ne feint pas, ne cache pas, elle est. Les arbres sont expressifs. Les pierres sont porteuses d'histoire. Ces liens-là sont plus fiables que ceux qu'on noue avec les humains, certains d'entre eux ayant le désir ou la faculté de dissimuler leurs émotions, voire de manipuler. Une pierre ne fait pas ce qu'elle fait pour provoquer telle réaction. Un arbre ne perd pas ses feuilles parce qu'il est jaloux d'un autre – mais il peut pousser différemment si un autre arbre lui barre le passage ou selon l'espèce qui pousse à côté de lui. Elle est plongée dans cette réflexion lorsqu'elle s'aperçoit qu'elle ne sait plus du tout où elle est. Est-elle allée trop loin ? Elle suivait un sentier nommé "bois de l'Ouest" mais se demande si elle n'en a pas dévié. Depuis combien de temps était-elle perdue dans sa rêverie ? Se repérant grâce au ciel et aux arbres, elle trouve le Potomac sur sa droite. Ranger et elle sont juchés sur une corniche qui surplombe le fleuve ; le panorama est grandiose et lui rappelle que le monde est immense et qu'on ne peut le connaître entièrement.

Alors que le soleil commence à descendre, les bois s'assombrissent. La lumière qui filtre d'en haut ne parvient plus jusqu'au sol. Devant eux, le battement de queue d'un jeune faon attire l'attention de Meghan. Elle ralentit. Le faon se fige, la regarde. Il y a quelque chose qui cloche. Elle met pied à terre et guide Ranger dans les bois. Une biche gît sur le sol. Les rênes de Ranger à la main, Meghan s'approche. La biche a une grande plaie ouverte sur le flanc et a du mal à respirer. Le pouls de Meghan s'accélère. La biche souffle à pleins naseaux, laissant entendre un "oh" aigu qui tient du sifflement. Elle fait reculer un peu Ranger, sort son téléphone et compose le 911. Rien. Elle éteint le téléphone, le rallume et attend qu'il s'active. Elle tape de nouveau le 911.

"911, quelle est votre urgence ?

— Je suis sur le sentier avec Ranger et il y a une biche qui est gravement blessée.

— Vous êtes un ranger ?

— Non, je suis avec Ranger.

— Quelle est la nature de l'urgence ?

— Animal blessé, crie Meghan, au cas où ce serait un problème de volume.

— Vous avez heurté un animal sur la route ? Êtes-vous blessée ?

— Non, je montais Ranger et on a trouvé un animal blessé dans les bois.

— Comment vous appelez-vous, ranger ?

— Je m'appelle Meghan Hitchens. Et je ne suis pas ranger. Je suis élève à l'Académie. Je suis vers le bout du sentier. On a passé la rivière sur la droite, j'avançais vers le bout du sentier et c'est par là que se trouve l'animal blessé.

— Vous êtes en voiture ?

— Non, je suis à cheval.

— À cheval ?" Le ton de la femme est légèrement suspicieux.

“Oui.
— Et l’animal est blessé ?”

Meghan se demande à quel point le problème est technique, si c’est le portable, les bois. Elle se surprend à s’affoler. “Vous pouvez envoyer de l’aide ? L’animal souffre et je ne sais pas quoi faire. Je ne sais pas exactement où je suis ni comment sortir d’ici.

— Dans quelle rue êtes-vous ?

— Je ne suis pas dans une rue. Je suis dans les bois, peut-être en face de Bear Island, peut-être près de Matildaville…”

Il y a un silence ; quelqu’un a l’air de poser une série de questions à la standardiste, en arrière-fond.

“Je vais devoir vous demander de clarifier la situation pour que nous puissions transmettre votre appel correctement. Vous n’avez PAS été victime d’un accident de la route ?

— Non. Je suis sur mon cheval et il y a un ANIMAL blessé.

— Je transmets votre appel à la police et je reste en ligne.

— Police, quelle est votre urgence ?

— Ici central, je vous transfère un appel des services de secours. La personne est en ligne. Vous êtes là, madame ?

— Oui. Je suis là. Il commence à faire nuit.

— Sauriez-vous de quel départ de sentier vous êtes le plus proche ? demande le standardiste de la police.

— Pas vraiment ; je suis tout au bout de Great Falls Park ; ça, j’en suis à peu près sûre.

— Êtes-vous en mesure de rejoindre l’agent au départ du sentier ?

— Non, dit Meghan. Je suis au fond des bois, là où se trouve l’animal, et j’ai mon cheval.

— On n’envoie pas comme ça d’agents au fond des bois, dit le standardiste.

— Si je vous disais que j’étais perdue, vous n’enverriez personne à ma recherche ?

— Vous êtes perdue ?

— Je suis au fin fond des bois.

— Rappelez-moi votre nom ?

— Mon nom est Meghan Grace Hitchens. Si quelqu’un essayait de me tuer, je serais morte à l’heure qu’il est. Je croyais que le 911, c’était pour les urgences.

— Je dois vous informer que tous les appels sont enregistrés et que les faux signalements tombent sous le coup de la loi.

— Je vous appelle pour avoir de l'aide", s'exclame Meghan. Effrayé par ce cri, le faon s'enfonce un peu plus loin dans le bois.

"Calmez-vous." Un blanc. "Un agent a été envoyé, dit le standardiste. Vous me confirmez que votre numéro est le 307-656-7482 ? C'est l'indicatif de quelle zone, d'ailleurs, 307 ?

— Du Wyoming, l'État d'où je viens.

— Vous disiez que vous étiez élève à l'Académie ?

— C'est ça, dit Meghan.

— D'accord. L'agent est en route. Merci de ne pas vous approcher de l'animal blessé.

— Compris." Elle attache Ranger à un arbre et essaie de s'approcher de la biche sans faire complètement fuir le faon. Elle entend l'animal plus qu'elle ne le voit, maintenant. Le bruit de sa respiration, difficile et précipitée, lui donne le sentiment d'être impuissante.

Au bout de vingt minutes, elle rappelle le 911. "Il commence vraiment à faire noir et froid, dit-elle au standardiste.

— Courez-vous un danger immédiat ?

— Quelqu'un va vraiment venir ?

— Oui, l'agent est en chemin." Ils vérifient de nouveau son nom et son numéro de téléphone.

"Je n'ai plus beaucoup de batterie. J'ai oublié de charger mon téléphone hier soir.

— Laissez-le allumé si vous le pouvez."

Quarante minutes après son appel initial, elle aperçoit une lumière à travers les arbres, lointaine mais venant dans sa direction. Un policier surgit à vélo. "Je le laisse toujours dans le coffre. Ça va vachement plus vite qu'à pied."

Meghan le conduit au cœur des fourrés, là où gît l'animal blessé.

"Elle a dû se faire heurter par une voiture, dit le policier.

— Elle va s'en sortir ? C'est son faon qui est là-bas. Est-ce qu'un vétérinaire peut venir l'aider ?" Meghan est soulagée quand l'agent sort une lampe de poche et s'approche de la biche.

"Je vais vous demander de reculer", dit-il.

Meghan s'écarte pour lui laisser les coudées franches. À l'approche de l'agent, la biche essaie de lever la tête. Meghan trouve ça touchant ; la biche lui est reconnaissante pour son aide. Le policier braque sa lampe de poche sur la tête de l'animal. Avant que Meghan ait pu dire ou penser quoi que ce soit, il a dégainé son arme.

Pan.

Ranger hennit et se cabre, arrache ses rênes de l'arbre et s'enfuit au galop.

Pan.

Meghan part à la poursuite de Ranger.

"Merde", dit le flic, partant à la poursuite de Meghan.

Elle court plus vite que lui. "Fichez-moi la paix.

— Arrêtez de courir.

— Faut que je retrouve mon cheval."

Elle s'enfonce dans les bois, Ranger ayant quitté le sentier. Le policier parle dans sa radio. Il réclame des renforts. Le cheval et la fille sont tous deux partis en courant et il ne voit ni l'un ni l'autre.

"Vous m'entendez ?"

Elle l'ignore. "Ranger, t'es où ? Allez, mon beau. Tu te rappelles ce qu'on s'est promis, qu'on ne se quitterait jamais ?" Elle cherche son cheval et marchande. "Si tu reviens, je ne rentrerai pas pour Noël ; je resterai ici avec toi et on fera des sorties tous les jours. Je pourrai peut-être t'emmener en voyage. On pourrait retourner dans ce coin de Floride, comment ça s'appelait ? Wellington. Tu te souviens, t'avais adoré ? T'es où mon joli ?"

Puis elle se met à entonner des chants de Noël. "Quand par l'hiver, bois et guérets sont dépouillés de leurs attraits." Il fait nuit noire et elle est complètement perdue. Elle finit par trouver Ranger dans une clairière, noir sur fond noir. Sa selle pend le long de son flanc, comme s'il revenait d'une bataille. Meghan se penche et ramasse des feuilles sèches qu'elle effrite dans sa main. Elles font le même bruit que l'emballage des crackers au beurre de cacahuètes qu'elle achète au distributeur. Des crackers qu'il aime particulièrement. Elle sent qu'il en reconnaît le bruit. "Donc toi et moi, c'est qu'une histoire de crackers ?" dit-elle, marchant vers lui, continuant à faire bruire les feuilles.

Elle le regarde en face dans l'obscurité et ne le quitte pas des yeux jusqu'à ce qu'il baisse la tête. Elle passe les bras autour de son cou et prend les rênes. "Ce que tu m'as fait peur."

Dans une prairie plongée dans les ténèbres, elle caresse le museau de Ranger. "J'ai dix-huit ans ; j'ai voté pour la première fois ; c'est là que j'étais hier. Je trouvais que je m'en sortais plutôt bien…"

Mercredi 5 novembre 2008
Palm Springs, Californie
16h47

À l'heure exacte du coucher de soleil, 16h47, Charlotte se prépare un cocktail. L'un des agréments de la maison de Palm Springs, c'est que les murs sont de verre ; elle sait toujours quelle heure il est. Rye, vermouth doux, vermouth sec, bitter et une cerise au marasquin, le tout servi dans un verre froid. Elle garde des verres vides au réfrigérateur. La cerise est la seule sucrerie qu'elle s'autorise.

Dîner. D'habitude, ils restent à la maison. D'habitude, il met un morceau de viande sur le barbecue, éventuellement accompagné d'un poivron ou d'une courge, et ça leur tient lieu de repas. Mais aujourd'hui, il réserve une table au restaurant. Il a besoin de changement, de bousculer leur routine. "Je t'emmène dîner dehors, dit-il.

— Ah." Elle paraît perplexe.

"J'ai réservé une table chez Melvyn."

Parce qu'ils sont soucieux du regard des autres, ils s'habillent pour l'occasion. Prennent le temps de se faire beaux. Lorsqu'ils se retrouvent dans l'entrée, chacun est heureux de constater que l'autre a fait des efforts, pas seulement pour le monde extérieur mais l'un pour l'autre.

"Tu es beau comme tout, dit-elle.

— Comme un œuf de Pâques." Il porte un pantalon jaune, une chemise rose, un pull bleu ciel et des mocassins Gucci blancs. "Tu sens bon comme une orangeraie", dit-il.

Ils quittent la maison à 17h45. Ils font maintenant partie de *ces gens* qui dînent à 18 heures et veulent être rentrés pour

19 h 30. Ils n'aiment pas rouler de nuit et veulent se coucher tôt. Vingt et une heures, c'est l'horaire parfait pour aller au lit, pour se retrouver seul, s'appartenir, en avoir fini avec les obligations de la vie de couple.

Dès qu'ils sont attablés chez Melvyn, Charlotte commande un autre manhattan. Puis un steak à la Diane. Quant à lui, il opte pour les coquilles Saint-Jacques et un scotch, pur.

Elle prend un autre verre. Il est surpris qu'elle n'ait pas l'air plus éméchée. Elle est fine comme une allumette, mais elle tient bien l'alcool. Lorsqu'ils étaient plus jeunes, c'était une qualité prisée.

"Et si les choses avaient tourné autrement ? demande-t-il.

— Et si ? dit-elle. Des hypothèses, il y en a des millions ; des états de fait, il n'y en a qu'un, celui dans lequel on se trouve.

— Tu me plais, dit-il. Tu as toujours été pragmatique.

— Pragmatique, c'est rarement un compliment. Exigeante, ça a ses bons côtés. Fascinante, c'est compliqué sur la durée. Mais au moins, tu n'es pas tombé dans le bien conservée.

— Moi ? Jamais." Il marque une pause. "On est un petit miracle, nous, non ? On a vécu.

— Tu trouves ? Je n'arrête pas de me dire qu'un jour, ma vie va commencer.

— C'est maintenant ou jamais", dit-il. Il y a une longue pause.

Silence.

"Je ne t'ai jamais voulu le moindre mal."

Charlotte ne dit rien.

"J'ai toujours voulu pour toi ce qu'il y avait de meilleur. Je sais que je ne suis pas du nougat.

— Tu veux dire du gâteau ?

— Que je ne suis pas facile.

— Tout ne tourne pas autour de toi.

— Bien sûr, dit-il. Je te vois souffrir et je voulais dire quelque chose. Il y a tant de sujets dont nous ne parlons pas.

— C'est juste que ça semble impossible.

— Je ne dis pas que c'est bien ou mal. C'est douloureux. Je sais que tu le sais.

— Oui. Un jour, peut-être que ça finira par sortir. Par s'échapper ou exploser ou juste être exhalé comme ça, en un seul souffle." Elle finit son verre.

“Il est important pour moi que tu prennes soin de toi, dit-il.
— Tu t’en sortiras.
— Ce n’est pas pour moi que je m’inquiète.”
La conversation se tend et s’étiole. Il y a des années de passé inexploré. Chacun a sa propre version des événements au cœur de leur désunion. Ils se sont éloignés l’un de l’autre par des gestes d’autoconservation respectifs, en partie par crainte de ce qui risquait d’être dit, des dégâts qui risquaient d’être commis.
Charlotte fait signe au serveur qu’elle prendra la même chose. Il lui beurre des petits pains chauds.
“T’as toujours aimé les miches chaudes, dit-il en riant.
— Tu me stresses. Tu sais très bien que je ne mange pas de pain. Contente-toi d’être toi-même. Qu’est-ce qu’il a dit d’autre, Tony, au sujet d’hier soir ?
— Que les gens envoient leur CV et mettent leur maison en vente. Le chassé-croisé a commencé, mais pas dans les mêmes proportions qu’autrefois. Tu sais que depuis le 11 Septembre, le nombre de postes « top secret » a crû de plusieurs centaines de milliers ? Ça fait des centaines de milliers de bureaucrates concentrés entre Bethesda et Alexandria.”
Le serveur arrive, poussant son chariot de feu, et prépare le steak à la Diane sous leurs yeux. C’est le plat préféré de Charlotte. Ce qu’elle aime par-dessus tout, c’est l’odeur.
“Je suis anéanti par ce qui s’est passé, dit-il tandis que le serveur ajoute des ingrédients dans une casserole à côté d’eux.
— Tu ne l’avais pas vu venir ?
— Apparemment pas.”
Le serveur s’irrite visiblement, puis s’escrime à régler le feu sous sa casserole.
“Nous nous soucions de tout le pays ; je ne crois pas que ce soit égoïste de ne pas souhaiter que tout parte en eau de boudin.” Il secoue la tête. “Je n’ai pas bien servi mon pays.
— Entre tes pieds plats et ton rein en moins, tu n’as jamais vraiment eu l’étoffe d’un soldat, faut dire.
— Quand on s’est rencontrés, on parlait du genre de personne qu’on voulait devenir.
— Oui. Tu voulais devenir Andrew Carnegie, mais tu avais l’impression que ce n’était plus de saison.”

Il acquiesce.

“Tu ne t’en es pas si mal sorti, dit-elle. Tu voulais être riche et puissant et n’avoir qu’à décrocher ton téléphone pour qu’on t’écoute.

— Ce n’est pas suffisant.”

Ils s’interrompent le temps que le serveur garnisse leurs assiettes. L’homme reste planté devant la table jusqu’à ce qu’ils commencent à manger. Charlotte lève les yeux vers lui. “Magnifique. Merci.

— Tu sais ce que Tony voulait être ?

— Quoi ?

— Devine.

— Ambassadeur en France ?”

Il rit. “Nan. Je te donne un indice. On en voit surtout à quatre heures de l’après-midi ou à onze heures et demie le soir.”

Charlotte est perplexe. “Journaliste sportif ?

— Animateur de talk-show. Il a toujours eu une passion pour David Frost et Dick Cavett. Il n’a même pas essayé, trop peur de la réaction de sa famille. Le show-business, tout ça… Ils lui ont toujours reproché d’être faible.

— C’est marrant, dit Charlotte. Quand j’étais jeune, on ne nous demandait jamais ce qu’on voulait devenir ; seulement quel genre d’homme on voulait épouser.”

Mercredi 5 novembre 2008
McLean, Virginie
19 h 43

Du fond des bois, on entend au loin crépiter les radios. Les faisceaux des lampes se glissent entre les arbres. "Je suis là, crie Meghan, craignant que l'imbécile avec le flingue ne lui tire dessus. Vous m'entendez ? Vous êtes armé ? Vous allez me tirer dessus ?"

Avant qu'ils n'approchent, elle les entend annoncer dans leur radio : "On l'a." Les voix se répercutent à travers les bois, presque comme si les arbres parlaient.

"Je suis l'agent Robinson, lance une voix de femme.

— S'il vous plaît, ne tirez pas.

— Personne ne va vous tirer dessus." L'agent Robinson continue d'avancer. "Des collègues arrivent en quad, moi je vais ramener le cheval à pied.

— Je ne me sépare pas de Ranger.

— On ne peut pas vous laisser monter dans la nuit. Et à pied, ça fait long, dit l'agent Robinson.

— Je peux marcher", dit Meghan.

Après bien des récriminations de part et d'autre, l'agent Robinson attache des bâtons verts fluorescents à l'équipement de Ranger, ainsi que quelques-uns à Meghan.

Lorsqu'ils arrivent au départ du sentier, les policiers font cercle autour d'elle. L'agent Robinson se tient sur le côté, les rênes de Ranger à la main. Pourquoi l'entourent-ils ?

"Beaucoup de gens sont partis à ta recherche, dit l'un des flics, comme si Meghan encourait des ennuis.

— Dites ça au crétin qui a tiré, réplique-t-elle, avant de se rendre compte que le crétin qui a tiré, c'est lui.

— Je ne savais pas que tu ne tenais pas le cheval.

— Ranger était attaché à un arbre. Si je l'avais tenu, ç'aurait pu être bien pire. Quand il s'est cabré, il aurait pu me retomber dessus ! C'était une biche, une mère avec son petit. Pourquoi vous ne l'avez pas aidée ?

— Dans le cas d'un animal blessé, le protocole est d'euthanasier de la façon la plus rapide et la plus sûre possible.

— Vous n'avez pas arrêté de lui tirer dessus.

— Combien de tirs ? demande le plus haut gradé.

— Deux, dit l'agent avant que Meghan ait pu placer un mot. Un pour fracturer le crâne, l'autre pour achever la bête. J'avais deux à trois mètres de recul pour éviter les projections."

À ces mots, Meghan éclate en sanglots. "Ah, mais non, quoi. Non. Ça va pas. Je suis pas d'accord.

— Vous voulez nous dire pourquoi vous avez fugué du pensionnat ? demande l'un des policiers.

— Pourquoi voulez-vous que je fugue ?

— À vous de nous le dire.

— Attendez, quoi ?

— Vous n'étiez pas bien quand vous êtes rentrée au lycée cet après-midi, puis vous êtes montée en selle et vous vous êtes enfuie.

— Pas du tout.

— L'une de vos camarades a dit qu'elle vous avait vue et que vous n'aviez pas l'air bien." L'agent a maintenant une main sur sa hanche et l'autre sur son arme.

"Je suis sortie faire un tour à cheval parce que c'est ce que j'aime le plus au monde. J'ai été témoin d'un incident et j'ai appelé de l'aide parce que je pensais que c'était ce qu'on était censé faire. Et après votre homme a buté Bambi comme dans un film d'horreur. Il vous a dit que son faon avait tout vu et qu'il allait probablement mourir seul dans les bois, maintenant ? Il vous en a parlé, du faon ?

— Vous n'avez vraiment pas l'air bien, dit le policier d'un ton qui semble plus moralisateur que bienveillant.

— Je confirme, dit-elle. J'hallucine, là. C'est une histoire de fous." Le cercle des policiers se resserre autour d'elle.

"Ah oui ? demande-t-il. Vous avez pris quelque chose ?

— C'est-à-dire ?
— Des stupéfiants ?
— Oh mon Dieu, mais vous êtes sérieux ?" Elle reste plantée à secouer la tête. "Ça va vraiment trop loin, là", marmonne-t-elle entre ses dents. Elle se détourne du flic qui la questionnait et sort son téléphone. Elle appelle Tony. Elle appelle Tony parce que c'est ce que ses parents feraient. Chaque fois qu'une situation les dépasse ou les accable, ils appellent Tony. Les meilleurs amis, c'est fait pour ça. Les entremetteurs, c'est fait pour ça – pour arranger les choses. Tony arrange des choses pour la Maison Blanche.

Tony répond à la première sonnerie. "Salut, ma grande, qu'est-ce que tu racontes ?
— Je sais même pas quoi dire. Mais y a un truc qui tourne pas rond. Y a un truc qui tourne vraiment pas rond et j'ai besoin de ton aide.
— T'es où ?
— Je suis au bord de la route avec Ranger, entourée de policiers armés qui me demandent si j'ai pris de la drogue et me posent des tas de questions cheloues.
— Absurde. Tu es blessée ?
— Non. Même si j'aurais très bien pu me faire descendre.
— Tu peux passer le téléphone au policier ?
— C'est qui, le chef ? lance-t-elle, brandissant le téléphone.
— Qui le demande ? fait le flic.
— Tony Armstrong, de la Maison Blanche. Assistant spécial auprès du président." Ce n'est pas le genre de formule qu'elle lâche habituellement, mais la situation a déjà trop dégénéré. "Il aimerait parler à la personne responsable."

Les flics se regardent, et l'agent Robinson finit par s'avancer pour prendre l'appel. "Bonjour, monsieur Armstrong…"

Mercredi 5 novembre 2008
Palm Springs, Californie
18 h 15

Leurs assiettes sont aux trois quarts vides lorsque leurs deux téléphones sonnent. Le sien dans la poche de son pantalon, celui de Charlotte dans son sac à main – il ne savait même pas qu'elle l'avait pris. Ils se regardent – c'est mauvais signe.

Dans le restaurant, on les foudroie du regard. Il sort son téléphone et l'ouvre.

"Meghan va bien", prononce une voix à l'autre bout du fil.

Une sueur froide perle sur son visage.

"C'est Mme Hayes de l'Académie…"

D'abord alarmante, la voix poursuit d'un ton monocorde dans l'oreille du Gros Bonnet et son visage devenu livide reprend peu à peu des couleurs lorsqu'il devient clair que la nouvelle n'a rien de funeste.

"Tout va bien ?" demande Charlotte lorsqu'il raccroche. Elle fait signe au serveur qu'elle prendra un autre verre.

Le Gros Bonnet hoche la tête. "Quand les deux téléphones ont sonné en même temps, j'étais persuadé que c'était une mauvaise nouvelle. J'ai cru que son avion s'était écrasé. Peut-être que ça faisait trop pour elle, le voyage, l'excitation du vote, puis la douche froide. C'est l'âge où tout peut partir en vrille, où tu peux péter un plomb sans bonne raison.

— Je croyais qu'ils avaient dit qu'elle allait bien ? dit Charlotte. Tu as fait du bon boulot avec elle. Elle te respecte énormément.

— T'as beau faire le meilleur boulot du monde, t'es jamais à l'abri d'une tuile. Si ces derniers jours m'ont appris une chose, c'est bien celle-là." D'un geste, il demande l'addition.

“À l’évidence, je ne fais pas assez attention à elle, à toi, à ce qui se passe, nom d’un chien.

— Bois un peu d’eau.”

Il paie l’addition en espèces et y ajoute un gros pourboire. “Mes excuses pour le ramdam, dit-il au serveur. On a eu une petite frayeur.

— Pas de souci, dit le serveur.

— Je suis secoué, dit-il à Charlotte alors qu’ils gagnent la sortie. C’est ça ; je suis secoué.”

Mercredi 5 novembre 2008
McLean, Virginie
21 h 40

La porte de la directrice est aux trois quarts fermée, mais Meghan entend des gens parler dans le bureau.

"Il faut lui rappeler que les sorties sur le sentier sont un privilège et que, jusqu'à nouvel ordre, elle est invitée à se cantonner à la carrière, dit quelqu'un – elle ne reconnaît pas la voix.

— On attend de chacune qu'elle se conforme aux règles ; nous sommes un collectif et, pour que ça fonctionne, nous devons tous respecter un code de conduite."

Plantée devant la porte du bureau, Meghan écoute, entortillant le phénix sur le collier qu'elle a acheté ce matin.

"Il faut qu'elle ait bien conscience des attentes."

N'en pouvant plus, Meghan frappe à la porte.

"Entrez.

— Ce n'est pas moi qui ai tiré, lâche-t-elle.

— Personne ne vous fait de reproches, dit une professeur.

— Alors pourquoi vous me punissez ?" Meghan marque une pause. "Cet endroit me débecte, tout me débecte. Ma vie me débecte, putain."

La directrice et les deux autres femmes la dévisagent.

"Je n'ai jamais rien fait de mal, jamais. Et tout à coup, j'ai des ennuis parce que d'autres ne sont pas foutus de faire leur boulot ? Je rends mon tablier. Qu'est-ce que vous dites de ça ? Je rends mon tablier. Passez-moi l'expression. Hors de question que je me tape une journée comme celle-ci et que j'en sois punie. Rien ne m'oblige à rester. Je suis majeure.

— Si vous voulez bien nous excuser, dit la directrice aux deux autres, qui semblent choquées par l'emportement de Meghan.

— Bien sûr." Elles filent.

"Je ferme la porte ? demande l'une des deux.

— Oui, merci. Assieds-toi", dit la directrice à Meghan, qui n'en a pas envie mais s'exécute.

La directrice reste là derrière son bureau, à réfléchir. Elle ne sait pas du tout quoi faire.

"C'est pas juste, dit Meghan. Le matin, t'es dans un endroit et tout semble évident, et le soir t'es dans un autre et plus rien ne sera jamais clair." Il n'y a pas de contrôle, pas de certitude. La prise de conscience est brutale.

"Tu veux boire quelque chose ?" demande la directrice à Meghan. Sans attendre la réponse, elle se dirige vers la petite desserte installée dans le coin de son bureau et sert deux verres, un petit, un grand.

"Ceci n'est jamais arrivé, dit-elle en tendant le verre à Meghan. Les directrices ne servent pas de verres d'alcool à leurs élèves. Et tu ne convaincras jamais personne du contraire.

— Ça n'a jamais eu lieu, dit Meghan, avalant une petite gorgée.

— Je crois que tu ne devrais pas rendre ton tablier ; tu n'en es encore qu'au début. Même si ta sortie dépassait un peu les bornes, j'ai l'impression que tu as trouvé ta voix et que tu sais parfaitement défendre tes intérêts."

Meghan hausse les épaules.

La directrice finit son verre et s'en sert un deuxième. À l'évidence, le petit deuxième n'est pas au programme pour Meghan. "Nous nous sommes beaucoup inquiétés pour toi.

— Si les gens étaient si inquiets, pourquoi la police a mis quarante minutes à arriver ?

— Parce que, comme tu l'as remarqué, tout le monde n'a pas inventé l'eau tiède." La directrice finit son verre et s'en sert un troisième.

"À quoi ça rime quand les gens sur lesquels t'es censée compter ne t'aident pas ? Quand ils débarquent et font le contraire de ce que t'espérais ? Qu'au lieu de sauver une vie, ils tuent ? Je comprends pas.

— Quelque chose me dit que tu comprends très bien, dit la directrice. Et c'est pour ça que tu es si contrariée."

Encore une virginité de perdue, songe Meghan sans le dire.

"Parfois, dans une histoire, il y a des éléments qui nous échappent, des informations passées sous silence.

— Je leur ai dit qui j'étais et où j'étais."

La directrice prend une grande inspiration. "Il y a une histoire qui ne va pas manquer de ressurgir, alors mieux vaut que ce soit moi qui te la raconte. Enfin, c'est trompeur comme entrée en matière, on dirait que je parle d'un conte de fées alors qu'en fait c'est tout le contraire. Si je te dis ça, ce n'est ni pour expliquer ni pour excuser mais parce que ça met en lumière un problème plus global ; il y a souvent des choses qui nous échappent, un arrière-plan.

— Ça me concerne moi ?" demande Meghan.

La directrice secoue la tête. Et durant les vingt minutes qui suivent, elle raconte à Meghan l'effroyable histoire de deux filles. La première avait été victime d'une agression près du campus et avait survécu. Elle était convaincue que son agresseur allait revenir et n'arrêtait pas de le répéter, mais personne ne partageait sa crainte ; les gens n'y voyaient qu'une réaction traumatique. Seulement, l'homme est revenu, a mis la main sur une seconde fille qui ressemblait en tout point à la première et l'a assassinée.

"Où ?

— Dans les bois.

— Ces bois-là ?"

La directrice hoche la tête. "Oui."

Meghan sent un frisson lui parcourir l'échine. "Elle a été tuée dans les bois où je suis allée avec Ranger ?" Jusqu'ici ça allait. Jusqu'ici seulement.

Pour la première fois, elle perçoit la menace de forces extérieures. À un moment, la directrice avait parlé de fin de l'innocence. Était-ce ce qu'elle voulait dire par là ? "Tout à coup, plus rien n'a de sens. C'est comme si quelque chose clochait dans mon cerveau.

— Ton cerveau va très bien."

Meghan reste sans voix pendant quelques instants. "Je suis perdue", finit-elle par dire. Il y a un silence. "Ils ont arrêté le meurtrier ?

— Oui.

— Si j'avais su, je ne serais peut-être pas sortie dans les bois.

— En effet, dit la directrice. Là est la question. Est-ce que le fait de savoir vous arme ou vous inhibe ? Les jeunes femmes sont sujettes à l'anxiété. Certaines pourraient se sentir en danger si elles savaient ce qui s'est passé, pourraient se retrouver prises au piège, écrasées par ce qu'elles savent.

— L'histoire doit servir à quelque chose, dit Meghan.

— On est en droit de l'espérer. Dans ce cas précis, la police s'y était très mal prise pour retrouver l'élève ; s'ils avaient mieux travaillé, elle aurait peut-être survécu. Aujourd'hui, est-ce que l'une des personnes auxquelles tu as parlé avait connaissance de ces précédents ? On aimerait croire qu'il y a des systèmes en place pour nous protéger, mais on est tous un peu plus seuls qu'on l'imagine." La directrice range les affaires disséminées sur son bureau. "Ce fut assurément une longue journée. Si je te raccompagnais à l'internat ?

— D'accord, mais j'aimerais dire bonne nuit à Ranger." La directrice acquiesce.

"Elle s'appelait comment, la fille ? demande Meghan sur le chemin de l'écurie.

— Chh, dit la directrice. C'est assez pour un soir."

Mercredi 5 novembre 2008
Palm Springs, Californie
20 h 10

Sur la route du retour, son téléphone sonne ; il tourne dans une rue résidentielle et se gare sous un lampadaire. “Coucou, ma colombe, dit-il, appelant Meghan par un vieux surnom. Ça va ? Alors, qu'est-ce qui s'est passé ?”

Pendant qu'elle lui raconte l'histoire, un coyote traverse la rue, une quinzaine de mètres devant eux. Il le montre à Charlotte. Le coyote remonte une allée. Puis des glapissements fusent et des chats surgissent et se réfugient tant bien que mal dans l'arbre qui les surplombe. Le coyote redescend l'allée pour venir rôder dans la rue – aux aguets. Le Gros Bonnet écrase longuement son klaxon.

“Vous êtes dans les embouteillages ?

— Non, chérie, je suis dans la voiture avec Mère ; nous rentrons du restaurant. Ta mère voudrait savoir : le cheval va bien ?”

Dans l'une des maisons, quelqu'un allume la lumière et presse son visage contre la vitre. Il fait un appel de phares, flashant le coyote.

“Ranger est incroyable, dit Meghan. La cerise sur le gâteau.

— Elle veut que je te dise... Tiens, tu n'as qu'à le lui dire toi-même.” Il tend le téléphone à Charlotte et descend de voiture pour voir si les chats vont bien, dans leur arbre.

“Demain matin, inspecte les jambes de ton cheval ; assure-toi qu'il n'a pas d'écorchures, dit Charlotte. Parfois, quand tu sors des sentiers, tu peux avoir des écorchures ou des abrasions qui risquent de s'infecter si tu ne les nettoies pas régulièrement.

T'es une fille bien. Repose-toi, maintenant." Charlotte tend le téléphone par la vitre ouverte.

"Dors bien, chérie, et reparlons-nous demain, lance-t-il.

— Et maintenant ? demande Charlotte.

— Les chats sont en haut d'un arbre et le coyote rôde encore, là-bas.

— Et ton plan, c'est de rester planté au milieu de la rue pour voir ce qui se passe ? T'es sûr que c'est un coyote et pas un raton laveur ? Tu comptes grimper à l'arbre ?

— Très drôle."

Il se dirige vers la maison qu'il pense être celle des chats et sonne à la porte. Personne n'ouvre. Il sonne de nouveau.

"Si j'ouvre pas, y a une raison, dit une voix féminine à travers la porte.

— OK, dit-il. J'essayais seulement de vous dire que vos chats sont en haut d'un arbre et qu'il y a un coyote qui rôde.

— C'est pas une plaisanterie, j'espère ?"

Il sent qu'on l'observe à travers l'œilleton. "Est-ce que j'ai l'air d'un plaisantin ?"

La porte s'ouvre.

"Vos chats sont dans l'arbre, dit-il en pointant le doigt. Et le coyote est là-bas." Son index pivote vers la maison voisine.

La femme sort, met deux doigts dans sa bouche et fait retentir un sifflement strident. "Ginger, viens ici, crie-t-elle. Ici, et que ça saute."

Et le coyote sort de l'ombre et se coule vers la maison. Au-dessus de leur tête, les deux chats feulent.

"Ginger, dis à ce monsieur que t'es pas une bête sauvage."

Maintenant que ses yeux se sont habitués et que son pouls s'est stabilisé, il constate que le coyote n'est ni un coyote ni un raton laveur mais un berger allemand élancé avec deux grandes oreilles et une longue queue.

"Très bien, dans ce cas… dit-il en faisant quelques pas en arrière. Je vous souhaite une bonne soirée."

Dans la voiture, Charlotte est hilare.

"Pas drôle, dit-il en montant. Pas drôle du tout."

Elle pose sa main derrière la tête de son mari et lui chatouille la nuque, un geste affectueux qu'elle n'avait pas fait depuis des années. Le sang du Gros Bonnet se met à circuler dans l'autre sens.

"Tu avais fière allure, là-bas, dit-elle. L'air fort et plein d'autorité."

Lorsqu'ils arrivent chez eux, il enlace impulsivement Charlotte et enfouit son nez dans son cou. Fleur d'oranger. À la hâte, il la conduit dans le couloir et jusqu'à la chambre d'amis.

"La chambre d'amis ?

— Il faut que les choses changent", dit-il.

L'acte ne procède pas tant de la passion que de l'urgence, du besoin de soulager une cacophonie de poussées hormonales liées à l'angoisse du coup de téléphone, à la montée d'adrénaline provoquée par le chien, à sa colère et à tous les non-dits accumulés depuis si longtemps. Pan, pan, pan, c'est comme un règlement de comptes dans la mafia. Primitif, bref, brutal, un moment comme il n'y en a pas eu entre eux depuis des années. Ils s'acharnent l'un sur l'autre puis s'effondrent épuisés, grisés, sur le lit.

C'est comme si c'était indépendant d'eux, comme si la chose les dépassait.

Puis les voilà séparés – étrangers l'un à l'autre, étourdis. Ils restent hébétés pendant une bonne heure, puis il l'aide à se lever pour aller à la salle de bains et ils longent le couloir jusqu'à leur chambre.

"Je me sens comme un préservatif usagé, dit-elle. Comment on appelait ça, déjà – une capote anglaise."

Lorsqu'elle est bien au chaud dans le lit, elle roule vers lui de sa propre initiative et ils recommencent, plus lentement, cette fois, avec une grande familiarité, on pourrait presque dire avec satisfaction, mais ce serait une exagération. Ce serait le nom de la passion à l'âge mûr. Ils ont fait l'amour de façon satisfaisante – l'horreur.

Ils font l'amour lentement parce qu'ils ne peuvent pas faire mieux. C'est la première fois depuis une éternité qu'ils repartent pour un tour. C'est comme ça qu'ils disaient, repartir pour un tour. Ils font l'amour lentement et, sans savoir ce que c'était ou n'est pas, ça leur confirme que ce qui s'est passé tout à l'heure n'était pas qu'un coup de chance ou une anomalie. Il y a entre eux quelque chose qui est de l'ordre de la tendresse ou de l'appréciation, du sentiment mutuel, sans aller jusqu'au désir ou, Dieu les en garde, à la luxure.

Puis, inévitablement, une gêne, un repli. Ni l'un ni l'autre n'a envie de demander ce que ça veut dire ou quel tournant ça peut marquer dans la relation. Mais c'est une victoire personnelle pour chacun d'eux et ils n'ont pas envie de la compromettre.

"Je veux simplement que tu saches que je suis là, dit-il en l'enlaçant.

— Merci.

— Quelle ironie, non ? On parlait du cours des choses et c'est là qu'il arrive un truc.

— Le sexe ? demande-t-elle.

— Non. Le coup de fil. Je trouve ça dur. Elle change.

— Elle est en train de devenir une personne à part entière. Elle ne sera pas toujours entichée de toi ; elle ne fera pas toujours ce que tu veux.

— Ça m'est égal.

— Tu mens.

— Pas délibérément, j'espère seulement que je m'y ferai. Que j'évoluerai."

Il se blottit contre elle. "Tu sais, même Cindy McCain a fait une cure de désintoxication ; il n'y a pas de honte à ça. Je parie qu'elle serait heureuse d'en parler avec toi.

— Je n'ai pas besoin d'être désintoxiquée, répond-elle sèchement.

— Tu es très malheureuse.

— Oui.

— Tu sais pourquoi ?

— J'ai oublié de vivre ma vie. Ça fait un quart de siècle que je vis la tienne. La dernière fois que j'ai eu une vie à moi, j'avais dans les onze ans.

— Et tu faisais quoi ?

— Je prenais des cours de claquettes, répond-elle sans ciller.

— Tu n'as qu'à te réinscrire.

— C'est une idée", dit-elle, roulant de son côté du lit et éteignant la lumière.

Silence.

“T’as déjà passé l’âge critique ?
— Pardon ?
— L’âge critique, il paraît qu’on dit ça.
— Pourquoi cette question ?
— Je me demandais seulement si ça avait eu lieu.
— Oui. C’est fini depuis longtemps.”

Il pense à Meghan, au cheval qui s’est perdu et à sa femme, qui a demandé des nouvelles du cheval, mais pas de Meghan. S’il lui posait la question, elle dirait qu’elle savait que Meghan allait bien, mais tous deux sauraient que c’est plus compliqué que ça.

“Dors”, dit Charlotte.

Les longues fenêtres sont d’un noir brillant. À la lueur de la veilleuse, il se voit dans la vitre.

Il ne l’entend pas la première fois parce qu’il est trop occupé à regarder.

“Dors”, répète-t-elle.

Jeudi 6 novembre 2008
McLean, Virginie
8 h 00

La journée commence par un contrôle d'histoire. Quelques filles savent qu'il est arrivé quelque chose hier parce que les nouvelles vont vite, mais personne ne sait exactement quoi. Pour Meghan, l'important n'est pas qui est au courant pour elle, mais qui est au courant pour l'élève assassinée.

"Ça va ? Il paraît que tu t'es fait arrêter hier soir.

— Je me suis pas fait arrêter.

— C'est pas ce qu'on m'a dit.

— Il paraît que la police te cherchait. Ça m'étonne que tu sois encore là et qu'ils t'aient pas virée.

— Je me suis perdue dans les bois. On se fait pas virer pour ça.

— Y a deux ans, une fille s'est fait virer rien que pour y être allée.

— Elle s'est pas fait virer pour être allée dans les bois ; elle s'est fait virer parce qu'elle avait vendu de la drogue à une autre élève qui était aussi allée dans les bois.

— Je suis contente que tu sois pas morte, dit l'une des filles. J'ai cru que t'étais tellement pas bien après la défaite de McCain que tu t'étais suicidée.

— Pourquoi veux-tu que je me suicide pour une élection ?

— Je sais pas ; tu sais comment sont les filles, dit la fille.

— T'en es une aussi, dit l'une des autres filles.

— Justement, dit une autre fille.

— Il paraît que Mme Webster, du bureau des admissions, ne faisait que pleurer et que personne n'arrivait à la consoler. Elle a dit que c'était à cause d'elle que t'avais un cheval ; elle se sentait responsable de ta disparition.

— Vous avez toutes l'air hystériques, dit l'une d'entre elles.

— C'est ce qu'on dit souvent des femmes", dit Naomi Widder. C'est la plus intelligente du groupe.

"Jeunes femmes, jeunes femmes", dit Mme Adams, débarquant dans la classe à grandes foulées. Âgée de vingt-trois ans, Mme Adams est une jeune diplômée de William & Mary qui a suivi un double cursus en politique et en histoire des femmes. Elle est la première lauréate de la bourse de recherche Woolrich Capstone, qui convie une jeune diplômée à passer un an en résidence au lycée pour y poursuivre ses recherches et y animer un séminaire à destination des terminales. Mme Adams est "de la famille Adams", ce qui lui donne une longueur d'avance, puisqu'elle a grandi en étant à la fois héritière et dépositaire de l'histoire. Au début du semestre, elle s'est présentée à ses élèves comme quelqu'un qui, tôt dans sa vie, "a été attentif au fait que chaque famille a une histoire. Une histoire qui fait son identité. Et que ceux qui ne sont pas d'accord avec cette histoire sont des moutons noirs". Le cours qu'elle donne s'intitule "Vies de femmes : fenêtres et miroirs tournés vers une nouvelle histoire américaine".

"Aujourd'hui, nous sommes à mi-semestre, et au lieu de faire un contrôle, vous allez présenter vos projets de recherche. Naomi, que diriez-vous d'ouvrir le bal ?"

Les tables sont disposées en cercle. Mme Adams nomme sa façon d'enseigner la méthode Harkness, un modèle unique dont elle a bénéficié en tant qu'élève à Phillips Exeter, où elle a fait sa "prépa" pour l'université.

"Merci, madame Adams, dit Naomi. Comme vous le savez, je suis poète, et pour être poète, il faut étudier les autres poètes. Mon attention s'est portée sur Emily Dickinson car, lorsque j'ai commencé à écrire des poèmes, ma mère m'a offert un livre de Dickinson, non parce que c'est la meilleure femme poète mais parce que, parmi celles qu'elle connaissait, c'était la seule à ne pas s'être suicidée. Ce dont je vais parler aujourd'hui, c'est de ce que Dickinson n'a pas dit et du concept de mémoire de la pierre. Le livre *Une biche blessée* de Wendy K. Perriman s'appuie sur les derniers développements de la théorie des traumatismes pour examiner l'idée que Dickinson a été victime d'abus sexuels.

— Une biche blessée, comme toi, chuchote l'une des filles à Meghan.

— Je ne suis pas blessée", répond Meghan.

Naomi poursuit. "Ce qui m'a poussée à explorer cette noirceur dans la vie de Dickinson, c'est une expérience vécue. Au printemps dernier, j'ai visité la maison de Dickinson à Amherst et, une fois à l'intérieur, je m'y suis sentie mal à l'aise sans parvenir à me l'expliquer. À la même période, j'ai découvert l'idée de mémoire de la pierre ou de mémoire des lieux. Il s'agit d'une idée controversée exposée pour la première fois en 1837 dans *Le Neuvième Traité de Bridgewater* de Charles Babbage, l'idée étant que les bâtiments ou les objets stockent et peuvent restituer des événements du passé. Babbage pensait que les mots laissaient une empreinte permanente dans l'air ; même si on ne peut plus les entendre, ils subsistent. Après avoir passé du temps à relire l'œuvre de Dickinson et à visiter sa maison, j'ai le sentiment qu'il nous faut réexaminer sa poésie et la possibilité que de nombreuses femmes portent dans leur chair une forme de traumatisme de la pierre qui est transmise aux générations futures."

Quand Naomi s'arrête, toutes les filles applaudissent.

Meghan entend le tout en fond sonore mais son esprit est ailleurs. Elle se repasse les événements des quarante-huit heures écoulées comme s'il s'agissait d'un film. Elle pense au visage de son père quand John McCain a perdu. Elle le regardait quand la nouvelle est tombée ; elle l'a vu perdre ses couleurs et une sorte de terreur blanche, froide, monter depuis son cou. Il jetait des regards à travers la salle, observant les autres hommes. "Game over", avait dit quelqu'un, elle ne sait plus qui. Puis elle repense à son retour de l'aéroport et à sa conversation avec M. Chicot. Elle lui avait décrit cet instant ; elle avait presque eu peur de le dire, mais elle avait besoin d'en parler. M. Chicot avait hoché la tête d'un air entendu. "Comme un témoin de l'apocalypse, avait-il dit. Ce regard-là, je l'ai vu, moi aussi, en novembre 1963. – Élection ?" avait demandé Meghan. "Assassinat. On avait abattu le président Kennedy. Mon père est rentré du travail au milieu de la journée et il avait aussi cette expression de terreur froide et blanche. Et ce n'était pas parce que mon père aimait Kennedy, il avait voté Nixon, mais parce que ce genre de chose n'était pas censé arriver chez nous. La réalité et la vérité telles qu'il les connaissait étaient tout à coup remises en cause. Et je peux vous dire que voir l'homme censé m'assurer ma stabilité faire dans son froc, pardon pour l'expression, ça m'a marqué à jamais."

Elle est en classe en train de penser à l'assassinat de Kennedy, à la balle qui lui a fendu le crâne, et elle pense à la biche dans les bois et le ressent physiquement, le claquement soudain du premier coup de feu, le tressaillement de tout son être, puis le second coup de feu. Elle ferme les yeux, grimace.

"Ça va ? lui demande l'une des filles.

— Quoi ? dit Meghan. Désolée, je...

— On dirait que t'as vu un revenant.

— Prenez des risques, est en train de dire Mme Adams. Affrontez ce qui vous met mal à l'aise. Trouvez les mots qui rendent compte de votre expérience. Voici quelques-unes des idées que j'ai partagées avec vous en septembre quand je vous ai parlé de ce que j'espérais accomplir avec vous dans ce cours. Merci, Naomi, de nous pousser à réfléchir à Emily Dickinson. Ashley, rappelez-nous votre sujet.

— Mon sujet, ce sont les femmes artistes et la nécessité de créer un musée des femmes, dit Ashley. Quand j'étais petite, mes parents m'emmenaient tout le temps dans des musées, et au début, je n'ai pas remarqué qu'aucune femme artiste n'y était exposée, puis j'ai commencé à me demander pourquoi."

Nur fait part de ses idées sur le luxe que constitue la vie de femme au foyer, sur les cycles du mouvement féministe, et se demande s'il faut détester les hommes pour soutenir les femmes. Haley traite de la construction à l'époque coloniale et de la terre qu'une femme a sous les ongles.

Meghan n'arrive à penser qu'à hier soir : à la biche dans les bois, au faon privé de sa mère, à la détonation assourdissante de l'arme. Elle repense à la fille assassinée. Elle a la tête qui tourne ; peut-être parce qu'elle n'a pas pris de petit-déjeuner, peut-être parce qu'elle a la gueule de bois après le petit verre de sherry que lui a servi la directrice.

“Meghan, vous êtes avec nous ? demande Mme Adams.

— Désolée.

— Ne vous excusez pas, dit Mme Adams. Les femmes s’excusent trop souvent.

— C’est vrai, désolée, dit-elle de nouveau, puis elle inspire un grand coup. Mon projet s’intitule « Monter à califourchon » ; il s’agit d’étudier l’évolution des idées sur les femmes, les chevaux et le pouvoir à travers l’histoire. Ce sujet m’a été inspiré par mon expérience de fille unique élevée par une mère plutôt soucieuse des conventions. J’admire énormément ma mère, mais elle n’est pas très affectueuse. Le cheval est notre façon de passer du temps ensemble et c’est là que je l’ai vue faire preuve à la fois de force physique et de solidité intellectuelle, facultés qu’elle m’a transmises. J’ai le souvenir des yeux de ma mère sur moi quand je faisais le tour du manège au petit galop, du sentiment que j’avais de lui faire plaisir, de chercher son approbation, loin de tout regard masculin. Pour l’essentiel, le rapport des femmes aux chevaux a été exploré par des hommes qui en ont une vision sexualisée. Ils pensent qu’une femme monte à cheval pour appréhender ses fantasmes sexuels, ses angoisses vis-à-vis des hommes. Je peux vous dire que le rapport de mon cheval, Ranger, à mes fesses ou mes cuisses n’a rien de sexuel. Ce qu’il ressent, c’est la façon dont mon corps communique avec le sien ; pour lui, mes fesses et mes cuisses sont vecteurs d’autorité, de puissance du corps et de l’esprit. Quand je monte à cheval, j’ai le pouvoir, je suis sûre de moi, je suis libre.” Meghan continue à lire sa feuille. “Les chevaux peuplent les rêves et les contes de fées, mais ils ont aussi une place dans l’histoire des femmes de Sacagawea à Annie Oakley et Inez Milholland. Intenses et musqués. Sages et vaillants. Avant le XIVe siècle, les femmes montaient à califourchon. Jeanne d’Arc, condamnée au bûcher à l’âge de dix-neuf ans pour sorcellerie, était une jeune femme en avance sur son temps. Jeanne d’Arc montait à califourchon. La rumeur a couru que Catherine la Grande, impératrice de Russie, était morte à la suite d’un rapport sexuel avec son cheval, Dudley. On poussait les gens à imaginer Catherine dans un échange sexuel avec son cheval pour montrer combien son règne d’impératrice était « contre-nature ». Elle se sentait libre de gouverner, de prendre de nombreux amants, et ça dérangeait les gens, qui trouvaient que c'était là le comportement d'un homme. Catherine la Grande montait à califourchon. Anne de Bohême, envoyée de Prague jusqu'en Angleterre afin d'être mariée au roi Richard II, se voit forcée de monter en amazone, sanglée à son cheval, parce que sa famille voulait être sûre qu'elle arriverait « intacte ». L'apparition de la selle d'amazone a alors pour but d'empêcher la rupture accidentelle de l'hymen royal, ce qui aurait rendu la princesse impossible à marier. Anne est emballée et livrée comme un colis. En public, la reine Élisabeth montait souvent en amazone, comme elle le fait en 1987 pour la cérémonie du Salut aux couleurs, mais, plus souvent encore, on la voit monter à califourchon, comme lors de sa promenade à cheval avec le président Reagan, au château de Windsor, en 1982. Les chevaux ont propulsé les femmes à pleine puissance dans l'avenir. En mars 1913, drapée d'une cape blanche et montant son cheval, Gray Dawn, Inez Milholland, une suffragette, avocate en droit du travail et activiste, prend la tête d'un cortège de huit mille femmes défilant sur Pennsylvania Avenue, à Washington, pour réclamer le droit de vote des femmes. En 1916, Milholland s'effondre en plein discours, à Los Angeles, et meurt après avoir donné sa vie pour que nous puissions « avancer dans la lumière »."

Meghan s'interrompt, la lèvre tremblante, puis fond en larmes.

"Qu'est-ce qui se passe ? Pourquoi tu pleures ? demande Mme Adams.

— Pour tout, dit Meghan en reniflant. Je pleure pour tout. J'ai l'impression que si on veut monter à califourchon, être forte et indépendante, il faut faire une croix sur plein de choses.

— Comme quoi ? demande l'une des filles.

— Comme sa famille, dit une autre fille. Comme tout ce que les gens attendent de toi.

— La terminale est une année difficile, dit Mme Adams. Vous êtes à la veille de tant de changements."

Les filles regardent Mme Adams, l'air de dire : Rien de mieux en magasin ?

"On se dit que les choses ont évolué, mais est-ce le cas ? Vraiment ? demande une autre fille.

— Elle pleure à cause de la fille morte, dit Ashley d'un ton détaché.

— Quelle fille morte ? demande Mme Adams.

— Celle dont personne ne parle, répond Ashley. Une fille d'ici a disparu et on l'a retrouvée tuée dans les bois.

— Comment ça, disparu ?

— Vous savez, les vélos pourris du lycée qu'on prend en descente mais qu'on ne remonte jamais ? Ceux qu'ils ramènent à l'arrière du pick-up ?"

Toutes les filles hochent la tête.

"Un jour, après l'église, cette fille est partie à vélo et personne n'a remarqué son absence jusqu'au dîner. Le lendemain, on a retrouvé son corps dans les bois.

— Tu es sûre que c'est une histoire vraie ? demande Mme Adams.

— Ma tante la connaissait, répond Ashley. Elle m'a dit que c'était une fille très chouette, une des plus chouettes."

Naomi tapote doucement le dos de Meghan, comme si elle lui faisait faire son rot.

Meghan pleure toujours. Elle ne peut pas recommencer comme avant. Rien de tout cela ne peut continuer.

"Tu pleures pour la fille morte ? demande Nur.

— Je pleure pour toutes les filles, articule Meghan à grand-peine. Je pleure pour tout le monde.

— C'est pas arrivé ici, dit Haley.

— Si, dit Naomi, et Haley fond en larmes.

— Quelque part dans les bois, il y a un faon privé de sa mère, dit Meghan. Et il y a une fille morte qu'on a privée d'histoire."

Jeudi 6 novembre 2008
Palm Springs, Californie
5 h 00

"Et après ?" Il a griffonné la question en grand au milieu de son sous-main avec son feutre bleu Paper Mate Flair. Ce sont ses stylos préférés : bleu, noir, rouge et vert. Le bleu, c'est pour les idées nouvelles ; le noir pour les notes et les signatures ; le rouge pour les corrections ou les urgences ; et le vert, eh bien, le vert, c'est pour l'argent, pour tout additionner. Le Paper Mate a d'abord été fabriqué par Frawley Pen d'Oak Brook, dans l'Illinois, avant que l'entreprise ne soit rachetée par Gillette.

Il a sa pile de serviettes en papier du bar du Biltmore à côté de lui et les passe en revue, déchiffrant ses notes, parfois collées entre elles par du jaune d'œuf.

Il dessine sur le papier de son sous-main, "faire une ébauche", il appelle ça, mais il s'agit plutôt d'une carte, d'une arborescence. Il utilise une série de symboles qu'il a inventés, dont un qu'il nomme "trombone mental" ainsi que diverses notations qui relèvent autant des symboles logiques que des signes de correction éditoriale. C'est un code que seul son auteur comprend – points, traits, gribouillis et quelques visages familiers qui sont plus nouveaux, :). Celui-là, il ne l'a appris de sa fille que récemment.

"Qu'est-ce que ta maîtresse mettait sur tes copies quand t'étais petit ? lui avait demandé Meghan, montrant fièrement ses ☺ A+.

— Des étoiles dorées, avait-il expliqué. Elle ornait nos copies d'étoiles de papier gommé couleur or. Et de quoi on parlait le plus ? Du fait que Mme Worth avait dû les lécher, qu'on avait sa salive sur nos copies.

— Ça date de quand ? Des années vingt ?

— Non, je n'étais même pas né dans les années vingt. C'était dans le Connecticut des années cinquante."

Il utilise son stylo bleu pour mettre quelques ☺ sur l'épais papier blanc du sous-main à côté des idées qui lui tiennent particulièrement à cœur, regardant les traits s'élargir à mesure que le papier boit l'encre ; les ¨ du ☺ se dilatent comme des pupilles.

Son idée se concentre sur ce qu'il considère comme l'échec du Parti républicain. Inspiré par la discussion qu'il a eue avec l'homme du bar, il dessine une série de grosses bulles reflétant la structure du gouvernement et, à l'intérieur, il écrit : exécutif, législatif, judiciaire. Puis une série de bulles plus petites : armée, finance, santé, médias. De chacune de celles-ci, en lignes ondulant comme de petites vagues ou le sillage d'un bateau, partent les mots : chœur, fantassin, pion, homme de terrain.

Maintenant qu'il a son plan devant lui, il pivote sur son fauteuil, ouvre ses armoires de classement et entame ses recherches. Il a une rangée de trois meubles classeurs en bois qu'il a fait équiper de serrures dignes de ce nom. Il les a en triple, une série dans chacune de ses maisons, renfermant le même contenu. Il les appelle ses coffres-forts. Dans les coffres-forts, tout est rangé par ordre chronologique, le plus ancien au fond, le plus récent devant.

Quand il a un problème à résoudre, il passe les coffres en revue. C'est un peu son Rubik's Cube à lui ; ce qu'il cherche, ce sont les bons éléments, la recette. L'ingrédient de base, c'est l'argent, beaucoup d'argent. Que contiennent les coffres ? Tout. Les listes annuelles de ses réunions, les accords commerciaux qu'on lui a proposés, ce qu'il a accepté, ce qu'il a refusé. Il a des dossiers sur ses amis. "Ton petit FBI personnel", a un jour commenté Tony.

Pour le projet en cours, il dresse un tableau d'hommes ayant entre eux des relations d'affaires, note où ils ont fait leurs études, où ils jouent au golf, ce qu'il sait de leur femme et de leur famille. Il essaie de voir quel agencement il peut construire dont les parties agiraient de façon à la fois synchrone et asynchrone sans que les rouages soient mis à nu, quelque chose qui soit à la fois opérationnel et suffisamment enchevêtré pour qu'on ne puisse pas retrouver l'identité de ceux qui tirent les ficelles.

Il sait que l'idée n'a rien d'original ; il est conscient que des hommes bien plus grands que lui ont dressé des plans par le passé – mais où sont-ils aujourd'hui ?

En général, mieux vaut éviter de dire au Gros Bonnet ce qu'on ne peut pas faire, parce qu'il trouvera toujours un moyen d'y arriver ; un mur ou le mot "impossible" ne sont pas une entrave, mais une stimulation, un défi dans une existence par ailleurs bien trop routinière.

À ce stade, il a sorti des dossiers, des notes et des piles de cartes de visite et il est en train de relier les points. En faisant ce travail, il se remémore les outils de l'enfance : Meccano, blocs de bois, voire simples bouts de bois, vieilles briques qu'il trouvait dans le jardin. Il a toujours aimé édifier des mondes de son invention. Il sait que les gosses le font toujours, mais aujourd'hui les Lego sont livrés avec une notice et ne contiennent que les pièces nécessaires à la construction de l'objet figurant sur la boîte. Il sait que les gosses bâtissent des mondes sur leur ordinateur et jouent à des jeux de guerre virtuels, mais quoi qu'il fasse, il aime pouvoir manipuler, sentir, toucher.

Les réseaux. C'est la clé de toute l'affaire. Il est pleinement mobilisé pour la première fois depuis longtemps et cette sensation le transporte. Voilà ce qu'il éprouvait jadis, l'impression que tout était possible.

Il passe des meubles classeurs à son outil préféré. Il saisit le lourd bouton noir de son Rolodex à double barillet et lui imprime une rotation. Le Rolodex est l'instrument par excellence de l'homme d'influence et, comme pour tout, le Gros Bonnet a des règles qu'il convient de respecter. On n'enlève pas la fiche d'un défunt ; on la barre simplement au marqueur noir en précisant la date du décès. Toute fiche comporte les nom, date de naissance, coordonnées, nom de la secrétaire, de la (ou des) épouse(s), des enfants, ainsi que toute autre information utile – allergique aux fruits à coque, etc. Méthodiquement, il parcourt l'alphabet, commençant par la lettre M (le milieu), car il craint que l'habitude et la lassitude ne s'installent s'il commence toujours par la même lettre.

Il se demande qui pourrait être un atout dans cette entreprise. Qui a de l'imagination, du discernement et de l'argent à claquer ? Qui se trouve à un stade de sa vie où il ne se sent peut-être plus obligé d'être aussi respectueux des règles ? Qui, pour des raisons qui lui sont propres ou par penchant philosophique, moral ou culturel, pourrait avoir envie d'un changement d'approche ? Qui aime les défis ? Qui est digne de confiance ?

À sept heures du matin sur la côte est, il est au téléphone avec Tony. "Je ne sais pas comment tu vois les choses d'où tu es, mais pour moi, c'est l'officialisation de l'apocalypse. Va falloir qu'on fasse quelque chose.

— Quoi, demander un recomptage ? dit Tony, rappelant au Gros Bonnet le coup de fil qu'ils avaient passé la dernière fois à la secrétaire d'État de Floride, Katherine Harris, dont le père, George W. Harris Jr., était un vieil ami.

— Non. Quelque chose de plus conséquent. À plus long terme. J'ai envie de réunir quelques personnes pour commencer à en parler. Tu peux venir, maintenant que la partie est pliée ?

— Où ?

— Là où je me trouve en ce moment même, dans ta seconde maison, à Palm Springs.

— Quand ?

— Ce week-end.

— C'est si urgent que ça ?

— Tony, t'es à Washington depuis trop longtemps. En 2000, on s'en est sortis de justesse. Et maintenant ça ? Quand vas-tu mettre le nez dehors et regarder la couleur du ciel ?

— En ce moment, il est d'un joli gris clair non partisan, dit Tony.

— Eh bien, là où je suis, les nuages noirs se pressent à l'horizon, dit le Gros Bonnet. Quand vas-tu cesser de te cramponner à la ligne centriste ? Tu t'y accroches depuis le départ de Nixon ; ça ne sied pas vraiment à un homme de ta trempe.

— Faut savoir ménager la chèvre et le chou, dit Tony.

— Un jour ou l'autre, il faudra bien que t'arrêtes d'être au service des autres et que t'aies le courage de prendre l'initiative.

— Surtout maintenant que nous sommes officiellement sortants ; des mesures s'imposent, mon avenir est devant moi.

— Exactement.

— Je plaisantais à moitié, dit Tony. Pour citer Alfred North Whitehead : « Le vrai courage n'est pas la force brutale du héros vulgaire mais la ferme résolution de la vertu et de la raison. »

— Je vois que ton éducation t'a été profitable, dit le Gros Bonnet. J'ai quelques noms à te soumettre, un noyau dur auprès de qui tester mon idée.

— Quel genre de noms ?

— Des hommes à qui je serais prêt à confier ma vie." Il y a un silence. "Je te dis les noms, et s'ils te semblent à la hauteur, pas besoin de réagir.

— Je déteste ce jeu", dit Tony. Le Gros Bonnet et lui ont ce genre de conversations à sens unique depuis la sortie des *Hommes du président.*

Le Gros Bonnet commence. "Edwin ? Roger ? Martin, pas le premier qui vient à l'esprit, le discret ? Albert ?"

Tony l'interrompt. "Avec Edwin, tu pêcherais en eau trouble ; il est sur le point d'être inculpé pour fraude. Roger, c'est Roger, pour le meilleur et pour le pire. Tu ne peux pas approcher Martin, ça sent la vase dans sa vie privée.

— Tu veux préciser ? demande le Gros Bonnet.

— Je suis au bureau. Dans l'aquarium. Même les gros poissons sentent les remous." Tony déteste ce jeu et les métaphores aquatiques sont sa petite vengeance.

Lorsqu'ils ont terminé, le Gros Bonnet a une liste de quelques noms, la "première vague", comme il les nomme, et Tony a accepté de prendre un vol de nuit vendredi soir. "Anthony", dit le Gros Bonnet. Il ne l'appelle Anthony que dans les moments graves. Il ne se rend même pas compte qu'il vient de le faire. "Anthony, les gens pleuraient, à Phoenix.

— Leurs larmes ne m'ont pas échappé.

— Il y en a encore un qui m'intéresse, dit le Gros Bonnet. Un gars qui était là hier soir, qui avait l'air de connaître son affaire.

— Comment il s'appelle ?

— Eh bien, c'est ça qui est drôle, je n'ai pas son nom mais j'ai son numéro, DUpont 7-8354."

Silence.

"Intéressant. DU, en 2008. Il est de la vieille école.

— Exactement. Il a parlé de la pluie sur le mont Weather, dit le Gros Bonnet.

— Je suis au bureau, l'interrompt Tony.

— Dis-moi ce que tu trouves à son sujet. À samedi", dit le Gros Bonnet avant de raccrocher.

Après Tony, il appelle Bo McDonald. Il serait le premier à dire qu'il ne connaît pas Bo McDonald si bien que ça, mais il le connaît depuis longtemps, et il connaît son histoire. S'il y a un homme qu'on peut qualifier de solide et de fiable, c'est bien lui. Son père était l'un des fondateurs de l'oss et Bo est tombé dans le chaudron quand il était petit. William McDonald VII, surnommé "l'enfant prince", a travaillé "avec" Washington jusqu'au jour où, lassé de la bureaucratie, il est rentré en Californie pour fonder une entreprise aérospatiale. Howard Hughes, qui était un vieil ami de son père, lui avait appris à piloter quand il était tout jeune. "Prêt à tutoyer le ciel ?" demandait Hughes au petit en lui claquant une barre chocolatée aux amandes dans la main comme s'il s'agissait d'un paquet de biffetons. "J'aimais tant Howard, disait souvent Bo. Je l'ai aimé jusqu'à ce qu'il ne reste plus rien à aimer." Et lorsqu'on mentionne le caractère irascible de Bo, on l'exonère aussitôt en disant que, s'il est comme il est, c'est parce qu'il n'a rien à perdre et rien à gagner. Il n'aurait jamais pu en faire assez pour impressionner le seul homme qu'il avait besoin d'impressionner – son père, William McDonald VI, alias Big Will.

Les McDonald faisaient partie d'une lignée d'hommes qui gravissaient des montagnes avant le petit-déjeuner parce qu'ils jugeaient que ça forgeait le caractère. Le genre d'hommes qui se donnent du "junior" tant que leur père est en vie. Bo fut l'un des derniers rejetons à être élevé pour prendre la tête d'un empire et, aussi dépassé que ça puisse paraître, ça lui donne un point de vue que le Gros Bonnet trouve parfait pour cette situation. Il sait que Bo l'aime bien. Et il sait qu'après le naufrage de son troisième mariage, Bo a vendu ses dernières participations dans l'aérospatiale, notamment les plans d'une boîte qui devait construire des navettes réutilisables conçues pour des voyages commerciaux vers la Lune. Il s'est acheté un vignoble du côté de San Francisco. Dans des magazines comme *Cigar Aficionado*, il est dépeint comme un gentleman-farmer, si le mot convient pour quelqu'un qui possède quatre cents hectares et cherche à s'agrandir.

Le Gros Bonnet attend que le soleil soit levé à Sonoma avant de laisser ses doigts se promener sur le clavier du téléphone. "Bo, lance-t-il d'une voix exubérante. Bo, comme s'il s'apprêtait à lui décerner on ne sait quelle récompense. C'est Hitchens. Ça m'a fait plaisir de te voir l'autre soir.

— Toujours à Phoenix en train de te secouer la nouille ?" demande Bo. Ils s'étaient croisés dans les toilettes.

"Je suis à Palm Springs, en train de me demander ce que tu fais ce week-end ; tu ne descendrais pas pour une partie de golf et pour causer un peu ?

— Qu'est-ce qu'on est en train de faire, là ? On n'est pas en train de causer ? Quelle heure est-il ?

— Désolé pour l'heure. Je t'ai réveillé ?

— Impossible, répond Bo. Je n'ai pas dormi plus de dix minutes d'affilée depuis au moins cinq ans. Qu'as-tu de si intéressant à raconter que je sois obligé de me déplacer ?

— On pourrait causer liberté, dit le Gros Bonnet, presque comme si c'était une suggestion ou une question ouverte.

— Tu veux me soutirer du fric pour protéger un sanctuaire de macareux ? Ou des lacs sur la Lune, la mer de la Tranquillité ?

— Je veux que tu m'aides à trouver un moyen de sauver le monde, alias la démocratie américaine.

— Fallait le dire tout de suite.

— J'essayais d'être discret."

McDonald grommelle. "Il doit faire quel temps ?

— Beau", dit le Gros Bonnet. Il n'a pas la moindre idée du temps prévu pour le week-end, mais il fait presque toujours beau.

McDonald est bien élevé, assez pour ne pas demander qui d'autre est invité. Il se contente de demander l'adresse et l'heure à laquelle ils se retrouvent.

"À onze heures, samedi matin.

— Quel est l'aéroport le plus proche ?

— Bermuda Dunes. Cela dit, je passe parfois par Thermal, qui a une longue histoire ; c'est une ancienne base militaire. Pendant un temps, ils l'ont appelé Desert Resorts et maintenant c'est Jacqueline Cochran.

— Thermal et même thermique. Elle était sous l'autorité du général Patton, la base", dit McDonald.

Et le Gros Bonnet se demande : C'est vrai, ça ? Patton à Palm Springs ?

"Samedi, onze heures", dit McDonald, et il raccroche.

"Il est bien, ce golf ? veut savoir Henry Proctor Kissick. Et il y aura qui d'autre ?" H. P. Kissick est quelqu'un à qui il faut beaucoup d'informations. Il n'est pas versé dans le jargon de la pluie, des montagnes et des indicatifs téléphoniques uniques. Pourquoi le Gros Bonnet le veut-il dans l'équipe ? Parce qu'ils ne peuvent pas tous être issus du sérail. Pour le moment, tout ce qu'il a, c'est de l'argent et le désir que les choses soient différentes. Et il est assez intelligent pour savoir que, bien employés, ces éléments sont synonymes d'autorité, voire plus. Il a besoin de Kissick parce que Kissick est un génie de la finance. C'est un économiste devenu fiscaliste et, à son premier poste dans un cabinet d'avocats de la haute société, il a décelé un moyen d'optimiser la comptabilité de l'entreprise et a fait économiser dans les quatre-vingts millions de dollars au cabinet la première année. Puis il a compris que, s'il était capable de faire ce genre de choses pour autrui, il pouvait aussi bien le faire pour lui-même. Il a fondé sa propre entreprise, assurant les actifs des autres, faisant son beurre de leurs angoisses et de leurs incertitudes. Le Gros Bonnet et lui ont gagné des centaines de millions de dollars grâce au stress des gens. Les compagnies d'assurances encaissent plus de primes qu'ils ne versent d'indemnisations, mais le nerf de la guerre, c'est d'investir la trésorerie, l'argent provisionné en prévision des indemnisations à venir. Imaginez ça, se faire des millions grâce aux angoisses des autres. Kissick vit dans une maison modeste en banlieue de Nulle Part, Floride, avec sa femme et leurs cinq enfants – cinq filles.

À 7 h 45, Charlotte dort encore. Il laisse un mot dans sa salle de bains : "Sorti faire une course."

À 8 heures, le Gros Bonnet est au supermarché. Il aurait pu faire une liste pour Craig, le gardien, ou pour la femme de ménage, mais il est si excité par son projet qu'il a envie de faire quelque chose. Rares sont les clients à 8 heures du matin. L'un des employés lui demande si ça va. “Et comment, je suis inspiré”, dit-il, chargeant son caddie de mélanges de noix, de bretzels, de crackers, de mini-canettes de soda comme ils en ont dans les hôtels et les avions.

“Toi, tu mijotes quelque chose”, dit Charlotte lorsqu’il rentre chargé de sacs de provisions. Une canette de ginger-ale dégringole sur le sol et ils la regardent comme s’il s’agissait d’une grenade prête à exploser. Il attend un instant puis la ramasse, cabossée mais toujours étanche.

“En effet, dit-il. J’ai convié quelques gars à venir frapper deux ou trois balles ce week-end et parler des prochaines étapes. J’aurais dû te demander avant de le faire, mais tu dormais et je ne voulais pas briser mon élan.”

Elle hausse les épaules. “Quel genre d’étapes ?

— Je ne plaisantais pas quand je disais que je ne pouvais pas vivre comme ça, à regarder tout ce pour quoi j’ai travaillé se déliter et ce pays virer à l’expérimentation socialiste ou, pire, s’affaiblir et risquer d’être envahi par va savoir quoi, les Russes ou les extraterrestres.

— Ah.” Elle hoche la tête. “Ton plan, c’est de sauver le monde.

— C’est à moi de prendre les mesures nécessaires.”

Elle fait la moue.

“Ce n’est pas personnel, dit-il. Je ne le fais pas pour moi. C’est à moi au sens large. Aux hommes comme moi, je veux dire, qui ont la capacité, les moyens de passer à l’action, voilà de quoi je parle.

— Qui ? demande-t-elle. À part Tony.

— Bo McDonald.”

Elle est surprise. “Le type dont le père était espion et s’est suicidé parce qu’il bandait mou ?

— J’ai des doutes sur la dernière partie.

— Pas moi. Qui d’autre ?

— H. P. Kissick.

— Cire-pompes Kissick ?” C’est le surnom qu’elle lui donne entre eux parce qu’elle trouve qu’il est toujours en train de passer de la pommade au Gros Bonnet.

“Il est très intelligent. J’ai passé deux, trois autres coups de fil mais je vais m’en tenir à un effectif réduit pour l’instant.

— Tu montes un vrai comité d'experts, ma parole. Pas de problème, dit-elle. Tu sais que ça m'est égal. Je te taquine à moitié."

Il soupire. "Ça ne me ressemble vraiment pas de lancer des invitations sans demander.

— Je sais. Et la bonne nouvelle, c'est que ça n'a aucune d'importance. Je m'en vais."

Il est interloqué.

"Tu as peut-être oublié ? Je me suis programmé une détox.

— Je l'ai su ?" Il n'est pas dans ses habitudes d'oublier.

"Je me suis inscrite quand tu as réservé pour Phoenix. Je me suis dit que, quelle que soit l'issue de l'élection, j'aurais mangé bien trop de fromage et aurais besoin d'une bonne purge.

— Tu n'as pas mangé de fromage.

— Non, mais il y en avait partout. Dans chaque salle. Ça me fera du bien. J'ai besoin de me changer les idées.

— Est-ce que tu restes au moins jusqu'à l'arrivée de Tony ?

— Tu t'en sortiras très bien, dit-elle. Si je reste, je vais être anxieuse et tentée de manger. J'ai déjà des idées de tartines et d'œufs brouillés. Ça m'obsède.

— Laisse-moi t'en préparer.

— Après notre activité d'hier soir, je suis affamée ce matin.

— Paraît que ça peut avoir cet effet-là." Il sourit.

Pas elle.

"Peut-être que je devrais y aller un jour plus tôt. Comme on est en semaine, je parie qu'ils ont de la place et que je pourrais arriver un jour avant et m'y mettre sans plus tarder.

— Il faut que tu manges quelque chose.

— Si je mange un œuf, un seul, tu crois que ça ruinera la détox ?

— Non, je suis sûr que certaines personnes s'arrêtent à In-N-Out Burger sur le chemin et se pointent le ventre plein. Je parie qu'ils sont si angoissés de ne rien avoir à manger qu'avant de commencer, ils s'envoient un Double-Double dans le cornet.

— C'est dégoûtant. Et je n'arrive pas à croire que tu m'aies parlé de Double-Double. Tu sais bien que j'ai le même rapport aux burgers que d'autres aux pâtes aux truffes, c'est une fois par an, voire deux. Un Double-Double, qu'est-ce que je donnerais pour en manger un sans avoir à me demander : à quel prix ?

— C'est la nature humaine. On a besoin de manger pour survivre."

Il lui fait cuire un œuf. Il tient à faire ça bien. Il sort la petite poêle, fait frire l'œuf, met à griller une tranche de pain et le place dans une assiette accompagnée de quelques rondelles de tomate et saupoudré d'un peu de poivre et de sel. Puis il apporte le tout dans la chambre.

Elle n'est pas là. La baie vitrée est ouverte.

Elle est dehors, sur le plongeoir – nue.

"Je voulais voir ce que ça faisait d'être toi", dit-elle, sautant sur la planche. Ses seins ballottent de haut en bas. Il se demande si les voisins la voient.

"J'ai appelé Green Valley ; ils peuvent me prendre aujourd'hui. Je n'ai pas besoin d'attendre jusqu'à demain. Excellente nouvelle, non ?" Elle saute dans la piscine.

Quand Charlotte est partie, il se sent perdu.

Ce qui est arrivé ces deux derniers jours, disons le réveil de la flamme d'antan, le laisse abasourdi et il se demande : Est-ce que j'ai rêvé ?

La maison est silencieuse. Il ne sait pas ce qui s'est passé mais c'était si étrange, si inhabituel que la maison et lui peinent à l'encaisser. Tout est sens dessus dessous. La poêle est dans l'évier, froide et graisseuse. Il la lave. Puis il fait le lit, range la salle de bains de Charlotte et fait le tour de la maison, passant derrière elle. Ça ne lui ressemble pas de laisser du désordre ; elle vit comme un fantôme ; on ne soupçonne jamais qu'elle est passée par là. Pendant un moment, il trouve ça sexy, vivant, puis ça l'angoisse et il éprouve le besoin de remettre chaque chose en place.

Tony rappelle. "Concernant DUPONT 7-8354. Son patois suggère qu'il a fréquenté la même école.

— Tu peux répéter ça en clair ?

— Il est des nôtres.

— Et il serait extravagant de te demander son nom, j'imagine ?

— À samedi. Je t'aurais bien proposé d'apporter des beignets de crabe, mais ils supporteraient mal le voyage."

Le Gros Bonnet est à la table de la salle à manger, avec une pile de ce que Charlotte nomme des fiches de recette et lui des fiches bristol. Drôle que les femmes nomment les choses d'une façon et les hommes d'une autre.

Il aime se faire des notes – des marches à suivre, que ce soit pour concocter un gâteau ou un nouvel ordre mondial. À chaque idée sa fiche. Des traités entiers sont rédigés sur ces fiches – pas seulement la recette du gâteau danois ou des biscuits moelleux au citron.

Il note ses quelques mots de bienvenue : "Prenez place, mettez-vous à l'aise. Servez-vous à boire, prenez une tranche de salami."

Puis il digresse et se perd dans ses pensées, songeant à son grand-père, qui trouvait qu'un homme devait prévaloir non grâce à ses biens, mais par sa personnalité. Cela dit, l'aïeul, Millard Hitchens, était friand de cacahuètes bouillies et en promenait un plein sac en papier partout où il allait. Il s'en souvient, lui trouvait que ça manquait de classe, mais tout le monde avait l'air d'adorer parler de son grand-père et de ses cacahuètes bouillies. En y repensant aujourd'hui, il s'aperçoit que les cacahuètes étaient un élément familier de son enfance dans le Sud. Dans le Nord, personne ne mangeait de cacahuètes bouillies. Elles permettaient d'entamer la conversation, d'entrer en contact. Son grand-père se vantait souvent de pouvoir parler à n'importe qui de n'importe quoi. Le Gros Bonnet était plus proche de son grand-père, qui tirait ses revenus de l'extrusion du métal puis des plastiques, que de son père, qui était un peu idiot. Son grand-père était un gentleman du Sud à l'ancienne qui avait énormément de respect pour les hommes qui se salissaient les mains, les travailleurs. Il tirait profit du labeur des autres. Son père, qui avait déménagé dans le Nord à l'âge de seize ans, préférait faire travailler son argent. Les deux hommes ne s'entendaient pas et, dans sa jeunesse, le Gros Bonnet s'était souvent retrouvé dans le rôle d'arbitre. Le Gros Bonnet ne s'était jamais remis de la façon dont son père avait profité de son mariage pour conclure un marché avec le père et les oncles de Charlotte afin d'extraire de l'hélium de leurs gisements gaziers. Par le passé, la famille de Charlotte avait toujours été hostile aux investissements extérieurs, mais le mariage faisait de son père un membre de la famille. Plus tard, son père avait acheté une entreprise d'extraction d'uranium dans le même secteur et, pour montrer à son fils sa gratitude, il lui avait offert une part du gâteau. Il avait en fait réalisé un profit substantiel en se servant de lui. À l'époque, le Gros Bonnet le détestait pour ça – aujourd'hui, il en rit. À l'évidence, il a retenu quelques leçons des deux hommes. Aujourd'hui, il possède l'intégralité de la compagnie d'hélium, et l'un des premiers investissements qu'il a réalisés avec l'argent hérité de son grand-père a consisté à racheter des actions Disney. Lorsqu'il était enfant, son grand-père lui en avait offert mille parce qu'il trouvait utile que les enfants comprennent "d'où vient l'amusement". S'inspirant des pratiques financières de son père, le Gros Bonnet avait l'habitude d'augmenter sa mise sur Disney chaque fois qu'il avait un excédent de liquidités. Le lendemain de l'assassinat de Kennedy, la Bourse avait perdu près de trois pour cent et clôturé en avance pour que les gens puissent se mettre en deuil, mais avant la clôture, le Gros Bonnet avait investi. Il avait fait la même chose durant la crise des missiles de Cuba et après la démission de Nixon, puis de nouveau lors de la tentative d'assassinat de Reagan. Quand les autres se retiraient et "attendaient de voir", il avançait, tel un pillard. Ce n'est pas une chose dont il se vante – mais si on le questionne, il dira qu'il a toujours adoré l'éléphant. Quel éléphant ? L'éléphant des Républicains ? "Pas celui-là, le vrai Dumbo. J'adore Dumbo. Mais je n'aime pas qu'on me prenne pour un Mickey." Il avait plein d'autres investissements et d'autres bons mots de ce genre, mais c'était celui qui le faisait le plus marrer. En attendant, il a remarqué que le marché est en recul d'environ cinq cents points ce matin – mais il n'achète pas.

Cette fois, il garde son argent sous la main, se disant qu'il aura bientôt besoin d'en dépenser.

Il sort une fiche neuve.

> Nous comptons parmi les derniers représentants d'une époque, d'une génération pour qui les expressions noblesse oblige et confection pour hommes et collation, ainsi que le verre de lait chaud le soir et le bon petit scotch dans la journée, faisaient partie d'un tout. Nous prenions nos quartiers d'été ici et fêtions Noël là. Nous avions des manières et un code de conduite, nous étions des hommes bien, des hommes qui voyaient plus loin que leur propre avancement.

On croirait entendre son père et son grand-père. Peut-être que ce n'est pas grave. Peut-être qu'ils le pensaient alors comme lui-même le pense aujourd'hui. Le monde change ; il n'a pas de fils susceptible de faire la même chose un jour. Tony n'a pas d'enfants. Bo McDonald a perdu un fils à cause de la drogue et a un autre enfant, une fille qui a des problèmes quelconques, il ne sait plus de quel ordre. Le gars de Phoenix, Eisner, l'historien, n'a pas d'enfants connus. Kissick a cinq filles qui le mènent à la baguette. Il se souvient qu'il était tombé sur lui et sa famille dans une réception et que Kissick s'était penché à son oreille pour lui confier : "Tout le monde dit qu'elles ont l'air de princesses ; clairement, c'est moi le crapaud. Je peux payer les factures, mais je n'ai le droit d'utiliser la salle de bains de ma chambre que quand ma femme n'y est pas ; quand elle y est, je dois me servir des toilettes du fond. Pour qu'elles se sentent bien en tant que filles, je dois accepter le fait que je suis dégoûtant. Ainsi soit-il."

Soulagé d'avoir pu mettre des mots sur un sentiment fugace qui le travaillait, le Gros Bonnet note sur une fiche qu'aucun d'entre eux n'a de fils pour prendre la relève. Il n'y a pas de projet de succession – aucun plan ne prévoit qui dirigera le monde lorsqu'ils l'auront quitté.

Samedi 8 novembre 2008
Palm Springs, Californie
6 h 30

Le samedi matin, Tony téléphone pour dire qu'il a atterri à Los Angeles et qu'il est en route.

Bo McDonald sonne à la porte à onze heures précises. Le Gros Bonnet en déduit qu'il attendait devant la maison depuis un moment parce qu'il est difficile d'arriver pile à l'heure. McDonald est muni d'un petit sac marin qui ressemble à un sac de sport.

"Bo, aimable à toi d'être venu, dit le Gros Bonnet.

— Aimable de m'avoir invité", dit Bo.

Le Gros Bonnet propose à Bo de visiter la maison, parce que ça se fait, on aime faire faire le tour de sa propriété. Il l'entraîne dans les couloirs, lui montre les chambres. "Je t'ai mis à côté de la piscine, dit-il, ouvrant la baie vitrée, lui montrant le golf au loin et les plantes sophistiquées qu'ils ont plantées au fil des ans. J'avais un jardinier extra spécialisé dans les plantes exotiques. Formidable, jusqu'au jour où on a appris qu'il vendait des plantes exotiques d'un autre genre – traite d'êtres humains." Il y a plus de place au ranch et il regrette un peu de ne pas avoir organisé la rencontre là-bas, puis se redit que la maison sera très bien ; elle est assez grande, inondée de soleil, située juste à côté du terrain de golf – et les hommes qu'il a invités ont dit oui, alors ça ne doit pas être trop indigne d'eux.

Tony arrive en deuxième et se dirige aussitôt vers la piscine. "Je fais juste un peu trempette. J'en ai grand besoin. À Washington, c'est froid et pluvieux." Tony est grand et mince et, contrairement au Gros Bonnet, il a encore de l'allure en maillot de bain.

Kissick, le fiscaliste, est déjà irrité lorsqu'il franchit la porte. "Je vous ai déjà dit que je n'aimais vraiment pas voyager ? D'un autre côté, ça me fait plaisir de vous voir. Je suis radin ; quand je suis tout seul, je prends un vol commercial en classe éco. Je fais encore plus d'économies et j'adore ça. J'ai l'impression d'être Warren Buffet qui prend son petit-déj' chez McDo. Je suis plié comme un origami humain et le service est merdique. Cela dit, j'ai discuté avec quelqu'un d'intéressant, ce qui n'arrive pas sur un vol privé.

— Tu devrais peut-être te jeter à l'eau avec Tony pour te délasser du voyage ? suggère Bo.

— Je ne nage que la nuit, dit Kissick. Je limite mon exposition au soleil. J'ai un grand-oncle qui est mort d'une insolation. Je ne l'ai jamais rencontré, mais je suis hanté par l'idée qu'il est mort seul dans un hôtel de New York par une torride soirée de juillet. J'ai emmené ma femme et mes filles à Rome, l'été dernier ; c'était insupportable, un vrai four à pizzas. Sur toutes les photos, je dégouline de sueur.

— Tout le foutu carrousel est détraqué, dit Bo.

— Je dis aux gens que je vis en Floride pour raisons fiscales, mais que je ne sors jamais entre dix et seize heures pour raisons atmosphériques. C'est mon aînée qui dit ça, « atmosphérique ». Je porte un bob. Je ressemble à un homme qui va se faire arrêter pour vente de matériel pornographique quand je passe furtivement d'un endroit à l'autre. L'art de rester à couvert ; mon frère a eu un mélanome derrière l'oreille et il était trop tard quand il s'en est soucié. Pas moi, pas question de me faire avoir par un putain de truc invisible façon pistolaser ; je compte mourir d'une bonne vieille maladie genre cancer du côlon ou hernie perforée.

— Paraît que la logorrhée aussi, ça peut être mortel", suggère Bo.

L'historien, le scribe du bar de Phoenix, arrive dans une voiture de location bon marché qui lui donne des airs de livreur de pizzas. Il a au moins quinze ans de moins que le reste d'entre eux. Le Gros Bonnet ne s'était pas aperçu qu'il était si jeune avant de le voir en plein jour.

"Je te connais, dit Bo, légèrement surpris. La dernière fois que je t'ai vu, c'était dans notre club bien-aimé, à San Francisco, et tu portais une robe.

— Je suppose que c'était dans une pièce, dit le scribe. J'ai un passé de comédien."

Bo hausse les épaules. "Appelons ça comme ça.

— C'était probablement mon dernier rôle, l'empereur Norton*. À ajouter à la longue liste des choses folles qu'on peut tenter pour faire plaisir à son père. Malgré tous mes efforts, j'ai été une intarissable source de déception.

— Ton père était un homme doué mais pas facile à contenter. Un jour, demande-lui de te parler de nos équipées en France dans les années cinquante, dit Bo. Il en a de bonnes à raconter. Des choses qu'on ne pouvait pas dire à l'époque – mais aujourd'hui on peut.

— Quel genre ?" veut savoir le type.

Bo hausse les épaules. "Ce n'est pas à moi de les raconter.

— Mon père n'est plus des nôtres, précise le scribe.

— Navré de l'apprendre", dit Bo, sans développer pour autant.

Pendant toute la conversation, Kissick est resté planté à attendre, fixant le type. "Je n'ai pas connu ton père, mais toutes mes condoléances, dit-il.

— Eisner, répond le scribe, tendant la main à Kissick. Mark Eisner."

Eisner se tourne vers le Gros Bonnet, le regarde dans les yeux et répète : "Mark Eisner.

— J'aurais juré que ce n'était pas ce nom-là, dit Bo.

— Mon père s'appelait Einhorn. Mais j'ai changé mon nom après le lycée.

— Pour cacher le juif ? demande Bo.

— Pas vraiment, je suis loin d'être pratiquant. Plutôt pour m'épargner les blagues sur le sens du nom, les histoires de licorne, cornue et autres bêtes à cornes… Donc maintenant c'est Eisner, Mark Eisner.

— Enchanté, fils de corne, dit Bo. Ton père travaillait dans le r…

— Rédactionnel, oui, dit Eisner, achevant pour lui. Il écrivait des discours pour Eisenhower.

* Spéculateur ruiné et admirateur de Napoléon Ier, Joshua Abraham Norton (1818-1880) s'autoproclama empereur des États-Unis en 1859, à San Francisco. Jusqu'à sa mort, il y poursuivit un règne imaginaire et haut en couleur.

— Les noms de Malcolm Moos et William Ewald te disent quelque chose ? demande Tony.

— Moos était président de l'université du Minnesota, dont est originaire la famille de mon père, dit Eisner. C'est le pays aux mille lacs, *l'étoile du Nord* *. Gamin, il pêchait dans la rivière Sainte-Croix.

— Je ne savais pas que les juifs pêchaient, dit Bo.

— D'où vient le *gefilte fish*, d'après toi ? Et les juifs du Midwest étaient plutôt assimilés ; ils pêchaient, jouaient au poker et allaient même jusqu'à boire.

— Tu sais sûrement que Malcolm Moos a écrit le discours d'adieu d'Eisenhower sur le complexe militaro-industriel", dit Tony.

Imitant Eisenhower, Eisner déclame : "« Seule une communauté de citoyens vigilants et bien informés peut contraindre l'énorme machine militaire et industrielle impliquée dans notre défense à s'accorder comme il le faut avec nos objectifs et nos méthodes pacifiques, afin que sécurité et liberté prospèrent ensemble. »

— Ce qui nous amène au sujet de ce matin", intervient le Gros Bonnet, tentant de maîtriser la situation, ce qui revient à essayer de mener un troupeau de chats – qui plus est de chats mâles, tous mus par l'instinct de dominer.

Le Gros Bonnet se plante devant le groupe, tout pomponné, le teint rose et frais, ravigoté après que Charlotte l'a ramené à la vie deux fois en une semaine.

Il sort ses fiches. "Ravi que vous soyez là. Je me réjouis à l'idée de frapper quelques balles avec vous, de faire griller un peu de viande, de boire un verre ou deux et de parler du pétrin dans lequel nous sommes." Ils sourient, hochent la tête. "Ce qui s'est produit à Phoenix s'est produit à notre nez et à notre barbe. Nous savons depuis longtemps que le parti part en cacahuète et au lieu d'agir, nous nous sommes murés dans l'abstention, si vous me passez le jeu de mots. Nous ne pouvons pas ignorer plus longtemps ce que nous savons.

— Arrête de tourner autour du pot, dit Bo. Accouche."

* En français dans le texte. Il s'agit de la devise de l'État du Minnesota.

Le Gros Bonnet s'arrête, inspire. "Ce qui s'est passé à Phoenix…" Sous le coup de l'émotion, sa lèvre tremble et il passe à la fiche suivante. "Quand j'ai vu remonter les résultats, j'ai eu l'impression de voir le *Hindenburg* partir en flammes. Sauf que c'était nous ; c'était le rêve américain, là-haut, sur le bûcher. J'ai regardé autour de moi et tout le monde était sidéré, frappé de stupeur. « Ce n'est peut-être pas aussi grave qu'on le pense », a dit quelqu'un. « Il est bel homme », a dit un autre, parlant de Barack Obama. Ce que j'ai vu, dans cette salle d'hôtel de Phoenix, c'est la mine sombre de la défaite, de ceux qui ont misé sur le mauvais cheval faute d'en disposer d'un meilleur. Pire encore, en sachant qu'il ne s'agissait plus d'une course de chevaux, ni même d'une foire d'empoigne, mais d'une farce, d'une bouffonnerie.

— Une pantalonnade, dit doucement Tony.

— Y en a qui ont du vocabulaire, dit Bo.

— Il était clair pour moi que le système auquel le pays des hommes libres et la patrie des braves étaient arrimés depuis deux cents ans venait d'être tourné en ridicule." La voix du Gros Bonnet trompète lorsqu'il enchaîne "pays" et "patrie". "Par le passé, il m'est arrivé de penser que peu importait qu'un homme soit d'un camp ou de l'autre du moment qu'il aimait l'Amérique. Mais dans cette salle de réception où des hommes alignaient des platitudes, mardi, j'ai vécu une soirée à nulle autre pareille. C'était le long au revoir, la fin non seulement d'une époque mais de l'Amérique dont nos pères avaient rêvé." Le regard du Gros Bonnet s'embue, comme s'il était vraiment au bord des larmes. Il lève la tête, se mord la lèvre, cligne des yeux. Puis regarde à nouveau l'assistance. "« Êtes-vous amer ? » Mardi soir, quelqu'un m'a posé cette question." Il marque une pause. "« Êtes-vous amer ? »" Il le prononce lentement. "J'ai répondu : « C'est un arrière-goût, l'amertume. Pour l'instant, je suis furax. »" Il serre le poing, un poing lourd, épais. "Il faut que quelqu'un attrape ce pays par les couilles et le réveille un peu, bordel." Il se frappe la poitrine. "Personnellement, je prends ça comme un échec. Mon échec. Si nous sommes ici aujourd'hui, c'est parce que je n'ai pas su prendre mes responsabilités." Il se frappe de nouveau. "C'est ma faute." Il est en train de s'excuser et ça met les autres mal à l'aise. "Vous êtes peut-être en train de vous dire, ce n'est pas sa faute ; s'il le croit, il a la folie des grandeurs. Exactement ! Si je ne suis pas le seul responsable, alors quoi ? Eh bien nous le sommes TOUS. Ce n'est pas la défaite de John McCain, c'est la nôtre. C'est nous qui disposions de tous les outils pour voir la chose venir, pour prendre des mesures ; et au lieu de prêter attention au problème, nous avons cessé de regarder au-dehors, nous avons fermé les yeux.

— Un putain d'aveuglement, voilà ce que c'était, dit Bo.

— Prenons un instant pour y songer avant de poursuivre." Le Gros Bonnet inspire et souffle un grand coup, comme pour littéralement détendre l'atmosphère. "Commençons par là : nous sommes des hommes chanceux, membres du club de la bonne fortune et de l'école du labeur et de l'huile de coude, ce qui est formidable parce que nous aurons besoin des deux à parts égales pour la suite des opérations." À sa façon de dérouler ses phrases, on sent qu'il a veillé jusque tard dans la soirée pour les agencer et les réagencer.

"On est des Américains à l'ancienne, dit Bo, pas des salauds ; on tient à notre pays.

— Il est parfaitement raisonnable d'avoir cette discussion, de dire que nous ne voulons pas tout voir partir en couille à la faveur d'une espèce d'expérimentation socialiste qui, d'ailleurs, ne marchera pas, ajoute Kissick.

— Et vous, monsieur, êtes un phénix qui renaît de ses cendres", dit Eisner, le scribe, à mi-voix. Le Gros Bonnet le regarde. Il l'a entendu, mais il est inutile de dire quoi que ce soit.

"Nous pouvons nous demander : quel est l'appel auquel nous n'avons pas répondu ? Nous sommes conservateurs. Nous croyons à l'économie de marché, à la liberté individuelle, à un monde où chacun peut faire ce qui lui chante. Nous nous rassemblons, forts de notre sagesse, de notre expérience, et avec la conscience que la démocratie ne s'est pas faite en un jour. La démocratie est fragile, plus fragile qu'aucun de nous n'est vraiment prêt à l'admettre.

— Les temps sont dangereux, dit Kissick. Je ne serais pas surpris si notre idée de la démocratie n'était pas la même que la leur."

Bo l'interrompt. "Ça m'agace que ces cow-boys de la « nouvelle droite », comme je les appelle, se fassent élire ; ils prennent des sièges qui étaient à nous."

Le Gros Bonnet poursuit. "Ces derniers mois ont été de vraies montagnes russes ; les choses nous filent entre les doigts. La vérité, c'est qu'on a perdu le contrôle du Parti républicain et qu'il n'y va plus seulement de notre capacité à fixer le cap du pays ; le parti lui-même est sur le point de voler en mille morceaux.

— Le parti est déjà en morceaux, dit Bo.

— La faute aux jeunes, dit Kissick, regardant Eisner.

— Les jeunes entravent que dalle", dit Bo.

Tony se lève, concentrant aussitôt tous les regards. Il étire ses bras loin au-dessus de sa tête, penche brusquement son torse à droite, puis à gauche. Ses vertèbres émettent un craquement sonore. "Très bonne entrée en matière, qui pose les choses sur la table. J'aimerais revenir sur un point. Tu as dit que tu étais viscéralement conservateur. Pour autant, tu as le sentiment qu'on doit intervenir. Ce que j'entends, c'est qu'on a merdé, qu'on n'a pas été vigilants et que mercredi matin, on s'est réveillés dans un autre pays.

— Exact.

— Replaçons les choses dans leur contexte, dit Tony.

— Cet événement intervient à un moment et en un lieu bien précis, adossés à l'histoire et tournés vers l'éternité, dit Eisner.

— Jolie formule, adossés à l'histoire et tournés vers l'éternité, dit Tony.

— Ouais, mon père a mis un truc de ce genre dans un de ses discours pour Eisenhower, à moins que ce soit pour l'un des Kennedy.

— Ça doit être sympa de mettre des mots dans la bouche d'hommes puissants, dit Tony.

— Toi, si je comprends bien, tu vas bientôt te retrouver au chômage, dit Bo à Tony.

— La situation est fluide. Mon poste est attaché à la fonction plus qu'à l'homme.

— Intéressant, dit Bo. Tu serais prêt à travailler pour lui ?

— C'est servir la fonction qui m'intéresse, dit Tony.

— Pouvons-nous en revenir à notre sujet ? dit le Gros Bonnet. Nous avons perdu notre boussole, notre étoile du Nord.

Rappelons-nous un peu qui nous sommes et servons-nous de l'histoire non seulement pour nous guider mais pour nous inspirer afin de remettre les choses sur les rails."

Bo l'interrompt de nouveau. "Parmi ces cow-boys, il y a des extrémistes et nous devons veiller à ne pas trop nous aligner sur eux.

— Peut-être que ces « extrémistes » ont quelque chose à nous apporter ? suggère Tony.

— Quoi donc ?

— Une couverture, dit Tony.

— T'es en train de suggérer qu'on leur fasse faire une partie du travail pour nous ? demande Bo.

— Ça vaut la peine d'y réfléchir, dit le Gros Bonnet.

— Je ne suggère pas nécessairement de les faire travailler pour nous, mais leurs activités ne travaillent peut-être pas contre nous. Les lance-flammes font du bruit et détournent l'attention. En comparaison, notre point de vue peut apparaître comme plus modéré. Selon la façon dont les choses évoluent, ils peuvent constituer un atout.

— Je ne cherche pas à avoir l'air modéré, dit Bo. Mais je ne veux pas passer pour un imbécile. Et pour moi, ces gamins, ce sont des imbéciles.

— Ce à quoi on va avoir droit, avec Obama, c'est à plus d'interventionnisme, dit Kissick. C'est une chose dont même les imbéciles ne veulent pas. En fait, c'est la dernière chose qu'ils souhaitent – voir les progressistes enfourcher leurs chevaux de bataille sur le contrôle des armes et l'action sociale.

— La transparence, dit Eisner. Voilà un de leurs mots préférés.

— La Constitution va être taillée en pièces, dit Bo. Gardez bien ça en ligne de mire.

— Vous saviez que le Parti républicain avait sa propre constitution ? demande Eisner.

— Charmant, dit Tony, prenant une poignée de cacahuètes avant de faire passer le bol. On pourrait s'en lire des passages à voix haute ce soir pendant le dîner.

— Si je peux nous ramener à un seul sujet de conversation, la question est de savoir comment reconquérir notre Amérique, une Amérique traditionnelle qui fasse honneur aux rêves de nos aïeux. Quand on se tourne vers nos pairs, que je définis comme des conservateurs d'un certain âge avec quelques zéros en plus sur leur compte en banque, on constate qu'il y a déjà des initiatives, de premiers efforts pour reconquérir le drapeau. Le but pour nous n'est pas de reproduire ce qui se fait déjà.

— Tu parles de ce qu'organisent les frères* ? Les réunions ? demande Bo.

— Ils appellent ça des « séminaires », dit Tony.

— Il y a les séminaires et il y a les conversations que nous avons dans notre cher club un peu plus au nord, ainsi qu'au Bilderberg, dit Bo.

— Au Bohemian**, je suis toujours tendu, dit Kissick.

— T'as peur qu'on te prenne pour une vieille branche terreuse et qu'on te pisse dessus.

— Y a de ça.

— Entre vieux, on aime se retrouver. On souffre de solitude, dit Bo.

— Revenons-en au plan. Entre le club et les frères, il y a des recoupements philosophiques et des alliances à nouer, mais ce que la plupart d'entre nous avons fait par le passé, allonger du fric, ça ne marche pas, dit le Gros Bonnet.

— Exact, dit Bo, et ce fric sert à payer des mondanités de plus. J'en peux plus de ces putains de soirées. Les politiques publiques, ça m'intéresse pas. Les *think tanks* non plus. J'ai déjà donné.

— Durant toutes ces années, je n'ai jamais rien risqué d'autre que de l'argent, dit le Gros Bonnet. J'ai joué la prudence et aujourd'hui je ne suis pas content.

— C'est bien pour ça qu'on est tous là, dit Tony. Pour te mettre du baume au cœur."

* À la tête d'un conglomérat actif, entre autres, dans la pétrochimie, les frères Charles et David Koch ont créé un réseau de donateurs finançant de nombreuses initiatives conservatrices et libertariennes et exerçant une influence considérable sur le débat politique américain.

** Le groupe Bilderberg est un forum annuel réunissant, depuis 1954, des représentants européens et américains de l'élite politique, économique et médiatique, dont les échanges sont tenus privés.
Depuis 1899, le Bohemian Club, un club privé masculin de San Francisco fréquenté par les élites, organise chaque été, au mois de juillet, une retraite dans son domaine forestier de Monte Rio, en Californie.

Le Gros Bonnet sourit. “Merci, Tony.

— Quelqu’un veut un verre de jus d’orange ? demande Tony. Rien de tel qu’un bon verre de jus frais pressé.

— Pas de refus, dit Bo. Allonge.”

Bo croise les jambes, découvrant une cheville de vieillard, glabre et très blanche, marquée d’une plaie rouge vif. Il y a une grosse croûte brune au centre et la zone rougie irradie en une auréole rose pâle, explosant comme un chrysanthème ou un feu d’artifice.

“Tu veux de la crème antibiotique pour ça ? demande Tony.

— Ça va, dit Bo. Mieux que ç’a été.

— Il ne peut pas s’en empêcher, dit le Gros Bonnet, parlant de Tony. Faut qu’il prenne soin des gens.

— Un altruiste”, dit Eisner.

Le Gros Bonnet s’éclaircit la gorge et baisse les yeux vers ses fiches. “Si on n’a pas perdu en 2000, c’est uniquement parce qu’on avait le contrôle de la Floride et de Washington, et parce que Gore est un dégonflé. On a pu s’accrocher parce que les Démocrates et lui n’avaient pas les couilles de se battre – ils n’ont pas compris ce qui leur arrivait et on s’en est bien sortis devant la Cour. Mais ce n’était pas ce qu’on appelle une victoire. C’était l’un des signaux d’alarme et on ne l’a pas entendu.

— On a appuyé sur *« snooze »*, dit Bo.

— Tu as raison ; on est des has been. Un monde nouveau est en train d’émerger et on s’est desservis en s’accrochant au passé, dit Kissick.

— Le monde qui nous entoure a changé mais notre petite bulle, elle, est restée la même, dit le Gros Bonnet. Obama a gagné parce que les gens voulaient quelque chose de nouveau, de différent – un espoir. Donc, reprend-il, se référant à sa dernière fiche. L’élection nous signale clairement que nous traversons une période de bouleversement, même si nous n’en avons pas conscience. Ce bouleversement est un indicateur, un voyant rouge vif qui, si nous n’en tenons pas compte, peut présager la fin de la démocratie telle que nous la connaissons.” Il s’arrête un instant, comme s’il ménageait une pause pour les applaudissements.

“La fin de la démocratie ou la fin du Parti républicain ? demande Tony.

— Le Parti républicain est déjà un vieux cookie ranci, dit Bo, un tas de miettes.

— La question que je me pose est la suivante, poursuit le Gros Bonnet. M. Tout-le-Monde, qu'est-il en train de se dire en ce moment ? Je parie qu'il a les jetons. Il est en train de perdre pied, l'usine ferme, son emploi s'est envolé, sa retraite ne correspond pas du tout à ce qu'il pensait, les gens qui entrent dans le pays illégalement sont en train de prendre ce qu'il considère comme devant lui revenir. Et sa femme le houspille : Pourquoi t'en fais pas plus ? C'est un miracle qu'il ne soit pas en train de se flinguer ou bien de tirer dans le tas. Je me dis souvent que, si je ne réussissais pas comme je le fais, je serais peut-être un meurtrier. Ce qu'on cherche ici est assez clair.

— Clair ? demande Kissick. Tu serais un meurtrier ?

— Je serais très mécontent. C'est mieux ?

— Tu te préoccupes vraiment de l'Américain moyen ou c'était juste pour faire une phrase ? demande Bo. Quelque chose me dit qu'il y a beaucoup d'Américains moyens qui ne font pas la différence entre démocrate et démocratie. Et je crois qu'entre amis on peut se parler un peu plus franchement : notre premier souci, c'est nous-mêmes.

— Que je m'en préoccupe ou non, peu importe, dit le Gros Bonnet. Il faut qu'on exploite le pouvoir de M. Tout-le-Monde ; ils sont des millions dans ce pays ; faut qu'on les rallie à notre cause. Et si M. Tout-le-Monde fait pas la différence entre l'option un et l'option deux, pas grave, faut simplement qu'on lui dise quoi penser. Qu'on lui rappelle qu'en Amérique, la démocratie, c'est le capitalisme, les armes à feu et les baisses d'impôt. Parce que c'est M. Tout-le-Monde qui fera la différence. C'est pas une question d'argent ; c'est une question de pouvoir.

— Ne dis pas pouvoir, dis liberté, suggère Eisner. Remplace pouvoir par liberté.

— C'est pas une question d'argent, dit le Gros Bonnet. C'est une question de liberté."

On sonne à la porte. La sandwicherie du coin a préparé le déjeuner. Le livreur entre et pose le tout sur la grande table.

"Ça a l'air bon, dit Bo.

— On peut manger des sandwichs à la dinde en évoquant notre passé de Pèlerins, dit Kissick.

— Les Pèlerins étaient du genre évangélistes, en fait ; le sermon que prononce John Winthrop en 1630, « la cité sur la colline », notre « fanal d'espérance », est inspiré du Nouveau Testament, dit Eisner.

— Je croyais que la formule était de Ron Reagan, dit le Gros Bonnet.

— Moi je l'aurais attribuée à Kennedy, dit Bo.

— Mangeons", conclut le Gros Bonnet.

Pendant le déjeuner, ils parlent de leur santé. Ils ont l'obsession de vivre le plus longtemps possible, de préserver tout ce qu'ils peuvent. Ils sont d'avis que, si l'on ne peut rien emporter dans sa tombe, alors il faut que ce qu'on a dure un maximum.

Ils parlent de pain, de glucides et d'aliments à privilégier. Du fait que les hommes s'en préoccupent, eux aussi, contrairement à ce que les gens pensent. Et ils parlent d'entreprises qu'ils ont achetées et vendues, de ce qu'ils ont gagné ou perdu – chacun a une compilation de ses plus grands succès.

"J'ai fait faire quelques réparations : une valve cardiaque, un genou et un petit chantier sur une épaule. Ça m'a coûté un bras mais je me sens en pleine forme." Bo rit. "J'ai plusieurs divorces à mon actif et une gamine qui ne m'adresse plus la parole parce qu'elle me juge responsable de la mort de son grand frère à l'adolescence. J'aimerais mieux qu'elle soit en colère contre le dealer ou les copains de son frère, mais il est plus facile de détester son père." Bo regarde Eisner. "Quels sentiments t'inspire ton père ?

— Il me hante.

— Toujours en quête de son approbation ? demande Tony.

— Quelque chose comme ça.

— Parce que j'aime m'écouter parler, dit Bo, je vais vous dire un truc : une bonne partie du problème est liée à ce qu'on appelle le progrès, l'interconnexion et la sous-traitance. Lehman, ce n'était que la partie émergée de l'iceberg. Quand cette économie mondialisée va se contracter et que tout le monde va comprendre à quel point tout est intriqué, ça va faire encore plus mal. Personne ne veut reconnaître qu'on a tout tricoté ensemble comme un affreux pull de Noël."

Kissick applaudit. “J’ai mal rien qu’en entendant les mots de « produits dérivés ». Lehman avait plus d’un million de contrats de produits dérivés, pour un total d’une valeur nominale de près de quarante mille milliards de dollars. Personne n’avait l’air d’en mesurer les conséquences à l’échelle mondiale.

— On peut en revenir à notre affaire ? demande Tony.

— Oui, s’il vous plaît, dit le Gros Bonnet. Et je tiens à dire une chose : ça ne me gêne pas que nous ne soyons pas d’accord sur tout ; j’y ai réfléchi pendant le déjeuner et, oui, je me soucie vraiment de l’Américain moyen. Nous sommes tous des Américains moyens.

— D’une certaine façon, dit Tony.

— Je ne doute pas que tu t’en soucies, vieille branche, dit Bo en lui tapant dans le dos. C’est l’une de tes plus belles qualités. Moi, ce n’est pas que je m’en fiche, mais parfois, ce qui est bon pour moi n’est pas nécessairement bon pour M. Tout-le-Monde. Y a un seul gâteau…

— À propos, dit Tony, regagnant le salon avec une verseuse de café et une assiette de cookies. On poursuit en prenant le dessert ?”

Le Gros Bonnet avale une gorgée de son café, fort, noir, brûlant, comme il l’aime. Charlotte l’appelle brûlé parce qu’il le verse souvent dans une casserole pour le porter à ébullition. Il sirote son café et jette un œil à son second tas de fiches, entouré d’un élastique et portant la mention “Matinée 2e partie”. “Je me suis dit qu’il serait utile que chacun fasse état de ses préoccupations. Tony, tu veux ouvrir le bal ?”

Tony fait un tour complet dans son fauteuil pour l’effet de manche. Histoire de frapper un grand coup. “Je vais employer un mot que je n’ai entendu personne prononcer depuis bien longtemps. *Vision.* Voilà ce qui fait défaut. Une vision. Qu’ils soient élus, nommés ou fonctionnaires, nos dirigeants manquent de vision. Personne ne prend l’initiative de dérouler un plan d’action, une stratégie. Tout le monde ne raisonne plus que par cycles électoraux, comment je fais pour arriver du point A au point B, de proche en proche. Personne ne s’entraîne pour le marathon. Ils disent ce qu’ils ont à dire pour avoir des voix, puis plus rien – pouf.

— Bonne remarque, fait Kissick. Le court-termisme coûte très cher."

Tony poursuit. "L'autre grand problème, à mes yeux, c'est que le pays n'a jamais été aussi divisé depuis la guerre de Sécession. Il y a des divisions économiques, raciales et de genre qui contribuent à ce gouffre qui nous a échappé parce que nous étions trop occupés à nous regarder le nombril. Mais quand ça va lâcher, on va tous plonger.

— Et ça va lâcher comment ? demande Bo.

— Par des points de rupture aléatoires, dit Tony. Des choses auxquelles on n'a jamais pensé, comme le climat. L'ouragan Katrina. Des troubles sociaux. Des trucs de dingue comme O. J. Simpson dans sa Ford Branco diffusé en direct à la télé. Incendies, inondations, épidémies, abeilles tueuses. Tout ça est pour bientôt et passera en direct à la télé et sur ton téléphone. Le temps des petits ébranlements régionaux est révolu ; tout devient énorme. Chacun de ces incidents peut prendre des proportions incontrôlables." Tony fait une révolution complète sur son fauteuil.

Bo hoche la tête. "Pas faux.

— Ça te donne pas la nausée ? demande le Gros Bonnet. De tourner comme ça ?

— J'aime ça, dit Tony. J'ai l'impression de voler, comme sur le tourniquet de mon enfance, et ça me fait penser à Platon, à la toupie et au principe des contraires.

— Tu me donnes mal au crâne, dit Bo.

— À force de tourner ?

— À force de parler du désir qui s'oppose à la raison et des parties de l'âme. De l'homme qui a soif et refuse de boire. Ce n'est pas comme si je ne connaissais pas la chanson.

— Nous sommes tous cet homme-là, dit Tony. Un corps ne change de mouvement que si une force lui est appliquée. Première loi de Newton. C'est quand une force est appliquée que ça devient intéressant. L'accélération du corps dépend de sa masse et de la force appliquée.

— Oui, et ? demande Bo.

— Lorsqu'un corps exerce une force sur un autre corps, le second exerce une force égale et opposée. Mais que se passe-t-il dans une situation de déséquilibre ? On a affaire à une interaction non réciproque.

— Pourquoi ce cours de physique ? demande Kissick.

— Parce que c'est ce qui est en train de se passer. Une plus grande quantité de force est appliquée, ce qui résulte en une accélération. Elle va aller croissant, dit Tony. Et on ne peut pas la contenir.

— Ça, c'est massif, dit le Gros Bonnet. Le capitalisme et le fondamentalisme dans une course vers le ravissement ?

— Quelque chose comme ça, dit Tony.

— Moi aussi, j'ai une crainte à partager, dit Kissick.

— Impatient de la connaître, dit Bo.

— Les cyberattaques, dit Kissick.

— En voilà une bonne, dit Bo.

— On n'est pas préparés, dit Kissick. La Troisième Guerre mondiale est en germe et ce ne sera pas une guerre conventionnelle. Ni une attaque par drone. Elle touchera le réseau électrique." Il marque une pause. "Vous saviez que National Grid, l'entreprise qui alimente le Nord-Est du pays, avait en fait son siège à Londres ? En 2006, ils ont acheté KeySpan, un producteur de gaz, puis ils ont mis la main sur une filiale de la Southern Union Company, et voilà maintenant qu'ils déroulent des câbles entre le Royaume-Uni et les Pays-Bas. Si nos besoins les plus fondamentaux sont assurés par des boîtes étrangères, on perd en contrôle. Où est l'investissement des Américains dans l'Amérique ? Les étrangers détiennent un sacré paquet de dette américaine ; vous allez voir, le jour où ils vont réclamer leur dû.

— Tu pars dans tous les sens, dit Bo, les banques, le réseau électrique, l'approvisionnement en gaz ; tu peux résumer, que je sache à quoi me raccrocher ?

— Oui, répond Kissick. En deux mots : la Chine.

— Bingo.

— Serais-tu en train de te moquer de moi ? demande Kissick.

— Pas du tout. Je partage ton analyse et j'ajouterais deux mots de plus : la Russie. La Chine détient une part substantielle de la dette américaine ; les États-Unis, pour eux, c'est un investissement rentable, mais la Russie, à part se servir de nous pour blanchir de l'argent…

— Là, tu mets le doigt au bon endroit, dit Tony. Personne ne parle de la Russie, mais il se passe beaucoup de choses là-bas ; leur économie est déséquilibrée, au sens où seuls quelques-uns se font du blé, mais ceux-là moissonnent à tour de bras. Leurs technologies se développent et ils ont des gens très qualifiés. Je les crois tout à fait capables de lancer une cyberattaque dans les années qui viennent, histoire de nous mettre une épine dans le pied. Il y a des choses qui nous arrivent de l'extérieur et nous n'en faisons pas assez pour nous protéger. Si nous laissons la situation se développer, notre gouvernement va s'éroder, comme la rouille ronge le dessous d'une voiture, et on ne s'en apercevra que lorsqu'ils seront « dans la place » ou que nos pieds passeront à travers le plancher.

— Il y a de nombreuses menaces à l'horizon", dit le Gros Bonnet.

Tout le monde acquiesce.

"Pour en revenir à ce que disait Tony, il y a quelques trucs qui me restent en travers de la gorge, dit Bo. Notamment la droite religieuse. Moi, je me fiche de savoir en quoi les gens croient, mais eux, ça les intéresse à l'extrême. Je crois qu'on sous-estime leur impact. Ce sont des fanatiques acharnés et leurs croyances empiètent sur le gouvernement d'une façon qui est antithétique à nos valeurs. Ça fait trente ans qu'ils noyautent peu à peu le parti. Vous savez de qui je parle…

— Weyrich, dit Kissick.

— Et les gens de son espèce, ajoute Bo.

— Ralph Reed, Norquist, Pat Robertson *, ajoute Tony.

— Vous vous rappelez quand Reed a attaqué John McCain dans la primaire de Caroline du Sud ?

— Je suis pas près de l'oublier, reprend Bo. Nous nous desservons en frayant avec eux. L'autre problème, devenu plus incontrôlable encore, c'est la taille de l'État lui-même. Y a tellement de

* Paul Weyrich est l'un des fondateurs du laboratoire d'idées très conservateur The Heritage Foundation. Ralph Reed et le télévangéliste Pat Robertson sont quant à eux à l'origine de la Christian Coalition of America, un important groupe de pression des droites chrétiennes. Grover Norquist est le fondateur et président d'Americans for Tax Reform, lobby luttant contre l'impôt.

fonctionnaires que les uns ne peuvent même plus savoir ce que les autres sont en train de fabriquer. On diviserait les effectifs par deux qu'on ne verrait pas la différence. Les brasseurs d'air bureaucratique continueraient à brasser de l'air bureaucratique et tout le reste serait inchangé. Je peux situer le moment où c'est arrivé. Voilà ce que c'est que de vieillir, on devient témoin de l'histoire... En 1970, il y avait six millions de fonctionnaires.

— Impossible", objecte Kissick.

Bo ne prend même pas la peine de répondre.

"D'où tu sors ces chiffres ? veut savoir Kissick. Je suis l'expert en chiffres et je peux t'assurer que tu te trompes. Le secteur public n'a pas crû au même rythme que le secteur privé et, en fait, il a diminué.

— Je m'en tape, des chiffres, dit Bo. Ce que je veux dire, c'est que pendant les années soixante-dix, le gouvernement s'est transformé en un gigantesque mammouth bureaucratique et ventripotent. Autrefois, quand un gouvernement entrait en fonction, le précédent partait, mais à la fin des années soixante et dans les années soixante-dix, Washington est devenu une ville où les gens ont eu envie de rester, d'élever leurs enfants et ce genre de conneries. Ce ne sont peut-être pas tous des fonctionnaires à l'ancienne – mais tous ces prestataires, ces lobbyistes, ces parasites bureaucratiques, appelez ça comme vous voudrez – ce sont des poids morts.

— Des groupies politiques, dit Eisner. Mes parents en étaient.

— Tes parents n'en étaient pas, dit Bo. Mais tu as raison de dire que les parasites politiques zonent dans le Maryland, en Virginie et même dans certains quartiers de Washington. Les prix de l'immobilier étaient vachement attractifs après les émeutes.

— Quelles émeutes ? fait Kissick.

— Sérieusement ? dit Bo. Ils t'ont appris quoi à la fac ?

— Les maths.

— Nous autres, on a suivi des cours d'histoire, et 1968, ça devrait dire quelque chose à tout le monde parce que..."

Kissick se rend compte de son erreur. "Ah, mais putain. Quel con. C'est l'année de l'assassinat de Bobby Kennedy. Et tu y étais. Je me souviens de t'avoir entendu raconter que tu y étais.

— J'y étais, mais ce n'est pas ce qui a fait chuter les prix de l'immobilier à Washington.

— Martin Luther King, dit Tony, mettant un peu d'huile dans les rouages. J'ai horreur de cette tension.

— Il y a eu quatre jours d'émeutes à Washington, plus de mille incendies. Voilà pourquoi les prix des maisons ont plongé, dit Bo. C'était dingue, 1968, quand on y repense aujourd'hui ; tout ce qui pouvait survenir est survenu.

— Tu as l'air de bien connaître le père d'Eisner, mais je peux te demander ce que faisait le tien, au juste ? demande Kissick. Je me suis toujours posé la question."

La pièce se fait remarquablement silencieuse ; c'est la question que tout le monde a envie de poser mais que personne ne pose jamais.

"Que ne faisait-il pas ?" répond Bo, esquivant.

Ils hochent la tête.

"C'est drôlement bon, tout ça, dit Eisner, mangeant à belles dents.

— Ah oui ? demande Bo. Bien sûr, vous savez que la fonction publique méritocratique moderne trouve ses origines dans la Chine impériale ?

— Je l'ignorais, dit Eisner.

— Prêtez-vous à mon jeu encore cinq minutes, dit le Gros Bonnet, distribuant des sets de table en papier ornés de la carte des États-Unis, accompagnés de petits étuis de crayons de couleur. J'ai pris ça ce matin à la *pancake house* du coin."

Tony s'esclaffe. "Tu ne manques jamais de me divertir.

— Petit exercice mental. J'ai envie de vérifier de quelle couleur on voit les choses, quels États on voit rouges, quels États on voit bleus."

Bo lève la main. "Ça te fait rien si je vais pisser ?

— Pas besoin de demander ; c'est au bout du couloir à gauche.

— Vu que tu nous parles comme à des écoliers, j'étais pas sûr."

Les hommes prennent leurs crayons de couleur. Tony, Kissick, Eisner et le Gros Bonnet colorient sagement leur carte. Tony est assis en tailleur sur le sol. On le prendrait pour un gamin de huit ans s'il ne faisait pas un mètre quatre-vingt-dix et n'avait pas des jambes d'un kilomètre de long.

Bo revient des toilettes, prend sa carte et ses crayons et s'installe à la grande table. Il fait ce qu'il a à faire puis transforme sa carte en avion en papier et la renvoie au Gros Bonnet. Après quoi il se tourne vers les victuailles du déjeuner et pioche çà et là. "Mes repas préférés sont ceux qu'on prend debout, dit-il. C'est meilleur comme ça. Très bonnes, ces olives. C'est quoi ?

— Aucune idée, dit le Gros Bonnet. Le bocal est dans le frigo.

— Olives marinées au vermouth, dit Bo. Pas étonnant qu'elles soient si bonnes. Je viens de m'en enfiler une douzaine. Et toc." Il leur tire la langue.

"Quand vous aurez fini, revenons au centre et discutons des cartes, dit le Gros Bonnet.

— Je vais larguer une balle factuelle, là, dit Tony. Le total des voix récoltées par Barack Obama va être le plus élevé jamais remporté par un candidat à la présidentielle. Plus de 130 millions de votes ont été exprimés ; ça correspond à plus de 43 % de la population. Historiquement, 1964 a été bleu, 1968 rouge, 1972 rouge encore, et en 1976 c'était très partagé ; 1980 et 1984 ont été rouges, 1988 est repassé au bleu, puis 1992 a été partagé, 1996 rouge à nouveau, 2000 d'un beau rouge.

— C'est qui lui, un chien savant expert en chiffres, un rappeur ?" dit Bo.

Le Gros Bonnet déplie l'avion en papier, sur lequel Bo a griffonné : "Merde à ce truc."

Bo hausse les épaules.

"Ce que je veux dire par là, c'est qu'on est divisés et qu'on ne peut pas se le permettre. Quand vous regarderez ces cartes, vous verrez qu'une partie du Midwest est bleue et ne devrait pas l'être.

— Quel est l'enseignement de notre atelier coloriage ? dit le Gros Bonnet. Que nous avons tous des visions différentes de la répartition du pouvoir mais sommes bien d'accord qu'il y a des centres sur les côtes est et ouest.

— Messieurs, on n'est pas au jardin d'enfants, putain, dit Bo. Ah, et au fait, t'as plus d'olives. Je pourrais en manger un baril.

— Si ce merdier nous apprend une chose, c'est que nous sommes de plus en plus minoritaires, dit Kissick.

— Maintenant que tu sais ce qui nous tracasse, qu'est-ce que tu comptes faire ?" demande Bo au Gros Bonnet.

Samedi 8 novembre 2008
Palm Springs, Californie
16h00

Le Gros Bonnet emmène les hommes faire un tour dans sa voiturette de golf. Bo a pris place à l'avant ; Tony, Kissick et Eisner font le sandwich sur la banquette arrière. Il leur brosse le portrait des autres riverains du golf, évoque l'histoire des lieux, trésor enfoui, serpents venimeux. Il les promène par monts, par vaux puis hors piste jusqu'à un terrain vague où un homme et ses deux assistants sont en train de gonfler une gigantesque montgolfière.

“Quand on veut dresser un état des lieux, il faut savoir prendre de la hauteur, dit le Gros Bonnet. Et garder à l'esprit qu'on ne sait pas tout. On ne peut pas tout savoir.

— Tu déconnes ? s'exclame Kissick, sans qu'on sache si c'est de l'enthousiasme ou de la contrariété.

— C'est un truc que j'ai toujours eu envie de faire sans trouver l'occasion, dit Bo. C'est l'une des rares choses qui restent sur ma liste.

— Génial, dit Tony en riant. Je l'ai pas vue venir, celle-là, tu m'impressionnes.

— Tony, quand tu as parlé de « vision », je me suis dit : attends un peu pour voir. C'est spectaculaire. Surtout à ce moment de l'année. L'autre soir, quand j'ai mijoté tout ça, je me suis dit qu'on devrait survoler l'Amérique de haut et nous accorder un moment de contemplation.”

Kissick grimpe dans la nacelle. “Ma femme me tuerait si elle savait que je m'envole dans un ballon d'hélium. Je suis censé rester en vie et subvenir aux besoins de la famille. Elles ont besoin de moi.

— Je suis sûr que t'as largement ce qu'il faut en assurance-vie", dit Bo.

Kissick hausse les épaules. "Certes.

— Y en a pas un qui a pris feu et qui s'est écrasé, en Pennsylvanie, y a quelques mois ?

— On vole depuis plus de trente ans, dit le pilote du ballon. Et on n'a jamais pris feu.

— Ça m'étonnerait qu'on tienne tous là-dedans, dit Bo.

— C'est pas un problème", dit Kissick, commençant à ressortir de la nacelle.

Le Gros Bonnet lance ses clés de voiture à Eisner. "Toi, tu fais la voiture suiveuse. T'escortes la tête de course dans le 4 × 4.

— Pourquoi lui ? demande Kissick.

— Parce qu'il sera notre témoin, celui qui sera encore là pour raconter notre histoire", dit le Gros Bonnet.

Dans un ronflement, le brûleur s'enflamme et le ballon s'élève dans le ciel de la fin d'après-midi.

Kissick s'aplatit au fond de la nacelle, s'asseyant sur les pieds du Gros Bonnet.

"Ça va comme tu veux, cow-boy ? demande Bo.

— Nickel, répond Kissick. Super, parfait, je suis exactement là où j'ai envie d'être – en train de m'enfoncer dans les bois dans le panier à pique-nique du Petit Chaperon rouge.

— C'est moins dangereux que rouler de nuit en Floride, dit Bo.

— Incroyable, dit Tony alors qu'ils survolent palmeraies et champs d'éoliennes. Magnifique.

— Relève-toi, dit le Gros Bonnet à Kissick, regarde un peu. L'étendue du pays, la splendeur des choses."

Kissick se met à genoux et tend le cou pour jeter un œil par-dessus la nacelle. "Doux Jésus, on vole à quelle altitude ?

— Dans les deux cent quatre-vingts mètres, répond le pilote.

— Regarde le paysage, dit le Gros Bonnet. Tout ce potentiel inexploité.

— Moi je ne vois que du désert, répond Kissick.

— Je crois que c'est un parc national, précise Tony.

— C'est un exemple de ces régions qu'il nous reste à civiliser, dit le Gros Bonnet.

— Ça nous rappelle pourquoi les gens se battent pour leur pays, dit Bo.

— Il a dit civiliser ou subtiliser ? demande Kissick.

— Ça remet un peu les choses en perspective, dit Tony. Nous survolons l'Amérique grâce à un véhicule plus léger que l'air, traversons le présent à bord d'une nacelle du passé pour parler de l'avenir.

— Profond", dit le Gros Bonnet.

Samedi 8 novembre 2008
Palm Springs, Californie
20 h 00

À leur retour, la soirée a des airs d'oraison funèbre pour une Amérique qui n'a peut-être jamais été. L'air est baigné du parfum de cigares mâchonnés sans être fumés, humides – mouillés de la salive d'hommes encore en plein rêve.

Ils font une pause, se servent à boire. Ils nagent, ils boivent, ils mangent.

La seule chose qui manque, c'est de pouvoir tirer un coup. "Tu ne fais pas venir de filles ?" demande Bo. Il est assis à la grande table, torse nu, la poitrine barrée d'une épaisse cicatrice. Il s'aperçoit qu'elle attire les regards. "C'est comme ça qu'ils faisaient jadis à la Cleveland Clinic ; ils t'ouvraient en deux comme un poulet puis ils y allaient avec la vidangeuse. Je suis pas beau à voir, mais je suis en vie."

Les autres acquiescent.

"Donc, pas de filles ?

— Pas cette fois, dit le Gros Bonnet. J'ai manqué de temps.

— Manqué de forme, dit Tony.

— OK, dit le Gros Bonnet. Nous sommes tous d'accord – nous allons changer les choses, parce que si nous ne le faisons pas, ce sera la fin de l'*American way*. Nous voulons un autre gouvernement.

— Personne ne va prononcer le mot en T ?

— Tétons ? dit Bo.

— Tripatouillages ?

— Le crime qui consiste à trahir à son pays ? dit Tony.

— Est-ce qu'essayer de renouer avec nos racines, avec ce qui a fait notre force, ça mérite le nom de trahison ? veut savoir le Gros Bonnet.

— Tout le monde ne voit pas les choses de la même façon, dit Tony.

— Qu'est-ce qu'on demande aux gens de faire, au juste ? De signer un chèque ? De convaincre quatre amis de signer un chèque ? D'assassiner quelqu'un ? demande Bo, regardant Eisner.

— C'est moi que tu regardes ?

— Oui, dit Bo. Je te vois soit comme un porteur de valises, soit comme un assassin.

— On leur demande de faire leur travail, dit le Gros Bonnet. On leur demande de faire ce pour quoi ils ont été engagés ou élus. Nous sommes la génération dépositaire de l'héritage, le lien vivant avec une époque où les guerres avaient une raison d'être, n'étaient pas que d'immenses concours de bites. Nous ne faisons pas ça pour nous-mêmes ; nous avons ce qu'il nous faut, ce que nous voulons, mais le monde prend un tour terrifiant. Nous faisons ça pour nos enfants, pour ceux qui nous suivront ; nous faisons ça pour l'histoire, pour protéger et préserver l'Amérique de nos Pères fondateurs – la vraie Amérique.

— C'est bon, dit Bo, on fait comment ?

— C'est du sérieux, le genre de chose qui peut coûter des vies. Nous sommes des hommes respectables, et jusqu'à ce que le vent tourne, jusqu'à ce qu'on ait une majorité pour nous, nous allons à contre-courant, dit Kissick.

— On parle aux gens, on voit qui est compétent, on s'assure le concours de ceux qui ont des aptitudes, dit le Gros Bonnet.

— Pitié, n'en restons pas au blabla, dit Bo. Passons à l'action, bordel.

— Entre l'action politique et la trahison, y a de la marge, ajoute Tony.

— Vous ne croyez tout de même pas qu'on va débouler là-bas et dire : « Pardon mais nous sommes venus reprendre les rênes du gouvernement, donc, si ça ne vous fait rien, merci de bien vouloir dégager vos bureaux, sans oublier les photos de votre femme et de vos gosses » ? demande Kissick.

— Je ne sens pas d'appétit pour la révolution, dit Tony.

— Ce genre d'appétit pourrait être suscité avec le temps, dit Bo.

— Je vais être franc avec vous. Cette élection est la preuve que le Parti républicain n'est plus ce qu'il était ; il n'y a pas de respect, pas de consensus, et ce qui, il y a dix ans, aurait constitué une voix forte a viré à l'hystérie et transformé la politique en apocalypse politique. Il y a un terme moins provocateur que celui de révolution, c'est « changement ». Et le changement n'évoque pas le mot en T, dit Tony.

— « Changement » est un mot formidable, dit Eisner.

— Vous êtes quoi, la police du Scrabble ? demande Bo.

— Donc ce changement, il ressemblerait à quoi ? insiste le scribe. Il serait visible ? On s'en rendrait compte ?

— Là, tu mets le doigt sur quelque chose. Nous ne voyons pas tous la même chose ; nous voyons ce que nous avons envie de voir. C'est une sacrée évolution. Nous ne regardons pas tous les mêmes émissions, ne lisons pas tous les mêmes journaux ; nous voyons ce qui nous parle. Nous préférons chercher des confirmations de ce que nous savons déjà plutôt que de nous frotter à des idées ou des informations avec lesquelles nous risquons de ne pas être d'accord, dit Tony.

— Je ne sais pas du tout pourquoi, mais je suis en train de penser à Lou Gerstner, dit le Gros Bonnet.

— Gerstner, le gars qui a redressé IBM ?

— Je réfléchissais un peu hors cadre. On est tous pris dans un cadre. On en est prisonniers et on ne le voit même pas. T'as raison sur ce point, Toto." Toto est le bon vieux surnom que le Gros Bonnet donne à Tony. "On nous abreuve d'informations précises, de tout ce qu'« ils » veulent que nous sachions. Et nous ne savons même pas qui « ils » sont.

— Est-ce que ça va virer au délire parano ? On n'est pas comme des oies transformées en foie gras ; on est des hommes dotés d'esprits indépendants, dit Kissick.

— « Ils » sont comme nous, dit Tony

— Il faut qu'on sorte de notre cadre et qu'on aille jouer sur le terrain des autres, dit le Gros Bonnet.

— Moi, je suis prêt à passer à l'action. Je ne me suis pas sali les mains depuis l'époque où j'étais boy-scout. J'aime l'idée d'avoir une mission. Je serais prêt à me mettre à l'entraînement, propose Bo.

— Combien de révolutions se sont produites durant les quatre cents premières années de l'Angleterre ou de la France ?" demande Tony.

Personne n'a la réponse.

"Ça donnerait quoi si ton plan était couronné de succès ?

— Nous saurions que nous sommes aux commandes.

— Ça prendrait quelle ampleur ? Ça irait jusqu'où ? demande Tony. Je ne veux faire peur à personne, simplement rappeler que notre loyauté envers le projet doit être incontestable.

— Si certains d'entre vous ne se sentent pas de taille et préfèrent passer leur tour, je comprendrai. Une fois que la mécanique sera enclenchée, il peut y avoir des turbulences, dit le Gros Bonnet.

— Nous parlons de mettre en œuvre un plan de subversion, dit Tony.

— En ce qui me concerne, ce qui s'est passé mardi soir était une subversion de la pire espèce, dit le Gros Bonnet.

— Pour moi, y a pas de problème, dit Bo. Je vais pas passer les x prochaines années assis sur mon cul à geindre et à me couper des petits morceaux de la bite pour voir jusqu'où c'est acceptable ; je veux faire quelque chose.

— Si nous ne pouvons pas remporter le pouvoir, nous devons l'exercer autrement, dit le Gros Bonnet.

— À propos, où est ta femme ? demande Kissick.

— Quand nous sommes rentrés de Phoenix, elle a dit qu'elle avait besoin de faire un break ; elle avait mangé trop de dés de fromages. Ça nous arrive à tous un jour ou l'autre – on a mangé trop de fromage et on a besoin de prendre du recul, de rentrer en nous-mêmes, de reprendre nos esprits, n'importe.

— C'est ce que j'ai toujours aimé chez Charlotte, elle fait pas semblant. Elle peut tout envoyer se faire foutre en toute décontraction, dit Kissick.

— La vodka a été diluée, dit Eisner.

— Merde, vraiment ? dit le Gros Bonnet.

— On dirait de l'eau de source parfumée à l'essence d'alcool.

— C'est pas cher, la vodka, dit Kissick, incrédule.

— Essaie le scotch ou le bourbon, elle n'y touche pas, dit le Gros Bonnet, baissant les yeux vers ses fiches. Ce moment de l'histoire, on ne sait pas bien ce que c'est, mais ce devrait être une longue nuit noire de l'âme ; sans quoi, ce ne sera qu'une plaisanterie." Et le Gros Bonnet claque ses fiches sur la table du salon.

Affalé sur le canapé, Eisner sirote un scotch *on the rocks* en ouvrant et fermant les jambes dans son pantalon de toile comme pour s'éventer les couilles. Il est soit anxieux, soit surexcité par l'énergie qui circule entre eux.

"Imaginez, dit le Gros Bonnet. Le 20 janvier, un Noir va poser ses valises à la Maison Blanche.

— Je suis convaincu qu'on peut être républicain sans être raciste, dit Tony. Tu as parlé de rater le coche et les signaux d'alarmes. Là, les gars, vous perdez les pédales."

Un long silence s'ensuit.

"Désolé", dit le Gros Bonnet.

Nouveau long silence, lesté, lourd de sens.

"Vraiment, je suis désolé.

— Ça peut vouloir dire tant de choses, dit Tony.

— Ça veut dire que je ne voulais pas t'offenser."

Eisner se redresse, se ressaisit. "Un Noir va devenir président. Quel que soit l'angle sous lequel on le prend, c'est un fait d'importance majeure."

Tout le monde acquiesce.

"Certains événements changent le cours de l'histoire, déterminent l'évolution d'un pays, le pathos et l'éthos d'une société. Ce qui s'est produit mardi à Phoenix compte indéniablement parmi ces événements, dit Eisner.

— Sur ce, bonne nuit tout le monde, dit Bo, quittant la pièce.

— Je ne suis pas en train de te suivre, je vais me coucher", dit Kissick, suivant Bo dans le couloir.

Tony et Eisner s'attardent dans le salon, ramassant les reliefs de la journée, les apportant à la cuisine. Le Gros Bonnet passe un tablier et se met à la vaisselle. "Je ne suis au-dessous ni au-dessus de personne, dit-il.

— C'est de qui ? demande Eisner.

— Deepak Chopra."

Au milieu de la nuit, le Gros Bonnet n'arrive pas à dormir. Il va dans la chambre de Tony – celle de Meghan – et tire le lit gigogne.

"Insomnie ? demande Tony.

— Tu serais surpris si je te disais qu'elle a un problème d'alcool ?

— Meghan ?

— Mon Dieu, non, Charlotte.

— Qu'est-ce qui te fait dire ça ?

— Elle boit. Elle boit tous les jours. Seule. Beaucoup. Elle a de petites bouteilles dans son sac ; elle a toujours de l'alcool sur elle. Elle est à peu près catatonique.

— Tu en as parlé avec elle ?

— Pas si facile. Ce n'est pas qu'on se dispute, mais mercredi, à notre retour, j'étais d'une humeur si merdique que j'ai été désagréable. Je l'ai évoqué à ce moment-là et pas de la meilleure des façons.

— Tu t'es excusé ?

— Oui.

— Je suis sûr qu'elle a aussi des déceptions qu'elle garde pour elle, dit Tony.

— Nous en avons tous." Il y a un blanc. "Cette histoire avec Meghan, ça m'a vraiment foutu les boules. J'avais emmené Charlotte dîner pour être sympa, et tout à coup, nos deux téléphones sonnent. J'ai pensé au pire. J'ai failli vomir." Nouveau blanc. "Tu crois que quelque chose cloche du côté de Meghan ?

— Non, dit Tony. Ce qui s'est passé à Phoenix l'a perturbée et elle est sortie faire du cheval pour se remettre les idées en place. C'est une brave petite, mais ce n'est pas rien de se rendre compte que la vie n'est pas un Disney. Le monde réel est plus sombre et plus étrange qu'elle ne le pensait. Si, pour toi, mardi a été un signal d'alarme, pour elle ç'a été une crise de panique.

— Pour moi c'est un cyclone de force quatre.

— Ça joue forcément, dit Tony. Elle est très liée à toi et à tes attentes.

— Comment ça ?

— Elle veut bien faire, t'impressionner.

— C'est chouette, non ?

— Ça t'arrive de parler de tout ça avec elle ?

— Je ne saurais pas par où commencer. Cela dit, elle a l'air de te confier des choses…

— Je sais écouter, dit Tony. Et je ne suis pas son père. Que faisait le tien quand tu étais gamin ; il répondait à tes questions ?

— Tu fais quoi, là, le psy ? Mes parents, tu les as connus. Si j'ai appris quoi que ce soit d'eux, c'était par accident. Ça me fascine qu'ils aient eu des enfants ; j'ai beaucoup de mal à les imaginer seuls dans une pièce, qui plus est en train de procréer." Il y a un silence. "Tu te souviens quand je passais la nuit à réviser, à la fac ? Tu me disais toujours de penser à autre chose pour me rafraîchir les idées.

— Comment veux-tu que je l'oublie ? Tu passais la nuit à tout réciter à voix haute, des équations de maths à l'histoire romaine.

— Tu me faisais taire en me parlant de Maw-Maw, Paw-Paw, de la tante Pepper, qui aimait danser, et de l'oncle Joe, qui pêchait le maskinongé dans la New River et qui, un jour, avait attrapé un poisson de vingt-deux kilos cinq qui devait avoir dans les dix-sept ans.

— Pepper est encore en vie. Elle va avoir quatre-vingt-dix-sept ans en juin.

— C'est beau.

— Toute cette danse l'a maintenue en forme ; elle ne voit plus, elle n'entend plus mais elle remue encore…"

Ils rient.

"Je ne te racontais que les bonnes histoires, pas la raison pour laquelle je passais tant de temps auprès de Maw-Maw, Paw-Paw et Pepper.

— Je la devinais.

— La menace permanente de la violence, dit Tony. Quand j'étais enfant, mon père ne cognait pas devant les autres, mais au bout d'un moment, il ne s'est plus soucié de savoir devant qui il le faisait. Dès lors, plus personne n'a voulu le fréquenter. Ni ma mère, ni sa famille, ni moi.

— Rude, comme départ dans la vie.

— Ça m'a rendu ultrasensible aux fluctuations de toutes sortes, de la pression atmosphérique aux sautes d'humeur des vivants qui m'entourent, qu'ils soient végétaux, animaux ou humains. Mon caractère sociable, affable, était un baume censé parer au tempérament hargneux ou irascible de mon géniteur.

— Je suis vraiment désolé pour toi, dit le Gros Bonnet.

— J'en ai réchappé, dit Tony. Et je suis toujours là, ce qui n'est pas le cas de tout le monde."

Il y a une longue pause. "T'es un homme bien, Toto, le meilleur que j'aie jamais connu." Puis une autre. "Comment se passe notre affaire, d'après toi ?

— C'est intéressant, c'est certain, mais qu'est-ce qu'un poisson sans rivière ? dit Tony.

— Tu crois vraiment à ce que t'as dit, qu'on fonce dans le mur le pied sur l'accélérateur ?

— Tout ce que je peux dire, c'est que notre situation n'est pas tenable. Le rythme et l'impact de ce que je nomme l'entrelacs global – de capitaux et de technologie – excèdent les capacités humaines. Ce qui est techniquement possible ne l'est peut-être pas encore humainement. Moi, je parie sur le long terme. Mon but n'est pas encore visible à l'horizon.

— En tout cas, si on arrive à convaincre les gars d'en être et d'agir vraiment, on a une chance. Je ne crois pas que nous soyons les seuls à voir les choses comme ça.

— À propos d'être seul, où est partie Charlotte ?

— Faire un régime quelconque à trois quarts d'heure d'ici.

— Peut-être que c'est l'occasion pour elle de se sevrer sans le dire ?

— Peut-être.

— Elle fait le maximum, dit Tony.

— Comme nous tous.

— Tu sais, dit Tony, Obama n'est pas un mauvais bougre.

— Ah ouais, parce que tu le connais bien ?

— J'ai fait sa connaissance quand il était sénateur. On a joué quelques parties de golf.

— Où diable un Africain apprend-il donc à jouer au golf ?

— Voilà, c'est une partie de ton problème, dit Tony. Ça n'a rien de drôle, ni de malin, ni de bon. Tu es raciste. Tu ne le verras pas de ton vivant mais Meghan, si ; un jour, la majorité ne sera pas blanche.

— Et merde, dit le Gros Bonnet.

— Voilà ce qui t'angoisse vraiment, l'idée que les vieux hommes blancs deviennent obsolètes.

— Tu n'as pas tort.

— Projette-toi, dit Tony. L'imagination s'élève plus haut que le meilleur cerf-volant.

— Joli. C'est de qui ?

— Lauren Bacall", dit Tony.

Ils restent un instant silencieux. Le Gros Bonnet se met à ronfler.

"Tu te rendors ?" demande Tony.

Le Gros Bonnet pousse un grognement.

"Ça ne fera peut-être pas bonne impression si les autres te voient sortir de ma chambre demain matin.

— Tu me chasses du lit ?

— Oui", dit Tony.

Le Gros Bonnet se lève. "Ma femme picole, ma gamine se sauve dans les bois et les gens ont élu un Africain président, mais à t'écouter, y a pas de raison de voir tout en noir, si tu me passes le jeu de mots. Dors bien, vieille branche", dit-il avant de sortir.

Dimanche 9 novembre 2008
Palm Springs, Californie
13 h 00

“Nous nous reverrons bientôt”, dit le Gros Bonnet, les renvoyant chez eux ornés de tatouages éphémères, munis d’une carte des cinquante États coloriée à la main et roulée avec soin, de quelques bons cigares puisés dans sa réserve secrète et, dans le cas de Bo, d’un bocal d’olives vide.

“Plus tôt que tu ne penses”, dit Bo, et le Gros Bonnet ne voit pas du tout ce qu’il veut dire.

Chacun a pour mission de dresser une liste d’hommes qu’ils pourraient recruter, des hommes ayant les compétences requises pour faire passer le projet de la théorie à la pratique. Le mode de recrutement ressemblera beaucoup à celui des clubs qu’ils ont intégrés à l’université – entretiens, vérifications et processus d’initiation.

Le Gros Bonnet essaie de convaincre Tony de rester jusqu’au retour de Charlotte – il propose de le faire ramener à L.A. en hélicoptère pour qu’il puisse regagner la côte est par le vol de nuit. Mais Tony a besoin d’être à Washington lundi matin. Il a un rendez-vous à neuf heures à la Maison Blanche.

La femme de ménage a lavé et repassé tout le linge, briqué et lustré les surfaces jusqu’à ce qu’il ne reste plus une empreinte digitale. Elle est si méticuleuse qu’elle pourrait travailler pour une agence de nettoyage gouvernementale.

Pour faire la conversation, il lui demande ce qu’elle a pensé de l’élection.

“Si vous êtes content, je suis contente, dit-elle.

— Vous avez voté ?”

Elle détourne le regard.

Il s'en mord les doigts. Andouille. Évidemment qu'elle n'a pas voté ; elle est sans papiers. Comme pour réparer les dégâts, il dit : "Eh bien, moi je n'aime pas le type qui a gagné, mais sachez que je vais faire tout ce qui est en mon pouvoir pour que l'Amérique reste un pays où chacun a sa chance.

— Merci, dit-elle.

— Vous le méritez.

— Jolies fleurs. C'est vos amis qui les ont apportées ?

— Non. Je les ai commandées pour Charlotte, pour son retour."

La femme de ménage hoche la tête mais ne dit rien.

Charlotte n'aime pas trop les fleurs.

Il connaît des gens qui ont leur décorateur floral personnel, quelqu'un qui vient chaque semaine avec des fleurs pour chaque pièce, des fleurs assorties à la maison. Lors de réceptions, il a entendu des femmes mentionner leur "petit fleuriste". Mais s'occuper des fleurs est une responsabilité dont Charlotte a horreur. Les voir flétrir lui donne le sentiment d'avoir échoué. Il les a commandées quand même, espérant qu'elle apprenne à côtoyer le vivant.

"Elles sont très jolies", dit la femme de ménage.

Elle a presque fini. L'aspirateur vient en dernier. La tondeuse, comme il dit. Elle est en train de passer la tondeuse sur le tapis du salon ; par moments, il entend une cacahuète ou un cracker cliqueter le long du tube. Il a remarqué que lorsqu'elle aspire le tapis, il garde le même genre de traces qu'une pelouse qu'on vient de tondre.

Il se rappelle l'histoire de la mère de Charlotte et de son tapis du salon. Les enfants n'avaient pas le droit d'aller dans le salon, mais si, par malheur, ils y faisaient une incursion, ils devaient en sortir à quatre pattes et à reculons, lissant le tapis devant eux, effaçant leurs traces de pas.

Quand la femme de ménage s'en va, il lui donne un énorme sac de restes, sandwichs, chips, dips, cookies – des choses que Charlotte et lui ne mangeront pas.

"Il ne faut pas que ça se perde", dit-il. Il la paie le double de son tarif habituel parce qu'elle a dû faire un effort supplémentaire, parce qu'elle s'est déplacée le dimanche, parce qu'elle s'est bien gardée de lui dire qu'il était une andouille. Elle a si bien nettoyé qu'on croirait que ce week-end n'a jamais eu lieu. Tout a été effacé. Il ne reste aucune preuve.

Dimanche 9 novembre 2008
Palm Springs, Californie
18 h 42

Une voiture arrive et Charlotte en descend. Pour tout bagage, elle n'a qu'un petit cabas. Qui s'en va pour deux jours en n'emportant qu'un petit cabas à moitié vide ? Il le lui porte jusqu'à la maison.

Quelque chose a changé ; il y a chez elle une légèreté, comme si elle était soulagée d'un poids. Il en plaisante. "Tu as l'air plus légère, on dirait que tu flottes.

— Je suis sur un nuage, dit-elle. Je suis pleine de bile et de gaz."

Il regarde le chauffeur reculer de travers dans l'allée et dégommer un cactus. Il ne peut se résoudre à lui courir après en criant : Revenez ici tout de suite, vous avez écrasé mon cactus.

Elle parle. Il tâche de rester attentif mais s'interroge : s'il y va tout de suite, s'il redresse le cactus et tasse la terre autour du pied, est-ce qu'il survivra ?

"J'ai fait tout ce qu'ils m'ont dit de faire, j'ai bu tout ce qu'il y avait à boire, j'ai fait des promenades quand j'ai pu et j'ai passé énormément de temps sur les WC. J'ai expulsé des trucs datant peut-être de la préhistoire, des dinosaures sortis des profondeurs de mon côlon. À un moment, je suis restée allongée sur le carrelage froid de la salle de bains et j'ai compté les petits carreaux pour ne pas m'évanouir. J'ai peut-être même eu des hallucinations.

— Tu es sûre d'être allée à la bonne cure et pas à une de ces expériences où tu bois de l'ayahuasca avant de triper dans le désert ?"

Elle s'arrête dans l'entrée. "Tu veux la version polie ou la vérité ?

— La vérité.

— C'est de la torture, de la maltraitance tarifée. Je ne sais pas pourquoi les gens font ça, sinon par haine de soi. C'est à la mesure de la guerre que nous nous faisons à nous-mêmes."

Il lève l'index. "Un instant", dit-il, submergé d'inquiétude. Il ouvre la porte d'entrée et se précipite au bout de l'allée. Son *Pachycereus marginatus* est couché sur le flanc. Il tente d'abord un sauvetage à mains nues, mais s'aperçoit que c'est impossible.

"Qu'est-ce que tu fabriques ? crie-t-elle par la porte. Je viens à peine de rentrer et te voilà déjà en train de te sauver.

— Je ne me sauve pas ; le chauffeur a renversé mon cactus.

— Lequel ?

— *Pachycereus marginatus.*

— Les godes géants plantés au bout de l'allée ?

— Oui.

— Ça ne peut pas attendre demain matin ?

— Je suppose que si, dit-il, regagnant la maison.

— Qu'est-ce qui te fait sourire ?

— Tu es bouillante, dit-il. Mordante. J'aime quand tu lâches les chevaux.

— Tu n'imagines même pas. Ils m'ont planté un tube dans le cul et lavée à grande eau. Et pendant ce temps, j'inspirais une espèce d'air amélioré aussi connu sous le nom d'oxygène pendant que deux femmes originaires du sud de la frontière me faisaient un massage spécial de l'abdomen." Elle soulève son haut et lui montre son ventre, qui semble légèrement meurtri, jaunâtre, comme une banane en train de tourner. "Non seulement j'ai chié comme jamais, mais j'ai chié des choses qui étaient là depuis des années, cailloux, noyaux, morceaux de charbon, et un petit collier en or que ma grand-mère m'avait offert ; je te jure que je l'ai vu là dans la cuvette m'étinceler sous les yeux. Après je me suis mise à vomir. Des gerbes de toutes les couleurs de l'arc-en-ciel, comme dans un film d'horreur. Ils ont fait venir le médecin, qui m'a donné une poche jaune de solutés ; ils m'ont placé un petit oxymètre sur le doigt.

— Les vomissements, ils étaient censés faire partie de la cure ?

— Va savoir. Ils disent que c'est différent pour chacun ; tout dépend de ce qu'on retient en soi. Moi, c'était l'histoire du monde en quatre parties. Ils voulaient me garder, en fait, que je reste un ou deux jours de plus pour me reposer. « Tout va bien, j'ai dit. J'ai fait tout ce qu'on a pu et la voiture vient me chercher dans une heure. »" Elle marque une pause, puis, presque sur le ton de l'aparté, ajoute : "Au retour, j'ai été obligée de demander au chauffeur de s'arrêter sur le bord de la route. J'ai ouvert la portière, je suis descendue. Mais je n'ai même pas eu le temps de baisser mon pantalon. J'ai fait dans ma culotte, alors j'ai sorti des vêtements propres et j'ai abandonné les sales sur le bas-côté. J'ai donné tout l'argent que j'avais au chauffeur pour le remercier de sa discrétion. Il a été tout ce qu'il y a de plus prévenant.

— Sauf quand il a fauché ma plante bien-aimée.

— Question vérité, tu n'en demandais peut-être pas tant." Elle s'appuie contre le mur ; le geste a quelque chose de nonchalant, comme si elle était en soirée et fumait une clope la hanche contre le mur, posture décontractée, commentaire physique qui semble dire : La vérité, es-tu seulement capable de l'encaisser ?

Il se dit qu'elle a perdu l'équilibre. Elle a l'air de tanguer, de passer d'un état de conscience profonde, d'épiphanie, à un état qui tient de la narcose.

Il la conduit vers un fauteuil.

"Une douche, d'abord", dit-elle.

Il la dirige jusqu'à la salle de bains, fait couler l'eau de la douche et attend à l'extérieur, juché sur le petit tabouret de la coiffeuse de Charlotte. Il voit qu'elle a laissé ses vêtements en tas sur le sol. Elle ne fait jamais ça. Elle ne laisse jamais rien sur le sol. Il essaie de ne pas les regarder. Il regrette que la femme de ménage ne soit pas là pour s'en charger.

Elle sort de la cabine rose vif, comme un homard à demi bouilli, et enfile son peignoir.

"Thé ? demande-t-il.

— Volontiers."

Il lui prépare un thé au miel bien qu'elle l'aime nature. Elle a besoin de sucre.

"Comment vont les garçons ? demande-t-elle.

— Bien, dit-il. Mieux que ça, même, sur le point de changer de vie, du moins, quand on en aura fini, j'espère que ce sera le cas. Ça m'enthousiasme.

— Il y avait qui à part Tony ?

— Kissick, Bo McDonald et un gamin que j'ai rencontré à Phoenix, Mark Eisner ; ce n'est pas vraiment un gamin, mais il est plus jeune que nous, un touche-à-tout. Un historien en train d'écrire un livre.

— Toi qui détestes les médias, je suis surprise que tu le laisses entrer dans la maison.

— Ce n'est pas ce genre de journaliste ; en fait, je l'ai surnommé le scribe. Son père était l'un des hommes d'Eisenhower. Je peux te préparer quelque chose, une soupe ?"

Dès qu'il prononce le mot "soupe", la nausée se lit sur le visage de Charlotte. "Je serais incapable de la garder. Repos intestinal. Il faut que je laisse mes intestins se remettre. Ils se sont fait essorer."

Il s'assied dans le fauteuil devant la baie vitrée et parcourt la pièce du regard. "L'aquarelle, dit-il, tombant sur un tableau qu'elle a peint il y a des années. Tu te rappelles quand tu faisais de l'aquarelle ?

— Oui. Ça m'a plu jusqu'au jour où la prof m'a dit que mes couleurs étaient trop délavées et que le monde était bien plus éclatant que ça. Elle m'a rebutée – trop sérieuse.

— Peut-être que cette femme n'était pas assez intelligente pour être ta prof.

— Je me froisse facilement", dit-elle.

Vers vingt et une heures, elle sort du lit et se sert un verre, puis un autre. Il va chercher un pot de beurre de cacahuètes et une cuillère. "Il faut que tu manges quelque chose, dit-il, lui poussant la cuillère dans la bouche.

— Je ne peux pas avaler ça tout seul", répond-elle dans un haut-le-cœur.

Il revient avec des *oyster crackers*.

"J'adore les *oyster crackers*. Ils me rappellent les sacs Chanel. Ils sont matelassés."

Il fait manger à Charlotte des crackers trempés dans le beurre de cacahuètes.

“Je ne vais pas bien, dit-elle.
— Je sais, répond-il.
— Depuis longtemps.
— Je sais.
— Je n’irai jamais bien.
— Je ne suis pas si sûr de ça. Le fait que nous en parlions dit déjà quelque chose.
— Ça ne dit rien. Il n’y a rien que je puisse dire ; rien que tu puisses dire pour arranger la situation. Ça ne va pas.
— Je comprends, dit-il. Parfois, les choses partent en cacahuètes, comme l’élection, mais on ne peut pas revenir en arrière. La situation est ce qu’elle est ; il faut partir de là – c’est ton point de départ.
— La situation, dit-elle, avant de marquer une pause. Je ne peux pas l’accepter.
— Je sais.
— J’ai essayé. Je n’y arrive pas.”

Malgré ce qu’il a dit à Tony, en son for intérieur, il se demande si elle a vraiment essayé. Il trouve qu’elle manque de bonne volonté, qu’elle ne s’aperçoit pas que cette froide retenue qu’elle prend pour de la force l’a laissée percluse de chagrin.

“J’ai vraiment essayé”, répète-t-elle comme si elle lisait dans ses pensées.

Il hoche la tête.

“Et je ne peux pas.” Elle marque un temps d’arrêt. “Je ne veux pas.”

Exactement, songe-t-il sans rien dire. Exactement.

Elle est rentrée de sa cure pleine de résolution. Malgré ce qui s’est passé entre eux, malgré ces moments d’intimité, ça ne peut pas durer. Elle ne peut pas maintenir cette ouverture. C’est trop lourd à porter.

Ça n’a rien de personnel, mais leur relation ne peut pas soudain s’améliorer. Affectivement, elle n’en a pas la volonté. La possibilité même d’une relation, le souvenir qu’elle en garde, ce sentiment passager d’intimité, la nature physique de leur rapprochement récent étaient trop ; et au lieu d’entrouvrir une porte, on dirait que ça l’a fendue en deux. La voilà brisée et incapable de recoller les deux moitiés. Deux moitiés, avant et après, qui tirent chacune de leur côté et sont en train de la disloquer.

Ce qui n'était qu'une craquelure s'est vite transformé en fissure, en crevasse, en une faille qui ne cesse de s'élargir sans qu'on puisse la stopper, la boucher, la colmater, la réparer.

Entre le contrecoup de l'élection, l'épisode d'intimité inattendu, conjugué à leurs conversations, et la cure, quelque chose a dégoupillé une grenade en elle, a fait sortir un génie de sa bouteille, qu'on appelle ça comme on voudra. Elle ne sait pas ce que c'était, ou ce que c'est, mais tout ce qui n'a jamais été exprimé, un quart de siècle de non-dit, est remonté à la surface, et elle ne peut le refouler plus longtemps. Elle se ressert à boire.

Des années durant, le Gros Bonnet s'est dit que toutes les familles avaient leurs secrets, leurs problèmes qu'elles auraient aimé régler autrement.

Il y voit l'occasion d'une révolution de plus.

Nous ne devrions pas craindre les révolutions. Ce qu'il faut craindre, c'est une façon de tricoter les faits, d'arranger l'histoire pour la rendre plus acceptable.

Est-il en train de songer à sa famille ou à son nouveau projet ?

Pourquoi certaines personnes se contentent-elles de ce qu'elles ont et d'autres pas ? Qu'est-ce qui vous pousse à en vouloir plus, à chercher plus loin ? Est-ce l'ambition ? La cupidité ? Ou le désir ?

Ça survient au milieu de nos vies, quand nous savons ce qui nous a conduits à ce moment. Dès lors, que faire, capituler, lever les mains en l'air ? Fléchir ou nous battre pour ce que nous voulons ?

Il déroule cette conversation en partie en lui-même et en partie tout haut avec elle.

“Je ne veux rien, dit-elle. Je ne veux absolument rien.”

Elle n'arrive pas à dormir. Elle n'y arrive pas parce qu'elle est ivre. Elle n'y arrive pas parce que son métabolisme s'emballe comme un compteur électrique. Elle est tendue. Elle est vidée, éviscérée. Elle ne sait pas si c'est nouveau ou si elle l'est depuis très longtemps, mais elle le sent.

À 1 h 15, elle se lève. Il l'entend fouiller dans l'armoire à pharmacie.

“Ça va ?

— Du tonnerre", répond-elle, avalant deux somnifères.

Elle sombre. Aigre et piquant, le souffle de la mort sort de ses lèvres par bouffées, comme des ronds de fumée viciés.

"Où est le bébé ?" demande-t-elle à trois heures du matin.

Il se réveille en sursaut.

"Où est le bébé ?

— Tu parles dans ton sommeil.

— N'essaie pas de m'enfumer, dit-elle. Où est le bébé ?

— Meghan est au lycée.

— Ne me prends pas pour une idiote. Où est mon bébé ?" Elle n'en démord pas.

C'est le plus dur. Il se serre contre elle et l'enlace. Il se force à faire ce qu'il ne ferait pas naturellement ; se rapprocher alors qu'il aurait envie de s'éloigner.

Elle est ivre, droguée, dénutrie ; son corps est comme un sac d'os en vrac dans les bras du Gros Bonnet. Elle est soit en train de perdre la tête, soit en train de commencer à y voir clair. Il est si agité par ce réveil nocturne qu'il n'arrive pas à se rendormir. Il sort pour examiner son cactus à la lueur d'une lampe. Les mains protégées d'épaisses maniques de cuisine, il le redresse. Deux branches ont été écrasées. Elles suintent. Il va chercher un grand couteau-scie dans la cuisine et les ampute dans l'espoir de sauver le reste de la plante. Il tasse bien la terre au pied et regagne la maison. Il jette les maniques hérissées d'épines à la poubelle. "Merde, s'exclame-t-il à voix haute à cinq heures du matin. Putain de bordel de merde."

Dix-huit heures plus tard, lorsqu'elle se réveille, la fenêtre s'est refermée.

Il est dans son bureau mais passe voir comment elle va. Elle respire, d'un souffle calme, régulier, constant. Devrait-il la réveiller pour qu'elle mange un morceau ? Il lui prépare un bouillon cube et pose le mug fumant au chevet de son lit. Il tire sur elle une couverture, ouvre les stores, ferme les stores.

Il repart travailler. Quelques heures plus tard, il la trouve au fond de la piscine.

Est-ce volontaire ? S'est-elle évanouie ? Est-ce que tout va bien ? Il a dû voir ou entendre quelque chose – parce qu'il a soudain été attiré dehors, comme appelé pour la trouver au fond de la piscine. Lorsqu'il plonge, il découvre qu'elle s'est attaché des sacs de monnaie aux bras et aux jambes, des petits sachets de pièces prises dans le bocal de la cuisine.

Il la remonte à la surface et l'étend sur le béton au bord du bassin.

Essayait-elle de se suicider ? A-t-elle perdu la tête ?

Il la couche sur le flanc, lui appuie sur le ventre. Des pièces lui tombent des mains.

"Ne m'en empêche pas, dit-elle. Je ne veux pas te parler."

Il n'est même pas sûr qu'elle sache qui il est. "Qu'est-ce que tu faisais dans la piscine ?

— Je méditais.

— Il faut qu'on aille à l'hôpital ou quelque part pour s'assurer que tu vas bien et n'as pas inspiré d'eau.

— Je retiens mon souffle depuis des années ; je suis une véritable experte."

Il la laisse et se réfugie dans la salle de bains. Il fait mine d'uriner mais sanglote au-dessus des toilettes. Il passe des coups de fil. Appelle son ami Tom, le chirurgien orthopédiste. "Ma femme est très malheureuse, dit-il. Elle est en train de plonger.

— Elle veut de l'aide ?" demande le chirurgien.

Le Gros Bonnet retrace les événements des derniers jours. "Elle n'arrête pas d'appeler à l'aide, que ce soit verbalisé ou non. Elle a passé la semaine à essayer de se tuer – entre les médocs, l'alcool, la piscine…

— Tu penses que c'était volontaire ? demande le chirurgien.

— Quelle importance ? Que tu l'aies prévu ou non, si tu te réveilles mort, t'es mort.

— Si c'est une urgence, tu devrais raccrocher et appeler le 911.

— Je t'appelle pour te demander conseil, pas pour avoir le mode d'emploi du téléphone. J'ai besoin de savoir où l'emmener et comment procéder.

— Son état est stable pour le moment ?

— Oui.

— Ne la laisse plus boire d'alcool. Je te rappelle dès que j'ai des infos."

Elle s'endort sur un transat au bord de la piscine. Il lui tire une couverture des pieds à la tête et rapproche le parasol pour l'abriter. Elle est maigre comme un clou. C'est un "Rayon-X mondain", comme le héros du *Bûcher des vanités* nomme ces femmes de la bonne société qui promènent leur squelette en soirée, pas même anorexiques, car ces femmes ne mangent jamais – jamais. Les Rayons-X mondains grandissent nourries de sandwichs sans croûte, de cresson, de décas et d'alcools forts. Leurs entrailles macèrent. Les hommes, eux, au moins, mangent du steak et des côtes d'agneau à la gelée de menthe.

La capacité de sa femme à tenir tant d'alcool pendant si longtemps lui a toujours inspiré une certaine fierté.

Alors qu'il est debout à côté d'elle, elle émet un long pet fluet dans son sommeil, un reste de la cure.

Il lui prépare un bagage, sort une vieille valise bleue du placard. C'est la première fois qu'il ouvre ses tiroirs – étrangement, ça paraît plus intime que d'avoir couché avec elle.

Sous-vêtements, pantalons, hauts, tout est plié avec un soin dément – qui l'émeut.

Quand vient l'heure de partir, il lui dit qu'il l'emmène dans un spa, comme ceux qu'il y a en Suisse, avec des médecins. Il lui dit qu'ils lui feront des bouillons comme sur un bateau de croisière, qu'ils lui feront des sandwichs à la dinde, très fins, comme elle les aime.

Il lui dit que dans la vie on connaît parfois des bouleversements sismiques et que cette semaine a été particulièrement difficile. Il lui dit qu'il souhaite qu'elle se sente bientôt mieux. "Les fêtes approchent, Thanksgiving puis Noël." Il commet l'erreur de lui demander si elle aimerait faire quelque chose de particulier, aller quelque part.

Elle pose sur lui un regard vide. Elle ne prévoit pas d'être là pour ça – n'a aucune envie de vivre.

Il l'aide à s'habiller et à marcher jusqu'à la voiture.

"On rentre à la maison ? demande-t-elle.

— Bientôt.

— Je suis désolée.

— Pour quoi ?

— L'autre soir." Elle marque une pause. "Je sais que c'était très important pour toi."

Il hoche la tête.

“Et je suis désolée que ton candidat ait perdu.”

Nouveau hochement de tête.

“Il ne se représentera pas, dit-elle. C’est fini.

— Je sais.

— Tu vas devoir trouver un nouveau passe-temps, sinon tu vas devenir chèvre. Tu pourrais reprendre le travail ; tu es déprimé depuis que tu as pris ta retraite. Tu n’es pas vraiment fait pour la retraite.

— Ça ira, dit-il, touché qu’au milieu de tout ça, elle se préoccupe de son sort. Ce n’est pas fini tant que la grosse dame n’a pas chanté. J’ai toujours détesté ce proverbe ; c’est tellement méprisant pour les grosses dames qui chantent. Il y a plein de colibris qui chantent aussi.

— Peut-être que tu réuniras de nouveau les garçons prochainement.

— J’en ai bien l’intention”, dit-il.

Elle est encore ivre quand il la conduit au Betty Ford Center. Lorsqu’il a organisé son admission au téléphone, il a dit qu’il entrerait avec elle et qu’ensemble, ils prendraient le temps de tout lui expliquer.

Il arrête la voiture devant l’entrée, sort la valise du coffre, la donne à l’homme qui attendait devant le bâtiment, puis lui tend aussi Charlotte. “Je reviens tout de suite, dit-il. Le temps de garer la voiture.”

Elle ne comprend rien à ce qui se passe.

Il lui dit qu’il va garer la voiture, mais il s’en va. Ce n’est pas délibéré. Au début, il tourne en rond autour du centre en se disant qu’il va y retourner, qu’il va entrer et qu’ensemble, comme prévu, ils vont tout lui expliquer. Mais ses cercles se font de plus en plus grands et il finit par suivre une longue ligne droite, le pied au plancher, bénissant cette route filant vers l’horizon.

Durant les semaines séparant Palm Springs de la cérémonie d’investiture, il se passe des choses. Bo organise un rendez-vous à San Diego pour le Gros Bonnet, nom de code “Orteils de fée”.

Le Gros Bonnet a pour instruction de se rendre dans un Denny’s des environs de San Diego. Il s’installe à une table, pensant que le type qu’il est censé rencontrer va arriver. En attendant, il commande un club sandwich. Quand on le lui apporte, il trouve un mot piqué sur le pain : "Quand vous aurez fini votre petit-déjeuner, laissez vos clés de voiture sur la table et sortez. Une Chevrolet Malibu blanche vous attendra. Montez." Il laisse tomber le sandwich, paie l'addition et sort. La voiture attend. "Vous auriez pu demander une boîte pour le sandwich, dit le chauffeur.

— Je savais pas que vous le vouliez", répond le Gros Bonnet. Ils démarrent et prennent à gauche, à droite, au gré d'un itinéraire riche en bifurcations et en zigzags qui semble tout sauf direct. La voiture s'arrête devant un fast-food très populaire. "Commandez un milk-shake vanille et attendez une femme en rouge, dit l'homme au volant.

— J'imagine que le moment est venu de vous dire adieu", répond le Gros Bonnet, descendant du véhicule. Il va acheter le milk-shake et ressort. Une femme aux cheveux rouges et à la robe rouge pénètre dans le parking au volant d'une voiture rouge décapotée. Elle klaxonne. Il s'approche de sa portière. "Vanille ? demande-t-elle.

— C'est ce que le docteur a prescrit, répond-il, lui tendant le milk-shake.

— OK, donc maintenant vous traversez la rue, vous entrez dans le salon de massage du centre commercial et vous demandez le Shawn."

Il ne peut s'empêcher de rire. "Qui va payer le milk-shake ?" Elle met le pied au plancher et traverse le parking sur les chapeaux de roues avant de s'insérer dans la circulation sans un battement de cils.

Tout cela est un peu excessif mais auréolé d'intrigue et il espère être pris au sérieux, alors pourquoi ne pas traverser la rue et découvrir ce qui va suivre, se dit-il. Et puis, ce n'est pas comme s'il pouvait facilement mettre les voiles, parce qu'il ne sait ni où il est, ni comment retrouver sa voiture. Il appuie sur le bouton d'appel, attend que le petit bonhomme s'allume et traverse. Il est maintenant en nage et ne peut s'empêcher de se demander combien il y a de personnes dans le coup. Qui est la femme en rouge ? Elle était sexy et le milk-shake avait l'air bon. Le gobelet a laissé sa main froide et humide.

Le salon de massage baigne dans la pénombre et dans une odeur de choucroute.

“Shawn ? demande-t-il à la réceptionniste. Y a-t-il un Shawn ici ?

— Déj’ au fond”, répond-elle. “Déj’ au fond.” Il n’a pas la moindre idée de ce qu’elle veut dire jusqu’à ce qu’elle le prenne par le bras pour l’entraîner dans un étroit couloir. D’un côté du salon, il y a des cabines séparées par des rideaux de douche premier prix. Il entend des bruits de chair martelée et, çà et là, quelques gémissements contrariés. Tout cela le met mal à l’aise. C’est sordide et c’est le genre d’endroit qu’on voit aux infos quand les flics démantèlent un réseau quelconque. À mesure qu’ils avancent, l’odeur de cuisine s’accentue, un fumet aigre-doux, vinaigré. Il y a trois cuiseurs à riz sur le sol. Mais s’agit-il vraiment de cuiseurs à riz ? Ils ressemblent autant à des cuiseurs à riz qu’à des bombes artisanales, des engins explosifs de fortune qui pourraient détoner à tout moment.

“Désolé pour le club sandwich”, lance un chauve solidement charpenté en se levant de derrière une petite table. Malgré la pénombre, le Gros Bonnet remarque qu’il a des yeux d’un bleu perçant.

“Vous devez être Shawn”, dit le Gros Bonnet, lui tendant la main. Shawn ne la serre pas et ne fait rien pour confirmer qu’il s’agit bien de son nom. “Merci de prendre le temps…

— Asseyez-vous”, dit le chauve, le faisant lui-même.

Le Gros Bonnet s’assied. Même sur une chaise, Shawn le surplombe. Peut-être que Shawn ne s’appelle pas Shawn – et qu’il a mal compris depuis le début. Le Chauve. Ils l’ont tous appelé le Chauve, sauf Bo, qui l’a appelé le Général. Il se demande maintenant si le Chauve est bien un général ou si c’est cet entretien qui est “général”, au sens où ils ne seraient pas censés entrer dans les détails.

Il y a un bol de pois sur la table. Le Chauve les boulotte rapidement, les aspire puis jette la cosse entre eux. “Des *edamame*, dit-il. Servez-vous.

— Je crois que je ne connais pas votre nom, dit le Gros Bonnet.

— Exact, dit le Chauve.

— Je croyais qu'on avait rendez-vous au restaurant ?

— Denny's, un restaurant ? Première fois que j'entends ça.

— Nous avons un ami commun, Bo ; c'est lui qui m'a mis en contact avec vous…

— Je ne vois pas de qui vous parlez. Quelqu'un m'a demandé si je voulais bien rencontrer un M. Dupognon pour le rassurer et lui dire que le pays n'était pas en train de partir en cacahuète. Paraît que vous avez fait une crise d'angoisse le soir de l'élection et que ça n'irait pas tant que quelqu'un qui a les choses en main ne vous aurait pas confirmé qu'on parait à toute éventualité. Alors j'ai offert mon créneau déjeuner.

— Je ne suis pas sûr que cette description soit des plus fidèles, mais merci."

Le Chauve brandit une gousse de soja. "Un jour, ils feront des hamburgers avec ça et ils seront si réalistes qu'un jus rose en dégoulinera comme du sang. Mais ils seront cent pour cent *fake*, mis au point en laboratoire. Les pets de vaches. C'est ça qui nous fout dedans. Les émissions bovines. Il y a un milliard et demi de vaches sur la planète et elles lâchent trop de putains de pets dans l'atmosphère. Chacune d'entre elles émet dans les cent soixante-quinze litres de méthane par jour." Il secoue la tête. "Je ne mange plus de viande depuis des années, mais ce n'est pas pour les raisons que vous croyez. Vous vous souvenez de l'épidémie de vache folle en Angleterre ? Disons que j'ai alors eu vent de choses que j'ignorais jusque-là. Le marché de la viande n'est plus ce qu'il était dans ce pays ; il est sale, opaque et sale. Vous avez déjà entendu parler de la *pink slime* ?"

Deux femmes apparaissent, chacune chargée d'un grand seau d'eau. L'une d'entre elles s'arrête devant le Gros Bonnet, pose son seau et lui fait signe d'ôter ses chaussures pour se tremper les pieds.

Le Gros Bonnet remarque que le Chauve est déjà pieds nus et qu'il a les orteils exceptionnellement longs – si longs et bien faits qu'ils ressemblent à des doigts.

"Je sais faire des tours avec", dit le Chauve ; ce n'est pas la première fois que quelqu'un est en admiration devant ses pieds. Il agite ses orteils, livrant une sélection de ses meilleurs numéros : croiser les orteils, claquer des orteils, prendre des objets avec les orteils. “Je sais jouer *La Lettre à Élise* au piano, mais ça demande un peu d’échauffement.

— Sympa, dit le Gros Bonnet, interloqué.

— J’aime à penser qu’on a tous un talent caché, de quoi surprendre dans les grandes occasions, dit le Chauve.

— Vos pieds, c’est la santé de votre cœur”, dit la femme au Gros Bonnet en s’accroupissant pour retrousser les jambes de son pantalon. Il ne s’attendait pas à ça. Il a des jambes très fines, presque glabres à présent.

“Redites ça ? demande-t-il.

— Vos pieds, c’est votre cœur”, dit la femme, lui prenant les pieds un à un pour les plonger dans l’eau, qui est bleue et brûlante.

Aussitôt, le visage du Gros Bonnet s’empourpre. “Doux Jésus.

— Au moins deux fois par semaine, dit le Chauve. Réflexologie. La Californie, c’est un super endroit pour s’offrir des soins corporels à peu de frais. Hédoniste mais sain. Mais vous n’êtes pas là pour ça. Le massage des pieds, c’est cadeau. J’essaie toujours de faire de nouveaux adeptes. Donc vous êtes un féru du drapeau, vous aimez tout ce qui est militaire et bien organisé, même si vous n’avez jamais été soldat. Votre pépé a fait la Première Guerre mondiale ou votre papa la Seconde, un truc comme ça, mais vous, vous avez raté le coche ; l’armée n’avait pas la cote à l’époque. Vous avez fait les études qu’il fallait, les rencontres qu’il fallait, vous avez gagné des millions, et maintenant ? Vous avez besoin de notre aide. On est quoi, des surveillants à la sortie de l’école ? Vous n’êtes pas capable de traverser la rue sans nous ?

— Pas exactement, répond le Gros Bonnet, mais c’est peine perdue, le Chauve poursuit sur sa lancée.

— Six de nos présidents ont servi dans la marine : Kennedy, Johnson, Nixon, Ford, Carter et George Bush père. Chaque fois, l’histoire est abracadabrante ; Gerald Ford y a joué les profs de gym ; Jimmy Carter s’apprêtait à devenir capitaine d’un sous-marin quand la mort de son père l’a forcé à rentrer en Géorgie – Dieu merci. Vous l’imaginez sur le terrain en temps de guerre ? « Eh, les gars, si on remontait à la surface pour offrir une prière et des cacahuètes à l’ennemi ? Je ne suis pas quelqu’un de violent.

Il a pu m'arriver d'avoir le cœur concupiscent, mais guerrier, jamais. » Et c'est dans *Playboy*, rien de moins, qu'il a éprouvé le besoin de confesser qu'il bandait pour d'autres femmes."

Le Gros Bonnet a l'air d'avoir envie de gerber. La femme qui lui masse les pieds a touché un point très sensible.

"Vous avez croûte, dit-elle.

— Non, répond-il. Pas de croûte.

— Vous avez goutte, dit-elle.

— Oui, répond-il, se demandant comment elle le sait. J'ai eu la goutte une fois, y a cinq ans environ.

— Vilain garçon.

— Normalement, je ne fais pas ce genre de chose, dit le Chauve. Je ne suis pas psy, je suis plus un genre de…

— Général ?" demande le Gros Bonnet.

Le Chauve mime un pistolet avec ses doigts et tire. "De tueur à gages. Plus en exercice, du moins officiellement." Il rit. "J'ai mes trois étoiles tatouées sous les couilles et un drapeau américain entre les miches au cas où quelqu'un éprouverait le besoin de vérifier à quoi je fais allégeance." Il secoue la tête. "Baisez-moi et c'est les États-Unis d'Amérique que vous baisez." Et il part d'un rire saccadé, tacatacatac, façon mitraillette. Romantique. Poétique. "Que voulez-vous, c'est toute ma vie. C'était celle de mon père et de son père avant lui. Moi, j'ai pas de gosses, ça fait longtemps que je me suis fait ficeler les conduits, j'avais pas envie de tirer des missiles spermonucléaires. J'ai toujours été une sorte d'aventurier, de joueur non conformiste dans un jeu qui repose entièrement sur des règles. Mais on est ici pour parler de vous. Qu'est-ce qui vous a mis la queue en tire-bouchon dans tout ce cirque ?

— Si je peux me permettre d'être franc…" Le Gros Bonnet regarde le Chauve droit dans les yeux.

Le Chauve acquiesce.

"Nous sommes inquiets." Le Gros Bonnet marque une pause. "En cas de décapitation, il ne faudrait pas que tout finisse façon Humpty Dumpty et…" Il ne peut se résoudre à achever sa phrase mais regarde le Chauve pour vérifier que son propos est limpide.

"Nous sommes prêts, dit le Chauve. Comme une espèce extraterrestre, nous marchons parmi vous. Certains disent que l'équilibre des pouvoirs est gravement atteint. Qu'ils sachent que les fondements de l'Amérique sont protégés. Le plan de continuité gouvernemental va au-delà de ce que prévoit la Constitution car, pour le genre de situation d'urgence attendu au XXIe siècle, la Constitution prend trop de choses pour acquises, notamment l'existence de survivants et d'un gouvernement à même de succéder à celui en fonction. Non seulement il y a des systèmes en place, mais il y a une mémoire institutionnelle. Nous sommes engagés à vie. C'est ça, l'armée – une vocation. Les politiques se présentent comme des serviteurs de l'État, mais c'est de la foutaise. Les profs sont des serviteurs de l'État, les pompiers, mais les gens qui se présentent aux élections ne font que vous graisser la nouille. Le système a connu une évolution rapide dans ce sens depuis la fin de la Seconde Guerre mondiale et l'essor du foutage de gueule. À propos de Seconde Guerre mondiale, c'est à ce moment-là que tout a commencé. Notre plan est en place depuis le mandat d'Eisenhower. On a des bunkers. On a des copies de toutes sortes d'archives, de l'annuaire à la feuille d'impôt en passant par le chèque de pension de retraite. On a de l'antivenin, du mélange à gâteau, de l'hélium pour vos ballons d'anniversaire, et votre bière préférée. Les plans de continuité des opérations sont tentaculaires et prévoient des doublons. On a même une cohorte au sein de l'US Post Office, qu'il pleuve, qu'il neige ou qu'il y ait des retombées nucléaires. Rien n'est laissé au hasard. Des procédures ont été définies pour faire face à tous les problèmes, au fait que les survivants auront perdu la tête, qu'il faudra des espaces où enterrer les morts, etc. Tout a été pensé par le menu. J'espère que ce que je vous dis là vous rassure. Yankee Doodle Dandy* n'est pas près d'être désarçonné."

Le Chauve parle comme un personnage de film, comme George C. Scott dans *Patton*. Il pourrait être Patton, à ceci près qu'ils sont dans un *strip mall* des environs de San Diego et qu'après avoir été baignés, javellisés et séchés avec des serviettes rêches comme du papier de verre, leurs pieds sont maintenant

* "Yankee Doodle" est une chanson à connotation patriotique dont le protagoniste chevauche à travers divers champs de bataille.

manipulés par des Coréennes puissantes comme des marteaux-piqueurs dont le derrière lévite à cinq centimètres du sol.

Le Chauve est épris du son de sa propre voix. “Les mécanismes de continuité gouvernementale. J'ai toujours trouvé cette formule étrange. Ça fait penser aux rouages d'une machine, comme celles de ces sites touristiques où tu glisses un penny, tournes la manivelle et récupères ta pièce aplatie et imprimée à l'effigie d'un Abe Lincoln qui a l'air fait en pâte à modeler. En 1958 et 1959, Eisenhower a envoyé à dix hommes des lettres de procuration leur conférant des pouvoirs extraordinaires en cas d'urgence nationale. Ces lettres n'avaient pas de date d'expiration.” Le Chauve prend une inspiration longue et ténue le temps que la reine du pied, d'un geste vif et vigoureux, fasse tour à tour craquer chacun de ses orteils ; ils font un bruit de bon vieux pop-corn à la casserole. “George Bush a déclaré l'état d'urgence le 14 septembre 2001. Ce faisant, il a ouvert la voie à l'application de cinq cents clauses légales en sommeil – allant de la censure à la loi martiale. Elles n'ont jamais été rendues publiques. Et l'info majeure, c'est que personne n'a jamais abrogé cet état d'urgence. Il est toujours en vigueur. Ici, maintenant. On s'entraîne pour des trucs qu'on n'imagine même pas en rêve. Loups solitaires, sièges du genre Waco, machins de l'espace qui s'écrasent sur Terre, réapparition d'insectes oubliés, toute une gamme d'incidents biologiques – laitues qui tuent en vingt-quatre heures, amibes bouffeuses de cerveau, virus invisibles qui circulent dans l'air à moins d'un mètre de vous et tuent des milliers de gens chaque jour. Je sais que je ne raconte rien que les gens bien informés ne sachent ou ne soupçonnent déjà. Sachez que tout ça est bien réel – la question n'est pas de savoir si ça va se produire, mais quand. C'est pour le quand qu'on se tient prêts.

— Quand le quand viendra, comment saurez-vous quand ça commence et quoi faire ?”

Le Chauve rit. “Ça, ce n'est que la surface, dit-il, désignant le monde environnant. Ce qui est décisif, c'est ce qui se passe au-dessous. C'est la seule façon de faire avancer les choses – dans l'ombre. Les meilleurs plans peuvent mal tourner à tout moment. Nous restons vigilants. Dès que tu baisses la garde – t'as une merde. Qui peut être d'origine naturelle ou humaine – un retournement de l'opinion. Tout événement ou série d'événements, cascade, peut déclencher un emballement. Des troubles, des émeutes. Les nouvelles vont vite. La contestation aussi. Les gens s'entraînent les uns les autres, le mécontentement est dans l'air.

— Quand lâchez-vous le fil du cerf-volant ? veut savoir le Gros Bonnet. Qui décide quand vous entrez en action et quand vous arrêtez ?

— Nous sommes à un moment unique ; le seul fait que nous ayons cette conversation est inhabituel. Nous ne parlons jamais des opérations avec des civils ou des gens qui ne font pas déjà partie du programme.

— Les circonstances sont exceptionnelles et aucun d'entre nous ne peut plus être considéré comme un civil. Nous faisons tous partie de cette armée.

— Ohh, s'exclame le Chauve d'un ton qu'on n'emploie généralement que lorsqu'on lance des bonbons aux enfants dans les défilés. Vous tous dans une armée, quelle charmante idée. Mais ce n'est pas comme une fanfare qu'on peut faire jouer contre un peu de monnaie.

— Des milliards, répond le Gros Bonnet, offensé. Notre monnaie se monte à des milliards.

— C'est comme donner des cymbalettes à une danseuse du ventre. On parle ici d'un plan à dix strates qui est en gestation depuis qu'on a lâché la bombe sur le Japon." Il se reprend. "Que dis-je ? On n'en est même plus à dix strates – on en est largement rendu à quinze, vingt-quatre, voire plus. Après le 11 Septembre, on a ajouté tellement de strates qu'on aurait du mal à trouver un homme qui sache en faire la liste. C'est la beauté de la chose, il y a toujours un doute." Il lève les deux bras, l'air de dire : R'garde, m'man, sans les mains ! "Y a-t-il un pilote dans l'avion ?

— C'est l'une de nos questions. Quand le quand arrivera, qui tiendra la barre ? demande le Gros Bonnet. Que pouvons-nous faire pour vous ? Comment nous assurer que, le moment venu, le vent ne va pas mal tourner ?

— En général, nous ne travaillons pas avec des civils, mais il y a des précédents historiques, bien sûr. Les Dix d'Eisenhower étaient des rejetons du monde de l'industrie, de la communication et de la banque. Il est utile de savoir qu'il y a des hommes prêts à servir. Ceux d'entre nous qui sont à la manœuvre se sentent parfois trop isolés. Parfois je me suis demandé si je n'étais pas en train de tout inventer, comme un vaste roman écrit dans le ciel.

— Je comprends. Mon groupe a des intérêts dans des secteurs variés et est tout disposé à se rendre utile. Qui est votre chef ?

— Je ne peux pas répondre à cette question", dit le Chauve.

À point nommé, une Coréenne arrive, portant une grande assiette de raviolis vapeur. Le tas de cosses de fèves de soja a disparu et une coupelle de sauce brune est apparue, ainsi que deux paires de baguettes en bois. Le Chauve sépare ses baguettes, les frotte l'une contre l'autre si vite et si fort qu'il en jaillit de la sciure. Il pince un ravioli, le trempe dans la sauce et l'engloutit. "Tellement bon", dit-il, expirant la vapeur et se hâtant d'en gober d'autres. En coréen, il demande à la femme à quoi ils sont. "Faits maison, répond la femme dans un anglais parfait. Aux champignons sauvages. Je les ai cueillis moi-même.

— Merde, dit le Chauve. Le seul truc auquel je sois allergique." Il dégaine une seringue d'adrénaline de la poche latérale de son pantalon cargo, la claque sur la table et commence à se prendre le pouls, l'œil fixé sur sa montre. "Rien d'inquiétant tant que je ne fais pas un arrêt cardiaque."

Le Gros Bonnet est en nage. De la sueur lui dégouline de la tête, forme des ruisseaux sur ses oreilles, sur les ailes de son nez puis des rivières le long de son dos et jusque dans son pantalon. Les minutes passent ; tout le monde a les yeux rivés à la trotteuse de la Rolex Milsub du Chauve. Le Gros Bonnet n'est pas trop "gadgets", mais il s'y connaît en montres.

Soudain, la femme en rouge surgit de l'étroit couloir, portant deux gobelets du fast-food d'en face. Elle en tend un au Gros Bonnet.

"Ça va ?" demande-t-elle au Chauve, posant l'autre gobelet devant lui.

Il ôte ses doigts de sa carotide, arrêtant de contrôler son pouls. "Soit je ne suis plus allergique, soit les champignons n'étaient pas vraiment sauvages."

Soupir de soulagement. Le Gros Bonnet aspire longuement par la paille rouge qui dépasse du gobelet. Milk-shake vanille. L'espace d'un instant, il croit qu'il s'agit du milk-shake du début, mais c'est impossible, il aurait fondu depuis le temps. Celui-ci est frais, épais, plein de cristaux de crème glacée qui fondent sur la langue.

La femme en rouge regarde le Gros Bonnet, l'air accablé. Y a un problème ? Est-on en train de l'empoisonner ? Il se sent bien, mais il y a quelque chose d'étrange dans son expression. "Je suis vraiment désolée, dit-elle. Je n'ai pas pu résister." Il regarde sa boisson et s'aperçoit que la paille rouge porte la marque plus foncée de son rouge à lèvres.

"Ç'avait l'air tellement bon, il fallait que je goûte.

— Pas de souci, dit-il, aspirant une autre longue gorgée, froide, crémeuse, absolument parfaite.

— C'est bon comme ça ? demande le Chauve.

— C'est bon pour moi si c'est bon pour vous, répond le Gros Bonnet – pris entre une érection et un mal de crâne sous l'effet du froid.

— Vous avez des petits billets ?" lui demande le Chauve.

Pendant un court instant, il est perdu ; le Chauve est-il en train de lui demander s'il a des petits pieds ?

"Des billets, répète le Chauve. Des dollars ? Des petites coupures ?"

Le Gros Bonnet regarde dans son portefeuille. Ce qu'il a de plus petit, ce sont des billets de cent.

"Oubliez." Le Chauve lui passe deux dollars.

"C'est pour quoi ?

— Le voiturier, dehors." Le Chauve lui glisse un ticket de parking. "J'imagine que vous n'avez pas envie de retourner au Denny's à pied. Le milk-shake fondrait en chemin.

— C'est tout ? dit le Gros Bonnet. On en reste là ?

— Pour le moment."

Lorsqu'il sort, le voiturier arrive avec son véhicule. Il tend les deux dollars au type et monte.

Sur la route du retour à Palm Springs, il s'arrête pour laver la voiture. Il se tient derrière la vitre et la regarde avancer dans la machine, shampooing, lavage des roues, cire. Tout en regardant, il aspire ce qu'il reste du milk-shake. La paille en papier rouge et blanc n'est plus qu'une nouille humide et molle entre ses lèvres.

En passant l'aspirateur, les employés de la station trouvent un objet à bord et le lui donnent.

"Un bouton ?" demandent-ils. C'est à mi-chemin entre le bouton de cuivre tombé d'un manteau de femme et la pièce de monnaie étrangère. L'objet ne lui dit rien du tout, ne provient ni de son blazer ni du manteau de Charlotte. C'est un micro ; ils ont caché un micro dans sa voiture. Il le prend de la main de l'employé, se rend aux toilettes, le jette dans la cuvette et tire la chasse.

Lorsqu'il arrive chez lui, Bo l'attend dans l'allée, dans sa voiture climatisée à fond alors qu'il règne la douce température de vingt-trois degrés.

"Alors, comment ça s'est passé ?

— Passablement, dit le Gros Bonnet. Le rendez-vous le plus bizarre de ma vie, putain. On se serait cru dans *Apocalypse Now*. C'était un stratagème, un test pour évaluer ma réaction au stress ? Un lavage aux rouleaux psychologique ? Et c'était quoi ce milk-shake à la vanille, une tentation qu'on t'offre, qu'on reprend puis qu'on t'accorde ? Ma récompense pour m'être plié à leur délire ?

— Du calme, l'ancien. Je comprends rien à ce que tu racontes, dit Bo.

— Tu m'as couillonné. Je me plie à tout un petit jeu, je tourne à droite, à gauche, je frappe deux coups, nom de code « Orteils de fée », tout ça pour me retrouver devant ce barjo qui me dit qu'en gros, quelqu'un – toi, je suppose – lui a demandé de me refroidir le circuit, de m'assurer qu'on a les choses bien en main en « haut lieu ». Repos, et merci mais non merci.

— Tu t'attendais à quoi ?"

Le Gros Bonnet étrangle un rire. "Je m'attendais à quoi ?" Il marque une pause. "J'en sais rien, putain, mais pas à ça. Je passe pour un taré et je les soupçonne d'avoir caché un micro dans ma voiture.

— C'est moi qui ai caché un micro dans ta voiture."

Le Gros Bonnet regarde Bo – c'est quoi, ce délire ?

Bo hausse les épaules.

"C'est censé me rassurer ?

— C'est censé te montrer à quel point je tiens à toi. Tu pensais sérieusement pouvoir te pointer là-bas et dire : « Eh, salut, Général, mes potes et moi, on n'est pas très contents de la tournure des événements et on se demandait si on pouvait faire équipe avec vous pour, vous savez, renverser la vapeur. » Comme si ce n'était là qu'une partie de tape-cul. Tu ne peux pas te pointer comme ça chez les militaires, leur faire des clins d'œil et dire : « Je sais aussi bien que vous que les choses se jouent ailleurs en secret et je veux en être. »"

Le Gros Bonnet hausse les épaules. "Je n'ai pas l'habitude qu'on me dise non.

— Et s'il avait dit oui ? S'il avait dit : « Un peu, mon neveu, on attendait qu'un gars comme vous se présente. Et si je passais chez vous mercredi soir pour qu'on voie ça ? » T'aurais voulu faire affaire avec lui ? Tu lui aurais fait confiance ? Tu le connais pas. Il te connaît pas. Ces choses-là prennent du temps. Le rendez-vous s'est bien passé. T'as obtenu ce que tu voulais ; tu voulais qu'il t'envoie te faire foutre. Tu voulais qu'il te dise : laisse tomber, y a pas de place pour des hommes comme toi dans notre monde.

— Intéressant, dit le Gros Bonnet.

— Maintenant il t'a repéré et tu peux être sûr qu'il va te garder à l'œil. Il va voir si t'es sérieux ou non. Rome ne s'est pas faite en un jour.

— Non, mais elle a cramé assez vite." Il reste songeur.

"Si ça doit se faire, tu veux que ce soit lui qui vienne à toi, qu'il se dise que c'était son idée de te convier à la fête. Laisse-les croire qu'ils ont inventé la roue.

— Bien vu, dit le Gros Bonnet. Question pour toi. Quand t'as appelé ça l'« opération Orteils de fée », tu savais que j'allais devoir enlever mes chaussettes et laisser une inconnue me masser les pieds si fort que je doute de pouvoir marcher demain ?

— Non, dit Bo. J'ai appelé ça l'« opération Orteils de fée » parce que ta façon de marcher me rappelle un peu Fred Pierrafeu. Tu te souviens quand Fred et Barney vont au bowling ?"

Le Gros Bonnet secoue la tête.

"Fred s'élance vers la piste sur la pointe des pieds parce qu'il veut se faire léger. Sur un tintement de piano précipité ?" Bo regarde le Gros Bonnet ; toujours rien. "Quand on était tous là et que t'as traversé le patio en courant pour sauter dans la piscine, ça m'a rappelé Fred Pierrafeu. Pour moi, t'as des orteils de fée.

— J'ai besoin de boire un coup, dit le Gros Bonnet. Tu restes dans ta bagnole ou tu viens ?"

Les deux hommes gagnent la maison ; le Gros Bonnet prépare deux verres. L'alcool est dégueulasse, fade, dilué. "Je suis à ça de me mettre à chialer, dit le Gros Bonnet.

— Je serais ravi de t'emmener boire un verre quelque part.

— Le verre, je m'en fous. J'ai bu un milk-shake avec le Général. Je suis juste triste. Triste."

Bo le serre dans ses grands bras de nounours.

Dimanche 16 novembre 2008
McLean, Virginie
20 h 30

“Je te dérange pas ? demande le Gros Bonnet quand Meghan décroche.

— Étude du dimanche soir – je travaille.

— Tu as toujours été douée pour ça.

— Toute ma vie tu m’as dit que mon job était d’aller à l’école et que je devais travailler pour réussir, alors évidemment que je suis douée pour ça.

— Parfait, dit-il. Et le cheval, il va bien ?

— Toujours nerveux dans les bois. Je fais des sorties avec la monitrice. Ranger a senti mon stress, ça l’a marqué.

— Continue, dit le Gros Bonnet. Un pied devant l’autre, parfois il n’y a rien d’autre à faire.” Il y a un silence. “J’ai des nouvelles.” Il s’éclaircit la gorge. “Il ne t’aura pas échappé que ta mère…” Nouveau long silence.

“Ça va, vous ?

— Oui. Je voulais commencer par là. Ça va. Tout va bien se passer.

— Bien, dit Meghan, qui ne s’inquiétait pas jusqu’ici.

— Là où je voulais en venir, même si j’ai du mal, c’est à l’alcool. Au problème d’alcool de ta mère.

— Tu parles de la vodka ?” Meghan n’est pas sûre de comprendre pourquoi il a appelé ; est-ce pour lui dire que sa mère boit ?

“Oui. La vodka.

— Elle m’a dit qu’elle buvait de la vodka parce que c’est ce qu’il y a de moins calorique.

— Fascinant, dit le Gros Bonnet. Je croyais que c'était parce que ça n'a pas vraiment de goût. En tout cas, si elle boit, ce n'est pas une question de calories. Elle se sert de l'alcool pour affronter ses journées et de toute évidence, ça n'aide pas. Il faut que je te dise quelque chose.

— OK.

— Après la déception de l'élection, elle a pris une grande décision : celle de se faire aider."

Il y a un autre long silence.

"Pardon si je suis bizarre, mais je ne suis pas sûre de bien comprendre.

— Ta mère est alcoolique. Elle est partie en cure au Betty Ford Center. C'est l'un des meilleurs endroits du pays pour ce genre de problème." La tension dans sa voix monte d'un cran. Il s'interrompt, inspire profondément. "Tu te souviens peut-être des Ford, on a passé du temps avec eux y a des années, quand t'étais petite. Gerry, le père, était le vice-président de Nixon et il a assumé la présidence quand Dick a démissionné, un boulot ingrat s'il en est. Et Betty, c'était la locomotive ; Dieu la bénisse d'avoir rendu ses problèmes publics. On était allés chez eux, y a des années, tu te souviens ? C'était à Pâques. Leur fils Jack était là avec ses garçons.

— Pas vraiment, dit Meghan. Ce qui me revient surtout, quand je pense aux gens à qui on rendait visite, c'est que maman et toi étiez toujours nerveux dans la voiture. Maman vérifiait si ma robe était assez longue et mes chaussures propres. Mes ongles, aussi – elle contrôlait toujours mes ongles.

— Ta mère est très soucieuse du regard des autres.

— Elle avait peur que sa consommation d'alcool fasse mauvais effet ?

— Elle est soucieuse de sa vie privée, de ce que les gens savent d'elle et de leurs jugements. Elle trouve important que les gens aient une bonne image d'elle.

— Donc, ce Betty Ford Center, c'est un genre d'hôpital ? Elle est internée dans un HP ? L'automne dernier, une fille d'ici a pris je ne sais quelle drogue et il a fallu l'attacher à une chaise de l'infirmerie en attendant de pouvoir l'emmener à l'hôpital. Elle n'arrêtait pas de dire qu'elle était Dieu et l'infirmière de garde répondait : « Dieu est un homme et vous, vous êtes une belle jeune fille », ce qui ne faisait qu'aggraver son état.

— Elle n'est pas dans un service psychiatrique. Ta mère n'est pas folle.

— Elle est sous perfusion ?

— Je ne crois pas. D'après ce que j'ai compris, c'est un bon environnement pour les gens qui ont ce problème. Ils parlent ensemble de ce qui les pousse à boire et de ce qu'ils pourraient faire pour gérer les choses autrement.

— Elle était volontaire pour ça ? Parler des problèmes, ce n'est pas trop son truc, d'habitude.

— Elle en avait besoin", dit le Gros Bonnet, tentant de remettre la conversation sur les rails.

Long silence. "Est-ce qu'elle conduisait en état d'ivresse ? demande Meghan.

— Non, elle ne ferait pas une chose pareille. Elle n'a jamais voulu mettre quiconque en danger. Mais elle en est arrivée au point où il fallait qu'elle réagisse. Je te le dis parce que ça va avoir des conséquences pour Thanksgiving. Nous n'allons pas venir te voir comme d'habitude, ce qui est décevant, mais j'en ai parlé à Tony et il va te proposer de fêter ça à Washington avec lui. Tu t'amuseras probablement beaucoup plus avec lui qu'en déjeunant avec moi et ta mère dans un hôtel quelconque.

— On dit « avec ta mère et moi » ; avec moi et ta mère, c'est impoli.

— Voyez-vous ça, mademoiselle en sait plus long que moi sur les bonnes manières, dit le Gros Bonnet. C'est assez effronté de corriger son vieux père. J'imagine que je devrais me réjouir que tu sois une jeune femme pleine d'assurance. À propos, tes dossiers de candidature pour l'université avancent bien ?

— J'y travaille.

— Si je peux faire quoi que ce soit, dis-moi.

— Je peux te poser une question ?

— Oui.

— T'es né dans le Delaware ?

— À Wilmington. Tu sais que le Delaware fut le premier État ?

— Le tout premier d'Amérique ?

— Le tout premier. En 1777, George Washington a livré une bataille non loin de Wilmington et en décembre 1787, ç'a été le premier des treize États à ratifier la Constitution."

Elle rit. "Tu l'aimes vraiment, George Washington, hein ?

— En tant que père de ce pays, je le considère autant comme mon père que le vieux Hitchens."

Nouveau silence.

"Tu crois que maman a un jour eu envie de faire quelque chose… ?

— Du style ?

— Je ne sais pas, reprendre ses études ?

— Non, répond-il sans hésitation. À quoi bon ? Ta mère est une femme d'une intelligence exceptionnelle. Si on nous faisait passer des tests de QI, je suis sûr que le sien serait plus élevé que le mien.

— Je me demande si elle a eu envie de faire autre chose, si elle avait un rêve ou…

— Elle va s'en sortir, dit le Gros Bonnet.

— Est-ce que je peux faire quelque chose pour elle ?

— C'est gentil de poser la question, mais dans l'immédiat, je ne pense pas.

— Tu crois que je l'appelle ?"

L'idée ne l'avait pas effleuré. Pour lui, elles n'ont pas ce genre de relation. Il ne sait pas du tout si Charlotte le souhaiterait. Il s'aperçoit que, durant plus d'une semaine, la petite a ignoré que sa mère était à l'hôpital ; il a eu toutes les peines du monde à le lui dire aujourd'hui et, sans Thanksgiving, il ne le lui aurait probablement jamais dit. "Je ne sais pas vraiment comment ça marche, en fait, je ne sais pas si elle a son propre téléphone, mais je peux me renseigner.

— Je pourrais lui parler, lui dire quelque chose d'encourageant, comme ils le font avec Bambi.

— C'est qui, Bambi ?

— Bambi, le faon du dessin animé. Ce serait une façon de dire : Je suis de tout cœur avec toi.

— Tu peux peut-être envoyer une carte ?" Ça se fait, les cartes de bon sevrage ? *Désolé que tu sois à l'HP, en espérant que tu te feras de nouveaux amis et ne boiras plus une goutte.* Plus une goutte. La formule sonne comme une publicité pour des culottes d'incontinence. *Problèmes de fuites urinaires?* Il imagine un spot télévisé passant d'une femme en train de jouer au tennis à un homme en train de jouer au golf pour s'achever sur un acteur plus âgé, une gloire d'antan, tenant ce qui s'apparente à un sac-poubelle et disant : "Parfait pour conserver une vie active."

"Il y a une adresse pour la carte? J'écris son nom puis Betty Ford Center?

— Mieux vaut attendre, dit-il, imaginant le nom de Charlotte sur une enveloppe et Betty Ford Center juste au-dessous. Avec un peu de chance, elle sera bientôt rentrée." Il marque une pause. "Tout va bien, là-bas, ma grande?

— Oui, ça va. Tu crois qu'elle peut faire les boutiques pendant son séjour?

— Comment ça?

— Noël approche et elle en fait toujours des tonnes pour Noël.

— Aucune idée. Mais tu devrais faire une liste et la transmettre au père Noël.

— Tu ne vas pas recommencer avec ça? dit Meghan.

— Avec quoi?

— Les chimères."

Il rit. "J'imagine que non.

— Tu crois que maman m'aime?

— Évidemment.

— Alors pourquoi elle a fait ça?

— Je crois que ni moi ni toi n'y sommes pour quelque chose.

— Ni toi ni moi, corrige-t-elle de nouveau.

— Ça doit être pour ça que je paie une fortune, pour avoir une linguiste dans la famille.

— D'où ça vient, à ton avis? Il s'est passé quelque chose?"

Oui, il s'est passé quelque chose, est-il à deux doigts de dire avant de se reprendre. Tu l'as vu de tes propres yeux à Phoenix, les efforts de toute une génération ont été foutus en l'air. C'est de ça qu'il s'agit, ce n'est pas seulement quatre ans, ce n'est pas rien, toute une génération d'hommes a travaillé pour construire ce pays et tout a été mis en l'air, voilà ce qui s'est passé.

“J’ai fait quelque chose ? demande-t-elle. Est-ce que je n’ai pas voté comme il fallait, ne me suis pas habillée comme il fallait, ai dit quelque chose qu’il ne fallait pas ? demande-t-elle.

— Tu aurais tort de le prendre pour toi, dit-il.

— Mais j’étais à Phoenix, avec maman et toi.

— Tu prends les choses trop au pied de la lettre. Ce qui l’a complètement déprimée, à Phoenix, c’est de voir à quel point tout le monde était vieux ; ça lui a mis un coup, plus que le résultat de l’élection. Tu n’as pas de seconde chance ; tu ne peux pas revenir en arrière ; s’en rendre compte a été un vrai choc. C’était en gestation depuis des années ; Phoenix a été le point de bascule. Dieu sait que ta mère ne nous a jamais rien demandé jusqu’ici ; elle n’a jamais troublé nos vies d’aucune manière.”

Il y a un long silence.

“Il y a peut-être un truc que tu ne sais pas ; ce n’est peut-être pas que les gens avaient l’air vieux mais qu’elle a le sentiment d’avoir gâché sa vie, que tout ça n’a servi à rien ?” suggère Meghan. Nouveau silence. “Qui tu voudrais que je sois ?

— Comment ça ?

— Est-ce que je suis censée devenir comme maman ? Je veux dire, l’alcoolisme, c’est génétique, non ? Je suis censée épouser un homme riche, faire des bébés et boire de la vodka ?

— Tu veux vraiment que je réponde ?

— Comment se fait-il qu’à dix-huit ans je ne sache rien ?”

Le Gros Bonnet rit. “Tu sais un certain nombre de choses : l’histoire de la colonisation américaine, la géométrie, la littérature européenne et la grammaire. Les femmes ne sont pas censées savoir tant de choses que ça.

— Attends, j’ai bien entendu, là ?

— Je n’ai pas dit un mot. Reparlons-nous dans quelques jours. En attendant, prends bien soin de toi et de ce cheval. Tu sais où me trouver en cas de besoin.

— Je t’aime”, dit-elle avant de raccrocher.

Deux jours plus tard, Tony appelle Meghan.

“Ça te surprend ?” demande-t-elle. Elle est dans sa chambre d’internat, à son bureau ; elle a devant elle son tableau de candidature aux universités, son essai et quelques documents additionnels.

“Quoi ? demande-t-il, ne voulant rien laisser transparaître.

— Que maman soit en cure de sevrage ?

— Et toi ?

— En ce moment, tout me surprend. Je ne sais pas si j’avais la tête dans le sable ou si les révélations fusent tout à coup.

— Il y a peut-être des deux. En grandissant, peut-être que tu comprends plus de choses et qu’ils t’en disent plus aussi.

— Tu crois qu’elle a un problème d’alcool ?”

Tony garde le silence.

“Ça veut dire oui ?

— Ma grande, je ne suis pas médecin et je ne vis pas avec ta mère, mais je la connais depuis longtemps. Le fait qu’elle ait décidé de suivre un traitement est de bon augure pour l’avenir. Qu’en penses-tu ?

— Je pense qu’elle aime sa vodka. Elle compte les heures entre le vin à midi et l’heure de l’apéro. Elle dit que l’avion peut vraiment tout dérégler. Surtout les vols est-ouest.

— Je veux bien le croire, dit Tony. Quand il est dix-sept heures à Washington, il n’est que quatorze heures sur la côte ouest ; ça fait une longue après-midi de sobriété en perspective.

— Tu es sûr qu’elle est alcoolique ? Parce qu’elle n’a jamais l’air soûle, ne fait rien de stupide et reste parfois des semaines sans boire. Quand elle fait un régime, par exemple.

— Peut-être que quelque chose a changé, dit Tony. Il arrive un moment où les gens éprouvent le besoin d’agir et ont besoin d’aide pour modifier leurs comportements. Pour ce qui est de Thanksgiving, dit-il, changeant de sujet, j’espère que tu veux bien m’accompagner chez un ami à Georgetown.

— Quel est le *dress code* ?

— Simple mais classe. Même si les premiers colons ont accosté bien plus au nord, les gens se sentent propriétaires de Thanksgiving, à Washington.

— Je sais, la tenue de pionnière que j’ai portée pour la pièce du lycée ! C’est une robe à motifs avec un tablier rouge et un béguin.

— Parfait, dit Tony.

— Papa a déjà dû prévenir l’internat que je restais parce que j’ai reçu une invitation pour aller visiter une église et cueillir des pommes. L'expression "Black Friday" prend tout à coup un sens nouveau.

— C'est un jour comme les autres, dit Tony.

— Pas quand t'es interne et que tout le monde fait sa valise et part du mardi soir jusqu'au dimanche. Je parie que même les meurtriers ont des plans pour Thanksgiving.

— Ouh là", fait Tony.

Elle ne peut pas s'en empêcher. Elle n'arrête pas de penser à la fille assassinée. La nuit de sa disparition, la police a conduit des recherches, sans succès. Le lendemain matin, son père est venu avec le chien de la famille et l'a tout de suite trouvée derrière la chapelle. La tante d'Ashley dit qu'après le meurtre, la famille a quitté le pays. Meghan imagine que c'est ce qu'il faut faire lorsqu'un vrai malheur survient ; il faut le cadenasser, l'enfouir non seulement dans le sol mais si profondément en soi qu'il ne pourra plus jamais ressurgir.

"T'inquiète, dit-elle à Tony, tâchant à moitié de se convaincre elle-même. Ça va aller. Je vais en profiter pour réécrire mon essai d'admission."

Depuis Phoenix, elle réfléchit à la façon dont les gens considèrent le monde autour d'eux. À Phoenix, les amis de son père étaient restés plantés devant la télévision, l'air choqués, comme s'ils n'avaient rien vu venir. "Terrifiant", voilà le mot que son père avait employé, un mot qui l'avait marquée. Ce qui s'était passé à Phoenix était terrifiant mais en un autre sens, en un sens nouveau.

Elle a toujours su qu'il y avait une part d'ombre, une menace dont personne ne parlait, tapie à l'orée des bois. Elle pensait que c'était une fiction, une espèce de problème d'adulte, comme les soucis. Mais voilà qu'elle la sent pour la première fois. Énorme et terrifiante.

Jeudi 27 novembre 2008
Palm Springs, Californie
9 h 00

Il est seul depuis des jours. C'est une drôle d'indépendance, à laquelle il n'aspirait pas. Il n'appartient à personne, n'a de comptes à rendre à personne ; personne ne le surveille. Ce que d'autres auraient pu vivre comme une libération lui paraît de plus en plus terrifiant.

Les deux premiers jours, c'était seulement étrange. Si on l'avait questionné, il aurait dit, peut-être, qu'il y avait eu une sorte d'accident, un énorme malentendu lié à la piscine. Que Charlotte était brièvement tombée dans une fissure psychique – c'est ainsi qu'il le décrirait, telle une fissure dans le ciment. Il trouve encore des pièces dans la piscine.

Si on posait la question à un pisciniste, il dirait peut-être que la fissure est due à la pression hydrostatique. Il adore ces mots. La pression hydrostatique est liée à la force de gravité qui tire l'eau vers le bas. Voilà qui résume bien la situation. Charlotte s'est fissurée à cause d'une augmentation de la pression hydrostatique.

Si on disait cela à certains, peut-être hocheraient-ils la tête, l'air grave, en disant qu'ils sont désolés de l'apprendre ; peut-être rentreraient-ils dire à leur femme que Charlotte a été victime d'une espèce d'attaque cérébrale. Certains prendraient la métaphore de la piscine plus au sérieux et annonceraient qu'elle a perdu les eaux ; la plupart éviteraient de dire qu'elle a craqué même s'il s'agit de la description la plus fidèle. Charlotte avait craqué et, après l'avoir déposée à Betty Ford, il n'avait pas su quoi faire d'autre. Il avait erré en voiture jusqu'à ce que la nuit commence à tomber, puis il était rentré. Un ou deux jours sont passés, nébuleux. Le soleil s'est couché, s'est levé, c'est arrivé plusieurs fois et, au début, il avait peur ne serait-ce que d'entrer dans la piscine, alors il a pris l'épuisette pour essayer de racler les pièces au fond du bassin, mais il a fini par plonger et par trouver le jeu plutôt amusant : retenir son souffle, descendre au plus profond et ramasser la petite monnaie.

Le restaurant commence à servir le repas de Thanksgiving à midi, mais le Gros Bonnet attend treize heures pour quitter la maison. Il ne veut pas passer pour un désespéré. Certaines rues sont fermées à la circulation en raison d'une course à pied. Alors qu'il se fraie un passage pour contourner la zone, son rétro passe à deux doigts d'un coureur. Il a une soudaine poussée d'adrénaline, un cocktail explosif de honte et de rage. Il klaxonne sans raison et disparaît, pied au plancher.

Il passe devant le Betty Ford Center et en fait deux fois le tour dans l'espoir de déceler un indice de ce qui s'y trame – mais ne voit rien. L'endroit reste obstinément neutre. Il est sans nouvelles. Lorsqu'il a déposé Charlotte, il pensait qu'il y en aurait pour une semaine, deux à tout casser. Il suppose qu'au bout d'un moment, ils lui demanderont de l'argent. Peut-être ont-ils fait quelques petites recherches, calculé qu'il pouvait se le permettre et décidé de la garder. Rien n'est pire que ce sentiment d'être à la fois exploité et impuissant. Une sale combinaison.

Il se gare devant le restaurant, retire sa cravate et la fourre dans sa poche. Il ne peut pas porter une cravate à treize heures, ni entrer seul dans le restaurant. Il emporte un bloc-notes et des stylos.

Sitôt installé, il commande à boire. La serveuse lui apporte son scotch et le menu du jour. Huîtres, soupe de châtaignes, salade de chèvre et butternut grillée, rôti de bœuf au jus ou dinde fermière farcie à la saucisse, sauce à la sauge et pancetta, purée de pommes de terre Yukon Gold, purée de patates douces, épinards à la crème ou haricots verts aux échalotes. Au dessert, il y a le choix entre tarte à la citrouille, crumble aux fruits rouges, tarte aux noix de pécan et crème glacée maison.

Le menu est en soi un antidépresseur.

La dernière fois qu'il s'est retrouvé seul pour Thanksgiving, c'était en 1978. Il le sait car il en garde un vif souvenir et tient son agenda. Il a toujours pris des notes dans son agenda, en partie au cas où le fisc les lui demanderait et en partie parce qu'il est comme ça. De la vieille école – il gribouille dans les marges, note des choses, des idées, des fragments de conversation, de mauvaises blagues et qui les lui a racontées. Thanksgiving 1978 tout seul. Et encore, il n'était pas seul à proprement parler. Il travaillait à Washington, un ami de Tony l'avait invité dans sa maison de famille à Chevy Chase et il avait fini par passer le week-end avec eux. S'il s'en souvient, ce n'est pas parce que c'était son premier et dernier Thanksgiving sans sa famille mais parce que c'était comme un Thanksgiving de rêve. Il y avait une bonne quarantaine de personnes – voisins, amis, un juge à la Cour suprême – et après le repas, les "garçons", à savoir quatre septuagénaires, étaient sortis jouer au football américain, puis étaient rentrés regarder le football américain à la télé en mangeant des restes. Le lendemain matin, la maîtresse de maison lui avait préparé un sandwich dont il se souvient encore, pain blanc et dinde, confiture de canneberges, farce, le tout passé à la poêle. Il s'en souvient encore comme de la meilleure chose qu'il ait jamais mangée. Il se souvient aussi que le gars qui l'avait invité pour Thanksgiving s'était brûlé la cervelle dix ans plus tard, alors qu'il était sur le point de se faire outer. Il s'était fait arrêter avec un autre homme dans des toilettes publiques, peut-être à la faveur d'un coup monté – c'était passé au journal du soir. Et dans la nuit, il avait roulé jusqu'à Great Falls, marché jusqu'à un rocher et s'était tiré une balle dans la tête. Le Gros Bonnet en avait été marqué. Ça le déprimait profondément que quelqu'un puisse se suicider parce qu'il était gay. Ce n'était que des années plus tard qu'il avait compris que Chip était peut-être le petit ami de Tony. Il n'a jamais posé la question à Tony, mais se promet de le faire maintenant que les langues commencent à se délier. Il a toujours cru qu'il rendait service à Tony en ne lui parlant pas de son homosexualité – mais rétrospectivement, il se dit que c'est tout le contraire.

La serveuse vient prendre sa commande. "Soupe de châtaignes et dinde." Pour le morceau de dinde, blanc, autre ? "Blanc." Pour la purée, pommes de terre, patates douces, les deux ?

C'est une âme en peine, et bien qu'il ait pris un bon milliard de décisions dans sa vie, il est incapable, aujourd'hui, de commander ce qui est bon ou bien. "Les deux, dit-il. Un peu de tout. Et davantage encore."

Bien qu'il se soit parfois considéré comme dépourvu d'âme, lorsque la serveuse lui apporte sa soupe, il prononce une courte prière. Qui pensait qu'on en arriverait là, seul pour Thanksgiving ; sa femme en cure de sevrage ; sa fille, qui ne sait pas toute l'histoire, célébrant cette fête avec son homo-dans-le-placard de parrain ; et lui bien loin de là à Palm Springs, Californie, en train de comploter en secret ce que d'aucuns qualifieraient de troubles intérieurs – mais d'abord, une petite prière devant la soupe de châtaignes pour le retour de l'équilibre et de la santé mentale.

La soupe est enrichie d'une crème au thym et parsemée de champignons. Elle est chaude, a un léger goût de noisette et il devrait savoir à la première cuillerée que ce délice terrien est trop lourd pour son estomac. Mais elle est si bonne. Il est devenu le genre d'homme qui parle à sa soupe. "Tellement bonne", dit-il au bol en le vidant d'un trait. Par une manœuvre qui ferait sortir Charlotte de ses gonds, il déchire un gros morceau de son *popover* et essuie son bol, ne laissant pas une goutte de soupe.

"Le meilleur pour la fin", dit la serveuse, remplissant son verre d'eau.

Il se tamponne les lèvres du coin de sa serviette citrouille.

Le déjeuner. C'est ainsi qu'il le nomme même si le restaurant l'annonce comme un dîner de Thanksgiving servi en continu. Ce n'est pas le dîner ; c'est le déjeuner. Un déjeuner de travail. Il s'immerge dans son projet pour ce monde nouveau. Il mange sa soupe ; lit son livre, *De la démocratie en Amérique* ; et prend des notes. Il se remobilise pour défendre ses valeurs et s'attelle à la tâche. C'est le dossier qui lui permet de tenir le coup alors que le reste part en vrille.

Son assiette arrive, bien garnie. Et il y a un panier contenant deux *popovers* tout frais. "Un peu de sauce, avec ça ? demande la serveuse.

— Je veux bien.

— J'aime être aux petits soins pour les hommes comme vous, qui sont tout seuls", dit la serveuse.

Est-elle en train de lui faire du plat ? Mon Dieu, pourvu que non ; il n'a pas la tête à ça.

"Merci infiniment. Ma femme est en voyage et ma fille en pension."

La serveuse secoue la tête. "Pas facile, hein ?"

Il prend son dîner de Thanksgiving tout seul à une heure de l'après-midi et tout en mangeant, lisant et écrivant, il se penche sur sa vie, tourne les pages d'un album photo mental, passant de Thanksgiving en Thanksgiving. Il a découpé des dindes en papier kraft et les a punaisées au mur dans le couloir de son école primaire ; jeune homme, il a développé des idées sur l'espoir et l'abondance, qui se sont muées en un désir compétitif de l'emporter, de gagner de l'argent, de bâtir un empire – de devenir maître de l'univers. Tout en sachant ce que nous savons tous, à savoir que l'argent et le succès n'immunisent pas contre la douleur. Et le voilà maintenant seul, angoissé et de plus en plus hanté par la question : À quoi ça rime, tout ça, Alfie ?

Cet après-midi sombre, seul à Palm Springs, lui semble inconcevable mais il est bien réel. Tout est cul par-dessus tête ; rien n'est comme attendu ; rien n'est plus comme avant et désormais, ce sera comme ça. Inconcevable. Inattendu. Ainsi va la vie – au moment même où tu crois savoir où elle va, elle amorce un virage.

"Et en dessert ?" demande la serveuse.

Il secoue la tête, sans voix. Le repas aurait pu nourrir une famille de quatre personnes.

"Vous bilez pas, mon grand ; je vous arrange ça.

— C'est toi, Hitchens ?" Un homme portant un chapeau de cow-boy s'arrête à la table du Gros Bonnet.

Il lève les yeux.

"Keyes ?

— Keyes y frotte z'y pique." L'homme rit et tend la main.

Le Gros Bonnet se lève et prodigue un accueil chaleureux à Douglas Proctor Keyes, un juge à la retraite du Texas. "Dis donc, ça fait un bail. Qu'est-ce qui t'amène à Palm Springs ?" Le Gros Bonnet regarde par-dessus l'épaule du juge, s'attendant à apercevoir sa famille derrière lui. "Où sont les tiens ?"

Le juge rit. "Je me suis enfui.

— De chez toi ?

— De Las Vegas. Il y a quelques années, mes jumelles, Melanie et Melody, ont épousé deux frères, Byron et Bruce. Et ils ont décidé que nous devrions tous faire Thanksgiving ensemble à Las Vegas – à mes frais ! Ça ne s'invente pas. On arrive là-bas, et hier soir, quand on s'installe pour dîner, Byron et Bruce m'appellent l'Ancien et me proposent de m'asseoir en bout de table. L'Ancien ? Non, mais faut pas déconner ! C'est moi qui l'ai faite, cette putain de table ; c'est moi qui possède ce putain d'hôtel – avec Adelson. L'un des petits-enfants m'appelait Pampère. J'ai cru qu'il disait Pampers, mais qu'importe ? J'ai eu toutes les peines du monde à arriver au bout du repas sans tirer la langue aux deux chiards et me barrer. Ce matin, au réveil, je me suis dit que j'allais m'épargner ça. Je suis parti. J'ai demandé à ma femme de leur dire que je couvais quelque chose et préférais garder la chambre – pour ne contaminer personne. C'était comme si je ne pouvais plus respirer, comme si j'étais coincé dans la boîte d'Houdini. J'ai mis une heure et demie à arriver ici – porte à porte. Ça va déjà beaucoup mieux. J'ai éclaté la bulle. J'avais seulement besoin de savoir que je pouvais m'échapper. Je rentrerai ce soir, mais pour le moment, c'est une joie. Je suis libre." Le juge esquisse une petite gigue.

"Je vois que vous avez trouvé un ami, dit la serveuse, de retour avec un plateau de desserts.

— Un vieil ami de la famille, dit le Gros Bonnet, faisant signe au juge de s'asseoir. Tu te joins à moi ?"

Le juge s'assied. "Je vais faire comme si je n'étais pas un peu diabétique.

— Et moi, je vais faire comme si je n'avais pas eu la goutte l'an dernier. Je suis juste sorti manger un morceau ; ma famille est à Washington aujourd'hui, dit le Gros Bonnet, devançant la question. Alors je suis là."

La serveuse apporte à Keyes des couverts et une tasse de café brûlant.

Les deux hommes attaquent le dessert et, entre la tarte à la citrouille, le crumble aux fruits rouges, la tarte aux noix de pécan et la crème glacée en train de fondre, ils parlent de tout, de l'élection à cette forme de dépression qu'ils pensent propre aux hommes d'un certain âge et d'une certaine classe. Ils parlent de pétrole, de tabac et de la façon dont le juge a constitué sa fortune – qui n'est pas le fruit de ses jeunes années au tribunal, plutôt de la "captation" d'options d'achat, de ressources naturelles et de foncier. "Vegas en est le parfait exemple, dit le juge. Les gens débarquent, logent dans des hôtels avec des salles de bains en marbre, mangent des steaks plus épais que leur main et s'imaginent qu'ils ont une chance de repartir avec une part du gâteau, mais c'est une chimère. Ils ne voient pas qu'on est là à passer l'aspirateur derrière eux, à pomper jusqu'au dernier sou. Et pour on ne sait quelle raison délirante, ils repartent avec le sourire. « On aura plus de chance la prochaine fois. » C'est dingue."

Les hommes évoquent leur désir d'en faire plus. "Même si j'ai abandonné les prétoires pour partir à la chasse au billet vert, je reste actif en coulisse, dit le juge, s'envoyant la dernière cuillerée de tarte dans le gosier. Non par intérêt personnel, mais l'enjeu, c'est de garder un œil sur les juges, c'est là que ça se passe. L'objectif, à terme, c'est de contrôler la magistrature – donc de nommer des juges fédéraux régis par l'article III quand on est aux manettes.

— C'est quoi, l'article III ?

— De la Constitution américaine, répond le juge, surpris de l'ignorance du Gros Bonnet. Les juges régis par l'article III sont nommés à vie, pas seulement à la Cour suprême mais aux cours fédérales d'appel, aux cours fédérales de districts et au tribunal de commerce international. À l'heure actuelle, ça représente plus de huit cents juges.

— Je l'ignorais, dit le Gros Bonnet, tendant sa carte bancaire à la serveuse. Faut qu'on passe plus de temps ensemble, toi et moi.

— En effet, dit le juge. Ce jour marque un tournant."

Après le déjeuner, le Gros Bonnet prend la route du retour et, sur le trajet, il se remet à tourner autour du Betty Ford Center. Le fait que Charlotte soit juste là le taraude. Il continuerait comme ça, ferait encore quelques tours, irait peut-être même jusqu'à donner un coup de klaxon, mais il a mal au ventre. C'est devenu plus qu'inconfortable. Il est ballonné. Alors qu'il roule, ça gonfle encore. Même s'il y a vingt minutes qu'il a fini de manger, son ventre continue d'enfler. C'est dingue d'être tombé sur Doug Keyes à Palm Springs. C'est dingue qu'il ne soit pas le seul homme tout seul pour Thanksgiving. Il ne sait pas combien de desserts ils ont mangés, mais il est obligé de déboutonner son pantalon en conduisant ; c'est rustre, mais il n'a pas le choix. Il remonte l'allée, gare la voiture à la hâte et se rue dans la maison.

Il vomit son déjeuner dans les toilettes, encore et encore. Pour couvrir la pestilence de son estomac malmené par ce jour de fête, il vaporise toute une bombe de Lysol et finit à demi asphyxié.

Enveloppé de son peignoir, il sort s'allonger au bord de la piscine. Il a besoin d'air. De temps pour se remettre. Il se dit que c'était la soupe, la richesse des châtaignes. Il repense à son déjeuner avec le Général, le vénérable à la seringue d'adrénaline, qu'il était prêt à se planter dans la cuisse. Il se dit qu'il devrait s'en procurer une au cas où ce qui s'est produit se reproduirait et dégénérerait.

Il pense au préfixe ad- d'adrénaline, par opposition au prix fixe du repas. Ad- : près de, vers, à l'approche de… Près de, vers, à l'approche de la mort. Il est allongé dehors sous le soleil de l'après-midi à se dire que, durant son brusque dégobillage, la perte de son déjeuner, il a frôlé la mort, aujourd'hui. C'est le sentiment qu'il a à cet instant.

Le téléphone sonne. Il sursaute tellement qu'il aurait pu se faire dessus s'il était resté quelque chose à faire ; mais il est vidé après sa détox involontaire. Il se rue dans la maison, n'attendant pas que le répondeur filtre l'appel. Il est persuadé que c'est Charlotte ou peut-être Meghan qui l'appelle pour lui souhaiter un bon Thanksgiving.

"Ça va comme vous voulez, là-bas ?

— Qui est à l'appareil ? demande-t-il.

— C'est Godzich, votre fidèle employé. J'appelle pour voir comment vous allez.

— Et vous, ça va ? C'est la première fois que vous m'appelez un jour férié, dit le Gros Bonnet. Y a un problème ? Vous êtes en état d'arrestation ? Vous avez détourné mes fonds ? En tout cas, vous m'avez fichu une sacrée frousse.

— J'appelais pour vous dire qu'on pensait bien à Charlotte et à vous. Je ne sais pas si vous savez, mais ma femme a vécu quelque chose du même ordre. Si on peut faire quoi que ce soit, on est à votre disposition."

Soudain accès de honte et de rage mêlées. Évidemment que vous êtes à ma disposition, songe-t-il, mais il a la présence d'esprit de ne pas rétorquer : Vous travaillez pour moi.

"Tout va bien, dit-il. Pas de quoi s'inquiéter."

Godzich est au service du Gros Bonnet depuis des années, tant d'années qu'il a cessé de les compter. Engagés dans une entreprise commune, ils ont, sinon vieilli, du moins nettement mûri ensemble. Le plus drôle, c'est qu'il n'a jamais aimé ce type. Godzich a une formation d'avocat et des revenus plus que corrects. Charlotte taquine toujours le Gros Bonnet en lui disant qu'il s'est entouré d'esprits A+ qui mènent des vies C-. Godzich est entièrement dévoué au Gros Bonnet. Il a été remarquablement efficace au fil des ans, gérant et diversifiant ses avoirs, placés dans des centres commerciaux, des hôpitaux, des immeubles résidentiels, etc. Le Gros Bonnet n'a jamais été intéressé par l'immobilier mais y a vu un lieu de dépôt pour certains de ses "gains".

"Tout va bien, répète-t-il, mentant à Godzich. Je rentre d'un déjeuner fort sympathique – avec Doug Keyes, qui était justement de passage. Toute la journée, je me suis dit que c'était merveilleux, ce que nous avons accompli. Nous avons fourni de quoi se nourrir, s'habiller, se loger et, avec les cinémas, se divertir à tant d'Américains. Nous avons fait en sorte qu'on vive bien, mieux qu'avant. Permis des expériences qui forment le socle de la culture américaine : manger dans son restaurant habituel quelle que soit la ville où on se trouve et y retrouver exactement les mêmes plats ; faire ses courses dans des centres commerciaux en sachant exactement où chaque enseigne se trouve. Un service complet ; tous vos besoins sont satisfaits. Nous avons apporté richesse et abondance à l'Amérique et créé le désir d'avoir toujours plus." Les envolées lyriques du Gros Bonnet sont si gracieuses qu'il s'impressionne lui-même. Il continue sur sa lancée, en rupture avec la réalité du moment, mais si l'histoire qu'il est en train de raconter est étrange, elle n'en est pas moins vraie. "Ce sont les histoires que nous nous racontons avant d'aller au lit, dit-il. Ce sont les histoires qui nous aident à dormir." Il est là, au bord de la piscine, vieille baleine en peignoir qui s'est goinfrée à se rendre malade en tentant d'émousser sa douleur. "Je suis en train de profiter de ma journée, Godzich. J'ai mon bloc-notes et ma pile de livres. *L'Esprit conservateur* de Russell Kirk, *Voici ma politique* de Barry Goldwater, j'ai aussi ressorti *Dieu et l'homme à Yale* de William F. Buckley, et bien sûr, il y a le match, les Tennessee Titans contre Detroit, le premier match du jour. Tout baigne.

— Comment va Charlotte ? demande Godzich.

— Aucune idée."

Silence à l'autre bout de la ligne.

"Ces choses-là prennent parfois du temps… Et Meghan ? Elle est au courant ?

— Oui, elle a été informée. Elle passe la journée avec Tony à Washington, donc elle est entre de bonnes mains. Écoutez, Godzich, merci d'avoir appelé. J'apprécie. Ne vous en faites pas. Le bateau ne va pas sombrer ; en fait, le bateau est en pleine forme. J'ai plein d'idées, je ne veux pas en parler pour le moment, disons simplement que je profite du temps dont je dispose pour réfléchir et tracer un avenir. Toujours bon de prendre du recul et de faire le point. Ne vous en faites pas pour moi, je suis optimiste, plein d'énergie, enthousiaste pour la suite." Il parle à tort et à travers et s'aperçoit qu'il a peut-être l'air à moitié fou, mais plus question de reculer. "Donc merci pour le coup de fil et reparlons-nous lundi – aux heures ouvrables." Sans attendre la réponse, il raccroche.

Il hésite un instant. Puis il appelle le Betty Ford Center. "Je voulais juste prendre des nouvelles de ma femme, Charlotte. Avez-vous besoin de quelque chose, là-bas ? Une tarte, peut-être ?

— Merci pour l'appel et la proposition. Nous avons tout ce qu'il nous faut. Tout va bien. Le programme de la journée est bien rempli, déjeuner, un peu de méditation, football et un film plus tard dans l'après-midi.

— Je me disais que je devrais peut-être passer voir Charlotte, dit-il, tâtant le terrain.

— C'est très aimable à vous, mais nous déconseillons les visites les jours de fête. Ça peut être un moment difficile pour certains ; ça peut réveiller des rancœurs, des rêves déçus, de la culpabilité, de la colère, remuer plein de choses. Imaginez, si certains hôtes avaient de la visite et d'autres pas. Ce qu'ils pourraient ressentir.

— Hôtes ? fait-il, sans même se rendre compte qu'il parle tout haut.

— Oui.

— Honnêtement, pour moi, c'est bizarre.

— Essayez de voir des amis, dit la femme.

— Je n'ai pas d'amis, j'ai des employés. Mon « ami » est à Washington avec ma fille. J'ai bien songé à prendre un avion pour les rejoindre, ce matin, mais c'était un peu tard." Il y a un silence. "Je trouve étrange que personne ne prenne de mes nouvelles.

— Avez-vous déjà pensé à vous rendre à une réunion ? dit-elle. Je peux vous envoyer un lien pour en trouver une près de chez vous.

— Quel genre de réunion ?

— D'Al-Anon. Il y a beaucoup de réunions d'Al-Anon aujourd'hui. Vous n'êtes pas seul. Vous vous sentez peut-être seul, mais vous ne l'êtes pas."

Une réunion de conjoints d'ivrognes. "Sans moi", répond-il. La plupart des alcooliques sont des hommes, ces réunions sont donc fréquentées par des femmes. La dernière chose qu'il ait envie de faire, c'est d'aller s'asseoir sur une chaise pliante dans un sous-sol d'église moisi pour écouter des femmes râler contre leur alcoolo de mari en évitant la boîte de donuts au sucre glace que quelqu'un a eu la "générosité" d'apporter. Non merci.

"Et si vous allumiez la télé ? dit la femme. Pour voir le défilé ?

— Vous savez que Gerry et Betty étaient de vieux amis ? dit-il.

— Des personnes comme on en trouve peu. Désolée, je vais devoir vous laisser, le travail m'attend.

— Pas de souci. Comment c'était votre nom, déjà ?

— Shirley. Shirley Jackson.

— Eh bien, bon Thanksgiving à vous, Shirley Jackson.

— Merci, à vous aussi."

Il s'assied un instant, pensif. Ça s'est bien passé, enfin pas trop mal. Il se demande quoi faire pour son second dîner de Thanksgiving. Est-il d'attaque ? Son estomac s'est-il suffisamment remis du premier ? Plus tôt dans la semaine, il s'est acheté des plats surgelés à la dinde – au cas où. Il ne savait pas lequel était le meilleur, alors il a tout pris, le Stouffer's, le Hungry-Man, le Lean Cuisine, le Marie Callender's. Comme personne ne va cuisiner, il n'y aura pas de restes, ce qu'il préfère. Les surgelés seront donc mangés d'une façon ou d'une autre.

Il s'attarde dans le canapé, songeant tous azimuts, feuilletant quelques-uns des livres qu'il est en train "d'étudier". Ça le ronge. Charlotte. Il faut qu'il lui parle. Ce n'est pas normal qu'elle ne soit pas à la maison. Et si elle n'était pas heureuse ? Si elle avait le sentiment d'être retenue contre son gré ? Si elle avait le sentiment qu'on lui lave le cerveau et qu'on la monte contre lui ? Il rappelle le Betty Ford et demande à parler à Charlotte.

"Désolé, monsieur ; ce n'est pas possible.

— Pourquoi ? demande-t-il.

— Nous ne pouvons pas transmettre d'appel aux patients sans autorisation préalable.

— De qui ?

— Du chef d'équipe. Je ne vois pas d'autorisation pour Charlotte.

— C'est moi qui ai autorisé Charlotte à venir, et c'est moi qui ai autorisé ma banque à vous verser je ne sais combien de milliers de dollars pour le séjour. Donc je devrais pouvoir autoriser Charlotte à prendre un appel.

— Désolée, monsieur, l'autorisation doit venir du chef d'équipe.

— Super, passez-moi le chef d'équipe.

— Malheureusement, le chef d'équipe n'est pas là aujourd'hui.

— Alors passez-moi le chef d'équipe adjoint", dit-il, imaginant que c'est comme au football ou dans n'importe quel sport. Il y a toujours un deuxième arbitre.

"Impossible.

— Formidable, alors si vous me passiez ma femme, dans ce cas ?

— Je ne peux pas faire ça.

— Shirley est là ?

— Nous ne divulguons pas ce genre d'information.

— Elle travaille chez vous, Shirley Jackson ; je lui ai parlé tout à l'heure.

— Shirley Jackson n'est pas une personne.

— Pardon, mais j'ai parlé à une dame du nom de Shirley Jackson ; êtes-vous en train de me dire qu'elle n'existe pas ?

— Oh, loin de moi l'idée de… Je voulais dire qu'elle ne fait pas partie de notre équipe thérapeutique. Il y a une Shirley dans l'équipe de nettoyage. Peut-être qu'elle a répondu au téléphone pendant que quelqu'un était en pause. Nous sommes en léger sous-effectif en cette période de fête. Voulez-vous que je vous mette en contact avec le chef d'équipe de votre épouse ? demande la femme au téléphone.

— Son chef d'équipe ? On est où, là, en maternelle ?"

La femme ne dit rien. Le silence s'éternise.

Il raccroche et rappelle aussitôt, tapant le numéro qu'il sait maintenant par cœur sur le cadran à touches du combiné mural de la cuisine.

"Charlotte, insiste-t-il.

— Un instant." Il se dit qu'il y a du progrès jusqu'au moment où il entend : "Ici Grace Underwood, cheffe d'équipe. Je ne suis pas là pour prendre votre appel ; s'il s'agit d'une urgence médicale, raccrochez et composez le 911 ; dans le cas contraire, laissez-moi un message et je vous rappellerai lundi à mon retour au bureau."

Il raccroche et appelle de nouveau. "Vous m'avez dirigé vers un répondeur. J'appelais pour parler à ma femme. Je désire parler à ma femme." Il hausse progressivement la voix.

"Désolée, monsieur ; ce n'est pas possible.

— J'ai du mal à comprendre pourquoi ce n'est pas possible. Vous savez combien je paie pour chaque journée de cure ? Vous êtes certaine que votre boulot consiste à me dire que ce n'est pas possible ?

— Un instant, s'il vous plaît", dit-elle. Elle le met de nouveau en attente et, cette fois, c'est une longue attente. Enfin, quelqu'un décroche.

"Bonjour.

— Oui, dit-il. J'appelle pour Charlotte Hitchens, ma femme.

— Je comprends et nous sommes sensibles à la situation, mais nous formons une communauté thérapeutique et nous ne pouvons pas passer le téléphone à une participante au seul motif que quelqu'un l'appelle et demande à lui parler. Ce n'est peut-être pas bon pour votre femme en ce moment. Elle est peut-être en train de travailler sur des choses et un appel, aussi bien intentionné soit-il, perturberait le processus. Il est intéressant que vous n'arrêtiez pas de rappeler. De hausser le ton. Vous êtes un peu plus agité chaque fois que vous n'arrivez pas à vos fins. Prenez un instant. Demandez-vous pourquoi. Demandez-vous comment vous pouvez répondre à vos propres besoins."

Il y a un long silence.

"Vous êtes qui, au juste ? demande-t-il.

— Je suis le chef d'équipe de garde. On vous a aiguillé vers le répondeur de la cheffe d'équipe de votre proche, et je peux de nouveau vous transférer vers ce numéro si vous voulez laisser un message, mais pour l'heure, je vous encourage à vaquer à vos occupations et à cesser d'appeler ce numéro. Si vous continuez à téléphoner, je déposerai une plainte pour harcèlement, ce qui pourrait conduire à une interdiction judiciaire d'entrer en contact." Il y a une pause, un silence. "Au revoir."

La ligne est coupée. Le Gros Bonnet jette le combiné moutarde à travers la pièce, vers la fenêtre et la piscine. La seule chose qui l'empêche de fracasser la baie vitrée est le cordon, qui le ramène brusquement à terre. C'est un vieux téléphone, qui date du temps où les choses étaient faites pour durer. Ce lancer n'a aucun impact sur l'appareil, pas de fêlure, pas de dégât apparent. Le combiné gît sur le sol en granito gris et blanc, émettant une tonalité chevrotante.

Il est décontenancé. Humilié. Comment ose-t-on lui parler sur ce ton, le réprimander comme un enfant ? Il travaille dur. Il a gagné le droit d'avoir ce qu'il veut. Il a gagné le droit d'exiger de parler à sa femme. "Pute, hurle-t-il. Putain de fils de pute." Comme un électrochoc, sa voix ramène la maison à la vie. La fenêtre vibre. Il sent le verre trembler et il est tenté d'en faire plus, d'en jeter plus, de tout faire exploser. Il a l'impression de s'être pris une gifle, comme un gosse. C'est gênant, déroutant. Le voilà bouffi de colère, d'une énergie qu'il peine à contenir. Est-il l'heure d'aller dîner – une fois de plus ?

Cette fois, il porte la cravate ; cette fois, il commande le rosbif. C'est un restaurant différent, plus fréquenté parce qu'on est plus tard dans la journée. Beaucoup de familles, beaucoup d'enfants dans des chaises hautes et de grands-parents dont les déambulateurs sont garés dans les allées. Il trouve une table près du bar, qui est surmonté de deux grands téléviseurs, sans le son mais diffusant le football. Le chaos est un soulagement. La télévision une vieille compagne familière. Il n'y a rien de tel que les matchs de Thanksgiving ; l'air vivifiant de l'automne s'accompagne toujours d'une joie particulière. Bien qu'il ne pense pas avoir faim, il mange beaucoup, se met de la confiture de canneberges sur la chemise, de la sauce de viande sur la cravate. Cette fois il prend de la tarte aux pommes en dessert, sans glace. Il ne voudrait pas tomber dans la nostalgie mais n'arrive à penser qu'à une chose : à quel point il aime être américain. Il ne peut pas s'imaginer venir d'ailleurs. C'est le pays qui l'a formé ; c'est le pays qui l'a fait et qu'il est résolu à préserver. Il est le genre d'homme dont les yeux s'embuent quand on joue l'hymne national. L'expression "au-dessus des remparts que nous gardions" l'emplit de fierté. S'il y a une chose dont les hommes de son âge ou plus âgés peuvent se targuer, c'est d'être fiers de leur pays, de nourrir une passion pour quelque chose de plus grand qu'eux.

Il se rappelle les hommes qu'il a connus à l'université et dont les pères et les grands-pères étaient des magnats de l'industrie qui tous, à un moment ou l'autre, avaient servi leur gouvernement en même temps qu'ils travaillaient pour Nabisco, General Electric ou Campbell Soup Company. Leur patriotisme et leurs bonnes intentions ne faisaient aucun doute.

Chez les hommes plus jeunes, on dirait qu'il n'y a rien de tout cela. Ils pensent qu'il suffit de débarquer pour avoir droit à une place à la table des grands. C'est l'un des problèmes : présomption plus arrogance plus irrespect. Ils sont imbus d'eux-mêmes, c'est la loi du plus fort ; chacun ses affaires. Ils ne demandent jamais ce qu'ils peuvent faire pour les autres. Ils sont focalisés sur leur prochaine prise, une nouvelle maison, un bateau plus grand, une deuxième femme.

Il rit de lui-même ; l'idée de ce qu'on peut faire pour les autres est carrément socialiste. Mais sans ce désir de servir, de bâtir et façonner un pays qui se gouverne lui-même, il n'y aurait pas d'Amérique. Américain, voilà ce qu'il est d'abord et avant tout.

L'Américain par excellence, fabriqué en 1944, mis sur le marché en 1945. Il croise le regard d'un autre esseulé de Thanksgiving, à quelques tables de là, un homme âgé en train de sucer une espèce d'os.

L'horrible bruit de succion retient son attention. L'homme a de fins cheveux blancs lissés en arrière, comme si on était encore en 1962. Il esquisse une sorte de demi-sourire, montrant ses dents du bas, qui ressemblent à des tuyaux d'orgue, grandes au milieu puis de plus en plus petites. Un tamia humain dont les mains ressemblent à de grosses pattes, les doigts à des saucisses.

Le Gros Bonnet doit détourner les yeux. Il fait signe au serveur. "L'addition, s'il vous plaît."

Une fois chez lui, l'heure du jeu a sonné. Pas seulement l'heure du match. Toute la semaine, il s'est promis qu'aujourd'hui, il pourrait jouer. Sur un antique et précieux billard, au sous-sol, la Seconde Guerre mondiale fait rage – Dunkerque, pour être précis. À quelques pas de là, sur un baby-foot, c'est la Corée. Le Gros Bonnet a reproduit la bataille d'Incheon avec de la vraie eau. C'est là que la 8e armée des États-Unis a remporté une victoire majeure contre la Corée du Nord grâce à une opération amphibie ambitieuse, mais bien pensée. Aux commandes, il a le général Douglas MacArthur, un soldat sur la poitrine duquel il a peint des médailles supplémentaires, et dans sa tête toute une liste de mouvements à mettre en œuvre pour que la bataille soit victorieuse. Le Gros Bonnet dispose les soldats dans des bateaux – des cuvettes médicales en plastique bleu qu'il a rapportées de l'hôpital après y avoir passé trois jours pour un calcul rénal – et les fait avancer sur l'eau. À l'autre bout de la pièce, le Viêtnam s'étend sur la table de ping-pong, dont le filet vert est toujours tendu. Ce détail lui plaît, il goûte l'ironie de cette frontière. Il a des figurines et des armes pour chaque affrontement, les hommes et les outils idoines.

Aujourd'hui, il commence par la Seconde Guerre mondiale, celle qui fait battre son cœur, celle où, à son avis, le patriotisme prend ses racines les plus profondes. Il s'immerge, parlant tout haut avec divers accents, débattant pour savoir qui et où sont nos alliés et si on peut manger la croûte des fromages français. Il procède aux manœuvres, mais aujourd'hui, c'est trop déprimant ; il ne peut pas encaisser la défaite et ne peut pas attendre de miracles. Il défait tout. Ce n'est plus Dunkerque, à présent. C'est la Normandie, juin 1944, opération Overlord, 1 200 avions, 5 000 bateaux, des soldats parachutés à la faveur de la nuit et le débarquement sur les plages : Sword, Juno, Gold, Omaha, Utah. Environ 160 000 hommes qui traversent la Manche. Flic, floc, mieux vaut avoir ses bottes. Quelque 6 000 Américains morts en une seule journée. La bataille la plus sanglante de la guerre, mais la victoire est au bout. Il met un bazar pas possible. Il a des hommes à terre partout, de l'eau partout. Il fait voler des avions, monter de petits groupes de soldats sur le flanc d'une colline. Des blessés poussent des cris de douleur, touchés, conscients qu'ils vont mourir sur cette colline. "J'ai une nouvelle pour toi, dit-il alors qu'un espion poignarde un mouchard en plein ventre. La guerre, c'est pas joli joli. La guerre, c'est l'enfer. Un cauchemar dont on ne se réveille jamais. Ravi de t'avoir connu et merci pour toutes les infos." Désinformation. Tracts largués d'un avion comme des confettis. Dissimulation, agir en secret. Feinte, la fausse attaque dans le but de détourner l'attention. Reconstitutions, escarmouches, c'est sa façon à lui de s'amuser. Ses hommes sont de première qualité, étain, plomb, alliage. Il a horreur du plastique et n'en utilise qu'en dernier recours. Quand le feu entre en jeu, le plastique est un désastre ; il fond et forme une flaque toxique de gadoue en fusion. Il a toujours une boîte de bicarbonate de soude sous la main lorsqu'il joue avec le feu – ainsi qu'un extincteur, au cas où les choses dégénéreraient vraiment. Il y a un truc qu'il aime bien faire avec les rouleaux d'amorces pour pistolet d'enfant. Il cogne ses bonshommes dessus, et leur pas lourd, aidé par l'ongle de son pouce, déclenche les petites mines, les grenades, les explosions. De temps en temps, il largue du ciel une charge plus grosse, avec une mèche, qu'il a généralement achetée sur le stand de pétards et feux d'artifice en bord de route où il fait le plein tous les étés. Aujourd'hui, rien ne le distrait comme il faudrait ; tout n'est que déconvenue. Il a l'esprit embué ; il vise à côté. Il enterre les morts en les recouvrant de sable. Le sable s'échappe par les bords de la table et se répand sur le sol. Si Charlotte était à la maison, elle sentirait que la guerre tourne mal.

De l'autre bout de la maison, elle lancerait : "Tout va bien, en bas ?" Et il lui demanderait peut-être d'apporter un peu d'essuie-tout, mais pour l'instant, va pour le je-m'en-foutisme, va pour le grotesque. Inutile d'espérer échapper aux ténèbres. C'est la désolation. À quoi jouons-nous ? C'est ce qu'il aimerait savoir. Il abandonne la Seconde Guerre mondiale au profit du Viêt-nam. Le pays s'étend sur la table de ping-pong, Nord et Sud. Il a pris des feuilles de palmier et divers végétaux du jardin pour rendre le paysage réaliste ; les rizières sont faites avec de la tonte de gazon. Il fait survoler sa "jungle" à un C-123 de l'US Air Force et lui fait larguer de "l'agent orange" – une poudre de Jell-O non dissoute dont il a entendu parler dans un salon du jeu de guerre. Il appelle ça l'opération Ranch Hand, l'opération Trail Dust. Aujourd'hui, il utilise des herbicides arc-en-ciel, orange et fraise mélangés, pour défolier les arbres. Les gens y étaient allergiques. Des bébés vietnamiens naissaient déformés. Les soldats disaient que ça leur causait toutes sortes de maux, de l'acné au diabète en passant par les maladies cardiaques. Peut-être que le produit n'était pas parfait ou n'était pas utilisé correctement, mais il faut que les gens arrêtent de se plaindre ; tout le monde ne peut pas être aux petits soins pour eux. C'est la guerre.

Les habitants sortent en courant de sous les arbres, paysans, hommes, femmes, enfants. Les soldats les abattent sans poser de questions. Pas le temps. Aujourd'hui, ils veulent tuer sans avoir à demander pourquoi. Ils sont troublés. Ils sont furieux. Ils servent sous le drapeau américain dans ce pays étrange et inconnu et personne ne sait plus ce qu'être américain veut dire. Au pays, les gens manifestent contre cette guerre, disent que ce combat n'est pas le leur. Allez dire ça au gars qui a perdu ses jambes sur une mine, hier. Ils veulent tuer parce que c'est Thanksgiving. Dinde et confiture de canneberges ont été livrées par hélicoptère ; ils remercient Dieu pour la nourriture qu'ils s'apprêtent à recevoir ; quelqu'un dit que c'est fête, deux assiettes en carton aujourd'hui, mais plus rien ne fait rire. L'un des morts devait rentrer à la maison demain. Tout ça le rend triste. Le rêve américain est déversé sur des tables dans sa salle de jeu. Mais il ne s'agit pas d'un jeu. Ces hommes sont morts. Qui peut s'imaginer en train de charger un autre homme, d'étriper un inconnu à coups de baïonnette, non pour se protéger lui-même mais parce que son pays le lui demande ? Il sait que la guerre ne se fait plus de cette façon ; qu'il n'y a plus des centaines de milliers de morts. Les guerres se font désormais avec un joystick, un bouton, une détente actionnée à des milliers de kilomètres du champ de bataille. La mécanique de la guerre a changé, le coût humain, lui, non. Il laisse tomber pour aujourd'hui, déboussolé, ne sachant plus ce que tout ça signifie, ne sachant plus ce qu'être américain signifie. Il abandonne les figurines dont les bras et les armes émergent de l'orange, comme s'ils se noyaient dans une Jell-O en train de virer au mucus tremblotant, à la glaire de guerre, qui empoisse tout. La table de ping-pong baigne dans la poudre sucrée, la vase d'Incheon dégouline du baby-foot et les sables de Normandie, emportant avec eux de jeunes vies jamais vécues, se répandent sur le sol. Le Gros Bonnet éteint la lumière en partant – nul doute que les mulots viendront grignoter les restes et que le jour où il reviendra, tout sera dans l'état où il l'a laissé. Les surfaces seront juste un peu plus gondolées, un peu moins utilisables, et parsemées de minuscules crottes noires, comme des obus n'ayant pas explosé jonchant les champs de bataille.

Vendredi 28 novembre 2008
McLean, Virginie
15 h 00

Lorsque le week-end de Thanksgiving touche à sa fin, Meghan a l'impression d'avoir été insérée dans un film ou dans le rêve de quelqu'un d'autre. C'est comme si elle avait quitté sa peau pour faire une apparition dans un autre monde.

Hier, elle a écrit une lettre à la famille de la fille morte.

Chers M. et Mme XXX,

Je suis élève à l'Académie et j'ai récemment entendu parler de votre fille et de ce qui lui est arrivé. Je ne sais pas si recevoir cette lettre vous fera du bien ou du mal, mais il m'a paru important que vous sachiez que votre fille n'est pas oubliée. Des parents envoient leurs filles dans ce qui est décrit comme "un endroit sûr et enrichissant où une jeune femme peut grandir sur le plan émotionnel, spirituel et intellectuel". Nous savons toutes que nos parents nous envoient ici parce qu'ils essaient de nous protéger de quelque chose : des mauvaises influences, des drogues, du sexe, du vaste monde ; ce quelque chose varie selon chaque famille.

Nous nous promenons avec un passe magnétique autour du cou. Le cordon est conçu pour se casser quand on le tire assez fort pour éviter qu'on se blesse s'il se prend dans une porte. Le domaine n'est pas clôturé car il est scindé par plusieurs parcs publics et par la rivière. Nous avons des bornes d'appel d'urgence sur le campus et deux vieux messieurs des bâtiments et espaces verts font des rondes en pick-up entre 18 heures et minuit. La nuit venue, on n'a pas le droit de circuler sans un "binôme".

Mais est-ce que ça change quelque chose ? Sommes-nous plus en sécurité pour autant ? Avons-nous envie d'être enfermées, dissimulées ? Est-ce l'avenir réservé aux femmes, d'être cantonnées à l'intérieur, de vivre dans la peur ? Je suis désolée que votre fille ait été tuée et plus désolée encore que vous ayez dû trouver son corps vous-même. Récemment, j'ai moi aussi eu affaire à la police locale et on ne peut pas dire qu'elle m'ait impressionnée. Ce que nous, le corps étudiant, avons demandé à l'Académie, c'est d'être écoutées, entendues, et non ignorées. S'il y avait eu davantage d'écoute, je crois que votre fille serait encore là. Nous, la nouvelle génération de jeunes femmes, nous nous écoutons activement les unes les autres et plaidons les unes pour les autres, ainsi que pour celles qui nous ont précédées. Une part de votre fille et de son histoire reste vivante en nous. Vous trouverez ci-joint un phénix que j'ai récemment acheté à l'aéroport de Phoenix. Il symbolise pour moi l'idée que votre fille est là parmi nous et renaîtra avec nous.

Sincères salutations,
Meghan Hitchens
Promotion 2009

Elle a écrit la lettre, l'a glissée dans une enveloppe et s'est habillée pour le dîner de Thanksgiving.

À seize heures précises, elle sonne à la porte de la maison de P Street. Par la fenêtre du séjour, elle aperçoit des gens qui, un verre à la main, parlent avec animation. Personne ne vient. Elle sonne de nouveau et un homme finit par lui ouvrir.

"Je suis censée retrouver Tony, dit-elle.

— Mais bien sûr", répond l'homme d'un ton jovial.

Elle lui tend un paquet emballé avec maladresse.

"Gardons ça pour l'hôtesse, dit l'homme en la faisant entrer.

— Vous avez une très belle maison", dit-elle.

Il rit. "Ce n'est pas la mienne. C'est celle de Peggy ; allons la trouver.

— Où te cachaient-ils donc ?" demande Peggy, l'hôtesse, lorsqu'ils la trouvent à l'autre bout du séjour. Elle est occupée à ajouter des couverts sur une table de Thanksgiving déjà incroyablement longue. "Cette année, nous allons peut-être battre un record ; on en est à trente-six.

— Merci beaucoup pour l'invitation, dit Meghan.

— Mais évidemment. Il faut se serrer les coudes entre « orphelines »."

Meghan lui offre son paquet. Des cookies qu'elle a volés à la cantine ces derniers jours. "L'emballage n'est pas des plus recherchés mais le contenu est fameux.

— Il faut que je te fasse un aveu, commence Peggy. Tony sera d'accord avec moi. Il y a bien des années, j'ai connu ton père ; c'était dans une autre vie, mais on est sortis ensemble deux ou trois fois et ce dont je me souviens, c'est qu'il embrassait bien, très bien. Un homme très gentil. Très fiable. C'était Tony qui avait dit ça. « Fiable et bien intentionné. » J'en avais conclu qu'il n'essaierait pas de me faire boire pour en profiter." Elle marque une pause. "Tu imagines, si je l'avais épousé, je serais ta mère ! Dingue, non ?"

Dinguissime, se dit Meghan.

Tony la prend par les épaules. "Joyeux Thanksgiving, ma grande.

— Ta grande m'a offert des cookies", lance Peggy, les agitant devant Tony. Elle ouvre le paquet, qui est emballé dans du papier de soie rose.

"Miam, dit-elle, mordant dans un biscuit. Ce sont les cookies les plus délicieux que j'aie jamais mangés. J'ai lu quelque part que, dans certains pays, la coutume voulait qu'on prenne quelque chose de sucré avant le dîner, ça évite de trop manger. Je vais peut-être devoir en prendre un autre.

— Elle plane à quinze mille, chuchote Tony à l'oreille de Meghan. Elle était tellement stressée par le placement, ne sachant pas si elle devait mélanger ou séparer Démocrates et Républicains, que son dos l'a lâchée. Elle a pris deux Percocet il y a une heure. Peggy est connue pour sa capacité à assortir les convives, mais l'élection a fait des dégâts. Certains de ses habitués ne seront pas là ce soir et quelques nouvelles têtes seront à l'essai. Ça devrait être intéressant. On dit que fêter Thanksgiving chez Peggy est un entraînement pour l'Alfalfa en janvier et un échauffement pour le Gridiron* en mars.

* Allusion aux banquets annuels, à Washington, de l'Alfalfa Club, qui réunit des responsables politiques et des dirigeants d'entreprise, et du Gridiron Club, qui réunit de grandes figures de la presse.

— Voyons s'il y a quelqu'un de ta génération parmi nous." Peggy parcourt la salle du regard.

"Jordon ? suggère un autre invité.

— Jordon est à Georgetown, en médecine, dit Peggy.

— Je suis encore au lycée, dit Meghan. Dernière année.

— Tu fais plus âgée.

— C'est la robe. Si je porte une robe courte, ce que ma mère trouve vulgaire, les gens savent quel âge j'ai, mais si je porte une robe qui couvre les genoux, j'ai l'air d'être une lointaine cousine arrivée de la campagne anglaise, d'un endroit où on n'a pas encore découvert la mode. Malheureusement, la mode ne fait rien de bien pour les filles de dix-huit ans.

— Touché", dit Peggy, et elle le pense vraiment. Chaque propos est comme un assaut d'escrime. Il y a des points à marquer. "Ah, William, as-tu dit bonjour à la filleule ?" Plantée au-dessus de Meghan, Peggy la montre frénétiquement du doigt, comme pour dire : Regarde, regarde.

William lève les yeux, l'air légèrement accablé ou surpris. "Allez, viens dire bonjour", dit Peggy.

Alors William, un gentleman aux cheveux ras et à la peau d'ébène arborant un magnifique pull turquoise, se lève du canapé et se fraie un chemin à travers les convives.

"Enchanté de faire votre connaissance, Meghan, dit-il en lui serrant la main. J'ai tant entendu parler de vous au fil des ans. Et ces dossiers de candidature à l'université, ça avance bien ?

— Oh, dit-elle, se demandant comment William est informé de sa vie et de son parcours d'admission. Après l'élection, j'ai décidé de mettre mes essais à la corbeille et de les recommencer.

— Ah, dit-il. Changement de programme. J'ai commencé mes études à Winston-Salem avant de venir ici, à Howard, puis de passer à Hopkins. Il n'y a pas qu'un seul chemin. Déjà une idée de ce que vous allez étudier ?

— L'histoire. L'histoire me captive.

— Nous sommes prêts, dit Peggy en sortant de la cuisine, brandissant un couteau à découper d'un geste un peu trop exalté. Le spectacle va commencer."

Un homme âgé, bien fait de sa personne, la débarrasse de l'arme. "Merci, Richard, dit-elle. Tu es toujours là pour voler à mon secours, le second mari parfait, si empressé.

— Pressé de quoi ? lance l'un des invités.

— Si vous saviez", répond Peggy en s'éventant.

L'énergie qui circule dans la maison est erratique, comme s'ils étaient sur un manège et que chaque invité était juché sur un cheval différent, montait et descendait, dansait sur un air différent.

Le repas est servi d'une manière qui, comme presque tout à Washington, est pleine de cérémonie, porte la marque d'un vieillissement prématuré. On a l'impression de vivre une expérience de théâtre immersif ou une reconstitution historique. Chaque mets a sa provenance, sa *raison d'être**, comme dirait sa prof de français. Chaque pièce de vaisselle aussi. Meghan n'est pas loin de penser qu'il y a des conservateurs de la Smithsonian dans l'assemblée et qu'ils ont rédigé les "notes d'accompagnement" récitées par Peggy et Richard. Les carottes héritage sont servies dans un plat qui appartenait à "Mère Taylor". La saucière années 1900 est un cadeau de la famille Tyson. Les fines herbes de la farce sont des descendantes directes de celles qui poussaient dans le jardin de la tante Bishop. Chaque nom a une consonance vaguement familière : Coleridge, Hancock, Tierney, Cumberland.

Peggy porte ce que la mère de Meghan appellerait une "tenue d'hôtesse", à mi-chemin entre la toilette et le costume – plus qu'une simple robe, moins qu'une robe de bal. Un feu ronfle dans la cheminée et les fenêtres sont ouvertes parce qu'il fait à peu près mille degrés dans la pièce. Le mur est couvert de toiles accrochées comme au Salon de peinture qui rappellent à Meghan des tableaux vus il y a longtemps : paysages des débuts de l'Amérique, vastes panoramas exprimant un optimisme débridé devant ce nouveau monde.

Meghan observe tout avec la plus grande attention. La vie est passée de la 2D à la 3D ; le service à lui seul est un film d'action. Elle relève tout, surtout les gens qui boivent. Où finit la

* En français dans le texte.

modération et où commence l'excès ? La plupart des convives boivent, sauf ceux qui s'en abstiennent avec ostentation et avalent d'importantes quantités d'eau minérale. "Y a-t-il encore de l'eau minérale ? Quelqu'un pourrait me passer l'eau minérale ?"

Au milieu de la table trône une grande tortue de porcelaine.

"C'est là-dedans que ma mère servait sa soupe de tortue, dit Peggy. Aujourd'hui, ce n'est plus qu'un objet décoratif. Que mettre dans une soupière faite pour la soupe de tortue ? À part du piment de Cayenne et du jus de citron, je ne vois pas. Plus personne ne mange de soupe de tortue.

— Parce qu'il est illégal de chasser la tortue, chuchote le voisin de table de Meghan.

— Je fais une délicieuse soupe de courgettes froide, dit l'une des femmes. Ce serait très joli dans ta tortue. Je te donnerai ma recette. As-tu un mixeur plongeant ?

— Un quoi ? demande Peggy.

— Un mixeur plongeant", dit la femme. Sa main esquisse un mouvement de va-et-vient qui, dans un autre contexte, pourrait vouloir dire tout autre chose.

"Vraiment ? demande l'un des convives.

— Comme un vibromasseur ? demande Peggy.

— Je t'expliquerai plus tard", dit la femme, hilare.

On lève les yeux au ciel tout autour de la table. Meghan a une poussée de ce que sa mère qualifie de "phobie sociale". C'est la première fois qu'elle a ce sentiment.

"Super chaussures, lui dit sa voisine.

— Oh, merci, dit Meghan. Je suis à un drôle d'âge où j'ai de grands pieds et n'ai pas envie de porter des chaussures d'enfant, mais où je n'ai pas non plus envie d'avoir l'air trop « disponible », comme dirait ma mère."

La femme rit. "Je suis à un drôle d'âge aussi. Il faut que j'aie l'air sérieuse et féminine, mais je dois pouvoir courir très vite dans les couloirs et emprunter des escaliers en marbre. C'est vraiment dur de marcher à la fois vite et avec grâce, surtout quand des gens vous regardent."

Plus loin à la table, l'un des convives qui a beaucoup bu demande à William : "C'est toi qui as fait ces biscuits ?

— Non, dit William.

— Je croyais que tu faisais partie de ces garçons qui mangent des biscuits ?

— Ne commençons pas, dit Peggy. Pas ce soir, Charlie."

L'homme insiste. "Je suis juste curieux. Je parie que t'es content de l'élection. Votre heure est arrivée.

— Charles, ce que tu fais là porte un nom, dit William. Et pourquoi le faire ici, pendant un repas de fête entre bons amis ?

— C'est parti, dit la voisine de Meghan. Charles fait de la provoc."

À mesure que le ton monte, les hommes en costume s'avancent dans la pièce. Meghan les a remarqués tout à l'heure ; aucun d'entre eux n'a pris place à table ; ils traînaient du côté de la porte d'entrée et de la cuisine.

"Le Secret Service", chuchote son voisin. Jusqu'ici, il parlait à sa voisine de gauche.

Intéressant, songe Meghan. Pourquoi y a-t-il des agents du Secret Service à un dîner de Thanksgiving ?

Sa voisine continue de parler, comme si elle essayait délibérément de détourner l'attention de Meghan de ce qui est en train de se passer à l'autre bout de la table. "Mes parents étaient très impliqués dans leur Église. Mon père était pasteur. Thanksgiving a toujours été ma fête préférée. Les patates douces caramélisées et les tartes aux noix de pécan de ma mère étaient merveilleuses."

Elle sourit à Meghan, d'un beau sourire chaleureux.

"Je vais à l'église tous les dimanches", répond Meghan, omettant de préciser que c'est obligatoire.

Dans le même temps, Meghan perçoit des bribes de ce qui se dit à l'autre bout de la table. "Ton hostilité est plus ouverte que d'habitude, Charles, dit William.

— Avez-vous un professeur préféré ? demande la femme à Meghan.

— Mme Adams.

— Croiser un grand professeur sur son chemin, ça peut changer la vie. Quand on vous dit non, n'allez jamais croire que c'est irrévocable. Beaucoup de gens vous diront ce que vous ne pouvez pas faire pour une raison ou pour une autre. Fiez-vous à votre propre boussole."

La gêne de Meghan grandit. D'un côté, sa voisine essaie de la distraire de ce qui s'apparente à un incident à caractère racial à l'autre bout de la table. De l'autre, ça l'empêche de se concentrer sur ce qui est en train de se passer.

"J'ai été démocrate pendant vingt-huit ans, puis je me suis « convertie ». La chute du gouvernement russe a été pour moi un moment charnière", dit la femme.

La soupière tortue a l'air de trembler, mais ce n'est peut-être dû qu'au crescendo des voix.

"Vous autres pensez que vous pouvez conquérir le monde", dit Charles.

William secoue la tête, l'air de dire : Jusqu'où ça va aller ?

"Tu peux disposer, Charles", dit Peggy, l'air profondément ébranlée.

Meghan s'aperçoit que Tony est debout derrière William. Il pose ses mains sur les épaules de William, aussi bien pour le calmer que pour le soutenir. Le geste est à la fois banal et intime. Meghan prend soudainement conscience que William est le petit ami de Tony.

"Je connais Tony depuis plus de vingt ans, lui chuchote son voisin. C'est la première fois que je le vois faire un geste d'affection en public. Il est comme James Bond, énigmatique, sexy, impossédable."

Meghan n'arrive plus à avaler. N'arrive plus à penser. "Excusez-moi", dit-elle, sortant de table. Alors qu'elle parvient dans le couloir, Charles la dépasse, filant vers la sortie. Son équilibre est rompu ; tous les fluides de son corps sont en mouvement, le fond s'écroule, le repas de Thanksgiving lui remonte dans la gorge. Les toilettes sont occupées, alors elle avance dans le couloir, entre dans une petite bibliothèque. Elle contemple les rayonnages. William est le petit ami de Tony. Tony est gay. "Célibataire endurci", c'est l'expression de sa mère. Elle doit être au courant. Ils doivent être au courant. Comment a-t-elle pu l'ignorer ?

Il y a un bar dans la bibliothèque, de lourds verres de cristal sur un plateau à miroir. Elle se sert un verre de vodka. Ça a un goût de produit de nettoyage, de liquide à utiliser en cas d'urgence pour dissoudre la graisse et la crasse. Il n'y a rien là-dedans qui dise *Bois-moi*. Mais elle le boit. Elle vide le verre, le repose délicatement et regagne sa place, où elle reprend un biscuit au beurre avant que les gâteaux ne soient servis.

"Le football, lui dit sa voisine. Voilà à quoi on jouait après le dîner de Thanksgiving. Mon père était entraîneur de football en plus d'être pasteur. Tout le monde sortait et jouait au football, même les filles."

À son retour à l'internat, Meghan écrit une autre lettre aux parents de la fille morte.

Chers M. et Mme XXX,

On ne peut pas se fier aux apparences. Pour vous, ce n'est peut-être pas un scoop. Mais pour moi, c'est une immense prise de conscience. Les vérités que je tenais pour "évidentes par elles-mêmes" ne sont pas des vérités du tout. Ce sont des idées en lesquelles j'ai appris à croire en grandissant et qui m'ont été inculquées comme vraies – elles faisaient partie du récit, de l'histoire de ma vie, une histoire si commode que je l'ai crue sans me poser de questions. Mais il s'avère que l'histoire est plus vaste et plus complexe que ceux qui m'entourent veulent bien l'admettre. Mensonges. Contrevérités. Cette prise de conscience m'a permis de comprendre que beaucoup de choses que je considérais comme des faits établis ne sont que des histoires, une fiction qu'on m'a racontée. À travers cette prise de conscience, j'ai découvert qu'il fallait tout interroger, tout regarder de ses propres yeux, penser par soi-même. Cette prise de conscience s'accompagne d'une terreur nouvelle. La crainte que la vérité soit insaisissable, que l'histoire ne soit pas figée dans le temps et l'espace mais sujette aux fluctuations, aux interprétations et à la possibilité qu'il y ait d'autres histoires, d'autres récits potentiellement aussi forts, aussi crédibles. L'histoire change à mesure que le monde change autour de nous. L'histoire qui est conservée est tributaire de ceux qui la rapportent et du prisme à travers lequel ils voient les choses. Désormais – depuis ma prise de conscience – il est clair pour moi que le sujet n'est pas l'histoire. Ce sont les histoires. Je ne veux pas seulement l'étudier ; je veux y jouer un rôle. Je veux faire l'histoire, vivre dans l'histoire, être l'histoire du futur.

Samedi 6 décembre 2008
Georgetown, Washington
Conférence téléphonique
9 h 00

Tony est le premier à se mobiliser. “Comme évoqué, il y a des régions du pays qui ont besoin d’être représentées. J’ai généralement tendance à enjamber le Midwest, mais c’est à Chicago qu’il faut aller pour consulter l’Oracle.

— Le quoi ? demande Bo.

— La diseuse de bonne aventure ? suggère Eisner.

— Celui qui va nous dire comment le vent va tourner, dit le Gros Bonnet.

— Parfois, les gars, j’aimerais juste que vous parliez anglais, dit Bo. Il est six heures du mat’, putain, ayez cette amabilité.”

On est samedi matin et ils sont en conférence téléphonique. À Georgetown, Tony se tient devant sa maison, juste au cas où il y aurait des micros à l’intérieur. Il regarde son voisin, un général à la retraite, sortir en pyjama pour récupérer le journal du week-end. Il le ramasse et adresse un salut militaire à Tony, qui lui rend la pareille, puis le général à la retraite se retourne et disparaît dans sa maison.

“Dans l’Antiquité, déjà, les gens voulaient savoir ce qui allait arriver, en partie par curiosité et en partie pour s’y préparer, dit Kissick.

— Exactement, dit Tony. Je vous envoie chez le gars que je consulte quand je veux voir un peu plus loin.

— Cet homme sait-il que nous ne cherchons pas à engager quelqu’un, que c’est tout ce qu’il y a de plus bénévole ?

— Oui. Au début, vous allez peut-être vous demander : pourquoi ce type ? Il habite une maison ordinaire dans une rue ordinaire et c'est un homme extrêmement discret, quelconque, effacé.

— J'espère qu'on ne va pas se tromper de porte, dit Bo. Comment le saurions-nous s'il est si peu remarquable ?

— Je l'ai déjà rencontré, dit le Gros Bonnet. Même s'il passe inaperçu, ce n'est pas le genre d'homme qu'on oublie.

— Exactement, dit Tony. Lui et moi avons travaillé ensemble il y a trente ans.

— Je m'en souviens, dit le Gros Bonnet. Tu sortais d'études de philosophie à Cambridge et tu as pris un job de vendeur de chocolats à Chicago. Je t'avais trouvé cinglé."

Tony le corrige. "C'étaient des bonbons durs, en fait."

Bo s'en mêle. "Des bonbons à sucer.

— Je vais faire comme si vous vous étiez contentés de dire : « Quelle idée inspirée, merci ; on se tient au courant »", dit Tony avant de raccrocher.

Mardi 9 décembre 2008
Winnetka, Illinois
12 h 00

Bo et le Gros Bonnet sont à bord d'une Lincoln Town Car devant la maison ordinaire dans la rue ordinaire. Il neige un peu. Les flocons s'agrègent sur les vitres. Bo baisse puis remonte la sienne régulièrement pour la nettoyer.

"J'ai besoin d'y voir", dit-il, s'excusant pour le courant d'air froid.

Le chauffeur augmente la cadence des essuie-glaces d'un cran.

"Comment tu sais que ce n'est pas un coup monté, un traquenard quelconque ? Tony aurait toutes les raisons de vouloir faire capoter l'opération avant même qu'elle ait commencé.

— Ma confiance en Tony est absolue, dit le Gros Bonnet, occupé à écrire à Meghan au sujet du programme de Noël. Et j'ai déjà rencontré ce type. C'est du lourd, c'est l'Oracle.

— On est sur la corde raide", dit Bo.

Une voiture se gare derrière eux.

"C'est qui, ça, bordel ?"

Le Gros Bonnet tourne la tête. "Le scribe."

Un instant plus tard, on toque à la portière. "Je peux me joindre à vous ? demande Eisner.

— Monte devant, dit Bo, baissant sa vitre. Et note que nous ne sommes pas seuls." Il hoche la tête en direction du chauffeur.

Eisner monte dans la voiture. "Je suis descendu de Madison. Ça a pris plus longtemps que je pensais avec ce temps. Je rendais visite à ma mère.

— Tout le monde s'en tape, dit Bo.

— Tony nous rejoint ? demande Eisner.

— Non, dit le Gros Bonnet.

— C'est ton meilleur ami, je comprends, dit Bo, mais le fait qu'il joue sur les deux tableaux me chiffonne vraiment." Il est manifestement de mauvaise humeur.

"Il ne joue pas sur les deux tableaux, dit le Gros Bonnet.

— Alors pourquoi Obama veut le garder ?

— L'un des talents de Tony, c'est qu'il est prêt à toucher à des choses que personne d'autre ne veut toucher.

— C'est-à-dire ? demande Eisner.

— Il gère pas mal de merdes." Le Gros Bonnet range son téléphone. "Au fond, sur les plans politique et partisan, Tony est plutôt du genre soliste."

Kissick arrive en taxi.

"C'est parti", dit Bo, descendant de voiture.

Le Gros Bonnet sonne à la porte. Bo, Eisner et Kissick sont en rang d'oignons derrière lui.

Kissick sent la neige lui tomber dans le cou. "C'est notamment pour ça que je vis en Floride", grommelle-t-il.

Le Gros Bonnet sonne de nouveau. Le cache du judas Art nouveau bascule et il sent un œil se poser sur eux. La porte s'ouvre et ils sont accueillis par un homme mince en blouse blanche.

"Amis d'ami, dit l'homme. Bienvenue.

— Ravi de te revoir, Twitch, dit le Gros Bonnet, entrant dans la maison.

— Bienvenue, comme le paillasson", dit Bo, s'essuyant les pieds sur l'épais tapis-brosse. Bo serre la main de l'homme et la sensation le surprend. Il baisse les yeux ; l'homme porte des gants en latex blancs barrés des mots Matfer Bourgeat.

"Mes excuses, dit l'homme, retirant ses gants. Je travaillais le sucre.

— Eh bien, c'est un soulagement, dit Bo. Je me demandais si vous n'étiez pas le docteur Folamour.

— Twitch, dit l'homme, serrant la main d'Eisner. Twitchell Metzger.

— Tony vous a rangé au rayon savants fous, ajoute Eisner.

— Je prépare du caramel ; entrez vite avant que ça crame", dit Metzger, leur indiquant le chemin.

Lorsqu'ils entrent, des vapeurs les enveloppent. L'odeur évoque une fusion toxique un jour d'Halloween, sucre chaud et cendre. Dans la maison flotte un brouillard chargé de particules de tabac.

Kissick chuchote à Bo : "Il y a des études sur les effets du tabac froid, mais là on est carrément à un autre niveau ; j'ai l'impression de lécher des cendres.

— Vous vivez seul ? demande Bo.

— Comment vous avez deviné ?

— Les enfants n'aiment pas trop bouffer des clopes au petit-déj'", répond Bo.

Metzger leur fait traverser le séjour pour les conduire dans la cuisine, qui ressemble davantage à un labo de chimie qu'aux cuisines qu'on voit dans *Martha Stewart Living*. Il vérifie la température de ce qu'il a dans sa casserole, baisse le feu et ajoute du bourbon en remuant. "Tout l'enjeu est d'éviter la caramélisation, dit-il.

— C'est aussi mon but", fait Bo.

Sur la table sont étalées quatre plaques rose vif qui ressemblent à de la mousse isolante.

"Travaux de rénovation ou cadeaux de Noël ? demande Bo.

— Guimauve à la gnôle, répond Metzger. À base de liqueur de menthe et de colorant rose. À l'échelle mondiale, on va assister à une hausse significative du cours des produits alimentaires additionnés d'alcool. La consommation de chocolat augmente aux États-Unis, mais le vrai bec sucré, c'est l'Europe. Vous savez que c'est comme ça que j'ai rencontré Tony ?

— On sait, dit Bo.

— Je serais curieux d'en savoir plus, dit Eisner.

— Lui, c'était son premier travail, mais pour moi, c'était un retour aux sources. J'ai grandi non loin d'ici ; les hommes de ma famille étaient bouchers sur les marchés bovins de Chicago, ouvriers dans les aciéries. Ils assemblaient des voitures à Detroit. Mais quand j'étais gamin, j'étais idiot. La vie n'était pour moi que sucre et enrobage. *Vita, duceldo, spes.*

— Il parle en langues, ou quoi ? veut savoir Bo.

— Vie, douceur, espoir, explique Kissick. C'est la devise de Notre-Dame. Son alma mater.

— J'ai rencontré Tony quand on a atterri à Chicago, lui et moi. À l'époque, Chicago était la capitale mondiale du bonbon. Lemonheads. Brach's, Boston Baked Beans. On arpentait le Midwest en quête de spécialités régionales. Sunshine Candy, Jujyfruits. Now and Later." Il marque une pause. "L'un d'entre vous connaît-il la durée de conservation d'un Twinkie ?"

Tous trois haussent les épaules.

"Vingt-six jours. Ça vous rappelle quelque chose ?

— Aucune idée, dit Bo.

— Le cycle menstruel de la femme", dit Metzger.

Les hommes semblent pâlir.

"Je croyais que c'était vingt-huit jours, dit Kissick.

— C'est tout comme. Vous vous demandez peut-être pourquoi je suis en blouse blanche dans la cuisine.

— Ouaip, dit Bo.

— Je trouve les tabliers trop féminins." Metzger retire du feu la casserole de caramel qu'il est en train de touiller. Il pointe le doigt vers le frigo. "Jetez un œil à l'intérieur."

Eisner ouvre le frigo. Les quatre étagères sont occupées par des plateaux de confiseries. "Ça ressemble à ces chocolats que ma grand-mère appelait des tortues, dit Eisner.

— Des tortues gaufrées, dit Metzger. Une variante d'une vieille recette de chez Savannah's. Allez-y, goûtez."

Eisner décolle une tortue du papier cuisson et la tend à Bo, qui rechigne.

"Vas-y, dit le Gros Bonnet. Tu en as besoin."

Bo goûte la confiserie. "Riche, dit-il, le sourire aux lèvres. Mais délicat.

— Les palais d'aujourd'hui tendent plus vers le salé que ceux des générations antérieures. Je mets du jus de citron et de la crème de tartre, deux acides qui rompent les molécules de sucre – c'est l'inversion. Au lieu de faire bouillir, je fais mijoter. Ça me permet d'obtenir la saveur voulue et de minimiser la cristallisation. J'ai toujours soutenu que si on voulait vendre quelque chose, il fallait savoir comment il était fait et ce qu'il représentait pour les gens. Je ne peux rien vendre que je ne connaisse pas intimement.

— Tony et toi avez manié l'Atomic Fireball ? demande Bo.

— Brièvement, il y a longtemps. En ce moment, je bricole une friandise de rêve qui me facilitera le passage à la retraite. Mais j'imagine que vous n'avez pas fait tout ce chemin pour m'entendre parler de mes hobbies. Si on allait s'installer dans la salle de réunion ?

— Passe-moi deux ou trois de ces gâteaux tortues, dit Bo à Eisner.

— C'était la table de ma grand-mère, dit Metzger en les conduisant dans la salle à manger. J'ai de quoi grignoter et de quoi fumer."

Au milieu de la table trône une immense bonbonnière remplie de restes d'Halloween et un globe en laiton. Il appuie sur un bouton du globe et l'objet s'ouvre, déployant un éventail de cigarettes de formes et de tailles variées.

"Des tue-le-cow-boy." Metzger en prend une et fait signe aux autres qu'ils peuvent se servir.

"Mon premier emploi m'a conduit à Richmond, Virginie – Cigarette City. Partout où ma vie m'a mené, j'ai contracté un vice." Il déballe un morceau de chocolat au lait. "La Suisse", dit-il. Au coin de sa bouche, un tic fait tressaillir sa lèvre vers le haut. "J'y ai ma blanchisserie", ajoute-t-il, la respiration sifflante, manifestement ravi de son timing comique.

Bo sourit, ce qui fait sourire le Gros Bonnet ; jusqu'ici, tout va bien.

Eisner attrape un Butterfinger. "Ça, je n'en ai pas mangé depuis 1979."

Metzger allume sa cigarette et tire une taffe.

"J'arrive à peine à respirer ; tu peux ouvrir une fenêtre ?" demande Kissick.

Comme un poids mort chutant dans l'air – bada-putain-de-boum – un énorme matou saute du haut du vaisselier et atterrit posément sur ses quatre pattes, la queue oscillant comme une antenne en train d'essayer de capter un signal. Il parcourt la table, saute d'abord sur les genoux de Metzger puis sur le sol.

Bo est blême. Son expression suggère qu'il aurait très bien pu se faire dessus. "C'est quoi, ça ?

— Ma chatte, répond Metzger le fumeur, impassible. Je peux pas ouvrir de fenêtre sinon ma chatte se sauve."

Et Bo, qui a l'air d'être prêt à tuer quelqu'un, éclate de rire. "T'es frappé, putain."

Metzger prend une carafe et lui sert à boire.

Bo vide son verre et crache de surprise. "C'est quoi, ce truc ?

— J'appelle ça de l'eau de couille, dit Metzger. Je la fais moi-même, je verse du bourbon sur de la marijuana et je laisse macérer. Je bois ça avant de me coucher ; ça remet les poils de couilles en place.

— Je t'adore, putain, dit Bo, tendant son verre pour que Metzger refasse le plein.

— C'est quoi, l'idée ? veut savoir Metzger. Vous cherchez quoi ? Pas des tours de magie, je présume.

— Nous cherchons quelqu'un qui voit les choses comme nous, dit le Gros Bonnet.

— Abrège, dit Bo. Le problème post-électoral. L'Amérique est au fond des chiottes et il faut qu'on fasse quelque chose. On ne va pas rester les bras croisés à attendre de voir ce qui se passe ; on va faire quelque chose et on a besoin de quelqu'un pour propager l'idée.

— Vous voulez diffuser des idées comme un virus, dit Metzger. Vous les voulez réconfortantes comme un sandwich beurre de cacahuètes confiture, comme le dîner du dimanche soir. Vous voulez séduire et endormir, anesthésier les gens, pour qu'à la fin ce ne soit pas une surprise parce qu'ils l'auront vu venir et le voudront aussi.

— Oui, s'exclament les hommes, pas loin de bondir sur place. C'est exactement ce que nous voulons.

— Et si je vous disais que je ne fais pas ce genre de chose ?

— Bien sûr que tu le fais ; tu viens de me le faire, dit Kissick.

— Je t'ai dit ce que tu voulais entendre, dit Metzger.

— Exactement."

Un long silence s'ensuit.

"Vous savez ce que mon père a fait pendant la guerre ?"

Ils secouent la tête. "C'est peut-être encore top secret, donc ça reste entre nous. Il faisait partie d'une unité spéciale surnommée « l'armée fantôme ». Ils avaient des chars, des jeeps et des camions radio gonflables. En gros, c'était un cirque qui se produisait près des lignes de front.

— Attends, répète ? dit Kissick, interdit.

— Il pensait partir comme mécano, mais ils l'ont affecté à des programmes clandestins. J'ai passé des années à me demander comment il avait pu tant s'éclater à la guerre. Les parents des autres gamins étaient complètement traumatisés. Lui, à son retour, il a trouvé un job dans la vente de voitures – d'occasion, parce qu'il trouvait ça plus sympa que de pousser les gens à acheter du neuf. Je l'ai regardé vendre ; la clé de son pitch, c'était de ne pas faire de pitch. Il écoutait. Et parce qu'il écoutait leurs histoires et apprenait à les connaître, les clients avaient l'impression de s'être fait un ami et ils lui achetaient une voiture. Puis, au bout d'un an ou deux, ils revenaient et achetaient une autre voiture."

Les hommes hochent la tête.

"Il savait écouter, dit le Gros Bonnet.

— Moi, ce que j'aime, c'est rouler. Il vendait des voitures ; moi je roule. Je roule pour réfléchir. Je roule à travers l'Amérique comme un anthropologue. Mon plaisir, c'est d'observer les gens. Je vais dans les grandes surfaces et je suis des gens qui font leurs courses. J'aime voir ce qui retient leur attention. J'aime voir ce qu'ils trouvent utile ou rebutant. Devancer un désir, un besoin, un vide. À l'ancienne, pourrait-on dire." Metzger prend un briquet et l'actionne. "Allumage à molette d'acier. Vous savez pourquoi les gens aiment les briquets ?

— Pour les cigarettes", suggère Bo.

Le Gros Bonnet est perdu dans ses pensées, se souvient de l'homme du bar de Phoenix, celui qui n'arrêtait pas de passer son doigt sur la molette en disant : "Coupe-vent."

"Nan." Metzger secoue la tête. "Pour la capacité à faire jaillir le feu. C'est une affaire de pouvoir et de maîtrise, de conquête par l'homme du monde physique ; c'est ce qu'explique Dichter, entre autres. Vous avez déjà lu *La Stratégie du désir* d'Ernest Dichter ?"

Tout le monde secoue la tête.

"Absolument génial.

— Je veux bien qu'on le convie à nous rejoindre, dit Kissick. Si tu penses qu'il est bon.

— Il est mort il y a dix-sept ans environ, dit Metzger, tirant longuement sur sa cigarette et retenant la fumée plus longtemps qu'on l'aurait cru possible. Qu'est-ce que vous avez à y gagner, vous autres ?

— On n'en sort pas diminué, dit Bo. On a trimé comme des bœufs, on a construit des empires ou ce qui venait après les empires.

— Faiseurs de rois, dit Kissick. Piliers de la société.

— Capitaines d'industrie, grands manitous, magnats, entrepreneurs, dit Metzger.

— Big Boss, dit le Gros Bonnet.

— Ténors, dit Metzger. Gros bonnet.

— T'as de la famille ? demande Bo.

— Où ?" fait Metzger.

Bo s'esclaffe à nouveau. "Exactement !

— Après ma seconde femme, j'ai lâché l'affaire. Compris le message. Je suis du genre impropre à la consommation.

— En fin de compte, on veut faire tout ce qu'il faut pour remettre les choses en ordre, dit le Gros Bonnet.

— Les mêmes mots peuvent avoir des sens différents selon l'époque, l'émetteur et le destinataire, dit Metzger. Les Républicains radicaux ont constitué une faction au sein du parti de 1854 à 1877, et que voulaient-ils ? L'éradication de l'esclavage. Et pourtant, ce n'est pas ce qui a conduit à l'élection de Lincoln en 1860 ; il n'a obtenu que quarante pour cent des suffrages. C'est la division entre Démocrates du Nord et du Sud. Aujourd'hui, si vous prononcez les mots de « Républicains radicaux », que faut-il comprendre ? Est-ce qu'on le sait, d'ailleurs ?" Silence. "Tout ça pour dire qu'il y a toujours des forces qu'on n'anticipe pas.

— Il y a une brochette de blancs-becs mal dégrossis qui se prétendent Républicains, aujourd'hui, je peux te dire tout de suite qu'ils n'ont rien à voir avec les Républicains que je connais, dit Bo.

— Cartographier les évolutions socioculturelles, suivre les processus qui accroissent la complexité d'une société, tout en surveillant la dégénérescence/dégradation des systèmes – tout est là.

— Je n'ai rien compris à ce qu'il vient de dire, fait Eisner. Ça ressemblait plus à des maths qu'à de la communication.

— Marrant que tu dises ça, répond Metzger. Ça ressemble un peu au travail que je fais pour les fonds quantitatifs. En suivant les évolutions et en identifiant des récurrences, on peut anticiper l'avenir et analyser la façon dont, sous l'effet des mutations culturelles, sociales, économiques et environnementales, le comportement des consommateurs va évoluer. C'est pour ça que je reste ici ; je suis le Big Noise de Winnetka. Je suis en symbiose avec le consommateur américain."

La grosse chatte saute de nouveau sur la table et miaule à tue-tête, sa queue ondulant autour de la carafe d'eau de couille.

"Tu es tout ça et plus encore, dit Bo en se levant. Mais sérieusement, merci.

— Parfois il faut juste dire oui sans résister", dit Eisner.

Kissick regarde sa montre. "J'ai dit à la famille que je serais de retour pour le dîner. Vous pouvez me déposer à l'aéroport ?

— Ce fut vraiment une joie de te revoir, l'ami, dit le Gros Bonnet.

— Remercie Tony de ma part et dis-lui que je me réjouis de le voir en personne lors de notre prochain rendez-vous.

— Tu crois que ta chatte se laisserait caresser ? demande Bo.

— Aucune chance. Elle est hargneuse. Une fois, elle m'a mordu et j'ai chopé la maladie des griffes du chat. Il a fallu que j'aille chez le médecin, première fois en quinze ans."

Bo s'esclaffe. "Ça me plaît, ça ; une vraie garce.

— Je l'ai déjà traitée de pire que ça, dit Metzger.

— Comment je peux te joindre ? demande Bo.

— Voici mon numéro de fax. Je suppose que tu as un fax." Metzger ouvre le vaisselier du séjour. Il abrite un antique fax, si vieux que le plastique ivoire a viré au jaune pisse.

"Un homme selon mon cœur, dit Kissick.

— Merci d'avoir pris le temps, dit le Gros Bonnet.

— Les Hommes de toujours, dit Metzger, leur serrant la main lorsqu'ils sortent. Voilà qui vous êtes. J'aurais pu vous appeler les Grands Réveilleurs, mais c'est trop évangélique. Les Hommes de toujours, ça sonne juste, dit-il, planté dans l'embrasure de sa porte.

— À bientôt, dit Eisner, essuyant la neige tombée sur ses vitres avant de monter dans sa voiture. J'ai promis à ma mère que je serais rentré pour le dîner.

— Je l'aurais parié, dit Bo.

— C'est bien, les Hommes de toujours, dit le Gros Bonnet en montant dans la Lincoln Town Car, qui attend depuis des heures le long du trottoir, le moteur au ralenti.

— S'il y a un homme à qui je serais prêt à me fier pour diffuser le message, c'est lui, le Big Noise de Winnetka, dit Kissick, rejoignant le Gros Bonnet à l'arrière.

— Il me plaît, dit Bo, se tassant sur la banquette, à côté de Kissick.

— Je dois me mettre au milieu ? demande Kissick.

— C'est moi qui ai payé la voiture, répond Bo. Ce qu'il y a de bien, chez ce type, c'est qu'il comprend comment les gens pensent, ce dont ils ont besoin sans le dire. Il est comme un croquemort. Il sait dans quelle boîte vous caser.

— Vous allez tous les trois à Midway ? demande le chauffeur.

— Oui, merci, répond le Gros Bonnet.

— Ah, je sais, dit Bo.

— Quoi ? demande Kissick.

— À qui il me fait penser.

— Qui ça ?

— Le croquemort, le fumeur, le confiseur, comment il s'appelle ?

— Metzger, répond le Gros Bonnet. Twitchell Metzger. Twitch pour les intimes.

— Il me fait penser à William S. Burroughs, dit Bo. Quand il parlait d'Ernest Dichter, le type qui s'y connaissait en feu, j'ai eu comme un pincement ; ça me rappelait quelque chose.

— Burroughs, le type de *Firing Line* ? Celui qui parlait comme ça ?" Kissick se met à parler du nez. "Celui qui a réussi à persuader tout le monde que pour être un vrai conservateur américain, il fallait être passé par Yale. « Le conservatisme est enraciné dans la tradition. »

— Tu tiens ta canne à pêche à l'envers, dit Bo. Je parle de William S. Burroughs. Toi, tu penses à William F. Buckley. Le gars dont je cause était un junkie qui a flingué sa femme en pleine tête – accidentellement. J'ai passé le 4 juillet 1997 dans son jardin, à regarder les feux d'artifice, boire de la vodka-coca et fumer de l'herbe.

— Qu'est-ce que tu racontes ?" Kissick est si déconcerté qu'il n'est pas loin de prendre peur.

"J'ai vécu bien des vies ; tu ne connais que le sommet de l'iceberg. William S. Burroughs a écrit une flopée de bouquins et dans l'un d'entre eux, il y a un Dr Benway. Ce trouduc de Twitch me fait penser à Benway, un chirurgien qui fumait des clopes penché sur des corps ouverts et faisait tomber ses cendres dans des cavités luisantes, humides.

— Mais c'était qui ce Burroughs si ce n'est pas Buckley ?

— C'était un garçon bon chic bon genre, issu d'une famille bon chic bon genre, qui a fait Harvard puis des études de médecine en Europe. C'était aussi un soldat qui a voulu entrer à l'OSS mais n'a pas été pris ; je crois qu'il s'est fait virer, en fait – ils l'ont trouvé cinglé. Il portait le même genre de lunettes que Twitch, des lunettes à grosse monture noire des années cinquante façon agent du FBI d'antan. Burroughs était comme ça – sapé comme le plus honnête des citoyens mais jeté, complètement jeté. Le barje dans toute sa splendeur. Il aimait les chats et les drogues et avait la voix la plus sèche, la plus drôle qui soit, un grognement d'aristo WASP. Quand ce chat a sauté sur la table, sainte mère de Dieu, ça a réveillé mes réflexes et j'ai failli le balancer à l'autre bout de la pièce avant de comprendre ce qui se passait. Ça m'a fait l'effet d'une grenade, sortez, ça va péter." Bo est vraiment revigoré par la dernière partie de la journée.

"Je me demande bien qui t'es, au juste, dit Kissick.

— Je suis qui je suis, dit Bo.

— Cette réplique n'a sa place que dans deux endroits, dit Kissick. Dans l'Exode ou chez Popeye. Que va-t-il faire pour nous ? Voilà la question.

— Qu'allons-nous faire pour nous-mêmes ? dit le Gros Bonnet.

— Tu te prends pour John Fucking Kennedy maintenant ?

— Il va trouver un moyen de vendre l'idée, putain, voilà ce qu'il va faire, dit Bo. Il va prendre notre plan et le transformer en sandwichs beurre de cacahuètes confiture que l'Américain moyen et toute sa putain de famille vont s'arracher. Peu importe qui est ce dingo, pour moi il joue maintenant un rôle crucial dans la réussite de l'opération.

— Vous avez vu sa bagnole ? demande Kissick.

— Le vieux tacot vert ? demande le Gros Bonnet.

— Ce n'est pas un vieux tacot, c'est une Gran Torino, dit Kissick. Elle est dans le dernier Clint Eastwood. Bizarre que ton ami bizarre ait la même caisse que dans le film de Clint Eastwood, non ?

— Tu pètes un boulon, dit le Gros Bonnet.

— Il faut que je te dise un truc, dit Bo à Kissick. J'ai eu l'impression que tu te moquais à moitié quand je parlais de Burroughs. J'ai pas trop aimé. Et je t'aime pas trop non plus, mais ça tu le sais. Quand je vous parlais de Burroughs, je vous parlais de moi. J'ai eu une vie plus riche que la tienne, et c'est pas parce que j'ai pas emprunté la petite voie étriquée du droit fiscal et de la réglementation bancaire que je suis obligé de m'abaisser à ton niveau quand je te parle. C'est ton problème, pas le mien.

— Ce que Kissick voulait dire, c'est qu'on devrait mettre Clint Eastwood dans le coup. Il ferait un bon porte-parole pour notre projet, dit le Gros Bonnet, jouant les médiateurs. Imagine Eastwood dans un spot à 21 h 49 sur CBS. Zoom sur son visage. « La situation de l'Amérique vous inquiète ? Moi, Clint Eastwood, je suis venu vous dire que vous pouvez compter sur nous. L'Association pour la résurgence de l'American way of life attend votre appel, votre argent ou votre plainte au sujet des plantations de votre voisin. Si vous payez cash, nous offrons un service de poing dans le pif et viendrons arranger le portrait de la personne de votre choix – moyennant finances. Préparez-vous à saigner. Appelez sans plus tarder. Notre standard est ouvert.

— T'es plutôt drôle, en fait, dit Bo, mort de rire devant le Gros Bonnet. Je me doutais pas."

Jeudi 11 décembre 2008
Palm Springs, Californie
5 h 00

Pas de repos pour les braves, oh non.

Entre Thanksgiving et Noël, il y a une brève période durant laquelle on peut encore faire des affaires ; sorte de portail à capacité limitée au milieu d'une zone morte. Ces dernières années, la zone morte s'est élargie ; désormais, elle commence le vendredi d'avant Thanksgiving et s'achève le lundi suivant le Nouvel An. Il y a dix ans, c'était une journée. Puis c'est devenu un week-end de trois jours, puis une semaine. Et finalement, il est devenu impossible de conclure une affaire entre novembre et le Nouvel An sauf à miser sur les dix premiers jours de décembre, malgré les conséquences financières des clôtures de compte au 31.

Ils ont maintenant leur chargé de communication et de désinformation, Metzger de Winnetka ; Frode, un médecin de Bethesda recruté par Kissick ; et Doug Keyes, le juge texan que le Gros Bonnet connaît par le père de Charlotte. Et les choses semblent progresser avec le Général. Sur la suggestion de Bo, le Gros Bonnet lui a envoyé un cadeau, histoire de dire qu'il pensait bien à lui et, en retour, il a reçu une carte postale vintage d'un Denny's au dos de laquelle était inscrit "Un jour on fêtera ça par un grand chelem" en rouge et en capitales.

Cela dit, le Gros Bonnet a besoin de les réunir tous à nouveau pour s'assurer qu'ils seront prêts à lancer le compte à rebours après le Nouvel An.

Et surtout, il veut le faire pendant que Charlotte est encore à Betty Ford et avant que Meghan ne rentre pour les vacances.

Certains hommes trouveraient peut-être que ça fait beaucoup, que c'est une double dose de stress, mais ça lui plaît bien, le yin et le yang comme il avait coutume de dire ; c'est l'équilibre ou le déséquilibre des choses qui l'aide à rester au top.

De Palm Springs, il appelle tout le monde, convie les garçons à un week-end au ranch pour une "partie de chasse".

"Comment ça, une partie de chasse ? veut savoir Kissick.

— Si quelqu'un a envie d'aller chasser, j'ai deux guides qui peuvent organiser une sortie à cheval pour la journée.

— À balles réelles ?

— Oui, Kissick, les vrais hommes ne chassent pas avec des balles en mousse.

— Quid des billes de paintball ou des balles en caoutchouc ?

— Ça, c'est pour les jeux de guerre ; moi, je te parle de chasse.

— Mais c'est facultatif, hein ? Ce n'est pas comme le coup de la montgolfière ?

— Cent pour cent facultatif. Tu peux rester à la maison et prendre un bain moussant si ça te chante. Je te mettrai dans la chambre de Meghan ; tu t'y sentiras comme chez toi.

— Je ne suis pas très porté sur les armes à feu.

— Je sais. Et écoute, Kissick, j'aimerais que tu présentes tes conclusions sur la composition du projet. Il faut aussi qu'on discute du montant du droit d'entrée et qu'on précise nos attentes.

— Qu'est-ce que je suis censé dire à ma femme ? Chaque fois que je m'absente pour ces week-ends ou pour retrouver les gars, je risque de rater un spectacle de Noël ou un récital de danse d'une des filles. Tu sais combien ça me coûte en monnaie familiale ?

— Kissick, tu es un homme d'affaires. Elles dépensent l'argent plus vite que tu le gagnes. Dis-leur que c'est pour le travail. Passe-moi donc ta charmante épouse, je vais le lui dire moi-même."

Kissick décline la proposition. "Bo sera là ?

— Oui. Bo sera là, accompagné d'un invité spécial. Je ne peux pas en dire plus pour le moment, mais je veux être prêt à appuyer sur le gros bouton rouge le jour où Obama prendra ses fonctions.

— Qu'entends-tu par « gros bouton rouge » ? Est-ce qu'on parle insurrection nucléaire ?

— Non, dit le Gros Bonnet. C'est une expression, synonyme de lancement.

— Et quand tu dis « Général » ?

— Je n'ai pas dit « Général ».

— Je suis au courant pour le Général, dit Kissick. C'est moi qui fais le boulot.

— Peu importe, dit le Gros Bonnet, qui ne veut ni confirmer ni infirmer.

— C'est un vrai général ou juste un gars qui aime se déguiser ?

— Bonne question, dit le Gros Bonnet. En théorie, c'est un général. Ou comme j'aime à le dire : en général."

Il y a un silence. Puis une espèce de petit crépitement sur la ligne, comme si quelqu'un manipulait un papier de bonbon. "Et, Kissick, faut qu'on arrête de s'appeler comme ça." Le Gros Bonnet raccroche.

Le Gros Bonnet contacte Sonny, l'employé du ranch, et le charge de s'occuper des préparatifs avec sa femme, Mary. Il lui demande de recruter les guides de chasse et toute l'aide dont ils auraient besoin.

Lorsqu'il arrive au ranch, Sonny et lui sortent la collection d'animaux empaillés de la chambre froide, alias le sous-sol, et les raccrochent aux murs. Il a une antilope, un ours, un lynx, un caribou, un wapiti, un élan et un puma. Meghan lui a demandé de les descendre il y a des années – ils lui donnaient des cauchemars.

Le Gros Bonnet met le menu au point avec Mary. À l'arrivée des invités, café et gâteau. Au déjeuner – sandwichs à composer soi-même, accompagnés d'une grosse salade. Et des chips, ondulées de préférence. Qui n'aime pas les chips ?

"Je ne sais pas si je vous ai déjà raconté mais, quand j'étais gamin, j'allais au club de golf de mon père, m'installais au bord de la piscine et commandais des sandwichs avec des chips et un soda. Je signais la note du nom de mon père en me disant que je n'étais pas n'importe qui – Grand Manitou junior. Du Yoo-hoo – c'était ça que je buvais à l'époque. Vous avez déjà bu du Yoo-hoo ?

— Pas que je sache, répond Mary.

— Vous le sauriez, dit le Gros Bonnet. C'est inoubliable. Mettez-le sur la liste ; on va en acheter pour le week-end.

— Je ne suis pas sûre qu'ils aient ça, ici.

— Débrouillez-vous", répond-il, ce qui signifie : Épargnez-moi le lamento et réglez la question. "Pour ne pas m'avoir dans les pattes, mon père m'envoyait toujours balader. « Va faire un tour au club », qu'il me disait. Je croyais que le club lui appartenait. Ce n'est qu'une fois à l'université que j'ai fait l'erreur d'en reparler. Ça l'a hérissé et il m'a dit : « Vu l'argent que j'y ai englouti au fil des ans, un peu qu'il devrait m'appartenir. »"

Il y a une pause, un silence. Mary n'a rien à dire.

"Au dîner, samedi soir, ce sera steak, pommes de terre rôties, haricots verts et crème glacée, dit le Gros Bonnet, comme un enfant organisant une pyjama party. Petit-déjeuner complet dimanche avec saucisses et bacon."

Samedi 13 décembre 2008
Comté de Laramie, Wyoming
7 h 33

Tony parvient à quitter Washington tard le vendredi soir et arrive via Denver en compagnie d'une des nouvelles recrues, le Dr Frode. Le Gros Bonnet laisse la porte de service ouverte. Tony connaît la maison et jette son dévolu sur la petite chambre jouxtant la cuisine, qu'on appelait jadis la chambre de la cuisinière. Le Dr Frode dort également au rez-de-chaussée, sur le chesterfield du salon.

Le matin venu, Frode est dans la cuisine, en train de fouiller dans les compartiments à légumes du frigo en quête d'aliments à "passer" dans l'extracteur de jus qu'il a apporté avec lui. "Peu importe tant que c'est vert, tant que c'est feuillu.

— Prends ce que tu trouves. Fais comme chez toi", dit le Gros Bonnet, d'un ton quelque peu facétieux. Il semble un peu étrange qu'un parfait inconnu soit si à l'aise pour fouiller dans la cuisine d'un autre.

"Je t'en fais un ? demande Frode. Après tout, je suis médecin et je ne jure que par ça.

— Non, dit le Gros Bonnet. Ma constitution m'interdit de consommer de l'herbe de tonte.

— *Que será será*", dit Frode, appuyant sur le bouton de son appareil. L'extracteur de jus fait un bruit de broyeur d'évier mal isolé alors qu'il pulvérise tout ce que le docteur a tassé dans la goulotte pour excréter un mince filet vert foncé.

"Vous saviez que le Dr Frode était végétarien ? demande Mary au Gros Bonnet.

— Non.

— Mary et moi adaptons certaines recettes, dit Frode.

— Depuis six heures et demie ce matin", précise Mary.

Le juge a fait le voyage aux commandes de son propre avion et arrive sur ces entrefaites.

"Rien de tel qu'être à dix mille pieds dans les airs au lever du jour, dit-il. Et j'ai pris deux fusils avec moi – j'adore l'idée de la partie de chasse. J'ai aussi quelques centaines de .408 Cheyenne Tactical, que je fais modifier, propulsés par ma cartouche artisanale. Elles sont supersoniques et peuvent aller jusqu'à mille quatre cents mètres. J'adore l'histoire de cette cartouche – conçue à partir de la .400 Taylor Magnum, elle-même modelée, bien sûr, sur la .500 Gibbs – connue comme la cartouche anglaise pour le gros gibier. Quand je les tire, j'ai l'impression d'être en phase, que c'est une affaire de famille.

— Ah oui ? fait le Gros Bonnet.

— Tu n'as pas un ancêtre qui a été Portier de la Reine ? demande Tony.

— Tu as pris tes renseignements, à ce que je vois, dit le juge.

— C'est Kissick qui a fait le boulot, dit Tony.

— Kissick est la raison de ma présence, dit le toubib. Ce type est un génie de la comptabilité.

— Qui a un faible pour les savants fous, chuchote Tony au Gros Bonnet.

— Mon ancêtre, c'est le Portier de la Reine du XVIe siècle, Thomas Keyes, dit le juge. Il a épousé une parente de la reine sans son accord et s'est fait jeter en prison. Je suis surpris que tu le saches.

— Je suis celui qui sait, dit Tony. C'est mon surnom au bureau, Celui qui en sait trop."

Le temps qu'ils fassent le point sur les fusils et les ancêtres du juge, Kissick, Metzger et Bo arrivent et s'octroient une part du gâteau de Mary. "Il y a un ingrédient spécial – du yaourt, dit le Gros Bonnet. Elle met du yaourt et de la poudre de protéines parce que c'est plus sain, et comme ça on peut dire que c'est un gâteau de petit-déjeuner."

Eisner arrive à la porte de la cuisine, l'air fourbu. Il a les restes d'un sac à dos à armature externe sur les épaules, un sac d'équipement sanglé sur la poitrine et une pelle cassée.

“Qu’est-ce qui t’arrive, Petit Prince ? demande Bo. Ton *jet pack* est tombé en panne ?

— Mission accomplie, annonce Eisner. Au prix de légères engelures.

— Pitié, ne me dis pas que tu as randonné jusqu’ici.

— J’ai fait du camping sauvage, dit Eisner, larguant son barda sur le sol de la cuisine, au grand déplaisir de Mary.

— Et t’as enterré un chien mort ? demande Bo.

— En quelque sorte.

— Il menait une mission sensible et classifiée, dit fièrement le Gros Bonnet.

— Ah oui ? demande Bo, soudain intéressé.

— Vous en saurez davantage tout à l’heure, promis.”

Maintenant que tout le monde est arrivé, le Gros Bonnet mène les hommes jusqu’au séjour orné d’animaux empaillés.

“T’as tué tout ça toi-même ? demande le juge.

— Pas du tout, dit le Gros Bonnet. Je les ai achetés dans une vente aux enchères. Écoutez, je sais que vous êtes tous des hommes occupés et qu’il n’a pas été facile de vous libérer, je tiens donc à vous remercier d’avoir fait cet effort. Je voulais qu’on ait l’occasion de discuter sans entrave. Quand on repense au 4 novembre avec le recul, tout paraît cousu de fil blanc, comme quand on revoit un film et qu’on mesure à quel point la « surprise » finale était inévitable.”

Bo intervient. “Avant tout, mettons les choses au clair : rien de ce qu’on dit ici ne doit en sortir. J’irais même plus loin : cette réunion n’a jamais eu lieu. Quand vous partirez à la fin du week-end, il n’y aura pas de *goodies*, de joli pull ou de casquette de golf à rapporter chez vous. Si vous oubliez quelque chose, on ne vous fera pas de paquet. Vous remarquerez que vos portables ne fonctionnent pas ici. Si vous avez besoin d’appeler chez vous, je peux vous donner accès à une connexion qui vous localisera dans une usine 3M de Minneapolis-Saint Paul. Et, oui, Kissick, tu pourras appeler ces demoiselles pour leur souhaiter bonne nuit. Nous, on boira des cocktails et toi, tu leur liras *Le Petit Chaperon rouge*. Vous pouvez me dire merci.

— Merci, Bo, dit le Gros Bonnet, saisissant la perche. Comme certains d’entre vous le savent déjà, je réfléchis beaucoup à la question des pères, ces temps-ci. Que nous ayons été tout amour pour eux ou non, ils ont eu une profonde influence sur les hommes que nous sommes devenus. Quand j'envisage la suite, j'ai bien conscience de n'avoir pas de fils pour perpétuer mon œuvre, à qui inculquer ce que je sais ; il n'y a pas de projet de succession, pas de réponse à la question : Qui dirigera le monde quand je serai parti ? C'est peut-être une coïncidence, mais quelque chose me dit que l'angoisse causée par ce vide et par la quête incessante de l'approbation paternelle est une chose qui nous lie – le besoin de créer et de garantir un avenir qui soit tangible. Tout cela aura-t-il été à pure perte ? Telle est la question qui me hante quand je n'arrive pas à dormir.

— *À* pure perte, dit Eisner à Tony. Et la fac, est-ce qu'il l'a hantée *à* pure perte ?"

Tony hausse les épaules.

"D'un côté, l'absence de successeur nous donne la liberté d'agir sans nous préoccuper de notre héritage, de l'autre, chacun d'entre nous a travaillé trop dur pour quitter cette terre sans laisser de trace durable.

— Bien dit, lance le juge.

— J'appuie la proposition, dit Eisner.

— Nous ne faisons pas cela pour nous-mêmes, leur rappelle le Gros Bonnet. Nous le faisons pour l'histoire, pour protéger et préserver." Le Gros Bonnet est presque en train de chanter ses notes.

"Oui, bon, d'accord. Ça, on l'a déjà entendu, mais comment on s'y prend ? demande Bo.

— Une vision, répond le Gros Bonnet. J'ai réfléchi à ce besoin de vision que Tony soulignait à Palm Springs. V.I.S.I.O.N. : Veiller Incognito à une Succession Indispensable. Objectif (ou octogénaire) Nation. Juge, j'espère ne trahir aucun secret en disant aux garçons que tu es non seulement membre du club dans le Nord, mais aussi de l'Ordre international de Saint-Hubert.

— D'où l'amour de la chasse, dit Kissick.

— Ça augmente notre sphère d'influence et notre diversité géographique, dit le Gros Bonnet. Nous avons des représentants du Texas, de Chicago, de la Floride, de San Francisco, de Princeton, ainsi que de Madison avec notre secrétaire, du Texas et de la Géorgie avec le juge, de Palm Springs et du Wyoming pour moi, quant au toubib, il est né et il a grandi à Washington. Kissick et le secrétaire ont eu l'amabilité de rencontrer chacun d'entre vous en privé et nous ferons la synthèse de tout ça dans un instant.

— Quand il dit « secrétaire », c'est une insulte ? chuchote Metzger à Kissick.

— J'en doute, répond Kissick. Il a l'air persuadé d'être dans le ton, c'est peut-être une question de perception.

— Au cas où vous ne l'auriez pas remarqué, le groupe que vous formez, vous qui avez été choisis pour ce projet, fait écho aux Dix d'Eisenhower, ce groupe de citoyens secrètement désignés pour assurer la continuité en cas d'urgence nationale. Les hommes qu'Eisenhower avait sélectionnés venaient de secteurs variés qu'il jugeait essentiels en cas d'urgence. Notre plan reflétera la structure d'origine, qui est parvenue à rester en bonne partie secrète durant toutes ces années. Parmi nous, nous avons des représentants du monde des affaires ayant une expertise dans les domaines de l'énergie et des minéraux" – le Gros Bonnet esquisse un petit salut – "ainsi que de la finance et du droit, de la médecine, de l'agriculture et du renseignement, des médias et de la communication.

— Et cette partie de chasse, elle arrive ? veut savoir le juge. J'aimerais mettre quelque chose dans ma besace avant le dîner."

Le Gros Bonnet est conscient que, lorsqu'une bande de fanfarons se réunit, il ne se passe généralement pas grand-chose. C'est un moment de partage, un moment entre hommes, l'occasion de se sentir bien dans leur peau. Et à point nommé, s'il y est enclin, quelqu'un mentionnera peut-être un détail qui a son importance, qui peut changer la donne. Voilà le plan. Se détendre, puis "le plan".

"Elle arrive, dit le Gros Bonnet. Mais nous avons de nombreuses questions à aborder, alors avant de sortir, Kissick va nous livrer un point d'étape. Depuis la dernière fois que nous nous sommes vus, il a fait le tour du pays pour vous rencontrer individuellement, réunir des informations et créer le schéma organisationnel, que nous allons partager avec le groupe pour la première fois aujourd'hui. Tout ça est assez excitant.

— Mignon, ces lauriers que tu lui tresses", dit Bo.

Kissick se place au centre de la pièce. "Ce fut un plaisir de retrouver chacun d'entre vous dans son État d'origine ou de résidence et d'avoir l'occasion d'entrer un peu dans les détails. Comme vous le savez, j'avais mon aînée avec moi et nous en avons profité pour visiter quelques universités ; je peux vous annoncer qu'elle a trouvé les facs texanes trop grandes et San Francisco trop intellectuel, trop artificiel. Pour ce qui est de sa majeure, ma Cherise est tiraillée entre poésie et sciences politiques, et je crains qu'au fond son âme d'artiste la porte plus vers Oberlin que vers le College of Wooster.

— Au moins, elle va faire des études, ronchonne Bo. La mienne a quitté le navire, gagne six dollars cinquante de l'heure à tirer des espressos et s'imagine qu'elle « ira loin ».

— Sa Cherise est du même âge que ma Meghan, dit le Gros Bonnet. J'ai fait visiter quelques facs à ma fille, y compris mon alma mater, puis elle m'a très poliment fait savoir qu'elle en avait vu assez. Je ne sais toujours pas ce que ça voulait dire.

— Assez papoté, dit le juge.

— Merci de maintenir le cap, dit Kissick. Notre projet s'organisera autour du concept de cercles de pouvoir et d'autorité, avec un noyau central.

— C'est nous, le noyau central ? demande Bo.

— C'est nous, dotés du plus haut degré d'autorité, appelons ça le cercle de rhodium. Un deuxième cercle, de platine, a moins de pouvoir mais joue un rôle significatif dans la planification. Puis vient le cercle d'or, constitué de gens qui mettent nos plans en œuvre. Après l'or, j'ai opté pour le palladium plutôt que pour l'argent parce que je veux souligner que nous parlons toujours d'une organisation opérant à un très haut niveau – qu'on est dans le rare et cher. Le palladium est un métal blanc-gris, précieux parce qu'il est à la fois stable et malléable et se comporte bien dans des environnements extrêmement chauds. « Chauds » étant un euphémisme pour mouvants et dangereux."

Les hommes acquiescent.

"Une fois le plan mis au point et déclenché, l'essentiel de l'activité visible se situera dans ce dernier cercle. Nous en constaterons les effets mais, de notre côté, nous serons en retrait des événements.

— Nous ne serons pas exposés, dit le juge.
— Exact.
— C'est la bonne méthode, dit le juge. Limiter notre exposition à tout ce qui semblerait douteux.
— Nous avançons en terrain inconnu. Ce qui nécessite d'avoir une pensée stratégique, de bâtir des coalitions et d'œuvrer avec passion, dit Kissick.
— Passion, c'est un mot de bonne femme, dit Bo. Je me méfie des hommes qui emploient le mot « passion ».
— Avec détermination, dit Kissick. Et confiance.
— C'est mieux, dit Bo.
— Je vais vous parler un peu de la façon dont nous allons nous organiser et nous réguler, dit Kissick.
— On est tous des grands garçons, dit le juge. Je ne crois pas qu'on ait envie de se fliquer ou de se choisir un chef.
— Je vais le faire, dit Bo. Il n'y a pas d'entreprise sans PDG.
— À vrai dire, si, il y en a, dit Kissick.
— L'ambiguïté en matière d'autorité peut ralentir la prise de décision, dit Bo. Nous devons pouvoir agir rapidement, déployer des ressources, faire la part du feu quand c'est nécessaire. Une chaîne de commandement. Qui rend des comptes à qui ?
— Pour des raisons d'organisation, nous devrions recruter un directeur exécutif, dit Kissick. Quelqu'un qui fasse tourner la boutique au jour le jour. Entre nous, il y aura une division du travail, on tirera parti des compétences et personnalités de chacun pour créer de la valeur ajoutée.
— On a vraiment besoin de quelqu'un aux manettes, dit Tony, quelqu'un qui a été à la tête de grosses structures, villes, aéroports, guerres, même, parce que là, c'est du lourd.
— Un ancien militaire, dit Bo.
— Qu'est-ce que vous diriez de Dick Cheney ? demande le Gros Bonnet.
— Vous êtes amis ? demande le juge.
— Il a pas d'amis, dit Bo.
— Je le trouve très intéressant, impénétrable, dit le Gros Bonnet.
— On dirait que t'as le béguin, dit Metzger.

— Il ne sait pas travailler avec les autres, dit Bo.

— J'ai croisé Dick et Lynne dans une soirée, récemment, dit le juge. Toujours aussi pincé.

— Vous croyez qu'il décroche un sourire quand il jouit ? demande Bo.

— Je suis sûr qu'il n'a pas éjaculé depuis des années, dit le juge. Il ne peut plus se permettre de baiser depuis ses crises cardiaques. C'est aussi pour ça que c'est un tel enfoiré.

— Revenons à nos moutons, dit Kissick. Qui sommes-nous vis-à-vis de nous-mêmes et du monde extérieur ?

— Dans la « famille » de Doug Coe*, ils gardent un œil les uns sur les autres ; quelqu'un m'a dit un jour qu'ils avaient tous un droit de veto sur la vie des autres, dit le juge.

— Comment ça fonctionne ? Un droit de veto sur ma vie ? demande Metzger.

— Je me fous de savoir qui est le boss, je veux que les choses avancent, dit Bo.

— Revenons-en à l'argent, dit le juge. De combien on aura besoin et qu'est-ce qu'on va en faire ? On invite des politiques à déjeuner ou on achète des armes ? Quelle ampleur on va prendre ?

— Des millions, dit Kissick. Des centaines de millions.

— Dans le temps, tu filais 10 000 dollars à quelqu'un et tu l'avais dans ta poche pour toujours, dit Bo.

— L'inflation, dit Kissick. Comme il y a plus de gens qui ont plus d'argent à distribuer, tout coûte plus cher. Notre organisation sera plus étendue qu'il ne paraîtra à l'œil nu. C'est délibéré. Nous ne voulons pas être vus. Nous bâtirons des alliances avec des initiatives existantes et activerons leurs bases d'une façon qui semblera complètement organique. Nous aurons besoin de plans B parant à toute éventualité, de notre remplacement au cas où nous serions empêchés à la mise en place de fonds de réserve pour que la machine continue à tourner une fois que nous serons en mouvement.

* Évangéliste, Douglas Coe (1928-2017) a été à la tête de la Fellowship Foundation, puissant groupe d'influence politico-religieux américain surnommé "la famille", de 1969 à sa mort.

— Quelle est la seule chose qui ne change pas le mouvement d'un objet ? demande Bo. L'inertie. C'est une chose qu'on ne peut pas se permettre.

— Exactement, dit Kissick.

— On s'installe offshore ? demande le juge.

— Ou on reste sur du cash ? Voire de l'or ? On a aussi besoin d'une banque, dit Bo.

— Je croyais que c'était moi qui gérais les finances ? demande Kissick.

— C'est le cas, mais on a besoin d'une vraie banque, dit le Gros Bonnet.

— Aux États-Unis ou offshore ? demande le juge.

— Si on craint les intrusions ou la surveillance, mieux vaut éviter les États-Unis et opter pour la Suisse, dit Bo.

— Beaucoup de gens utilisent les îles Caïmans, de nos jours, dit Kissick.

— C'est *nouveau riche**, dit Bo. J'aime les banques qui sont des banques, pas des blanchisseries du Club Med. Et puis, les vraies banques ont une histoire, une crédibilité qui peut en encourager d'autres à s'engager avec nous. Quelqu'un a-t-il un contact privilégié en Suisse ? J'aimerais savoir que nos actifs seront gérés par un ami. Ne le prends pas mal, Kissick, mais combien t'as placé offshore ?"

Le Gros Bonnet intervient. "Je vais vous dire un truc sur Kissick qu'il ne vous dira pas lui-même : Kissick a des clients dont les clients ont des clients qui ont des clients. C'est un rustre, un père de famille qui ne joue ni au golf ni au tennis, n'a pas de hobbies à part réparer de vieilles machines à calculer.

— À écrire, dit Kissick. J'aime réparer des machines à écrire. Vous savez quelle est ma touche préférée ?"

Kissick attend que quelqu'un lui demande quelle est sa touche préférée. Le silence règne.

"Honte à vous tous, dit Kissick. Ma touche préférée, c'est le zéro. Chaque fois que tu peux retaper sur ce zéro, c'est un grand moment. Plus qu'une frappe, c'est l'étalon de la réussite."

* En français dans le texte.

Le Gros Bonnet poursuit. “Bref, ce que je veux dire par là, c’est que c’est le type le plus ennuyeux d’Amérique et l’homme de la situation.

— Pitié, on peut aller chasser ? dit le juge. Si je ne tue rien d’ici peu, je vais mourir ; c’est mon côté vampire.

— Ça arrive, dit le Gros Bonnet. Les chevaux sont dehors, prêts à partir. Mais avant ça, j’aimerais partager avec vous une nouvelle qui me réjouit particulièrement.” Il marque une pause. “Vous avez peut-être remarqué que notre scribe…”

Metzger le corrige. “Greffier. « Scribe », ça fait penser à sbire, et je n’ai aucune envie de faire partie d’une organisation qui a des sbires. C’est très important, les connotations. Dans cet esprit, je rebaptise notre homme « le greffier ».

— Soit, dit le Gros Bonnet. Le greffier était en retard pour le petit-déjeuner parce qu’il était parti en mission spéciale.

— Une mission impossible ? demande Bo.

— Une mission accomplie, dit le Gros Bonnet. Étant le plus jeune et le plus sportif du groupe ainsi que notre archiviste officiel, Eisner a été chargé de transporter une capsule temporelle fabriquée sur mesure dans un endroit secret et de l’y enterrer pour la postérité. Greffier, tu veux en dire deux mots aux garçons ?”

Eisner se poste devant l’assemblée. “En tant qu’historien politique, j’ai étudié a posteriori l’organisation et le fonctionnement du pouvoir au sein de vastes sociétés. Aujourd’hui, dans notre groupe, je travaille à concevoir et mettre sur pied ces structures. Nous ne savons pas encore si l’histoire nous considérera comme des héros ou des martyrs. En tant qu’historien en titre depuis plusieurs mois, j’ai travaillé avec une entreprise sélectionnée avec soin pour construire une capsule temporelle – conçue pour durer cinq cents ans. Cette capsule a ceci d’unique que son contenu – qui va des serviettes en papier du 4 novembre aux minutes de réunion et aux ébauches de plans, traces qui constitueraient le livret de notre CD si nous étions un boys band – a été désacidifié en phase gazeuse. La capsule a été équipée de joints en caoutchouc Viton, l’oxygène remplacé par de l’argon. Et hier soir, elle a été enterrée et son emplacement marqué grâce à une balise GPS.

— Je crois que ça mérite une salve d'applaudissements, dit le Gros Bonnet.

— À notre Juif errant, marmonne Bo, tapant dans ses mains.

— Ainsi nous ne serons pas perdus, mais pas faciles à trouver non plus, dit Metzger.

— Mon espoir, dit le Gros Bonnet alors que les applaudissements s'estompent, c'est que cette capsule ne soit que la première d'une longue série et qu'au fil du temps, les étendues sauvages du Wyoming soient constellées de silos d'histoire cachés."

Le juge s'approche doucement de la porte.

"Si je peux prendre un instant, dit Bo. J'aimerais vous présenter un invité spécial, quelqu'un avec qui nous sommes en discussion depuis plusieurs mois et, ma foi, ça me fait chaud au cœur de l'avoir parmi nous."

Sur ces mots, le Général pénètre dans la pièce, portant un casque, qu'il retire, dévoilant une casquette du Special Operations Command, qu'il enlève, dénudant sa tête vraiment énorme, qu'il incline vers le groupe, les saluant si bas qu'ils aperçoivent le drapeau américain tatoué à la base de son crâne.

"Vous pouvez m'appeler le Mont Chauve, dit le Général en relevant la tête. Honoré d'être des vôtres.

— Tu vois ? chuchote Bo au Gros Bonnet. Il est venu à nous.

— M'est avis que quand ils se sont penchés sur leurs « plans B », ils ont eu du mal à s'y retrouver, dit le Gros Bonnet.

— Parfois, il faut juste amorcer la pompe. Jeter deux, trois pièces dans la fontaine et faire un vœu.

— Mímir vivait dans le puits de sagesse, dit Frode, s'immisçant dans leur messe basse. Dans la mythologie nordique, Odin jette son œil droit dans le puits en échange de la sagesse et de la faculté de voir l'avenir.

— Quel plaisir, très honoré, ravi, en fait, dit le Gros Bonnet, tendant la main au Général. Vous êtes l'homme sur lequel je mise.

— Très heureux de vous revoir, dit le Général. Quel plaisir pour moi de m'échapper de la ville.

— Bienvenue au club, Général, dit Bo. Viendrez-vous chasser avec nous ?

— Non, dit le Général. À ce stade, il faut que je limite mon action au théâtre de guerre. En dehors de l'arène, je risquerais de percevoir une menace là où il n'y en a pas. Je pourrais tous vous assassiner par accident."

Il y a un long silence, un effarement. Puis le juge dit : "Bo ?

— J'en suis.

— Moi, je viens pour la promenade, dit Eisner. Avant, j'adorais faire des tours à cheval.

— Kissick ? demande le juge.

— Je ne monte pas d'animaux.

— Metzger ?" Le juge fait l'appel comme si chacun devait proclamer son vote.

"J'adore tirer, dit Metzger. Mais mes couilles ne supportent plus le cheval.

— Je suis partant, dit Tony.

— Je compte m'en ramener un beau, dit le juge.

— Un beau quoi ? demande Eisner.

— Caribou, élan, orignal, il veut juste dire un bon gros mâle, dit Bo.

— C'est ça", dit le Gros Bonnet, prenant congé des chasseurs et de leurs guides.

Toujours planté dans l'entrée, Metzger se lance dans des envolées lyriques sur la chasse. "Je n'ai pas pensé à apporter mes fusils. Quand j'étais gosse, on apprenait à tirer à longue distance, aujourd'hui on fait tout de près, à cent mètres. Autrefois, on considérait que la longue portée, c'était trois à quatre cents mètres. La vitesse d'une cartouche Remington est d'environ 1 155 mètres par seconde, alors que celle d'une .308 Winchester est de 815 mètres-seconde, et pour vous donner un ordre de grandeur, la vitesse de croisière d'un Boeing 737 est de 965 kilomètres-heure, 268 mètres-seconde.

— Où tu veux en venir ? demande Kissick.

— Je suis en train d'expliciter le sens de l'expression « plus rapide qu'une balle qui fuse ». Je fais allusion au marketing de Superman. « La vérité, la justice et l'*American way.* » C'est fascinant de voir l'évolution de ce personnage singulier de sa création en 1938 à aujourd'hui, voilà ce que je suis en train de faire, monsieur Kissick."

Kissick, le Gros Bonnet et le Général attendent la suite.

"Ce n'est pas qu'on m'ait posé la question, mais moi, je préfère les Ruger, dit Metzger d'un ton sec. Non seulement ils sont fiables, précis et beaux à regarder, mais on peut les réparer soi-même si on le souhaite."

Ils dévisagent Metzger. Il est tellement étrange qu'il soit amateur d'armes à feu. Ils auraient été moins surpris s'il avait dit qu'il était spécialiste de littérature médiévale.

"Vous savez, bien sûr, que le « grain » des munitions est fondé sur le poids d'un grain de riz, dit Metzger. Le grain est aussi utilisé pour calculer le poids d'or qu'un dentiste utilise pour boucher une carie, la dureté de l'eau et le dosage d'un cachet d'aspirine ; 325, c'est cinq grains. Il y a toujours eu le poids du blé et de l'orge, et une caroube équivaut à quatre grains de blé ou trois grains d'orge. Rien que le mot « caroube »..." Son regard se perd dans le vague. "Et puis, il y a le penny anglais. Vingt pennies font une once et douze onces font une livre. Et puis il y a la livre de la Tour de Londres, 240 pennies d'argent."

Metzger ne s'arrêtera peut-être jamais.

"Et si on continuait dehors ? suggère le Gros Bonnet.

— La chasse aux trophées, je m'en passe, mais je n'ai rien contre une petite séance de tir, dit Metzger. Toutes ces discussions m'ont donné envie de tirer quelques cartouches. Tu as le matos ?"

Le Gros Bonnet regarde Kissick et le Général et tous deux haussent les épaules, l'air de dire : Ouais, pourquoi pas.

"J'ai le matos, oui", répond le Gros Bonnet. Il va dans la cuisine et ouvre un placard. Dans le placard se trouve une boîte et dans la boîte, des clés. Il donne la clé de l'armoire à fusils à Kissick et lui dit qu'il les rejoint dans la clairière entre la grange et la maison.

Le Gros Bonnet regagne la cuisine et demande à Mary de lui donner un coup de main au grenier. Il n'y est pas monté depuis des années, mais peu importe ; il sait ce qui s'y trouve.

Avec l'aide de Mary, il dégage un gigantesque mannequin rouge dont Charlotte s'est servie quelques mois durant, il y a dix ans, durant sa phase couture, et le traîne dans l'escalier à grand bruit. Mary le suit, chargée d'un sac rempli de la collection de têtes et de perruques de Charlotte. Ça va des globes recouverts de mousseline qui ont des airs de boules de bowling aux formes étranges, aux moules de polystyrène blancs, sans visage, dans lesquels sont piquées des moumoutes, des mèches et des franges, en passant par une demi-douzaine de têtes couleur chair ornées de longs cils et de lèvres rouges et arborant des coiffures variées – volume soigné aux pointes relevées à la Jackie O, choucroutes blondes qui s'élèvent comme un empilement de donuts de l'esprit.

Lorsqu'ils sortent, il neige ; il y a deux ou trois centimètres de poudreuse sur le sol. Traînant le mannequin le long de la maison jusqu'à des bottes de foin, à l'endroit où il est arrivé à la famille de faire un feu de joie ou de prendre un verre par le passé, le Gros Bonnet a autant l'air de danser avec une femme en rouge que de la manœuvrer jusqu'au bon endroit. Mary le suit sans rechigner, faisant valser le sac de têtes. Lorsqu'ils parviennent sur le site, elle le lui tend. "Si vous n'avez plus besoin de moi, je vais vous laisser vaquer à vos occupations, quelles qu'elles soient."

Le Gros Bonnet trouve qu'il y a quelque chose d'irlandais dans l'accent de Mary, mais Sonny lui a dit que si accent il y a, il est probablement de l'Alaska, car c'est de là que viennent ses grands-parents.

"Tu es sûr que ta femme ne va rien remarquer ? demande Kissick.

— Certain", dit-il. Il ne saurait dire quand Charlotte a utilisé ces objets pour la dernière fois. "Elle va peut-être même trouver ça drôle." Il ment. Les racines texanes de Charlotte sont marquées par la violence et elle serait horripilée à l'idée qu'une bande de types puisse s'amuser à faire exploser la tête d'un mannequin de couture. Elle y verrait un parfait exemple de sexisme ou, pire, de misogynie. Et elle aurait raison. Le Gros Bonnet ne le dit pas tout haut, mais sacrifier ces objets spécifiquement féminins lui procure un plaisir grisant. Il en veut à Charlotte d'être une ivrogne. Toute cette histoire le rend fou de rage et, pour être honnête, lui fait peur. Il ne sait pas ce qui va advenir de lui et de leur famille. Lorsqu'il enfonce la fausse tête en plastique aux longs cils et aux lèvres rouge vif sur le pommeau métallique du mannequin, un plaisir pervers lui parcourt les veines.

“Sa tête n’est pas droite”, hurle Kissick à une cinquantaine de mètres de là. Il a un fusil dans chaque main, Metzger essayant tour à tour chacune des trois armes qu’ils ont prises dans l’armoire.

Le Gros Bonnet se retourne vers la tête ; elle penche à droite, écoute le vent, ses cheveux ondulant dans la brise en se constellant de flocons de neige. Il la redresse sur le pommeau, lui retire une longue épingle de chaque côté, arrange sa coiffure et lui remet les épingles dans le crâne. Il tourne la tête vers Kissick, Metzger et le Général. Son casque sur la tête, le Général lève les deux pouces et le Gros Bonnet lance : “Ne tirez pas”, et les rejoint.

“On fait ça tous ensemble, comme un peloton d’exécution, ou chacun à son tour ?” demande Metzger. Silence.

Malgré son plaisir coupable, le Gros Bonnet ne peut pas ; ce serait le pas de trop. S’il tire, il tire dans Charlotte.

“Ça vous surprend si je vous dis que je n’ai jamais manié d’arme à feu ? demande Kissick.

— Jamais trop tard pour essayer, dit le Général, délestant Kissick de l’un des fusils pour qu’il ait les mains libres et puisse braquer l’autre.

— Il s’appelle comment, celui-là ? demande Kissick, le levant à hauteur de visée.

— C’est un Remington, répond le Gros Bonnet. Un classique.

— Baisse les épaules, dit le Général du ton calme de l’instructeur. Pas de raison d’avoir les épaules dans les oreilles. Ferme un œil, regarde dans la lunette et dis-moi ce que tu vois.

— Les portes de l’enfer, marmonne Kissick. Je suis comptable, pas assassin.

— Tout homme a besoin de se défendre le moment venu, répond le Général d’une voix douce. Il est peut-être dangereux pour moi de tirer en dehors du théâtre de guerre, mais je suis toujours partant pour enseigner.

— Soit, dit Kissick. Je vois la femme en rouge.

— Très bien, dit le Général. Pour l’instant, ton arme n’est pas chargée, mais lorsqu’elle le sera et que tu presseras la détente, tâche de rester stable. Toute arme a du recul, la poussée arrière de la balle fusant du canon. Plus la balle est lourde, plus le recul est grand. Sur ce fusil, tu as une bonne crosse, c'est la partie que tu as contre l'épaule, et un canon long – tout ça te donne de la précision."

Kissick baisse le fusil, le visage complètement crispé. Le Gros Bonnet est persuadé qu'il va s'en aller, dégoûté. Kissick tend l'arme au Général. "Tu me le charges ?"

Le Général charge le fusil puis le rend à Kissick. "Tu es maintenant un homme en armes. Face à la cible."

Le Gros Bonnet recule de cinq pas.

Metzger de deux.

Le Général lève son bras droit. Ce qui, l'instant d'avant, ressemblait à un bras normal se transforme en un mètre hérissé de doigts. Il le tient raide, haut. "Épaule ton arme et prends ta visée." Puis il abaisse vivement son membre et lance un tonitruant : "Feu."

Kissick tire, envoyant sa balle vers le haut, bien loin de la cible.

"Prépare-toi pour le deuxième round, annonce le Général. Quand je lève le bras, inspire et serre les tripes, reste ferme. Expire en pressant la détente." Le Général lève de nouveau le bras. "Et feu !"

Kissick presse la détente ; mieux mais toujours pas de quoi décrocher un lot. Il réitère. À chaque nouveau tir, les traits de Kissick se détendent un peu. Quand il n'a plus de cartouche, il abaisse son arme ; son visage est radieux.

"Ça va ? lui demande le Gros Bonnet.

— En tirant, je me suis souvenu que je l'avais déjà fait, à la fête foraine. Vous savez, ce jeu où il faut tirer dans la bouche d'un clown avec un pistolet à eau pour gonfler un ballon et gagner une peluche. Je suis très bon à ce jeu, excellent pour ce qui est de mettre l'eau dans le trou.

— Eh bien, tu n'as rien gagné ce coup-ci, dit Metzger. Mais peut-être que tu feras mieux plus tard quand on jouera à « pisse dans un violon ».

— À qui le tour ? demande le Gros Bonnet.

— J'y vais", dit Metzger, prenant le Browning des mains du Général. Comme un joueur de tennis professionnel faisant rebondir sa balle avant de servir, il esquisse quelques gestes préparatoires. Il lève le fusil en position, ajuste les épaules ; bouge la tête d'avant en arrière, faisant distinctement craquer son cou ; puis se campe sur ses genoux, s'arc-boute, ancre ses pieds dans le sol, tassant la neige sous ses souliers à bouts fleuris – le Gros Bonnet n'avait pas remarqué les bouts fleuris. Ses souliers sont vieux, mais bien entretenus, probablement faits sur mesure.

"Tu devrais peut-être essayer le Remington que j'ai utilisé, suggère Kissick.

— Non, dit Metzger. Les armes ont besoin de récupérer quand elles ont été maltraitées."

Metzger – maigre, le pantalon tenu par une mince ceinture noire – épaule l'arme, les bras stables et plus forts qu'on s'y attendrait. Son visage est imperturbable à ceci près que le bout de sa langue fait un point rose entre ses lèvres. Nette et sans bavures, la première balle traverse la tête par le milieu – la faisant valser du pommeau. Le Gros Bonnet se dit que c'est peut-être suffisant, mais Metzger continue. La deuxième balle transperce le mannequin, lui ouvre la poitrine, le fait chanceler, mais pas tomber. La suivante, comme un coup de poing dans le ventre, le fait basculer en avant et s'écraser au sol. Quant aux deux derniers tirs, l'un ricoche dans la poussière et s'enfonce dans le tissu ; l'autre pulvérise la base du mannequin, en séparant le pied, ou les jambes, du tronc.

"C'est un *killer*, ce type, murmure le Général au Gros Bonnet.

— Ça m'aide à réfléchir, m'éclaircit les idées", dit Metzger, rendant le fusil au Général.

Les hommes continuent à tirer chacun à leur tour ; après chaque bordée, le Gros Bonnet remet le décor en place. Il va rhabiller le mannequin, même s'il en reste un peu moins chaque fois, même si le rembourrage s'épanche comme on répand ses tripes, même si le torse est constellé de brûlures, de plaies d'entrée et de sortie. C'est comme la remise en place des quilles au bowling. Il marche jusqu'au mannequin, le redresse, le cale entre des bottes de foin et lui accroche une nouvelle tête.

Au bout d'un moment, le Gros Bonnet prend son tour, réduit en poussière une tête de polystyrène, emporte la partie gauche d'une vieille trogne en mousseline. L'odeur de la poudre, sa chaleur étrange dans l'air froid éveillent en lui une passion violente et inhabituelle qu'il ne parvient à éteindre qu'en tirant encore et encore jusqu'à ce qu'il ait mal à l'épaule et ne ressente plus la moindre émotion. Ils ne cessent de reconstruire la cible en utilisant tout ce qui reste : le mannequin, les bottes de foin, les cheveux, les têtes, les dégommant sans relâche jusqu'à ce qu'il ne reste plus rien, jusqu'à ce que la zone environnante ressemble au site d'un étrange sacrifice rituel. Pendant ce temps, la neige a continué à tomber, assez pour tout recouvrir d'une fine poudre blanche qui plairait à Charlotte. Les sacrifices et les corvées de la vie féminine inspirent probablement à Charlotte plus de ressentiment encore qu'elle ne veut bien l'admettre. Il l'imagine en train de les regarder par la fenêtre de l'étage, les trouvant stupides, puis descendant pour prendre le Remington ou le Browning des mains de Kissick et leur montrer comment on s'y prend. Il a beau être en colère contre Charlotte, il l'admire énormément et elle lui manque.

Lorsqu'ils en ont terminé, la choucroute blonde gît à soixante mètres à gauche et la tête aux longs cils est fendue en deux à trente mètres à droite. La mode des années 1970 a subi un carnage qui laisse un sacré champ de débris.

"Pas joli à voir, dit Kissick, passant en revue les dégâts.

— Dites, les gars, je pourrais vous apprendre à faire un peu de napalm et on pourrait y mettre le feu, suggère le Général.

— Tu sais fabriquer le napalm ? demande Kissick.

— Ouaip, plus facile qu'une fournée de cookies. Un sac de frites en polystyrène, deux bidons d'essence, une demi-boîte de sel de table et un grand récipient pour mettre le tout. Et un bâton pour touiller, bien sûr. Tu mélanges l'essence et les frites, et quand les frites en ont absorbé un maximum, tu ajoutes un peu de sel, ou du produit à vitres si tu as besoin de désépaissir. Tu touilles bien. Et plus qu'à propager la flamme, comme on dit.

— C'est dingue, dit Kissick.

— J'ai enfin trouvé", laisse échapper le Gros Bonnet. Il vient d'avoir une révélation.

"Quoi ? demande le Général.

— À qui tu me fais penser, dit le Gros Bonnet. La première fois qu'on s'est rencontrés, c'était à George C. Scott dans *Patton*, mais maintenant, je me rends compte que c'est plutôt à Marlon Brando dans *Apocalypse Now*.

— J'adore l'odeur du napalm au petit matin", dit Metzger.

Le Général sourit. Il est sous le charme de Metzger, qui est aussi finaud que lui. Les deux hommes ont un penchant pour les informations ésotériques, en grande partie inutiles, partagées en grand détail.

"Une fois, j'ai mené une campagne de dénigrement contre un médicament pour l'estomac. J'ai propagé dans le milieu médical la rumeur qu'il perçait des trous dans la paroi de l'estomac, pire qu'un ulcère. Et comme le premier symptôme était la douleur, on prescrivait à tort aux « victimes » d'augmenter la dose de médicament durant quelques jours, après quoi il était trop tard. Le labo n'a pas tenu dix-huit mois." Metzger raconte cette histoire sans manifester le moindre affect, comme s'il s'agissait du score d'un match de baseball et non d'une désinformation appliquée à des questions de vie ou de mort. "Et vous, Général ; ça vous arrive de remuer la vase ?

— Eh bien, je ne suis pas du genre à me vanter, mais il m'est arrivé de mettre en difficulté des gens qui n'étaient pas à la hauteur, histoire de les voir se débattre. Mais il y a toujours une bonne raison, une leçon à en tirer. « La seule journée facile, c'était hier ; *Facta, non verba* ; Nous chevauchons la foudre et domptons la tempête ; Quoi qu'il en coûte ; Les couilles du corps des Marines. » Et toi, Kissick, toujours sage ? demande le Général. Ça t'arrive de tricher, voler, mentir ?

— Je ne suis pas aussi parfait que j'en ai l'air", répond Kissick.

Le Gros Bonnet étrangle un rire, faisant un bruit de buffle d'eau.

"C'était pour quoi, ça ? demande Kissick.

— Pour le « que j'en ai l'air », répond le Gros Bonnet. Si tu penses avoir l'air parfait, détrompe-toi.

— Sur quel plan n'es-tu pas parfait ? demande Metzger.

— Pour la monnaie, répond Kissick.

— Quoi ? fait le Général.

— Si quelqu'un se trompe en me rendant la monnaie, je ne le corrige pas.

— Tu veux dire que si on ne te rend pas assez, tu t'écrases ? demande le Gros Bonnet.

— Bien sûr que non, dit Kissick. Si quelqu'un ne me rend pas assez, je le corrige, mais s'il me rend trop ou me fait payer moins qu'il aurait dû, je laisse filer. Le monde ne va pas s'arrêter de tourner parce que j'aurai gagné quelques cents de plus ici ou là. Une année, j'ai calculé que ça représentait 451,26 dollars, voilà l'argent que j'avais pris au monde alors qu'il n'était pas à moi. Mais il y a aussi le calcul des façons dont on m'a volé.

— À savoir ? demande Metzger.

— Les surfacturations, les parcmètres qui tournent trop vite, les chauffeurs de taxi malhonnêtes, les erreurs de prix en caisse, les plats commandés mais jamais servis.

— Tu notes ce genre de choses ? demande le Général.

— Ça m'est arrivé.

— Ça semble pénible et dérisoire, dit le Général.

— Ça représentait 1 843,89 dollars l'année où j'ai fait la liste. Sur dix ans, ça fait facilement vingt mille balles qui s'évaporent. À un taux d'intérêt de 6 %, ça fait 15 816 dollars de plus, et à 10 %, ça fait 31 874 dollars d'intérêts. Mais, comme vous le savez, nous avons des fonds à 19 %, donc le total se monterait à 113 893 dollars, dont 93 893 dollars d'intérêts. Et souvent j'arrive à faire plus de 20 % par an. Ce qui n'est que des centimes à vos yeux représente des dizaines de milliers pour moi."

Le Gros Bonnet est à la fois impressionné et perturbé. Metzger et le Général adorent.

Kissick poursuit. "J'envisage les placements dans leur globalité. J'aime agréger l'argent, rassembler mes sources de revenus ; et je suis un grand fan des intérêts composés. C'est une véritable passion. Ma plus grande peur, c'est la pauvreté. Mes parents parlaient tout le temps des moments où leurs parents n'avaient pas pu payer leurs factures et avaient perdu leurs maisons et leurs voitures ; parfois, ils n'avaient même plus de quoi se nourrir ou s'habiller. Mon père s'est mis à son compte à l'âge de seize ans ; il a permis à toute sa famille de sortir de la pauvreté et d'accéder à un autre monde. Mais il n'avait jamais assez pour se sentir à l'abri, alors il diversifiait ses placements ; il mettait de l'argent dans les banques, sur le marché, dans l'immobilier ; il achetait et vendait presque tout ce sur quoi il pouvait mettre la main et il est parvenu à se constituer un petit empire.

Les prix du foncier étaient bas ; il a fait construire des lotissements, donnant aux rues les noms de gens de sa famille. Ursula Way, Fishwick Path, Robert Road, Donald Street. Et vous savez de quoi je suis le plus fier ?

— De quoi ? demande le Gros Bonnet.

— Il construisait des maisons de qualité, utilisait de bons matériaux. Personne ne s'est jamais plaint des constructions de Dick Kissick.

— Impressionnant", dit le Gros Bonnet. Il constate que Kissick a les larmes aux yeux en leur racontant tout ça. Ça le rend nerveux.

Il lui tapote dans le dos. "Et si on rentrait. Je suis sûr que Mary nous a préparé un petit quelque chose." Il prend les fusils à Kissick, les porte jusqu'à la maison et les remet sous clé. Pour le moment, il ne replace pas la clé dans son boîtier mais la cache dans son bureau. Il ne sait pas pourquoi, un sentiment, comme ça.

Mary a préparé des cookies et un gigantesque pichet de chocolat chaud.

"Je vous recommande vivement de le prendre avec du bourbon et un peu de piment de Cayenne, dit le Gros Bonnet. Ça semble étrange, mais la touche corsée atténue le côté suave et donne du punch à la boisson."

Tandis qu'ils grignotent, les autres rentrent de la chasse ; le juge a quelque chose dans un sac qu'il traîne dans la cuisine.

"Un petit trophée à rapporter chez toi ? demande le Gros Bonnet.

— Plus un souvenir qu'un trophée, répond le juge. C'est Tony qui a fait la plus belle prise.

— J'ai eu une chèvre des montagnes, dit Tony. Ça fera un beau tapis et les cornes peut-être un pied de lampe.

— Peu importe, dit Eisner. Au moins, tu l'as ramenée entière." Il se tourne vers le juge. "Te voir dépecer cet animal m'a transformé à tout jamais.

— Ça s'appelle préparer le gibier sur place, dit le juge.

— Ce que j'ai vu n'avait rien de la préparation, dit Eisner. Sauf à qualifier de préparation une gadoue de sang, de terre et de neige.

— Tu ignores bien des choses.

— Quoi, par exemple ? demande Metzger, s'immisçant dans la conversation.

— Qu'on ne saigne pas un animal en lui coupant la gorge si on veut le faire naturaliser, par exemple. Qu'on laisse les pattes s'il s'agit d'un ours et qu'il faut penser à la forme de l'animal naturalisé, couper en suivant le dessin de l'épaule, en gros.

— J'aime l'idée des pattes d'ours, dit Metzger. Je suis étonné que personne n'en ait fait un nom de marque, pour une pommade c'est franchement mieux que Bag Balm *."

Sonny prend la gibecière du juge pour mettre sa prise dans la glace en vue du vol retour et de sa finition dans le *Lone Star State*. Le frère de Sonny est déjà en train de s'occuper de la chèvre de Tony et veut savoir s'ils peuvent donner la viande.

"Oui, merci, dit Tony.

— Vous savez, dit Bo, un sourire aux lèvres. C'est merveilleux. C'est formidable. Cette journée me rappelle mon enfance. Quand toute la famille était en vacances au ski, en Autriche ou dans les Alpes suisses, et qu'on était tantôt sur les pistes, tantôt au restaurant, en train de dîner en famille, et qu'un inconnu surgissait de nulle part pour donner quelque chose à mon père. Ça pouvait être gros comme une valise ou petit comme un cigare. Personne ne disait rien ; ma mère faisait comme si ça n'avait rien d'étrange. Mon père continuait ce qu'il était en train de faire ou de dire. Je croyais que c'était normal. Je croyais que les pères travaillaient tout le temps, jour et nuit, partout dans le monde.

— Redis-moi, il faisait quoi, ton père ? demande Metzger.

— Il travaillait pour le gouvernement.

— Au sein d'un ministère particulier ?

— D'une agence", dit Bo, s'en tenant là.

Les hommes font une pause pour se rafraîchir, en particulier les chasseurs, qui empestent l'odeur métallique du sang refroidi. Le Gros Bonnet remarque que le juge a du sang séché sous les ongles. Il prend Mary à part et lui demande de mettre une brosse à ongles dans sa salle de bains.

* Soin répandu pour apaiser les gerçures, ce "baume des pis" fut d'abord inventé pour soigner les mamelles irritées des vaches après la traite.

Lorsqu'ils se retrouvent, l'apéritif et le dîner sont servis. Mary s'est surpassée et leur propose du steak, des pommes de terre et des haricots verts parsemés d'amandes effilées. "Comme à Noël", dit-elle. Un bon vin rouge, charnu, aux arômes puissants, est en train de s'aérer, et il est servi à mesure que la conversation progresse.

Le Dr Frode a une vieille sacoche de médecin avec lui. Il en sort un flacon de verre et entreprend de se laver les mains à table.

"Ce n'est pas vous, c'est moi, dit-il alors que tous observent son manège. J'en sais trop.

— À ma connaissance, la seule façon de se nettoyer vraiment les mains, c'est de pisser dessus, dit Bo.

— Exact, dit le toubib. Mais ça, je le prépare moi-même ; ça pue horriblement mais ça nettoie à merveille.

— Frode n'est pas un nom très courant, dit le Gros Bonnet. C'est juste ou il y a une coquille ?

— C'est nordique, répond le toubib. Ça veut dire « sage et intelligent ». Mon prénom, c'est Gunnar, « celui qui se tient seul ». Il s'est avéré prophétique quand mon père a quitté ma mère pour la veuve d'à côté et que j'ai dû faire le va-et-vient entre les deux maisons, version familiale et triste du jeu de l'épervier. « Gunnar Frode, sortez ! »

— Tes parents, c'étaient des Vikings ? demande Bo.

— Pas vraiment. C'étaient des dermatos de Los Angeles.

— Ça sent la térébenthine, dit Bo.

— Il y a de ça, dit le toubib. Entre autres." Frode porte une longue barbe, trop longue pour un homme de presque soixante ans, et une bonne vieille pipe en maïs lui pend au bec.

"Nous ne nous connaissons pas très bien, j'en conviens, reprend le toubib, captant l'attention du juge à l'autre bout de la table, j'en reviens donc à votre question : Qui suis-je ? Comme vous, je ne suis pas celui que je semble être. Par où commencer ? J'ai toujours été inhabituel…"

Bo fait un bruit. "C'est une bio, pas un faire-part de naissance.

— Je ne crois pas lui avoir posé de question, dit le juge à Eisner. Tu m'as entendu poser une question ?"

Le toubib les ignore. "Comment me décrire au mieux ? Je suis un penseur catastrophiste. J'envisage le pire et plus sombre encore. Ma femme me trouve paranoïaque ; moi, j'appelle ça prudent. Nous vivons à Bethesda, que je considère comme l'épicentre du monde politique ; nous avons des purificateurs d'air, des systèmes de filtration, un abri antiatomique, toute la panoplie. Au vu des informations qui me parviennent chaque jour, je peux vous dire que c'est un pur coup de chance si nous sommes tous encore ici.

— Intéressant, dit le juge.

— J'ai toute une vie parallèle de bricoleur ; c'est comme ça que je me suis enrichi. Il y a un certain temps, j'ai inventé des accessoires médicaux, stents, adhésifs et autres qui se sont avérés plutôt lucratifs. Chaque année, je lance quelques produits ; cette année, ce sont les jouets à mâcher casher pour animaux de compagnie – les Cashmash. Maintenant, si vous le permettez, je vais aller contrôler la cuisine avant qu'on mange. C'est une indécrottable habitude, la transformation des aliments, l'hygiène et la sécurité, etc." Le toubib quitte la table, emportant sa mystérieuse sacoche avec lui.

"Il va inspecter la cuisine ? Je parie que c'est une première, dit Tony. Je ne serais pas étonné que Mary lui en colle une.

— Vous croyez qu'il a des substances sur lui ? demande Eisner.

— Quel genre de substances ? dit Bo.

— Je suis sûr qu'il en a, dit Kissick. Mon frère est dentiste, et même lui, il se déplace avec toutes sortes de choses, au cas où.

— Pas des substances ordinaires, des psychotropes comme ceux qu'on concoctait dans des labos clandestins, LSD, MDMA, le genre de trucs avec lesquels on faisait des expériences." Eisner se met à chanter "White Rabbit" de Jefferson Airplane.

"Tu chantes faux et je doute qu'il ait quoi que ce soit sur lui, dit Bo. Il a tellement d'ego qu'il n'a de place pour rien d'autre.

— C'est quoi, cette pipe ? demande le juge. Qu'est-ce qu'il fume ?

— Il ne la fume pas, dit Kissick. Il l'inspire.

— Ça sent la naphtaline et le menthol, dit le juge.

— C'est à base de plantes, dit Kissick. Il fait le mélange lui-même.

— La marijuana, c'est une plante, dit Bo.

— J'espère qu'il n'est pas en train de trafiquer notre dîner, dit Eisner.

— T'es parano, dit Tony.

— Je suis prudent."

Metzger met son grain de sel. "En termes d'image, il me fait penser au Colonel Sanders de KFC.

— Qu'est-ce qui nous dit qu'il ne cache pas un micro dans cette barbe ? demande Bo.

— S'il vous convient pas, les gars, y en a d'autres, des toubibs qui étaient dans l'armée. Je connais un gars qui a travaillé à Plum Island, dit le Général.

— C'est quoi, une retraite sous les tropiques ? L'atoll où ils ont testé Castle Bravo * ? demande le juge.

— Non, c'est là qu'ont été conduites toutes les expériences d'armes biologiques, au large des côtes du Connecticut, dit Bo.

— De Long Island, dit le Général.

— Des deux, dit le Gros Bonnet. C'est entre les deux.

— Encore un peu de patience, hurle Mary de la cuisine.

— Plus jeune, j'ai eu un petit souci, dit Eisner. C'est pour ça que je suis un fanatique du sport, j'ai besoin des endorphines.

— La coke, dit Tony. On sait, Eisner, on sait tout de toi. Je peux t'assurer que le Dr Frode n'est pas dans la cuisine pour trafiquer ton assiette ; il doit plutôt être en train de cuisiner Mary pour savoir depuis quand le beurre traîne sur le plan de travail. C'est un obsédé des microbes.

— Il fera l'affaire, dit Kissick. Il est motivé et il peut contribuer de diverses manières. Il est très futé ; son argent afflue de sources variées, presque organisées comme le corps humain, des capillaires aux veines, des veines aux artères. S'il n'était pas dans la médecine, il ferait un excellent financier."

Alors qu'ils passent au dessert et que le Gros Bonnet s'apprête à demander à Kissick d'expliquer la forme de l'organisation et pourquoi elle ne peut pas être structurée comme une entreprise, le Général l'interrompt. "Avant d'en venir à la façon dont le FBI

* Plus grosse bombe thermonucléaire jamais testée par les États-Unis, mille fois plus puissante que celles d'Hiroshima et Nagasaki, Castle Bravo a explosé le 1er mars 1954 dans l'atoll de Bikini, dans les îles Marshall.

a fait tomber la mafia grâce à la loi sur le racket et la corruption, il faut que nous parlions d'un autre sujet." Il se lève et se met à marcher autour de la table. "La zone grise n'est pas un film sur une apocalypse zombie. La zone grise n'est ni ici, ni là ; ses frontières sont floues et elle n'est régie par aucune norme existante. C'est donc l'endroit idéal pour mener votre action. Dans cette zone, vous pouvez tirer parti de vulnérabilités connues ; vous pouvez déstabiliser et neutraliser, exploiter ce que vous savez, vous servir d'intermédiaires et des campagnes de désinformation qu'Eisner et Metzger mettront sur pied. Ce sont des outils qui ont fait leurs preuves et ont produit d'excellents résultats partout dans le monde. Aujourd'hui, nous nous trouvons dans une position unique, dans un monde plus moderne qu'il reste encore à explorer ou, devrais-je dire, à exploiter ; je parle ici des technologies, des communications, des réseaux sociaux, de modifier l'opinion publique en créant l'opinion publique. L'un des meilleurs outils, dans la zone grise, c'est le langage – ce qu'on dit et à qui on le dit. Par le passé, on s'est servi de tout le monde, des musiciens de jazz de La Nouvelle-Orléans aux expressionnistes abstraits en passant par les cheffes cuisinières appréciant leur petit verre de sherry ; on s'est servi du cinéma, de la radio et de la télévision pour vendre aux Américains et au monde une vision de ce pays."

Eisner renchérit. "Pour rappel, les expressions « Amérique d'abord » et « Rêve américain » ne veulent pas dire la même chose. Les idées qui sous-tendent la première remontent à Thomas Jefferson et à son rapport aux pays étrangers. La seconde a été forgée en 1931 pour critiquer la fortune individuelle et promouvoir un retour à l'égalité et à la richesse nationale plutôt que personnelle. Les progressistes trouvaient qu'être millionnaire était contraire à la démocratie. Mais dans les années cinquante, l'expression s'était métamorphosée ; le rêve américain est devenu à la fois un symbole et une vision du succès et de la prospérité, et nous l'avons imposé non seulement chez nous mais dans le monde entier.

— Ce qu'il veut dire, intervient Bo, c'est que manipuler les grands médias est une façon peu coûteuse et efficace de diffuser le message.

— Exactement, dit le Général. Un programme que j'appelle « la pomme de terre farcie » : tu la manges parce que tu la trouves bonne mais t'as pas la moindre idée de ce que t'avales.

— Et puis y a les trucs qu'on se contente d'inventer, dit Metzger. La science-fiction, la pure fantaisie.

— Comment tu fais la différence ? demande Kissick.

— La différence ? Quelle différence ? demande le Général.

— Entre le vrai et l'inventé.

— Pas sûr que ce soit à moi de te l'annoncer, dit le Général, mais on s'en bat les couilles ; la seule chose qui compte, c'est que les gens croient ce que vous leur racontez.

— Du point de vue technique, dit Metzger, la différence est que la mésinformation est un renseignement faux partagé sans volonté de nuire. Par exemple : « La Terre est plate. » La désinformation est un renseignement faux partagé dans le but de nuire : « Si tu sautes de cet immeuble, t'inquiète, tu rebondiras sans problème. » Et la malinformation est une information vraie partagée dans le but de nuire : « Ça reste entre nous, mais va y avoir un krach boursier » ou « Ta famille est en danger ». On en a un super exemple, c'est quand Marc Antoine, vaincu à la bataille d'Actium, a vent d'une fausse rumeur selon laquelle Cléopâtre se serait suicidée. Ce qui le conduit lui-même à se tuer.

— Tu crées le bobard et tu le propages, dit le Général. C'est par sa circulation, l'écho, la répétition que tu le rends réel. Plus il est répété, plus il devient réel. Par réel, je veux dire vrai – ta fiction devient un fait. Et à notre époque, bien que la première télévision ait été vendue en 1929, la majorité des gens ignore à quel point la technologie peut influencer la prise de décision.

— Certaines choses se font à l'ancienne, dit Metzger. Tu lances une station de radio, une chaîne de télé – à bien des égards, c'est plus facile que jamais, aujourd'hui ; tu peux le faire en ligne – ce n'est pas comme quand David Sarnoff a lancé NBC et rivalisait avec William Paley de CBS. Sarnoff était un garçon de Minsk qui avait émigré en Amérique et trouvé un travail de vendeur de télégraphes chez Marconi. Nous sommes dans la version XXIe siècle de ce moment, et ça s'appelle internet.

— Je croyais que t'allais dire « et ça s'appelle FOX », dit Bo.

— On n'en est pas là", dit Metzger.

C'est une vraie lune de miel entre le Général et Metzger. Bo et le Gros Bonnet échangent des sourires. Bo est carrément rayonnant, mais c'est peut-être aussi parce qu'il est assis à côté de la cheminée.

"Pour le général chinois antique Sun Tzu, l'approche indirecte de la guerre reposait sur la tromperie et l'incertitude, consistait à créer la confusion, à diviser des alliés. Vous visez le long terme et une évolution indétectable", dit le Général.

Le Gros Bonnet regarde Metzger et constate qu'il a un visage reptilien, une tête de serpent – de grands yeux, une mâchoire étroite, une peau froide qui paraît conservée ou plutôt pétrifiée par quarante ans de Pall Mall, de Camel et de Kool.

Metzger croise le regard du Gros Bonnet et, comme s'il lisait dans ses pensées, déclare : "J'ai commencé à fumer à l'âge de huit ans; j'avais un briquet au butane de chez Esso. J'adorais en faire jaillir une longue flamme. J'embrasais à peu près tout ce qui me tombait sous la main, rien que pour le plaisir de le regarder brûler."

Bo prend la parole. "Le changement des eaux politiques a son contre-courant. La fracture à droite, l'extrémisme, trouvera sa ou ses voix, et déferlera; puis, comme un flot de retour, elle se retirera, aspirant et noyant ces voix avec elle – elles disparaîtront en mer. Et même s'il peut sembler que nous, le parti, avons sombré aussi, le niveau de la mer lui-même sera en train de monter et le raz-de-marée, d'abord imperceptible, gonflera et déferlera peu à peu. Une transition progressive s'opérera dans les coulisses du pouvoir, un lent virage à droite que personne n'aura vu venir. Au nom de ce qu'être américain veut dire, nous ferons en sorte que se développent, au sein de l'armée et en dehors, des forces séparatistes convaincues de répondre aux vrais désirs de leurs leaders, ce qui aboutira à une érosion des libertés publiques sous couvert de les protéger. Ça viendra s'ajouter au dépérissement des polices locales, à des difficultés économiques et à une défaillance des infrastructures et coïncidera avec une période de troubles économiques, sociaux et politiques; la déstabilisation du pays permettra l'avènement de figures en marge de la classe politique.

— Si je t'entends bien, dit le juge, ce que tu brosses là est une sorte de coup d'État qui balaiera le pays en passant à peu près inaperçu jusqu'au moment où il sera trop tard – où le peuple américain aura été décimé sur les plans économique, intellectuel et spirituel. Jusqu'au jour décisif qui verra l'émergence d'une Amérique nouvelle.

— Oui, dit le Gros Bonnet. Et personne ne considérera que ça vient de l'intérieur. Ce sera un nouveau rêve américain.

— Un moment viendra, dit Bo, où il n'y aura plus de retour en arrière, un moment de grande foi, d'entrée en action, un appel aux armes.

— C'est pour le bien commun, dit Kissick. Soyons bien clairs là-dessus : ce dont nous parlons, c'est d'un retour aux valeurs américaines – la famille, la maison, le droit à la réussite.

— C'est du sérieux, dit le juge. Le genre de choses qui coûte des vies. Nous sommes des hommes respectés, des hommes bien, notre loyauté doit être incontestable.

— Je nous déclare frères, comme lors d'un pacte de sang, dit Bo. J'ai connu un gars qui avait fait venir un rabbin chez lui pour la circoncision de son fils, et comme il n'était pas circoncis lui-même et qu'il s'en voulait de ne pas pouvoir comprendre ce que son fils éprouvait, il a demandé au rabbin de lui faire une petite incision sur la queue. Il m'a raconté que ça lui avait fait vachement mal mais qu'il ne pouvait pas crier parce que toute la famille était juste à côté. Le type lui a mis un coup de lame.

— Écoutez, je ne veux pas empiéter sur vos préparatifs de fête et, comme vous le savez, je ne suis pas vraiment là à titre officiel, seulement en tant qu'« invité », dit le Général. Mais pour info, vous pouvez opter pour une société militaire privée mais vous aurez besoin d'une interface en interne. Pas tant pour faire une démonstration de force que pour faire discrètement tanguer la barque, et soit personne ne le remarque, soit ça finit par bercer les gens et par devenir quelque chose qu'ils désirent et dont ils ne peuvent plus se passer.

— Quelle est l'échéance ? demande le juge.

— Au moins quinze ans, dit le Gros Bonnet. Si on va plus vite, on va être découverts ; plus lentement et il sera trop tard.

— On s'empare de tout d'un seul coup ? veut savoir le juge.

— Plus on reste invisibles, plus on est puissants, dit Kissick.

— Couche-toi en paix, tu reviendras à la vie, dit le Général.

— C'est ta deuxième citation de la Bible de la journée, dit Tony. T'es quelqu'un de religieux ?

— J'ai grandi dans un lieu de culte."

Pendant qu'ils parlent, Metzger fait rôtir des guimauves dans la cheminée, s'appliquant à leur donner une peau brune et parfaitement grillée, avant de les passer aux autres – le Général semble avoir pour elles un insatiable appétit. De temps en temps, Metzger se laisse distraire et une guimauve part en fumée. Chaque fois, son visage s'illumine ; le rougeoiement de la flamme, reflété dans ses lunettes à monture noire, lui donne un air de citrouille d'Halloween aliénée.

Un bourdonnement lointain, qui pourrait d'abord passer pour celui d'un moteur de voiture, d'une chaudière au fioul, voire d'un générateur quelconque, devient de plus en plus fort jusqu'à ce que les vitres se mettent carrément à vibrer.

"Vous n'avez pas de séismes ici ? demande Kissick.

— Nan", dit le Gros Bonnet.

Le juge attrape un couteau sur la table et se dirige vers la porte. Bo prend un tisonnier et lui emboîte le pas. Metzger décroche du mur une épée décorative chinoise et ils sortent de la maison. "On nous attaque", hurle Kissick, brandissant une raquette à neige devant lui comme un bouclier.

Le boucan s'accroît. Les hommes ne s'entendent plus, la visibilité est proche de zéro, l'air tourbillonne comme une tornade nocturne.

Sur le côté de la maison, vers l'endroit où ils ont fait sauter les têtes de mannequin, deux hélicoptères se posent, semblant tombés du ciel. Leur porte coulisse et des escouades de soldats lourdement armés en débarquent. Il y a des détonations, une épaisse fumée blanche et puis, tadam, des projecteurs déversent une lumière aveuglante comme si quelqu'un avait appuyé sur un bouton.

Les hommes se retrouvent face à vingt soldats.

"J'ai cent pour cent de chances de mourir, dit Kissick.

— Je vous l'avais dit, s'exclame Eisner. Il nous a drogués. Ça monte. C'est puissant.

— C'est pas la drogue, c'est pour de vrai, on s'est fait choper, dit Kissick.

— Notre tartine est grillée, renchérit Metzger.
— Merde, j'ai déjà un casier, dit Eisner.
— Pour quoi ? demande Kissick – c'est lui qui a procédé aux vérifications, après tout.
— Jeux d'argent, dit Eisner. J'ai été joueur professionnel pendant un temps, puis j'ai perdu la main, mais ça ne m'a pas empêché de jouer. Ni de tricher, c'est pour ça que j'ai un casier, pour vol.
— Pourquoi je ne l'ai pas su ?
— J'ai fait des travaux d'intérêt général, dit Eisner. J'ai appris à écrire des histoires à des enfants pauvres, puis j'ai appris à lire à des gars en prison, les pères des gamins. Peut-être que le casier a été effacé.
— Identifiez-vous, beugle le Général aux soldats.
— Mon général, nous déplorons de nombreuses victimes, crie le premier soldat sorti d'hélicoptère.
— Y a pas eu de tirs ? crie un autre.
— Mon général, on a dû toucher quelque chose dans la zone d'atterrissage ; y a des débris partout.
— C'est quoi ces conneries ?
— Attendons instructions, mon général."
Les moteurs des hélicos baissent de régime et le fracas des rotors laisse place à un tournoiement morne.
"Messieurs, crie le Général à ses amis. Voilà à quoi ressemble le jour décisif. Vous avez devant vous deux UH-60 et deux équipes de militaires privés hyper entraînés. Je peux vous fournir autant d'hommes que vous voulez pour 1 200 dollars par homme et par jour. J'en ai 5 000 d'entraînés et, le temps que vous soyez prêts à agir, je peux en avoir le double. Ça ne comprend pas le temps de vol, bien sûr, qui se monte à 2 250 dollars de l'heure environ rien qu'en coûts de revient. On a des équipes dans le monde entier, vous n'avez qu'à faire une croix sur la carte et on les déploie.
— Qu'est-ce qu'il est en train de dire ? demande Kissick au Gros Bonnet.
— Qu'il a recruté ces types ; c'est un petit numéro."
Metzger éclate de rire. Un "ti-hi-hi" aigu des Appalaches lui échappe dans un souffle, suivi d'une quinte de toux sonore. "Crénom d'une fiole. Si vous voyiez vos gueules.

— Mon général, je répète, nous déplorons de nombreuses victimes", insiste le premier soldat.

La lumière blanche des projecteurs empêche les hommes de voir plus loin que les militaires.

"Tu savais qu'il allait faire ça ? demande le Gros Bonnet à Bo.

— Pas précisément, dit Bo, goûtant manifestement la présence de ces deux gigantesques hélicoptères. Mais il m'avait demandé des tonnes d'infos, le plan du terrain, les dimensions, toutes sortes de trucs dingues. Je pensais que c'était juste un maniaque de la sécurité."

Le pilote coupe les moteurs ; la fumée et la poussière se dissipent dans la nuit. La porte avant de l'hélico s'ouvre et le pilote en sort. Il plonge son regard dans la nuit, devant l'appareil, et vomit aussi sec.

"Le vomi ne me réussit pas, dit Kissick. Du vomi naît le vomi." Il est pris d'un haut-le-cœur.

"Qu'est-ce qui te fait dégueuler, bordel ? beugle le Général.

— Les corps, geint le pilote. Je vois les corps avec mes lunettes de vision nocturne. On les a mis en pièces, putain. Y a des têtes partout." Il tombe à genoux. "Je devrais tellement pas dire oui quand j'ai envie de dire non, putain, conclut-il pour lui-même.

— S'il y avait quelqu'un ici pour te remplacer, je te foutrais une balle, dit le Général. Je rapporterais l'incident comme un tir ami, un dommage collatéral. C'est pas des vraies têtes. C'est des accessoires utilisés pour un jeu plus tôt dans la journée. Regarde. D'après toi, elles sont vraies ou elles ressemblent à des *go-go* danseuses des années soixante ?

— Je suis né en 1984, mon général, répond le pilote.

— Tu me tues, dit le Général.

— Je partage ce sentiment, mon général.

— C'est génial, dit le Gros Bonnet. Tellement mieux en chair et en os que sur une table de ping-pong au sous-sol. Peut-être qu'on devrait offrir une tasse du chocolat chaud de Mary à ces gars avant qu'ils ne retournent d'où ils viennent."

Complètement allumé, Kissick fait une boule de neige et la lance sur l'un des soldats. "Vous allez faire quoi, me flinguer ? dit-il, les narguant.

— C'est une vraie mitraillette ou elle tire des balles en mousse ?" demande Metzger d'un ton pince-sans-rire.

Les soldats s'abstiennent de répondre ou de réagir. En bons robots, ils font preuve d'une retenue remarquable.

Le Général s'avance jusqu'au pilote, qui pleure désormais carrément, et le pousse du bout du tisonnier. "Ressaisis-toi, mon vieux. Y a pas de corps.

— Juste devant l'hélico. Vous ne pouvez pas les voir, mon général, mais moi si ; il y a des têtes qui ont été coupées ; des gens en morceaux." Le pilote vomit de nouveau.

"Stop, ordonne le Général. Tu fais qu'amorcer, là.

— Amorcer ? demande le pilote.

— Appâter ; le vomi, c'est de la farine animale, c'est comme ces bouillettes qu'utilisent les pêcheurs, ça attire les requins dans l'océan, les ours sur la terre ferme.

— Ils sont tous morts, dit le pilote. Personne ne bouge."

Le Général a envie de dégainer son pistolet et de mettre un terme aux souffrances du pilote – mais il y a un supplément dans ces cas-là, de l'ordre de 250 000 dollars pour un pilote, alors il lui pose la main sur l'épaule. "Et si t'entrais un instant, soldat. Viens boire une tasse du chocolat de Mary, ou quelque chose d'un peu plus fort, peut-être."

Mardi 23 décembre 2008
Palm Springs, Californie
13 h 00

Quand Charlotte lui a annoncé qu'elle rentrait pour Noël, le Gros Bonnet a été si soulagé qu'il n'a pas posé de question de peur de tout compromettre. Mais il est surpris lorsqu'elle frappe à la porte peu après treize heures, n'ayant qu'une petite valise bleue à la main.

"Pourquoi ne m'as-tu pas laissé venir te chercher ? dit-il.

— J'aurais été obligée de te donner mon adresse."

Si ça n'avait tenu qu'à lui, il serait passé la prendre au foyer de post-cure. Elle aurait fait ses bagages, se serait tenue prête à partir. Pour lui, ç'aurait été le clap de fin, la cérémonie de remise des diplômes. La larme à l'œil, elle aurait adressé un signe de main aux thérapeutes et aux autres résidents. Il s'attend à tout mais a peur de poser des questions de crainte qu'elle prenne encore plus ses distances. Des années durant, Charlotte a tout accepté parce qu'elle n'avait pas la force de lui tenir tête. Il aurait dû prêter plus attention à ses efforts ; il aurait dû déceler les signes.

Il le comprend à présent. Après ce qu'elle a enduré, elle ne va pas en revenir à leur ancienne routine. Mais que va-t-il en résulter pour eux ? C'est ce qu'il ignore.

Juste avant le week-end au ranch, il s'est rendu à une séance de thérapie familiale ; il estime avoir fait de son mieux pour l'écouter parler. Il ne s'est pas défendu. Il est dans les affaires depuis assez longtemps pour savoir que passer pour une brute et inhiber les gens ne fonctionne pas. Il s'est contenté d'écouter. Lorsqu'on lui a demandé s'il avait quelque chose à dire, il a dit qu'il était désolé des souffrances qu'il avait pu lui causer, désolé que certains de ses comportements lui aient rendu la vie plus difficile. Il n'a pas cessé de répéter qu'il était désolé et s'est mis à pleurer, puis a dit qu'il était désolé de pleurer, mais qu'écouter Charlotte lui était douloureux.

Vers la fin de la séance, il a voulu la serrer dans ses bras mais le thérapeute s'est interposé en disant : "Non." Le Gros Bonnet est devenu rouge de honte et de colère, s'est rassis dans son fauteuil et s'est juré de ne jamais plus se prêter à ce genre de jeu. Il ne comprenait pas. Qu'avait-il fait de mal ? Était-ce mal de vouloir serrer sa femme dans ses bras ? Ça semblait gentil, comme geste. Il avait envie de savoir où était le problème mais n'avait pas l'intention de poser la question. Il y a des limites à la dose d'humiliation à laquelle le Gros Bonnet peut s'exposer en une journée.

Et maintenant, à treize heures, lorsqu'elle passe la porte et voit le mal qu'il s'est donné pour que tout soit beau, elle lui tapote doucement le dos.

"C'est magnifique, dit-elle. On se croirait dans un conte de Noël.

— Merci. J'aimerais pouvoir dire que j'ai fait ça moi-même, mais ce n'est pas le cas. J'ai eu de l'aide.

— Tant d'efforts", dit-elle.

Il acquiesce.

"Ça rend les choses d'autant plus difficiles.

— Pourquoi ?

— Parce que ce ne sera pas un moment agréable.

— C'est Noël, dit-il.

— Tu m'as promis que tu le lui dirais. C'est pour ça que je suis revenue."

Un ange passe.

"On va le lui dire, mais c'est aussi Noël, et si tu n'es pas d'humeur, d'autres le sont peut-être. Il faut qu'on se rattrape d'avoir gâché Thanksgiving.

— C'est ça qu'on a fait ? Gâché Thanksgiving ? Je pensais avoir fait quelque chose de bien. Avoir pris soin de moi.

— Ce n'est pas ce que je voulais dire et tu le sais.

— On doit le lui dire.

— Je suis d'accord. Mais on n'est pas obligés de le faire à l'instant où elle passe la porte. Bienvenue à la maison, désolés pour Thanksgiving, à propos, on s'apprête à faire détoner une bombe dans ta vie. La petite rentre pour Noël.

— J'ai gardé le silence pendant des années, dit-elle.

— Justement, il n'y a pas d'urgence.

— C'est ton secret. Moi, je ne garde plus de secrets. La boutique à secrets est fermée. C'est pour ça que je suis là. Je suis rentrée pour le lui dire.

— Tu ne restes pas ?

— Pas longtemps."

Il ne dit rien.

"Ça n'a rien de personnel, dit-elle.

— Y a peu de chances.

— Peut-être que c'est personnel mais c'est moi que ça concerne ; pas toi. Il faut que je continue mon travail.

— Et tu ne peux pas le faire d'ici ? Tu pourrais même faire venir le groupe à la maison.

— Ce n'est pas possible."

Il déplace la valise de Charlotte de l'entrée à la chambre.

Elle la ramène dans l'entrée.

"Je te promets que tu pourras t'en aller vite fait, dit-il. Mais tu n'as pas besoin de laisser ton bagage dans l'entrée. Tu peux prendre la chambre. Je dormirai dans mon bureau.

— Non.

— Bon." Il ouvre le placard de l'entrée et y range la valise. "Ça te va pour le moment ?

— Elle arrive à quelle heure ?

— Entre trois et quatre. T'as faim ?

— Non, dit-elle. Je vais aller lire dehors. J'ai un bouquin.

— Tu pourrais nager un peu.

— Je n'ai pas pris de maillot.

— Comme si ça t'arrêtait."

Elle hausse les épaules.

"Il y en a sûrement un dans ton tiroir.

— Puis-je avoir quelque chose à boire et peut-être quelques fruits secs ? demande-t-elle.

— Bien sûr.

— Aurais-tu du jus d'ananas, par hasard ? Ou du Sierra Mist ?

— Non, mais à part ça j'ai presque tout. Cranberry ? Eau gazeuse citron vert ?

— Peut-être.

— C'est ta maison aussi, dit-il. Fais comme chez toi. Tu peux te servir.

— Ça me met mal à l'aise.

— Il n'y a pas d'alcool dans la cuisine ; il ne faut pas que t'aies peur d'y aller.

— C'est vraiment atroce, dit-elle.

— Tout a disparu ; j'ai fait le ménage, éliminé la tentation." Il a fait son boulot et a toutes sortes de jus et de sodas, des choses à mélanger pour donner l'impression d'un cocktail, d'une boisson de fête. Il a des crudités et des fruits secs.

"Tu sais ce que j'adore, un truc que je viens de découvrir ?

— Aucune idée, répond-il en préparant deux verres de jus de cranberry coupé d'eau gazeuse.

— Les petits poissons.

— Ah.

— Les Goldfish, les petits biscuits salés. J'en raffole. Tu as remarqué qu'ils ont un visage, qu'ils te sourient quand tu les manges ?

— Je n'avais pas remarqué, dit-il en lui tendant son verre. Mais c'est délicieux.

— Et les crackers Graham, dit-elle. Je n'avais pas mangé de crackers Graham depuis mon enfance. Je ne savais même pas que ça se faisait encore.

— On pourrait en acheter.

— Inutile." Elle se promène dans le séjour, touche aux diverses décorations. "C'est un vrai sapin ?"

Il rit de nouveau. "J'ai oublié de poser la question.

— Nous n'avions encore jamais eu de sapin.

— C'est une première, dit-il.

— C'est joli devant les fenêtres, avec le golf en toile de fond.

— Je ne savais pas quoi faire ; j'ai demandé à Neiman Marcus de venir décorer la maison comme une vitrine de la Cinquième Avenue."

Ce qu'il ne lui dit pas, c'est qu'il leur a aussi demandé de faire les emplettes ; il leur a donné quelques idées et ils sont revenus avec une liste. Pyjamas pour toute la famille, pulls, rollers pour mère et fille, casques audio, forfaits coiffure. Une belle robe noire et une rouge, aussi, pour chacune d'entre elles. Des joggings doux, douillets, et des sweats en cachemire. Un cadeau Burberry. Un cadeau UGG. Un cadeau pour chacun. Des stalactites en verre. Des boules renfermant des bonshommes de neige pour le sapin. Des bougies parfumées, des décos pour la table, des gants de cuisine et autres tabliers, un gaufrier. Rien pour le bar, cette année.

"C'est un peu excessif, non ? demande-t-elle, contemplant l'énorme tas de cadeaux.

— J'ai fait ce que j'ai pu, dit-il. Je voulais que ce soit chouette pour tout le monde.

— Des réparations."

Il ne répond pas. Elle ramasse une boîte et la secoue. "Qu'est-ce que tu m'offres ?

— Je vais pas te le dire.

— Tu devrais. Noël n'est pas ma fête. Je serais soulagée de savoir ce qu'il y a dans le paquet.

— Pourquoi ?

— Parce que je n'ai rien pour toi. Je n'ai rien pour personne.

— J'ai quelque chose pour chacun.

— Tu as toujours été très généreux.

— Ce n'est pas parce que tu traverses une épreuve que tout doit être merdique. Chaque instant de chaque journée ne peut pas être un calvaire, dit-il.

— Tu serais surpris, dit-elle, et de nouveau un long silence s'ensuit. Tu sais ce qui a été intéressant ?

— Quoi ?

— J'ai appris à vivre avec moins. Autrefois, je n'aurais pas pu. Mais là, je l'ai fait. Pas de matelas spécial, pas de bon oreiller, tout, dans le centre, a été conçu pour être lavé et réutilisé. Il n'y avait rien de personnel, rien de joli, rien qui présente le moindre agrément. Et la nourriture était effroyable, insipide et lourde, comme si elle était faite pour une armée. J'ai dû apprendre à renoncer, à accepter que je n'avais rien de spécial, que j'allais survivre si je dormais sans mon oreiller spécial. Ç'a été très dur. J'aurais pu piquer une crise. J'aurais pu dire que j'en avais besoin pour mon âme, qu'il y a des choses dont on a besoin non pour son confort mais pour son esprit, mais j'ai décidé de ne pas le faire. Au début, j'ai accepté la situation comme une sorte d'autopunition. Je me suis dit que cet inconfort était mérité. J'étais si en colère contre moi-même, contre toi, contre eux. Puis la colère m'a quittée et je me suis dit : Très bien, je vais prendre sur moi ; je vais leur montrer que je ne suis pas si fragile que ça, que je ne me considère pas comme une personne à part. Si je meurs, qu'est-ce que ça peut faire ? Je me suis mise à regarder autour de moi et j'ai constaté que personne ne se plaignait de son oreiller ou de sa couverture et que personne d'autre n'avait besoin de fruits qui ne soient pas durs comme du bois. Je me suis aperçue que soit ils ne le remarquaient pas, soit ils s'en fichaient mais, surtout, que c'était plus facile comme ça, et j'ai eu envie d'être comme eux. J'ai eu envie que ce soit plus facile pour moi. Je me suis entraînée à accepter ce qui est. Il y a des années, je les aurais jugés idiots de ne pas savoir qu'on pouvait trouver mieux, mais aujourd'hui je m'aperçois qu'ils n'ont rien d'idiot ; qu'ils s'épargnent la déception, la douleur du manque, du désir. Ils ne sont pas obsédés par la perfection. Tout n'a pas besoin d'être parfait. Voilà pourquoi c'est trop, tout ça." Elle désigne tout ce qu'il a fait. "C'est parfait.

— Merci, dit-il. Je vais le prendre comme un compliment.

— Mais ça n'a pas besoin d'être parfait, qui dit perfection, dit pression.

— Tu pourrais simplement t'en réjouir. Et décider de n'y voir aucune pression. Admettre que j'ai voulu faire quelque chose de chouette pour vous.

— Si j'en étais capable, je serais une autre personne. Tu vois, j'ai encore des progrès à faire." Elle rit.

Il est complètement déboussolé.

Ils restent assis un moment. Un rayon de soleil traverse la vitre et glisse lentement sur le sol du séjour, faisant du sapin de Noël le gnomon d'un cadran solaire.

"Il est quelle heure ?

— Presque trois heures et quart, dit-il.

— Je crois que je vais aller faire un tour.

— Maintenant ? Meghan va arriver.

— Oui, dit-elle, s'apprêtant à sortir. Je compte sur toi pour monter la garde.

— Tu peux."

Elle ouvre la baie, traverse le patio, longe la piscine et s'éloigne en direction du neuvième trou du golf.

Peu après son départ, Meghan arrive.

"Comment va ma grande fille ? dit le Gros Bonnet, la serrant fort entre ses bras.

— Bien", dit-elle, lui rendant son étreinte. Elle inspire profondément. "La maison sent Noël.

— C'est une bougie.

— J'associe toujours cette odeur au ranch en hiver.

— Parfum cyprès de chez Rigaud, dit-il, portant les bagages de Meghan dans sa chambre.

— Ouah. La maison est vachement décorée.

— Joli, hein ?

— C'est Noël à l'envers. Il y a de la neige et des stalactites à l'intérieur, le désert et les palmiers dehors. Ça me plaît. Ça en jette tout ce blanc, cet argenté et cette fausse neige qui tapisse tout.

— Ils appellent ça « floqué ».

— C'est super, dit-elle.

— Le gars qui a décoré n'arrêtait pas de dire que Palm Springs était parfait pour floquer et, honnêtement, j'ai cru qu'il disait « fucker »." Il rit. "Désolé d'être vulgaire, mais je trouvais ça vraiment drôle. Il n'arrêtait pas de répéter « floquer » et j'ai fini par lui poser la question.

— Où est maman ?

— Elle est sortie faire un tour.

— Avant que j'arrive ?

— Il y a peu. Elle est nerveuse.

— Tu crois que je vais la chercher ?

— Bien sûr. Elle est partie il y a quelques minutes en direction du neuvième trou."

Meghan coupe à travers le patio, marchant dans la même direction que Charlotte. Quelques minutes plus tard, elle revient, l'air perturbée.

“Tu l’as trouvée ?

— Je l’ai vue…

— Et ?

— J’espère qu’elle ne m’a pas vue.”

Le Gros Bonnet est interloqué.

Silence. “Elle était, euh, euh…

— Quoi ?

— En train de fumer de l’herbe.

— Quoi ?

— Je l’ai vue fumer un truc fin et blanc qui avait l’odeur caractéristique de mouffette morte. Je suis jeune ; je suis allée à des fêtes ; je connais l’odeur de la marijuana.

— Ça n’a aucun sens. Primo, ta mère ne fume pas, et secundo, elle vit dans un foyer thérapeutique. Ça devait être quelqu’un d’autre.

— Elle portait une tenue de yoga et une casquette rose.

— Seigneur. De mieux en mieux.”

Ils entendent la porte-moustiquaire s’ouvrir.

“Renifle-la, chuchote Meghan.

— Je suis rentrée, lance Charlotte. Elle est là ?

— Elle est là, répond Meghan, allant au-devant de Charlotte. Ce que je suis contente de te voir !” Meghan s’avance pour serrer Charlotte dans ses bras ; mince, plate comme une planche, Charlotte se raidit plus qu’elle ne l’embrasse. L’image qui vient à l’esprit de Meghan est que sa mère est craquante comme un gâteau sec. “Tu vas bien ? demande Meghan.

— Honnêtement, je n’en ai pas la moindre idée, répond Charlotte, allant dans la cuisine pour se servir un verre d’eau.

— Tu veux que je m’en occupe ? demande le Gros Bonnet, qui la suit en essayant de la renifler discrètement.

— Pourquoi tu me suis ?

— Juste au cas où tu aurais eu besoin de moi, dit-il, battant en retraite. Et toi, Meghan ? Tu bois quelque chose ?

— Volontiers, dit Meghan. On se déshydrate tellement quand on prend l’avion. J’ai du mal à comprendre les gens qui en font leur métier.

— Certaines personnes n’ont pas tant de choix, dit Charlotte, revenant avec une eau gazeuse au citron vert. Autrefois, c'était un moyen de rencontrer un homme ayant une bonne situation.

— Je trouve ça malsain de passer son temps là-haut, dans un air vicié, à faire des allées et venues, à devoir s'occuper de gens soûls."

Un silence gêné accueille cette remarque.

"Oh, désolée, dit Meghan.

— Je ne suis pas soûle, dit Charlotte. J'ai arrêté de boire. Et je n'ai certainement jamais été soûle dans un avion."

Ni le Gros Bonnet ni Meghan ne pipent mot.

"T'es drôlement mince, dit enfin Meghan à sa mère.

— Merci, dit Charlotte, parce qu'il n'y a rien d'autre à dire.

— Ça faisait un bail, dit le Gros Bonnet à Meghan.

— Pas tant que ça. Le 5 novembre, c'était il y a sept semaines.

— Eh bien, ça m'a paru long.

— T'as fait quoi pour Thanksgiving ? demande Charlotte. T'es allée où ? Je n'en ai rien su.

— Tony m'a emmenée chez quelqu'un à Georgetown. C'était bien mais je n'arrêtais pas de me dire que nos Thanksgiving me manquaient. J'adore aller dans ces vieux hôtels décorés et festifs à souhait. Vous vous rappelez la garniture servie dans des casseroles d'étain individuelles, le gâteau de pain perdu et cette tarte aux cacahuètes de dingue ?

— Aux noix de pécan, dit le Gros Bonnet.

— À chaque fois, on se serait crus à une fête dans un vieux manoir anglais.

— Il n'y a pas de Thanksgiving en Angleterre, dit Charlotte. Thanksgiving est en l'honneur des Pères pèlerins qui ont fui l'Angleterre.

— Je parlais juste de cette ambiance de fête grandiose." Ce que Meghan ne leur dit pas, c'est qu'elle a passé une bonne partie de la journée seule à penser à la fille de son lycée assassinée et qu'elle a écrit des lettres aux parents de cette dernière.

"Tu te souviens chez qui c'était ?"

Elle secoue la tête. "Peggy quelque chose. J'ai fait une drôle de rencontre. J'étais assise à côté d'une dame super gentille qui m'a raconté tout un tas de choses, que son père était pasteur et entraîneur de football, qu'elle avait été démocrate jusqu'à vingt-huit ans avant de devenir républicaine. C'était hyper intéressant.

— Et qu'y avait-il de drôle ? demande Charlotte.

— Quand on est partis, Tony m'a demandé ce que j'avais pensé d'elle. J'ai dit qu'elle était très gentille et Tony m'a dit : « C'est la secrétaire d'État. » Je lui dis : « De quel État ? » Et lui : « Des États-Unis. »

— Sérieusement ? fait Charlotte.

— Ouais. Tony n'a pas voulu me le dire avant de peur que ça m'inhibe.

— Condi Rice ? dit le Gros Bonnet.

— C'est ça.

— C'était aussi curieux parce que mon autre voisin de table m'avait dit qu'il y avait des agents du Secret Service dans la maison et que je n'avais pas compris pourquoi. L'un d'entre eux n'a jamais quitté la cuisine. J'ai cru qu'il aidait la cuisinière.

— Il s'assurait que la cuisinière n'empoisonnait personne, dit le Gros Bonnet.

— Exactement, dit Meghan. Thanksgiving à Georgetown. La secrétaire d'État, quelques présentateurs du journal, un type qui avait une autorisation de sortie de prison pour le week-end et une bande d'excentriques." Elle a envie d'évoquer sa rencontre avec William mais est distraite par la tension qui règne dans la pièce. Elle marque une pause.

Ils sont tous les trois assis dans le séjour ; le rayon de soleil a fini de traverser la pièce ; le programmateur du sapin de Noël s'est déclenché et les lumières scintillent.

"Je peux poser une question ? dit Meghan. Quelque chose ne va pas ?"

Personne ne répond.

"T'as un cancer ?" demande-t-elle à Charlotte.

Charlotte semble accablée ; c'est la dernière chose qui lui serait venue à l'idée.

"On traverse une période difficile, dit le Gros Bonnet.

— Je vous ai apporté vos mugs, dit Meghan, tendant une boîte à Charlotte. Les éternels mugs en argile peints par mes soins. Cette année, j'ai opté pour le thème de l'histoire politique américaine.

— Ravissants, dit Charlotte. Parfaits pour le thé.

— Tu n'as rien perdu de ton esprit, en tout cas, dit le Gros Bonnet à sa femme. La politique américaine, le thé…

— Ce n'était pas un trait d'esprit. J'ai arrêté la caféine en même temps que l'alcool.

— Ah.

— Dur de savoir par où commencer, dit Charlotte. Il y a quelque chose que j'ai besoin de te dire.

— Tout de suite ? dit le Gros Bonnet. Maintenant ?

— Je ne pourrai pas respirer tant que je ne l'aurai pas fait, dit-elle.

— Quoi ? demande Meghan. Fait quoi ?

— Craché le morceau, marmonne le Gros Bonnet.

— Avant ta naissance, dit Charlotte, on a eu un bébé.

— J'ai un frère ou une sœur ? demande Meghan d'un ton excité.

— Le bébé avait des problèmes, ajoute le Gros Bonnet.

— Le bébé va rentrer à la maison, c'est ça ? Il est dans un fauteuil ?

— On a fait tout ce qu'on a pu. La technologie médicale n'était pas ce qu'elle est aujourd'hui, dit son père.

— C'était quand ?

— Il y a vingt et un ans.

— C'était un garçon, dit Charlotte. Quand il est né, on nous a dit de ne pas le ramener chez nous, qu'il était trop malade, mais il était hors de question que j'abandonne mon enfant. On l'a ramené à la maison et on s'en est occupés pendant très longtemps.

— Le bébé n'a pas grandi, ne s'est pas développé. Malgré tous nos efforts, il est devenu de plus en plus malade, dit le Gros Bonnet.

— Le bébé est mort, dit Charlotte. Voilà ce qui s'est passé.

— C'est affreux. Ce que c'est triste, dit Meghan. Mais pourquoi vous me dites ça maintenant ?

— Parce qu'on en a besoin, dit Charlotte. Tu as besoin de savoir. J'ai besoin que tu saches.

— Ce n'est pas tout", dit le Gros Bonnet.

Meghan paraît décontenancée.

"Je ne suis pas ta mère biologique, dit Charlotte.

— Genre, je suis adoptée ?

— Non.
— Don d'ovules ?"
Charlotte secoue la tête.
"Je comprends pas.
— Je ne t'ai pas mise au monde.
— Ça veut dire que t'es pas ma mère ?
— Je ne sais pas, dit Charlotte.
— Bien sûr qu'elle est ta mère et que je suis ton père. Peut-être qu'on aurait pu mieux gérer la situation, mais on a fait du mieux qu'on a pu, du mieux qu'on a su.
— Papa est ton papa mais je ne suis pas ta mère.
— C'est ma faute, dit le Gros Bonnet. C'est moi le responsable.
— Qu'est-ce que vous racontez ? crie Meghan. Pourquoi vous dites ça ?
— Parce que je ne peux pas vivre plus longtemps avec ce secret, dit Charlotte.
— Tu le sais depuis le début ?" demande Meghan.
Charlotte et le Gros Bonnet sont un peu surpris.
"Évidemment. Si je t'avais mise au monde, je le saurais, tu ne crois pas ?
— J'ai entendu dire que certaines personnes oublient à quel point c'est affreux, qu'une fois l'accouchement passé elles en perdent le souvenir, que c'est pour ça que les gens continuent à avoir des enfants, dit Meghan.
— Je ne t'ai pas mise au monde.
— Alors d'où je viens ?" Elle fond en larmes. "Je comprends pas.
— Quelque part, je pense que si", dit Charlotte.
Quand Meghan apprend que sa mère n'est pas sa mère, son estomac régurgite dans sa bouche sans prévenir. Elle ravale. La bile la brûle à l'aller et au retour. Il y a une pause. Un blanc. Puis elle vomit de nouveau, le contenu de son estomac, de son âme, se déversant sur le sol en granito gris.
"Désolée", dit-elle.
Elle doit réprimer l'impulsion de se mettre à genoux, de se fourrer le vomi dans la bouche et de le manger. Elle sait que ses parents n'aiment pas le désordre.

“Je vais aller chercher de l’essuie-tout, dit son père.

— Désolée, répète Meghan.

— Peut-être qu’on n’aurait pas dû te le dire, fait le Gros Bonnet.

— C’était impossible”, dit Charlotte. Elle est là, assise dans le séjour, à faire des exercices de respiration. Si Meghan n’avait pas vomi, c’est elle qui l’aurait fait.

Couverte de vomi rose, aigre, chaud, en train de refroidir, Meghan se rue dans la salle de bains. Elle enlève son pull et le jette à la poubelle. Elle se regarde dans le miroir.

“Je peux entrer ? demande son père.

— Non, dit-elle. Non. Je ne sais pas qui tu es. À qui est cette maison ? Je suis où, là ? Où est passée ma famille ?

— On est là, dit-il à travers la porte.

— Oh mon Dieu, je suis en train de perdre la tête. Je perds la tête. J’étais juste rentrée pour Noël. Je voulais juste passer des vacances normales. C’est n’importe quoi. J’avais une certaine idée de ma vie. Je pensais être un certain type de personne venant d’un certain type de famille, et finalement y a rien de vrai là-dedans.

— Il y a une part de vrai, dit-il. Tu es celle que tu sais être.”

On l’entend pleurer, se moucher, renifler. “C’est pour ça qu’on ne va jamais voir la famille de maman ?

— Non”, lance Charlotte du séjour. Meghan et le Gros Bonnet sont tous deux surpris qu’elle entende leur conversation. “Le problème avec ma famille n’a rien à voir avec ça.

— Ce sont des Texans, dit le Gros Bonnet. Des gens pas faciles.

— Qui d’autre sait, alors ? demande Meghan.

— Personne.

— Tony ?

— Oui, Tony sait.

— Super. Personne ne sait mais quelqu’un sait. T’as trompé maman. C’est écœurant.

— Je n’en suis pas fier.

— Je suis sûre que c’est pour ça qu’elle boit. C’est ça, la grande nouvelle qu’elle voulait m’annoncer ? Que vous avez remplacé un enfant mort par un que t’as eu avec une pute.

— Pas avec une pute.
— T'es sûr ?
— Oui. Écoute, Meghan, je ne sais pas comment parler de ça, ta mère non plus. L'émotionnel, ce n'est pas notre fort. Rien de tout cela n'est ta faute.
— Évidemment que ce n'est pas ma faute, dit-elle. Jamais je n'aurais fait ce genre de truc.
— Tu n'as rien à voir dans tout ça, si ce n'est que c'est au cœur de ce que ta mère a dû affronter durant tant d'années ; elle a vécu avec ces sentiments très difficiles.
— Tu dis que ce n'est pas ma faute et que je n'ai rien à voir là-dedans, mais ça me concerne. Ça concerne mes origines. Ma création. Quelque part, il y a une dame qui est bel et bien ma mère.
— Oui.
— Encore une surprise à laquelle il faut que je me prépare ? Est-ce qu'elle est dans le garage à attendre de pouvoir me rencontrer ?
— Avoir des enfants a toujours été le désir le plus cher de ta mère. Elle a vécu une période horrible avec le bébé. On aurait dû te le dire il y a longtemps, mais on ne voulait pas te faire porter le poids du passé. On voulait que tu aies une belle vie. J'espère que ça t'aide à comprendre pourquoi elle a été surprotectrice par moments et distante à d'autres. C'est ma faute si on ne te l'a pas dit plus tôt."

Dans le séjour, Charlotte, qui entend tout ce qu'il dit, s'est mise à pleurer.

"Et tu sais qui est ma vraie mère, au moins ?
— Bien sûr.
— Elle sait que je sais ?
— Non, dit-il. Je ne lui ai pas parlé depuis des années.
— Maintenant tu vas devoir le faire", dit Meghan.

Le Gros Bonnet ne dit rien. Il n'avait pas songé qu'il allait devoir l'appeler, mais Meghan a raison.

"J'ai l'impression d'être dans un cauchemar, que tout ça n'est pas réel. Que tu n'es pas réel. Je veux retourner en Virginie. J'ai envie de m'enfuir.
— Respire profondément."

En arrière-fond, on entend le glissement des baies vitrées. Charlotte sort.

“Vous auriez mieux fait de me donner à des inconnus, à une famille pauvre qui n’avait pas déjà d’enfant mort.

— C’est un drôle de truc, le passé, dit-il. Ça nous est arrivé à tous les deux, à ta mère et à moi. On a eu un enfant malade ; c’est quelque chose qu’on a fait ensemble. Quand l’enfant est mort, on l’a enterré et chacun a affronté ça à sa façon.” Ça, c’est ce qu’il n’a cessé de se raconter ; c’est le discours qu’il a répété dans sa tête. “Chacun est différent ; un couple, ce n’est pas une seule et même personne ; des parents, ce sont deux individus qui ressentent les choses différemment.

— Je m’en fous. J’ai hyper mal au crâne maintenant, dit Meghan. J’en ai assez entendu.

— Il y a des cachets pour la migraine dans l’armoire à pharmacie. Tu es sûrement déshydratée.”

À travers la porte, il entend Meghan ouvrir l’armoire à pharmacie et faire couler de l’eau.

“Où est maman, maintenant ?

— Dehors, près de la piscine, en train de téléphoner. Peut-être qu’elle appelle son parrain.

— Elle a un parrain ? Elle a eu un baptême ?

— Non, c’est un coach pour l’aider à arrêter de boire, un ancien alcoolique qu’elle peut appeler quand elle a besoin de soutien.”

Il y a de nouveau un long silence.

“Est-ce qu’elle nous hait ? demande Meghan.

— Qui ?

— Maman ?

— Non.

— À sa place, je te haïrais. C’est toi qui as fait ça.

— Oui.

— À elle, à moi et à une autre pauvre dame qui a dû donner son bébé. J’ai toujours cru que t’étais un homme bien, qui subvenait à tous nos besoins, mais finalement t’es un peu un pauvre type.

— Le mot est faible.”

Nouveau long silence.

“Il y a eu des obsèques ?” demande Meghan.

Il n’est pas sûr de comprendre la question. “Pour qui ?

— Le bébé.

— Non. Ta mère ne le voulait pas. Partout où on allait après ça, les gens se contentaient de la regarder avec leur air le plus navré. C’est ce qui a déclenché son anxiété sociale, peut-être même son alcoolisme. Elle a cessé de sortir, était incapable de regarder les gens, de supporter la façon dont ils la regardaient.”

Meghan ouvre la porte de la salle de bains. Elle a le visage bouffi et zébré de larmes. “Puisque c’est le grand déballage, dit-elle, faut que je te pose une question. William, c’est le copain de Tony ?

— On peut légitimement le penser.

— Pourquoi personne ne m’a jamais dit que Tony était gay ?”

Le Gros Bonnet ne dit rien.

“Tu le connais, William ?

— On s’est croisés.

— Ils sont ensemble depuis quand ?

— Quelques années. Avant, Tony collectionnait les petits amis, mais il a l’air de s’assagir.

— Il a soixante ans passés. Pourquoi tu parles encore de petits amis ?”

Il ne répond pas.

Charlotte rentre. “Il fallait que j’achète une voyelle.

— Quoi ? demande le Gros Bonnet.

— J’avais besoin de conseil.

— T’as appelé qui ? veut savoir Meghan.

— Une amie.”

Il y a un silence.

“Il faut que j’y aille, dit Charlotte.

— Où ? demande le Gros Bonnet.

— D’où je viens.

— Tu m’abandonnes ? demande Meghan d’une voix plaintive.

— Je ne t’abandonne pas, dit Charlotte. Je vais simplement dans un endroit où je me sens en sécurité.

— J’ai besoin de toi.

— J’ai besoin d’un peu de temps, dit Charlotte.

— Maman.

— Un peu de temps.
— OK, je pars aussi, dit Meghan.
— Tu vas où ? demande le Gros Bonnet.
— Aucune idée. Mais je peux pas rester ici.
— Vous partez toutes les deux ?
— Pour le moment, dit Charlotte.
— Tu ne peux pas rester ici ? demande le Gros Bonnet.
— C'est comme une crise de panique, dit Meghan. Faut que je trace. Que j'aille quelque part. Tu peux m'appeler un taxi ?
— On peut aller où tu veux, dit le Gros Bonnet. On n'est pas obligés de rester ici. On peut aller à Aspen ou Paris ou Hawaï ; on est déjà à mi-chemin.
— Non, dit Meghan. Il faut que je sorte." À son tour, elle fait coulisser les baies vitrées et s'éloigne sur le terrain de golf. Meghan s'est toujours enorgueillie de résoudre ses problèmes toute seule. Mais quand son pied glisse sur le green et s'enfonce dans un bunker, elle pousse un cri. La voilà ensablée, coincée à Palm Springs, tel un fossile vivant. Elle arrache son pied du sable et se rue vers la maison. Charlotte est toujours là ; plantée dans l'entrée, la main cramponnée à sa valise bleue, elle attend sa voiture.
"On pourrait aller à une réunion tous ensemble, suggère le Gros Bonnet.
— Je suis sûre que nous le ferons un jour, répond Charlotte. Mais pas pour le moment.
— Vous me quittez toutes les deux ? Et si je pète un plomb ?
— Prends sur toi, dit Charlotte.
— C'est à cause de comportements comme les vôtres que les femmes ont mauvaise réputation.
— Pardon ? fait Charlotte.
— La femelle de l'espèce est connue pour son tempérament instable et sa propension à perdre ses nerfs."
Les deux femmes le regardent fixement.
"Quoi ? C'est vrai. Vous ne pensez pas que les gens trouvent les femmes compliquées ?
— Quand tu dis « les gens », tu ne veux pas dire « les gens », tu veux dire « les hommes », précise Charlotte. Les hommes trouvent les femmes compliquées.

— Oui, dit le Gros Bonnet.

— C'est parce que les femmes sont différentes des hommes et que les hommes voudraient qu'elles soient comme eux. Les femmes n'en attendent pas tant des hommes ; elles ont cette sagesse, dit Charlotte.

— Les femmes sont plus intelligentes, dit Meghan.

— Vous vous liguez contre moi, maintenant ? s'exclame-t-il, incrédule.

— Dehors, tu fumais de l'herbe ?" demande Meghan à Charlotte.

Charlotte ne dit rien.

"Je t'ai vue et je l'ai senti.

— Tu vas me dénoncer ?" veut savoir Charlotte.

Il y a un silence.

"Non, je ne vais pas te dénoncer. Mais étant donné ce que tu as vécu avec l'alcool, ça paraît bizarre que tu fumes de l'herbe. D'ailleurs, c'est illégal."

Nouveau silence.

"Il est très difficile pour moi d'être ici, dit Charlotte. Ce n'est pas à cause de toi personnellement – c'est la situation. Tu es formidable, dit-elle à Meghan. Je ne pourrais rien demander de plus.

— Tu l'as eue où, la came ? demande le Gros Bonnet.

— Ça n'arrivera plus", dit Charlotte. Dehors, un klaxon retentit.

Charlotte prend sa valise. "À bientôt, dit-elle en partant.

— Je me sens vraiment bizarre, dit Meghan.

— Faut pas, dit le Gros Bonnet. Ta mère traverse une crise. Ça n'a rien à voir avec toi.

— Elle vient de me dire qu'elle n'est pas ma mère ; je crois que ça a quand même quelque chose à voir avec moi.

— La partie factuelle, oui. Mais le reste, c'est son affaire.

— Tu peux m'appeler un taxi, qu'il m'emmène quelque part ?

— Quand tu commandes un taxi, ils veulent savoir où tu vas.

— En ville.

— Où ?

— Elle allait où, maman ?
— À Betty Ford. Le centre de cure.
— Au Denny's, dit-elle.
— Je pourrais t'y conduire. On pourrait prendre un petit-déj' en guise de dîner.
— J'ai besoin d'être seule."
Il lui appelle un taxi et l'attend avec elle dans l'allée. "Tu sais que nous sommes de vieux parents. Tu l'as peut-être remarqué, la plupart des parents de tes amies sont bien plus jeunes."
Meghan hoche la tête.
"Nous t'aimons très fort. Seulement il y a des choses, dans un couple, dont il est très dur de parler.
— Tu es sûr qu'elle ne nous hait pas ? Je ne l'ai jamais entendue parler comme ça.
— Comment ? Avec émotion ?
— Avec colère.
— On avait chacun une vie avant notre mariage.
— Je sais que maman a failli épouser un dénommé Chet, mais que tu l'as convaincue d'annuler.
— Il s'appelait Chip et Papa Willard le détestait, alors on est venu me chercher. Ta mère était la plus belle femme que j'aie jamais rencontrée. Elle était spectaculaire, en pleine possession de ses moyens.
— Sauf qu'apparemment ce n'est pas ma mère.
— Il y a quelque chose dans ta voix.
— Mes sentiments", dit Meghan.
Le taxi s'engage dans l'allée.
"Tu as besoin d'argent ? demande le Gros Bonnet, sortant son portefeuille.
— Non, dit-elle. Tu distribues de l'argent comme si ça réglait les problèmes.
— Ça ne règle rien mais, parfois, ça facilite les choses.
— Je ne vais pas bien, dit Meghan. Je sais que ça a plus ou moins l'air d'aller, que j'arrive à tenir des propos cohérents, mais ça ne va pas. Je ne sais pas du tout quoi faire de cette nouvelle. Tout ce que je pensais connaître s'avère bidon. Je postule à l'université en tant que quoi, l'enfant naturel de substitution ?"

Sur ces mots, elle monte dans le taxi. Tandis qu'ils roulent vers la ville, elle essaie de bavarder avec le chauffeur. Il ne ressemble en rien à M. Chicot. Elle est bouleversée ; ses larmes et son nez coulent sans fin malgré ses efforts pour tout ravaler.

"Hé, fait le chauffeur. Vous avez l'air triste.

— Je le suis, dit-elle. Merci d'y prêter attention.

— Hé, peut-être qu'on pourrait arranger ça.

— Comment ?

— Je sais pas, dit le chauffeur. J'ai des amis, on pourrait faire la fête, un truc comme ça ?"

Elle ne dit rien. Garde les yeux rivés sur la vitre.

"Ça vous dirait, de faire la fête ?"

Elle est mal à l'aise. La nuit tombe. Elle ne connaît pas Palm Springs. "En théorie, dit-elle. Mais il faut que j'aille au Denny's. J'ai rendez-vous avec des amis.

— On pourrait faire la fête ensemble, plus on est de fous, plus on rit, dit le chauffeur, la regardant dans le rétroviseur.

— Non. C'est une soirée prévue de longue date. On va au Denny's, puis à l'église. On est très investis dans l'Église." Elle se met à chanter. "Douce nuit, sainte nuit, dans les cieux, l'astre luit, le mystère annoncé s'accomplit, cet enfant sur la paille endormi, c'est l'amour infini…" Non seulement chanter l'aide à tempérer sa panique, mais elle respire plus profondément. C'est sa chanson préférée.

"Pas de souci, dit-il. L'église. Cool. Je respecte." Ses yeux se concentrent à nouveau sur la route. Au Denny's, elle songe à lui laisser un gros pourboire pour ne l'avoir pas kidnappée mais craint qu'il ne l'interprète mal et lui laisse un dollar. "Merci, dit-il. Au fait, vous avez une très belle voix. Donc mollo sur la fête – ça pourrait l'abîmer."

Elle entre dans le Denny's et commande un thé et un muffin à la myrtille. Elle n'a rien mangé depuis le petit-déjeuner, sauf si elle compte le paquet de bretzels dans l'avion. Il y a deux jours, elle chantait lors du concert de Noël du lycée et les voix d'une centaine de filles la transportaient – "le mystère annoncé s'accomplit, cet enfant sur la paille endormi" –, elle fredonne la chanson par-dessus sa tasse de thé fumant et fond en larmes.

La serveuse s'approche et lui demande si elle a besoin de quoi que ce soit. Meghan parvient à tarir le flot. "Non. Ça va, ment-elle.

— T'as besoin d'aide ?"

Meghan hoche la tête.

"T'es enceinte ?"

Elle secoue la tête.

"Conjoint violent ?"

Même réponse.

"Problème d'addiction ?"

Elle secoue la tête une fois de plus. "J'aimerais aller à une réunion. Comment on fait pour trouver une réunion ?

— Oh, mon chat, c'est dur, cette période de l'année. Bouge pas. Je sais à qui demander ; le gars de la cuisine sait où se tiennent toutes les réunions."

Au bout de quelques minutes, la serveuse revient avec une adresse griffonnée sur une serviette en papier et le plan pour s'y rendre à pied depuis le Denny's.

"Fais attention aux carrefours ; les voitures ne te voient vraiment pas la nuit, alors attends d'avoir le feu piéton. Comme ça, au moins, si quelqu'un te renverse, il devra payer pour te remettre en état.

— Merci." Meghan quitte le Denny's et marche jusqu'au lieu de la réunion. Elle se tient dans une boutique vide au sein d'un centre commercial. Toutes les vitrines ont été couvertes de papier et de panneaux « À louer ». Lorsqu'elle ouvre la porte, la clochette tinte et les gens tournent la tête pour la regarder. La salle est comble. Elle prend place sur une chaise pliante.

"Première fois ?" lui demande le type assis à côté d'elle.

Elle hoche la tête.

"C'est une réunion mixte AA/NA, la plupart des gens sont dans le circuit depuis un bon moment. Tu n'es pas obligée de parler ; tu peux juste écouter."

Elle hoche la tête.

"Bienvenue, dit le type.

— Merci."

Les histoires qu'elle entend sont déchirantes ; un homme raconte qu'il a allumé une pipe à crack et s'est retrouvé au service des grands brûlés. Une femme détaille sa vie à la rue avec ses deux chats. C'est totalement poignant. Meghan est assise là à se dire qu'elle est vraiment conne de penser qu'elle a des problèmes. Sa vie est bien différente de celle de ces gens-là et c'est voulu. Peut-être que sa mère l'a envoyée au pensionnat pour la libérer ou la protéger de tout ça. Meghan ne se rappelle même pas comment cette idée de pensionnat est venue, si ce n'est que ses parents semblaient désireux d'avoir leur liberté de mouvement, de pouvoir voyager à volonté. C'était à peu près à l'époque de sa puberté. Elle se souvient que sa mère avait essayé d'avoir "la discussion" avec elle et que ç'avait été un supplice. C'était peut-être une des raisons; les hommes commençaient à la regarder différemment. Elle le voyait; sa mère le voyait. Meghan repense à la semaine écoulée au lycée. Les élèves de dernière année ont pris le thé avec la directrice et les membres du conseil d'administration. Les filles portaient toutes une jupe et un twin-set et avaient les cheveux coiffés en arrière, tenus par une barrette. Chacune s'est vu offrir un collier de perles – la tradition du lycée. Dans son dos, les filles se sont moquées de la directrice, disant qu'elle portait toujours la même coiffure que lorsqu'elle était sortie d'un lycée de ce genre il y a une cinquantaine d'années. Et voilà que Meghan se retrouve à une réunion des alcooliques et des narcotiques anonymes à tripoter le rang de perles autour de son cou en se disant que sa mère ne la déteste peut-être pas tant que ça. Peut-être a-t-elle voulu lui offrir ce qu'elle n'avait pas eu la chance d'avoir elle-même. L'autonomie. La liberté. Peut-être Charlotte souhaite-t-elle que Meghan entre dans le monde à ses propres conditions, en toute indépendance, sans rien devoir ni à un mariage, ni à un homme.

La réunion s'achève et, même si elle n'a pas dit un mot, elle se sent mieux. Dehors, il fait froid. Sur le parking, elle aperçoit un taxi dont l'enseigne est allumée. Elle s'approche de la vitre du chauffeur.

"Vous êtes disponible?

— Vous étiez à la réunion?"

Elle ne répond pas.

"Vous allez où?"

Elle lui indique l'adresse.

"Je peux vous prendre, dit-il. Pas de problème."

Elle monte dans la voiture ; la banquette de vinyle est froide et Meghan comprend qu'il était aussi à la réunion. Il pousse le chauffage ; la température monte vite et un bel air de musique classique s'échappe des enceintes. Il met son clignotant, prend à droite en sortant du parking et tout semble aller bien. Elle plane tellement, contemplant la ville dans la nuit, les lumières tremblantes sur le trajet, qu'ils sont à mi-chemin lorsqu'elle s'aperçoit qu'il n'a pas enclenché le compteur.

"Le compteur ? demande-t-elle.

— Je ne peux pas vous faire payer.

— Ben, si.

— Non, vraiment. C'est mon truc. Je dépose gratuitement les gens qui se rendent à une réunion ou en reviennent.

— C'est très gentil, dit-elle. Mais j'ai les moyens de vous payer."

Il secoue la tête. "C'est un truc que je dois faire. Je ne peux pas me racheter vis-à-vis de tous ceux à qui j'ai fait du tort. Je ne vis plus près d'eux aujourd'hui. Alors j'essaie de faire ce que je peux pour d'autres. C'est ma façon d'aller de l'avant.

— Mais il faut bien que vous gagniez votre vie.

— Je la gagne, dit-il. Mais pas sur le dos de gens qui vont à des réunions, ce serait profiter de leur misère.

— C'est admirable.

— Je n'irais pas jusque-là. Avant, j'ai été barman ; mon goût pour la boisson m'a coûté mon travail. Après, j'ai été dealer et ça m'a conduit en prison. J'aime être mon propre patron et j'aime le contact avec le public. Alors ça m'a semblé une bonne solution. La voiture est à moi ; je décide de mes horaires." Il s'arrête dans l'allée. "Restez forte."

Meghan marche jusqu'à la porte et se rend compte qu'elle n'a pas de clé.

Elle presse le bouton de la sonnette, fort. Son père arrive en peignoir, le téléphone collé contre l'oreille.

"Tiens, regardez qui est de retour, dit-il.

— À qui tu parles ?" demande-t-elle en entrant dans la maison. Les lumières de Noël clignotent comme un congrès d'hypnotiseurs.

"Devine.

— Maman."

Il secoue la tête.

"Tony ?"

Il confirme. Elle prend le téléphone à son père et s'enfonce dans le couloir, marchant vers sa chambre.

"Je suppose que tu sais, dit-elle.

— Quoi ?

— Tout. L'histoire de la fusion de la famille nucléaire et tout sur ma vie, tout ce que j'ignorais jusqu'à ce soir."

Tony émet l'équivalent verbal du hochement de tête régulier. "Hum-hum.

— Pourquoi tu ne me l'as pas dit ? demande-t-elle, emportant le téléphone dans sa chambre. Pourquoi tu ne m'as pas dit que ma mère n'est pas ma mère ?

— Ce n'était pas à moi de te le dire, répond Tony.

— Qu'est-ce que je fais maintenant ?

— Tu n'as probablement pas envie de l'entendre, mais tu devrais peut-être reconnaître le mérite de tes parents. Ils assument un sacré truc depuis longtemps, et ce n'est peut-être pas plaisant, mais au moins, maintenant, c'est sur la table et il n'y a plus de mystère. Ton père voulait seulement ce qu'il y avait de mieux pour toi. Ta mère et lui ont tout fait pour que tu aies toutes les opportunités.

— Pour le moment, je suis occupée à être traumatisée. Je découvre que je remplace un enfant mort et que mon identité a changé sans prévenir – et toi tu me dis que papa et maman ont toujours voulu ce qu'il y avait de mieux pour moi ? Y a comme un bug, là.

— Que veux-tu que je te dise, ma puce ?

— Juste un « désolé » ou un « ça craint ».

— Je suis désolé, dit Tony.

— Merci. Et pour couronner le tout, tu sais ce qui craint vraiment ?

— Quoi ?

— Je ne savais pas qui était Condoleezza Rice."

Tony rit.

"J'aurais dû la reconnaître. Et ça craint que mes parents n'aient pas eu assez confiance en moi pour me dire la vérité.

C’est seulement parce que maman fait une dépression qu’ils ont décidé de me le dire.

— Je ne crois pas que ce soit une question de confiance.

— Ben, y a pas d’autre excuse, dit Meghan.

— La honte, ça peut peser très lourd”, dit Tony.

Mercredi 24 décembre 2008
Palm Springs, Californie
10 h 00

Le matin du 24 décembre, Charlotte appelle le Gros Bonnet. "Faisons un marché.

— Quel genre de marché ?

— Je viens à la maison pour Noël si tu m'achètes une voiture.

— On en a déjà une.

— Je veux que tu achètes une voiture pour une amie à moi.

— Quelle amie ?

— Celle qui partageait ma chambre à Betty Ford ; elle est passée au foyer de post-cure maintenant et j'aimerais lui acheter une voiture. Si on a une voiture, on pourra se balader.

— Tu peux te balader dans la nôtre.

— Elle adore conduire, dit Charlotte. Ce serait un beau geste. Pour fêter sa sobriété.

— Elle ne peut pas s'en acheter une elle-même ?

— Si elle utilise l'argent de sa famille, ce n'est pas sans conditions. C'est une question d'indépendance, pour offrir quelque chose qui n'est conditionné à rien. C'est pour ça que je te le demande.

— Je suis sûr que tu le sais déjà, répond-il. Tu peux simplement faire un chèque. Il y a plein d'argent à ton nom.

— Je ne veux pas puiser dans cet argent-là. Je veux que tu le fasses pour moi.

— Soit, dit-il. Je suppose que tu as une voiture en tête. Une Ford ? Une Chevy ?

— J'ai quelque chose en vue. Chez le concessionnaire Mercedes. Il y en a deux. Je n'arrive pas à me décider. La 190SL paraît petite. Peut-être la 220SE. J'aime la version crème mais il y en a aussi une rouge – c'est une super couleur pour une voiture.

— Sacré cadeau", dit-il. Une Mercedes coûte trois fois plus cher qu'une Ford. Manifestement, ce n'est pas qu'une question de déplacement ; le style entre en ligne de compte. "Tu as essayé les deux ?

— Oui.

— Avec ton amie ?"

Il y a un long silence. "Je ne lui ai pas dit que je cherchais pour elle. J'ai fait comme si c'était pour quelqu'un d'autre.

— Comme qui ?

— Toi. Je lui ai dit que je m'en voulais pour tout ce que je t'avais fait subir et voulais t'offrir un petit cadeau sport en guise de dédommagement, si on veut."

Il rit. "Bien, et comment tu veux faire ? Tu veux que je vous accompagne là-bas et que j'arrange ça ?

— On devrait y aller tous les deux, dit Charlotte. Et je la lui offrirai demain pour Noël.

— Bien. Je ne sais pas s'il est facile d'acheter une voiture pour quelqu'un d'autre. Elle a le permis ? Elle est assurable ? Pas de conduite en état d'ivresse ou autre ? Pas moyen de rouler sans assurance.

— Sa dernière voiture, c'était une Harley-Davidson. Et je ne suis pas très chaude pour circuler là-dessus, c'est pour ça que je veux acheter la voiture. J'ai une copie de son permis et de son numéro de sécurité sociale et, au besoin, on peut mettre les papiers à mon nom.

— Super.

— J'ai juste envie de lui faire ce don. Un don inconditionnel. Comme dans le poème de Robert Frost. Je vais le recopier et le poser sur le siège avant.

— On dirait que tu y as beaucoup réfléchi.

— Que les choses soient claires, dit Charlotte. C'est ce qu'on appelle du donnant, donnant ; je ne rentre pas de la façon dont tu voudrais que je rentre.

— Je comprends. Tu dors à la maison ?" demande-t-il, le téléphone toujours calé sous le menton. À cet instant, il a un moyen de pression.

"Oui.

— Où ?

— De mon côté du lit.

— Et moi ?

— Ce n'est pas comme si j'avais voulu blesser quiconque, j'espère que tu le sais, dit Charlotte. Je m'en veux énormément pour tout. C'est la pire chose que j'aie jamais eu à faire et maintenant je suis sûre qu'elle pense que je suis contre elle ou n'ai pas de sentiments pour elle, mais ce n'est pas vrai. Ce qui est vrai, c'est que nous ne nous connaissons pas vraiment. Mais, avec le temps, j'espère que nous allons nouer une nouvelle relation. C'est ma seule enfant et, malgré tout, j'ai fait tout ce que j'ai pu pour être une bonne mère.

— Tu es une mère formidable."

Elle ne dit rien.

"Une excellente mère, dit-il.

— Maintenant, au moins, tout s'éclaire", dit Charlotte.

Il regarde par la fenêtre ; Meghan est dans la piscine et fait des longueurs au milieu du bassin, déterminée.

Lorsqu'il a raccroché, le Gros Bonnet appelle Godzich et lui parle de la voiture. Godzich dit qu'il va appeler le concessionnaire pour mettre les choses en route. Puis le Gros Bonnet dit : "Sur un plan plus personnel, j'aurais besoin des coordonnées de ma vieille amie Irene."

Il y a un silence.

"Irene, du cabinet dentaire.

— Je vous trouve ça et je vous rappelle", répond Godzich.

Cinq minutes plus tard, Godzich rappelle. "J'ai une adresse et un numéro de téléphone.

— Le téléphone suffira, merci.

— J'ai des infos personnelles, si ça peut vous être utile.

— Quel genre ?

— Des détails supplémentaires.

— Dites voir.

— Elle est mariée, avec enfants."

Il y a une pause.

“Tant mieux pour elle, dit le Gros Bonnet. Quel est le numéro ?” Godzich le lui donne. Le Gros Bonnet le note sur une fiche et la glisse dans sa poche arrière.

Meghan est toujours dans la piscine. Elle fait des longueurs depuis des heures, comme si le mouvement allait l'aider à digérer les événements. Elle nage, nage toujours. La piscine est sa cuve de décantation. Elle glisse sous la surface ; elle fend les eaux. Elle fait des longueurs et pense à Charlotte. Elle pense à Charlotte et à toutes les manières dont elle essaie de lui ressembler.

Meghan n'a cessé de se repasser la réunion à laquelle elle a assisté hier soir. Même si Charlotte n'était pas un parent chaleureux, affectueux, elle faisait beaucoup d'efforts. Elle était toujours en train de lui apprendre quelque chose. Meghan n'avait pas la sensation que Charlotte était dans la retenue – elle pensait qu'elle était comme ça et que c'était là toute l'affection dont elle était capable.

Leur vie était une vie de règles. Charlotte était convaincue que les bonnes manières permettaient de parer à tout. Elle lui disait que l'étiquette était utile parce que c'était une boussole vers laquelle on pouvait se tourner lorsqu'on ne savait pas quoi dire ou quoi faire. Il y a toujours des moments, des occasions qui vous désarçonnent ; la vie est ainsi faite. Les choses vous prennent par surprise. Il faut être préparé.

Meghan nage et se souvient de choses qu'elle et Charlotte faisaient – les longues balades à cheval au ranch, les virées mère-fille au spa, les fois où Charlotte l'emmenait pour un soin des mains et des pieds et où elle se sentait si adulte. Elles achetaient des sacs à main assortis, ou des robes et des chaussures assorties ; à ses yeux, ces objets matérialisaient leur attachement, signifiaient qu'elles avaient quelque chose en commun. Elle repense à Charlotte et aux Girls Scouts – sa mère a brièvement été *brownie* et l'a embarquée là-dedans, vendant des cookies, organisant des réunions quand elle était plus petite et qu'ils vivaient dans le Connecticut.

C'étaient des moments où Meghan avait le sentiment que sa mère lui donnait d'utiles leçons sur ce que c'était qu'être une femme.

Charlotte rappelait souvent à Meghan d'être attentive au monde extérieur ; le cycle de vie du monde naturel est source de réconfort et de régularité.

Meghan pense à Charlotte et aux plantes. Elle était toujours en train de planter quelque chose, d'entretenir quelque chose, un saintpaulia ou une orchidée. Elle était en conversation avec les plantes. Au ranch, dans le cellier, il y avait une étagère où les orchidées dormantes de Charlotte étaient entreposées. Une multitude de pots d'orchidées dont l'étiquette indiquait la date de leur dernière floraison. Lorsqu'elle n'était pas au ranch, l'un des employés s'en occupait pour elle. Rien ne lui déplaisait tant que quelqu'un qui négligeait les plantes. Les plantes étaient comme les enfants, leur survie dépendait des humains. "C'est le moindre de nos devoirs de les arroser, de leur fournir les ingrédients essentiels à la vie", l'entendait-on dire.

Charlotte avait-elle toujours été comme ça ou était-ce apparu après le bébé ? Si elle n'était pas capable de garder son propre enfant en vie, pourrait-elle faire mieux avec une orchidée ? Si le plaisir absolu de sa mère et ses larmes, même, lorsqu'une orchidée refleurissait, lui avaient semblé bizarres à l'époque, Meghan comprend aujourd'hui tout le sens de cet émoi disproportionné pour une plante.

Tout en nageant, Meghan pense à Charlotte et à la nature. Elle pense à Charlotte au ranch, sortant à cheval, à son amour des chevaux. À son affection pour le chat de l'écurie. Un jour, elles étaient allées voir les chevaux et de toute évidence le chat venait de se battre, car il avait l'œil en piteux état. Sa mère l'avait aussitôt attrapé et porté jusqu'à la maison pour nettoyer la plaie. Le chat avait perdu cet œil mais survécu sans infection et semblait vouer à Charlotte une reconnaissance éternelle. Car aussi stricte et attachée aux règles qu'elle fût, Charlotte ne tolérait pas la négligence.

Meghan pense à Charlotte et à l'alcool. Quand cela a-t-il commencé ? Est-ce parti d'une chose simple, d'un moyen de sociabiliser qui aurait dégénéré ? Quand est-ce devenu un problème ? A-t-elle déjà essayé d'arrêter par le passé ? Pourquoi maintenant ? Est-ce vraiment parce que John McCain a perdu ? Meghan perçoit mal ce qui l'a motivée. Ses parents sont rompus à l'art de tout dissimuler.

Meghan pense à la réunion, aux histoires qu'elle a entendues, à ses émotions, qu'elle trouve difficiles à situer. Elle ne peut pas être en colère contre Charlotte ; comment être en colère contre quelqu'un qui souffre ? Elle ne peut pas être en colère contre Charlotte parce que ça ne ferait qu'aggraver les choses ; ça la ferait fuir alors que Meghan a besoin de l'attirer près d'elle et de la traiter comme un oiseau blessé. Il peut paraître héroïque qu'elle ne soit pas en train de penser à elle-même, mais ça ne l'est pas ; il lui est plus facile de se concentrer sur ce qu'elle peut faire pour les autres.

Quand Meghan revient de la piscine, elle demande à son père : "T'as téléphoné ?

— Non.

— Tu vas le faire ?

— Oui.

— Pourquoi c'est si long ?

— Je ne sais pas.

— Tu as dynamité ma vie. Maman devait le faire pour sa survie et toi, tu dois faire ça pour moi." Son maillot de bain dégouline sur le sol en granito. Les gouttes s'y écrasent dans un léger floc.

"Je sais."

Il s'excuse et va dans son bureau. C'est lui qui s'est mal conduit. Irene était jeune, chaleureuse, généreuse. À la fin, il n'a rien pu faire de ce qu'un homme doit faire : rectifier la situation, l'épouser. Elle était croyante – elle ne comptait pas avorter, alors la meilleure solution était de faire entrer le bébé dans sa vie. Il a demandé à son avocat de faire le nécessaire. Il a raconté à Charlotte qu'il avait entendu parler d'une jeune femme qui se trouvait dans une situation délicate. Sans préciser que c'était lui qui l'avait mise dans cette situation. Il a omis le détail clé, mais Charlotte l'a découvert. Le jour où ils sont allés signer les papiers, c'est devenu évident, et Charlotte, à son crédit, n'a pas cillé. Elle aurait pu dire non. Elle aurait pu revenir sur l'accord ; au lieu de ça, elle est restée de marbre et a signé sur les pointillés.

À l'époque, il avait admiré sa "force". C'est ainsi qu'il l'avait exprimé à Tony il y a tant d'années. "C'est une femme d'une force extraordinaire." Rétrospectivement, il n'est pas certain que ç'ait été le bon mot.

Il tire la fiche de sa poche arrière et tape le numéro. Au bout de quatre sonneries, il tombe sur un répondeur. Il raccroche aussitôt en espérant qu'ils n'ont pas l'identification de l'appelant.

"Pas de réponse, dit-il à Meghan. Je réessaierai dans un moment.

— Elle ressemble à quoi ? T'as des photos ?" demande Meghan. Le Gros Bonnet a l'air aussi choqué par la question que si elle avait parlé de pornographie.

"Non", dit-il. Il ne lui est jamais venu à l'idée qu'il pourrait avoir une photo d'elle. Il a un dossier quelque part à son sujet. Il se souvient clairement de ne pas l'avoir déposé dans la chambre forte – c'était une chemise en carton intitulée Irene contenant une copie du certificat de naissance. Son nom n'apparaît pas sur le certificat ; ils en avaient discuté en amont. Il y a aussi des documents attestant l'envoi d'argent à Irene et une lettre de l'avocat. Il a tout fait pour que les choses soient aussi nettes que possible, contractuelles. En y repensant aujourd'hui, il se demande si le mot "contractuel" n'est pas synonyme de connard. Quand il la fréquentait, il envoyait souvent des fleurs. Il appelait la fleuriste et lui dictait le mot pour la carte. Il lui avait fait des cadeaux, un beau bracelet de perles et deux ou trois autres trucs. Il était heureux qu'elle soit là, mais la relation n'avait pas été aussi longue et sérieuse qu'on pourrait le penser. Ce n'étaient pas les prémices d'une histoire d'amour ; ce n'était pas une liaison ; c'était une thérapie de deuil.

"Elle a les yeux de quelle couleur ?

— Marron, je crois." Il marque une pause. "Elle avait un beau sourire ; elle travaillait pour le dentiste. Ses cheveux étaient comme les tiens, ondulés, pleins de volume.

— Des détails, s'il te plaît, encore, dit Meghan.

— Elle était jolie et très gentille." Tout ce qu'il dit paraît fade, générique. Pourquoi n'a-t-il pas plus à raconter ?

"Essaie de rappeler, dit Meghan environ une heure plus tard.

— Oui." Il se lève pour quitter la pièce.

"Tu ne peux pas le faire devant moi ?

— Non.

— Je ne te fais pas confiance, dit Meghan.

— Tant pis." Il s'éloigne. À l'évidence, il est mal à l'aise, lui aussi.

"Tu vas vraiment l'appeler?

— Évidemment. Qui veux-tu que j'appelle d'autre?

— Qu'est-ce que tu vas dire?

— Aucune idée. Je vais devoir improviser."

Cette fois, il pense à masquer son numéro. Au bout de deux sonneries, une voix jeune répond. Lorsqu'il demande à parler à Irene, la voix crie : "Maman, c'est pour toi.

— Allô?"

Que dire? "T'as déjà entendu parler de la magie de Noël?

— Puis-je savoir qui est à l'appareil?

— Ah, désolé, c'est moi", dit-il. Reconnaît-elle seulement sa voix? Il aurait pu demander à Godzich d'appeler au préalable, mais il y a des choses qu'il faut faire soi-même. "C'est moi. Ton vieil ami. Désolé de te déranger mais…"

Elle laisse échapper une exclamation de surprise, de détresse.

"Je ne voulais pas te faire peur, dit-il. Ça faisait longtemps.

— Oui, dit-elle. Drôlement. Wouah." Il l'entend se déplacer, la main sur le combiné. "Carolina, surveille ton frère." Il entend des portes s'ouvrir, l'entend changer de pièce.

"Je ne m'attendais pas à avoir de tes nouvelles, dit-elle. Tout va bien?

— Ça va.

— Tu n'es pas malade? J'ai eu quelques appels de ce genre dernièrement, une amie qui a un cancer du sein…" Elle discourt comme ça un instant puis s'arrête.

"Désolé, dit-il. Je vais bien. J'ai une santé de fer." Il rit.

"Ce n'est pas drôle.

— Non, c'est vrai."

Un ange passe.

"J'appelle au sujet de la petite." Il marque une pause. "La vérité est parue au grand jour alors il faut qu'on se parle." Nouveau long silence. "Charlotte a dit à Meghan qu'elle n'était pas sa fille biologique. Meghan a des questions; elle veut te rencontrer. C'est une gosse merveilleuse, excellente, intelligente, belle comme le jour, bonne à l'école, qui ne nous a jamais causé le moindre souci. Nous sommes très fiers d'elle. Elle fait sa dernière année au lycée, là.

— Je ne sais pas si j'en suis capable."

Il ne dit rien. Parfois, mieux vaut ne rien dire.

"T'as vraiment mal choisi ton jour pour appeler, dit-elle.

— Ce n'était pas mon premier choix. Elle est en vacances.

— Nous partons demain matin à Disney World.

— Sympa, dit-il. Le Royaume enchanté. Vous revenez quand ?

— Le 31.

— Je crois qu'elle va te plaire."

Il y a un autre long silence.

"Le Jour de l'an ? demande-t-il.

— Je vous retrouverai le matin. Mon mari se lève tard.

— On savait que ce jour viendrait."

Elle ne dit rien. Elle est occupée à faire les bagages pour passer Noël à Disney World.

"Désolé de te mettre dans l'embarras", dit-il.

Il aurait pu ne pas appeler. Il aurait pu louvoyer et essayer de gagner du temps. Il aurait pu se contenter de donner le numéro à Meghan et la laisser se débrouiller.

"Merci d'avoir appelé", dit-elle. Et elle est sincère.

Lorsqu'il ouvre la porte, il trouve Meghan assise par terre. "Le Jour de l'an. On va la voir le Jour de l'an.

— Elle était contente ?

— Très, dit-il, espérant qu'en l'espèce, contente puisse vouloir dire sidérée et prise au dépourvu.

— T'as fait ma pub comme si j'étais à vendre – facile à vivre, jamais causé le moindre souci.

— Quoi ?

— J'écoutais à la porte. T'as employé des mots dignes d'un dépliant commercial. T'essaies de me recaser chez elle, ou quoi ?" Meghan fond en larmes.

"Ma puce, ce n'était pas du tout mon propos. Je voulais seulement qu'elle sache à quel point nous sommes fiers de toi, à quel point nous t'aimons. On n'est pas en train de te vendre ou de te recaser ; j'essaie simplement de faire ce qu'il faut du mieux que je peux.

— Ça craint", dit Meghan.

Il la prend dans ses bras. Le maillot de bain humide imprime une silhouette de jeune fille en pleurs sur le vieil homme.

"Elle part à Disney World demain, dit-il. C'est pour ça que ça doit attendre.

— On est y allés, à Disney World. Tu te souviens, maman avait tout détesté sauf les montagnes russes les plus flippantes ?

— Oui, dit-il. Entre nous, je n'ai jamais compris, mais il y a des mystères qu'il vaut mieux ne pas lever."

S'ensuit un long silence.

"Maman va revenir.

— Elle reste ?

— Oui, elle passera la nuit à la maison ; c'est tout ce qu'elle peut faire pour le moment. Et Tony arrive cet après-midi. Est-ce qu'on sort dîner ? Chez Melvyn ? Steak à la Diane et beignets d'oignons ?"

Meghan secoue la tête. "Je vais faire la cuisine. J'ai juste envie d'être à la maison avec tout le monde. Et après on peut aller à l'église.

— D'accord. On ira à la messe de minuit. Il doit bien y avoir une église dans le coin. D'ici là, je vais emmener ta mère en ville." Chaque fois qu'il prononce le mot – mère – il se sent mal à l'aise. Est-ce le bon mot, mère ? Doit-il l'appeler Charlotte, maintenant ? Il ne saurait s'y résoudre. Pour lui, elle reste Mère. "On a une course à faire. Un achat de dernière minute.

— J'irai avec vous, dit Meghan. Vous pourrez me déposer au supermarché."

Elle commence une liste : poulet, carottes, pommes de terre, petits pains, gâteau. À l'évidence, elle a passé trop de temps dans le Sud.

Mercredi 24 décembre 2008
Palm Springs, Californie
14 h 20

Charlotte arrive juste après le déjeuner, d'étonnamment bonne humeur. Il ne sait pas du tout pourquoi et ne veut pas poser de question. Ni lui ni Meghan ne mentionnent le coup de téléphone et leur plan pour le Jour de l'an.

"On y va ?" demande Charlotte, montrant son empressement à partir chez le concessionnaire. Il y a des années qu'il ne lui a pas vu cet éclat dans les yeux.

"Oui, dit-il. Nous sommes attendus."

Le Gros Bonnet ne saurait dire depuis quand il n'a pas mis les pieds chez un concessionnaire auto – vingt ans, peut-être ? Dès qu'ils ont franchi les portes, un vendeur fond sur eux comme un vautour. "Puis-je faire quelque chose pour vous ?" Le Gros Bonnet sort un bristol de sa poche arrière ; "Demander Keith", a-t-il écrit. Lorsqu'il prononce le nom de Keith, un second vautour, plus sophistiqué, l'arrache des pattes du premier.

"Je vous attendais, dit Keith, serrant la main du Gros Bonnet comme si l'affaire était déjà dans le sac.

— Dieu merci." S'il y a une chose que le Gros Bonnet déteste, c'est de devoir se manifester lorsqu'il arrive quelque part. Il aime que les gens l'attendent : médecin, dentiste, comptable, peu importe. Il ne supporte pas le stress de rester planté là comme un idiot. Il s'aperçoit que tout le monde ne se sent peut-être pas idiot dans cette posture, mais lui, si. Il se dit souvent que s'il était une star de cinéma, on le reconnaîtrait, mais être riche ne suffit pas. C'est pour ça que certains font étalage de leur fortune, présentent leur tableau de bord – remarquez-moi, faites attention, regardez combien de milliers de dollars je porte en montres, ceintures, chaussures, sacs à main. Ce genre d'affichage lui paraît grotesque. Il est de la vieille école. Pour des hommes comme le Gros Bonnet, la fortune est une protection ; elle étouffe l'angoisse de manquer et la crainte de ne pas avoir le contrôle.

Quoi qu'il arrive par ailleurs, hors de question de se retrouver dans la salle d'exposition d'un concessionnaire avec un gigantesque panneau "pigeon" collé sur le front pour qu'un vendeur de voitures d'occasion à l'ancienne, brûlant de gonfler son bonus de fin d'année, essaie de lui fourguer un tacot qui traîne là depuis six mois.

"Votre assistant m'a dit que vous étiez intéressés par deux modèles en particulier. Nous en avons aussi quelques autres que vous n'avez peut-être pas vus. Voulez-vous y jeter un œil ou vous concentrer seulement sur les deux en question ?

— Qu'avez-vous d'autre ? demande Charlotte. Je suis toujours curieuse."

Il la conduit jusqu'à un grand écran d'ordinateur et fait défiler quelques photos.

"Il nous la faut aujourd'hui, dit Charlotte. Prête à offrir. C'est un cadeau.

— Je comprends, dit Keith. Pour ce qui est des papiers, j'ai fait tout ce qui pouvait l'être à l'avance. Votre assistant, M. Godsend, a été d'une grande aide."

Keith ne se rend pas compte qu'il a torché la prononciation de Godzich. Ni le Gros Bonnet ni Charlotte ne relèvent – mais le Gros Bonnet voit un léger sourire passer sur les lèvres de Charlotte.

"Est-ce qu'on les essaie ? demande le Gros Bonnet. Il me semblait que c'était le but.

— Elles n'attendent que vous, répond Keith.

— C'est toi qui vois, dit Charlotte.

— On va les essayer, dit le Gros Bonnet.

— Ce sont des cabriolets, les capotes sont baissées. Il fait un peu frais mais vous pouvez mettre le chauffage.

— Parfait, dit Charlotte. J'ai pris un foulard."

Ils montent d'abord dans la 220SE rouge et le Gros Bonnet sort du parking non sans quelques à-coups. Ils sillonnent

Rancho Mirage. Le Gros Bonnet est tenté de faire le tour du Betty Ford Center et de dire à Charlotte combien de fois il est passé devant lorsqu'elle s'y trouvait, de lui dire qu'il lui a téléphoné le jour de Thanksgiving mais qu'ils ont refusé de lui passer l'appel. Il est tenté de tout lui dire mais craint qu'elle ne le prenne mal – non comme un témoignage de l'affection profonde qu'il a pour elle mais comme une preuve de son incapacité à comprendre qu'elle a ses besoins propres et à la laisser respirer ne serait-ce que le temps de sa cure de désintoxication.

À mesure qu'ils roulent, il sent monter une sorte d'excitation. Ils ramènent la 220SE rouge et montent dans la 190SL crème. C'est une très belle machine, classique, élégante, inspirante. Alors qu'ils vadrouillent dans le quartier, circule entre eux une énergie inattendue, déconcertante. Il répugne à la nommer, de peur d'aller trop loin, mais les mots de désir et d'euphorie lui traversent l'esprit. Il les écarte et opte pour enchantement ou charme et optimisme. La brise qui balaie le désert en ce mois de décembre traverse la voiture ; la ventilation souffle des bouffées d'air chaud tandis que la radio diffuse des classiques. Ça donne la sensation d'un phénomène météorologique, d'un front inédit où froid et chaud se superposent. S'il devait se risquer à décrire ce moment, il dirait que c'est comme s'ils étaient de nouveau jeunes et s'en allaient à l'aventure.

"Je ne suis pas sûr que ce soit mon rôle de te le rappeler, dit le Gros Bonnet. Mais au cas où tu l'aurais oublié, je vais le faire. J'espère que tu sais que tu peux avoir tout ce que tu veux ; tu n'as pas besoin d'autorisation. Je le pense vraiment littéralement, tout ce que tu veux, tout ce dont tu as besoin.

— C'est une fiction, dit-elle, resserrant son foulard. Pas possible.

— Pourquoi ?

— J'aurais besoin d'une machine à remonter le temps."

Il y a un silence.

"Ce dont j'ai besoin, c'est d'une nouvelle vie, dit-elle. D'une vie que j'aurais construite pour moi."

Nouveau long silence.

"Je n'ai pas d'autre choix que de partir d'où j'en suis. C'est ce que j'ai appris pendant la cure. Il n'y a pas de retour en arrière.

— C'est notre lot à tous, dit-il. On ne peut qu'aller de l'avant."

Ils roulent encore un peu.

"Tu penses choisir quoi ?" demande-t-il. Elle le regarde, interdite. "De quel côté penche ton cœur ?" Elle paraît toujours déboussolée, comme si la question était trop grande, portait tout le poids du monde. "Les voitures, dit-il. Je parle des voitures. Laquelle tu préfères ?

— Ah", fait-elle, soulagée.

Il y a autre un long silence.

"On en a vécu, des choses, dit-il.

— Oui.

— On aura toujours ça.

— Quoi ?

— Les choses."

De retour chez le concessionnaire, ils s'en remettent à Keith pour choisir le modèle. Keith leur dit que, même si la rouge a plus de "peps", la crème est une meilleure voiture et gardera plus de valeur dans le temps.

"Rien de tel que la valeur dans le temps", dit le Gros Bonnet, en quête d'un bon mot. L'essai a constitué une vraie partie de yo-yo émotionnel.

"Je vais demander au mécano de faire une bonne révision, dit Keith. Et on pourra vous la livrer en fin de journée, qu'est-ce que vous en dites ?

— Adjugé, dit le Gros Bonnet. Godzich vous fournira toutes les informations dont vous auriez encore besoin." Il griffonne son nom sur les pointillés. "Sacré cadeau de Noël, dit-il à Charlotte. J'espère que cette Trixie est une bonne amie.

— Terrie, dit Charlotte. Et merci. Ça représente beaucoup pour moi. Un vrai vote de confiance."

Ils passent chercher Meghan au supermarché ; elle attend dehors, chargée d'une avalanche de sacs. Sur la route du retour, ils s'arrêtent à la boutique de produits diététiques. Charlotte veut leur faire goûter une boisson qu'elle a découverte pendant sa cure.

"On est parties en excursion, leur raconte-t-elle. On a essayé tous les laits de datte. Celui-là, c'est mon préféré – ils utilisent des dattes confites."

Le Gros Bonnet ne se souvient pas de la dernière fois que Charlotte a eu envie de consommer autre chose que de la vodka. Il tire sur sa paille. “C’est comme un milk-shake.

— Oui, dit Charlotte. Mais c’est végane. Et ici, tout est dans les dattes, qui sont une bonne source de potassium.

— Je parie qu’on pourrait aussi s’en faire à la maison, dit Meghan.

— L’intérêt, pour moi, c’est de sortir”, dit Charlotte.

L’après-midi, la musique de Noël et le parfum riche et boisé de la bougie Rigaud emplissent la maison. Meghan s’enferme dans la cuisine afin de préparer son festin. Tony arrive en fin d’après-midi, et aussitôt Charlotte et lui sortent se baigner.

Si l’on ne savait à quoi s’en tenir, on pourrait penser que tout est en ordre, que tout est comme toujours. Il y a de la légèreté dans l’air ; est-ce une marque de soulagement ou d’aveuglement ? Peut-on larguer une bombe de la puissance de celle qu’ils ont larguée hier et continuer comme si rien n’avait changé ? L’esprit de Noël doit-il l’emporter sur tout le reste ?

Le Gros Bonnet ne peut s’empêcher de se demander s’il n’est pas un peu trop terre à terre, trop labrador. C’était comme ça que Charlotte le surnommait avant – son chien.

Maintenant que les autres ont ce qu’il leur faut, le Gros Bonnet se retire dans son bureau et commence à faire des plans. Il téléphone à Godzich – il a besoin d’un vol pour Washington le 26 ainsi que d’une chambre d’hôtel pour Meghan et lui. Il la gardera près de lui jusqu’à son retour au pensionnat juste après le Nouvel An. Il faut répondre à des invitations, des dîners en amont de l’investiture, des demandes de rendez-vous.

Et il a quelques projets personnels à mettre en branle.

Le parfum de fête s’enrichit pour inclure les délicieuses senteurs du dîner de Noël à venir : poulet en train de rôtir, pain en train de cuire. Il va dans la cuisine pour jeter un œil. “Impressionnant. Où as-tu appris à faire tout ça ?

— J’ai triché, répond Meghan. J’ai presque tout acheté déjà préparé. Je ne fais qu’assembler.

— Appelle ça comme tu veux. Moi, j’ai l’impression que tu connais ton affaire.

— On cuisine beaucoup à l'internat, au four surtout. L'ancienne maîtresse d'internat, Mlle McCutcheon, jugeait qu'il était de son devoir de nous apprendre à préparer des repas simples ; elle disait que la tradition datait de l'époque où les lycées de jeunes filles avaient pour fonction de préparer les femmes aux exigences de la vie maritale. « Le poulet rôti, c'est le b. a.-ba ; c'est simple, mais classique. Vous pouvez servir un poulet cuit à point à votre mari ou au patron de votre mari. Ça n'a pas la prétention d'un rosbif et ne risque pas d'être interprété comme de la flagornerie. De l'ail. De l'ail sous la peau et du citron dans la cavité. »

— T'as l'air d'avoir retenu un ou deux trucs.

— Oui, dit-elle. Tu sais que, chez nous, les cours de maths de haut niveau n'ont été mis en place que ces dernières années ? Avant, les filles suivaient toutes un cours de maths commerciales, nom de code pour « savoir faire les comptes du ménage ». Mais aujourd'hui, on a droit au calcul et à la trigonométrie. Je ne sais pas s'ils pensent qu'on pourrait devenir mathématiciennes ou seulement qu'on aura besoin d'aider nos enfants à faire leurs devoirs.

— J'imagine que ce n'est pas ce que tu souhaites.

— Devenir mathématicienne ? Oh non. J'ai envie de faire quelque chose d'important.

— Comme quoi ?

— Je ne sais pas trop, colonelle, peut-être."

Colonelle. Ça lui en bouche un coin. Un bruit de gorge et un bredouillis lui échappent. Il fait mine de tousser à cause d'une amande. "Ce n'est pas un petit poste. Sacrée responsabilité.

— Je n'ai pas peur des responsabilités, dit-elle.

— Il y a déjà eu des femmes colonelles ?

— Je ne sais pas. Mais il y en aura. Je n'ai pas envie d'être seulement la femme de quelqu'un. Sans vouloir te froisser, je ne vois pas ce qu'il peut y avoir de pire.

— Ouais, dit-il. Ça semble être un problème."

Charlotte et Tony sont dans la piscine, en train de jouer avec une espèce de ballon de plage gonflable que quelqu'un a dû laisser chez eux ou qui s'est envolé d'une autre maison et a traversé le terrain de golf. Il porte le logo d'une entreprise immobilière des environs ; ont-ils fait un lâcher de ballons de plage ?

Il ne croit pas avoir déjà vu Charlotte jouer comme ça ; elle n'arrête pas de sauter dans l'eau, d'attraper et de renvoyer la balle.

Il cogne contre la vitre. "T'as fumé ?"

Elle entend le bruit, tourne la tête et hausse les épaules. Comprend-elle ce qu'il dit à travers la vitre ?

Il regagne son bureau et, peu de temps après, regarde par la fenêtre et aperçoit Charlotte et Tony assis sur des transats sous plusieurs grosses serviettes de bain, manifestement en train de se passer un joint.

Il arrache presque la poignée de la baie vitrée tant il l'ouvre brusquement. "Vous ne pouvez pas faire ça. Ici, ce n'est pas possible. Je n'ai pas envie de recevoir une lettre de l'association des copropriétaires m'informant qu'on vous a vus fumer du shit juste en face du neuvième trou. Allez faire ça ailleurs.

— On peut rentrer ? demande Charlotte.

— Allez dans le garage.

— Il fait froid dans le garage, et il n'y a pas de lumière", dit-elle comme si elle avait déjà envisagé cette possibilité.

Charlotte et Tony se lèvent de leur transat et rentrent. Le Gros Bonnet regarde Charlotte, incrédule, l'air de dire : Je croyais qu'on passait une bonne journée.

"Désolée, dit-elle. C'est trop pour moi. J'ai beaucoup de mal à rester présente.

— Soit. Mais tu ne peux pas faire ça au vu et au su du reste du monde. Descends dans ma salle de guerre s'il le faut."

Tony et Charlotte lèvent les yeux au ciel.

"Vraiment, dit-il à Tony. Toi aussi, t'es un camé ?

— Je faisais ça pour lui tenir compagnie, chuchote Tony.

— Quoi, tu vas me dire que t'as pas avalé la fumée ?

— Parfois, pour amener les gens à s'ouvrir, il faut leur donner un petit quelque chose."

Le Gros Bonnet secoue la tête et retourne dans la cuisine.

"Qu'est-ce qui se passe ? demande Meghan.

— J'aimerais bien le savoir.

— Je rêve ou maman et Tony viennent de partir fumer ?"

Il ne dit rien.

"On reste entre nous, alors. Tu crois que je l'écris dans mon journal ?"

Là encore, il ne répond pas.

Un cri monte de la salle de guerre.

“Qu’est-ce que tu fabriques là-dedans, au juste ? lance Charlotte. On dirait que tu as fait une fête dont tu étais le seul invité.

— J’ai livré une grande bataille le jour de Thanksgiving et je ne veux pas que la femme de ménage me casse tout.

— C’est quoi le truc orange ? veut savoir Tony.

— De la Jell-O, dit-il, qui se fait passer pour de l’agent orange.

— Eh bien, y a des crottes de souris dans la Jell-O.

— Ce ne sont peut-être pas des crottes de souris, dit le Gros Bonnet. Ce sont peut-être des obus ou des grenades qui n’ont pas détoné. Ne mettez pas le bazar dans mes scènes.

— Ce n’est pas franchement exact sur le plan historique, dit Tony.

— C’est sujet à interprétation, dit le Gros Bonnet. Mais c’est ma façon de m’amuser.”

Pendant que Charlotte et Tony sont au sous-sol, le Gros Bonnet reste avec Meghan dans la cuisine.

“T’es drôlement tolérant, dit Meghan.

— Je n’ai pas vraiment le choix.

— Tu pourrais dire : « Pas de cannabis chez moi. » Ça n’aurait rien de déraisonnable.

— C’est aussi chez ta mère.

— Elle sort à peine de désintox. Elle n’en est même pas sortie, en fait ; elle est en post-cure. Je suis sûre qu’ils ont des règles.

— Après bien des années, il y a une chose que j’ai apprise.

— Quoi ?

— Que parfois, mieux vaut en faire moins. Quand on a beaucoup de pouvoir, à moins d’avoir un message très précis et profond à faire passer, mieux vaut mener le navire en douceur. Les gens de pouvoir ne mesurent pas le poids de leurs propos.

— Tu peux préciser ?

— Ce n’est pas le jour pour imposer ma volonté, mes règles ou mes désirs à Tony et ta mère. Nous devrions être contents d’être tous ensemble. Tu es à la maison ; ta mère aussi ; et Tony est là.” Le Gros Bonnet regarde au loin. “J’espère ne rien dire que je devrais taire – mais je vais te raconter quelque chose qui te montrera que beaucoup de gens que tu connais et admires ont eu des vies plus complexes et difficiles que tu ne le mesures peut-être.

— OK, dit Meghan.

— Tony t'a déjà parlé de sa famille ?

— Peut-être un peu de la ferme de son grand-père dans le Sud où il aimait tant passer ses étés.

— Le père de Tony était un buveur, quelqu'un de très posé et guindé jusqu'au moment où il s'enivrait. Et alors, il devenait imprévisible. Il flanquait souvent des raclées à Tony, le traitait de femmelette. Ç'a été une enfance assez merdique. Un jour, alors qu'ils étaient en visite à la ferme pour les fêtes, le père de Tony, dans un accès de colère alcoolique, a foncé droit dans la maison de ses parents avec sa voiture. Il avait une Chrysler Imperial rouge bordeaux de 1955 et alors qu'il remontait l'allée, il a mis le pied au plancher et s'est lancé à toute blinde contre la maison, traversant la cuisine, et après il a raconté que les freins avaient lâché. Comme le disait souvent Tony : « Par chance, la dinde était cuite et la belle vaisselle déjà sur la table. » La grand-mère de Tony, une vraie fille du Sud à l'ancienne, a essayé de sauver les apparences. C'est une coutume là-bas de faire comme si la merde sentait la rose. Quand son fils est sorti de l'épave, il paraît qu'elle a dit : « Eh bien, merci. Tu as fait en une seconde ce que je n'ai pas réussi à faire en quarante ans. J'ai toujours eu envie d'une nouvelle cuisine. » À ses yeux, le père de Tony ne pouvait rien faire de mal, ce qui était peut-être une partie du problème. « Il a essayé de nous tuer, et toi tu le remercies, aurait dit le jeune Tony. – Sacré farceur, a répondu sa grand-mère. S'il avait voulu nous tuer, il aurait foncé par-derrière. Il sait qu'on n'est jamais loin de l'arrière de la maison. » L'accident n'en a pas moins causé une méchante plaie et une cicatrice à la jambe de Mme Washington.

— C'était qui, Mme Washington ?

— Leur employée de maison.

— Elle a démissionné ?

— La police et l'expert en assurances sont venus, après le dîner, parce qu'ils ne voulaient déranger personne. Tony a boudé pendant tout le repas et a refusé de prendre du gâteau tant qu'on n'aurait pas appelé le docteur pour s'occuper de la jambe de Mme Washington.

— Mais est-ce qu'elle a démissionné ? Ça relève de la maltraitance.

— Elle a été prise en charge, comme on dit. Ils étaient bien assurés. La grand-mère de Tony a eu la cuisine dont elle avait toujours rêvé et tous les autres ont secoué la tête, incrédules. Ce que j'essaie de te dire, c'est que Tony est quelqu'un de complexe qui a appris à cacher ce qui lui est le plus cher et à s'adapter, à faire un pas de côté si nécessaire pour pouvoir s'en sortir.

— Du moins, c'est une version de l'histoire, dit Tony en entrant dans la cuisine. Après la sortie de route des fêtes, comme on l'appelait, ma mère ne m'a plus jamais laissé seul avec lui. Elle s'inquiétait pour mon bien-être. Mon père aimait à dire : « Donne-moi un week-end avec le petit et j'en ferai un homme. » C'est à ce moment-là que mère et moi avons commencé à planifier ma fuite au pensionnat, ce qui n'était pas franchement pépère, mais il y avait des moments, à la maison, où je me disais qu'il risquait de me tuer exprès par accident.

— Désolée, dit Meghan. Ça semble horrible.

— Tout n'a pas été noir, parce que la première personne que j'ai rencontrée à l'internat, ç'a été ton père. Et regarde où ça m'a mené." Tout le monde rit.

"Le poulet sent bon, dit Charlotte.

— Il est presque prêt."

Mercredi 24 décembre 2008
Palm Springs, Californie
16 h 30

Le soleil disparaît derrière les monts San Jacinto et la maison est gagnée par l'obscurité. Tony allume la guirlande du sapin, monte le volume de la musique et ils se mettent tous à danser. Si quelqu'un regardait dans la maison par les grandes baies vitrées, il apercevrait un splendide paradis hivernal au milieu duquel une femme d'un certain âge fait tournoyer sa fille au bout de sa main, tandis qu'un vieux schnock et son dandy de meilleur ami font de même. Puis ils changent de partenaire, et Charlotte et le Gros Bonnet se lancent dans un drôle de tango pendant que Meghan danse avec Tony. Ils changent encore et c'est le Gros Bonnet et sa fille, et ce soir il est plus fier d'elle qu'il ne l'a jamais été. Elle s'est montrée à la hauteur des circonstances et a prouvé qu'elle était une jeune fille formidable. Alors qu'ils dansent, les larmes lui montent aux yeux – il aurait tant aimé avoir mieux et plus à lui offrir. Il aimerait pouvoir réécrire l'histoire mais, n'ayant pas ce pouvoir, il est d'autant plus résolu à entamer une nouvelle page, à tracer une voie pour l'avenir. Il s'engage à empoigner fermement le passé et, comme s'il s'agissait de l'énorme hotte du père Noël, à le traîner à travers la boue, la neige, la pluie, la merde et l'enfer qui les attendent pour le transporter dans l'avenir, et Meghan avec, avant de mourir.

"À quel point tu planes, là ? demande-t-il à Charlotte.

— Beaucoup, dit-elle. C'est plaisant. Tu devrais essayer.

— J'aimerais bien, mais pas aujourd'hui. Il faut que quelqu'un reste sur le pont.

— Tu es le veilleur de nuit.
— Je suis le chien, dit-il.
— Elle a toujours aimé danser, maman ? demande Meghan.
— Je ne sais pas trop. Mais elle sait vraiment se trémousser."

Alors qu'ils s'apprêtent à passer à table, quelqu'un sonne à la porte, leur fichant à tous une peur bleue.

"C'est la voiture ? demande Charlotte.
— Quelle voiture ? veut savoir Meghan. Vous m'avez acheté une voiture ?"

Le Gros Bonnet jette un œil dehors avant d'ouvrir. "Ce n'est pas la voiture ; c'est FedEx. J'ai des palpitations ; j'imaginais déjà les gros titres : « En plein désert, la résidence secondaire d'un important donateur républicain était un lieu de défonce. »"

Il ouvre la porte, signe et prend le colis. "De notre ami de Winnetka, figure-toi.
— Ouvre-le, dit Tony.
— Je ne sais pas, répond le Gros Bonnet en riant. J'ai un peu peur, je me demande encore si ce rendez-vous s'est bien passé."

Il déchire le carton. C'est une bouteille d'un liquide trouble comme l'eau des marais, scellée à la cire et présentée dans un coffret en plastique transparent – un petit cercueil rempli de joie de Noël. Un mot l'accompagne, écrit à la main : "Eau de couille, cuvée spéciale fêtes – sativa additionnée de cannelle et de clou de girofle."

"J'imagine que je ne peux pas en boire, dit Charlotte.
— Certainement pas", dit Meghan, d'un ton qui paraît des plus stricts.

Ils passent à table. Meghan a élaboré un festin qui mériterait un shooting photo. Non seulement le résultat est vraiment spectaculaire, mais on a l'impression qu'elle l'a fait sans effort.

"Je me demandais ce que c'était, ces trucs-là, dit le Gros Bonnet en faisant tournoyer son rond de serviette orné de bois de renne.
— Je les ai fabriqués moi-même, dit Meghan. Avec des choses que j'ai trouvées dans la maison.
— C'est une très belle table et un très beau repas, dit Tony. T'as vu un peu ? T'as vu tout ce que t'as fait ?"

Meghan rougit.

“C’est bon, dit Charlotte. C’est peut-être le meilleur poulet que j’aie jamais mangé. Je vais vous dire une chose, quand j’étais en cure, et maintenant en post-cure, j’ai toujours essayé de ne pas être snob, mais la nourriture n’est pas bonne. Elle est exécrable, en fait.

— C’est-à-dire ? demande Meghan.

— Elle est impropre à la consommation humaine. Les ingrédients sortent de gigantesques seaux industriels portant la mention “Mayonnaise haute fermeté” ou “Extra épais”, etc. Mon amie m’a dit que la proportion d’insectes et de corps étrangers autorisée était plus élevée pour les grossistes alimentaires que pour les produits grand public.

— C’est vrai ? demande Meghan.

— C’est ce qu’elle dit. Et elle est bien placée pour le savoir. Elle n’en était pas à sa première cure et elle a même fait un bref séjour en prison.

— Wouah, dit Meghan.

— Tu veux savoir comment c’était vraiment ? demande Charlotte.

— Oui.

— Je ne sais pas si ce genre de sujet convient à un enfant, intervient le Gros Bonnet.

— J’ai envie de savoir.

— Merci, dit Charlotte, se penchant vers Meghan. Alors, je ne me souviens même pas d’être arrivée là-bas. Des jours durant, je n’ai pas eu la moindre idée d’où j’étais ; je croyais que j’étais toujours à ma détox, qu’il était arrivé quelque chose et qu’on m’avait transférée dans un hôpital du coin où les gens étaient gentils mais un peu démonstratifs. Je n’arrêtais pas de me réveiller en pensant qu’il y avait quelqu’un d’autre dans ma chambre. J’ai d’abord cru que c’était une infirmière particulière, puis, une nuit, je me suis réveillée persuadée que c’était un homme qui me voulait du mal. Et j’ai hurlé – ou j’ai cru le faire. Une fois, j’ai cru que c’était une bénévole venue me proposer du jus de pomme. Puis j’ai réalisé que cette silhouette était celle d’une femme qui dansait dans la chambre uniquement vêtue d’une culotte de nylon blanc. Au beau milieu de la nuit, les bras au-dessus de la tête, elle dansait avec un casque aux coussinets énormes sur les oreilles, branché à un walkman Sony. Comme ça." Charlotte se lève et leur fait une démonstration. "Ses bras faisaient le piston ; elle avait le corps mince, bronzé, pas une forme féminine traditionnelle. Sa culotte de mémé lui montait jusqu'au milieu du ventre et ses petits seins bas aux tétons marron foncé se balançaient légèrement au rythme de la musique.

— C'en est trop, dit le Gros Bonnet. Arrête.

— Continue, dit Meghan.

— Toutes les nuits, la femme dansait dans la chambre, ses pieds glissant doucement sur le lino, elle dansait comme si elle avait jadis pris des cours de danse de salon, comme si elle avait son propre tempo. On aurait dit qu'elle était toute seule à une soirée disco pour sourds – à cause du casque – ou dans un film expérimental des années soixante ou une performance d'avant-garde. Pas un bruit à part le frôlement de ses pieds nus sur le lino. Tout ça me donnait un peu l'impression d'être coincée dans un rêve ou une hallucination. Quand j'ai commencé à retrouver la notion du temps, j'ai constaté que c'était une seule et même personne. Au milieu de la nuit, c'était celle qui dansait dans le noir, et la journée, c'était un homme portant une chemise écossaise, un jean usé et des bottes de cow-boy. Je la voyais sortir fumer dans la zone où la cigarette était autorisée. Pendant très longtemps, je n'ai pas su à qui ou à quoi j'avais affaire. Je croyais qu'elle travaillait là-bas et que son job était de nettoyer les chambres avec un immense balai plat. Et puis on a eu une dispute.

— Quel genre de dispute ? veut savoir Meghan.

— Une nuit, je me suis réveillée et je l'ai trouvée plantée là, alors j'ai dit : « C'est ma chambre. – Je ne crois pas, elle a fait. – Où que nous soyons, je suis certaine que mon mari a payé pour que j'aie une chambre individuelle », j'ai dit, et elle a ri comme si c'était vraiment la meilleure de l'année. « Dans le monde des ivrognes et des toxicomanes, il n'y a pas de chambre individuelle. » Je ne lui ai plus parlé pendant des jours. À la fin, elle m'a dit : « Vous ne comptez plus jamais m'adresser la parole ? On a quelque chose en commun. – Quoi ? – Un problème. – Je ne vois pas de problème, j'ai dit. – Ne me fermez pas la porte, a dit la femme. – Vous savez, je suis mariée depuis vingt-cinq ans ; je suis douée pour ne pas voir les choses. Comment croyez-vous que j'aie fini ici ? – Et si vous me racontiez tout ça ? ». On s'est mises à discuter, et il s'est avéré qu'on avait pas mal de choses en commun."

Pendant que Charlotte raconte son histoire, le Gros Bonnet mange des petits pains. Il les mange avec tant d'ardeur que c'est comme s'il essayait de s'étouffer ou de réduire Charlotte au silence en s'empiffrant. Une bouchée après l'autre, il se fourre le pain dans le gosier tandis qu'elle parle. Tout en racontant son histoire, Charlotte, elle, gratte la carcasse du poulet. Lorsqu'elle en a terminé, la volaille est complètement nettoyée et la viande répartie en deux tas sur la planche à découper, le blanc d'un côté, le reste de l'autre.

"Tu pourrais faire du bouillon avec les os, suggère Charlotte.

— On part bientôt, répond Meghan.

— On va où ? demande Charlotte.

— À l'église, puis à Washington, répondent en chœur Meghan et le Gros Bonnet.

— Je suis épuisée, dit Charlotte. Dodo peut-être.

— Église, insiste Meghan.

— Quelle heure il est, là ?

— Neuf heures et demie, dit Tony, se levant pour commencer à débarrasser. J'ai trop mangé.

— Je ne vais vraiment pas tenir jusqu'à la messe de minuit, dit Charlotte.

— Allons à la première messe, dit Meghan. Les chants sont mieux et il y a le spectacle des enfants."

En partant, ils trouvent Keith, le vendeur de chez Mercedes, dans l'allée, en train d'essayer d'accrocher en catimini un énorme ruban rouge à la capote de la nouvelle voiture.

"Vous m'avez acheté une voiture ? demande Meghan.

— Non, répond Charlotte.

— Tu as besoin d'une voiture ?" demande le Gros Bonnet.

Meghan hausse les épaules. "J'en aurai besoin dans un avenir plus ou moins proche.

— Eh bien, ça, c'est une voiture du passé, dit Charlotte. Et c'est pour une de mes amies. Le moment venu, nous t'achèterons un véhicule d'avenir."

Ces mots semblent apaiser Meghan.

Ils passent devant plusieurs églises. Notre-Dame-de-la-Solitude. L'église de l'eau vive du désert. Ils ne savent pas quoi faire, alors le Gros Bonnet continue de rouler un moment.

"Quel endroit étrange, dit Tony. Un monde beige et sableux ponctué de taches d'herbe vert fluo, avec des sucres d'orge devant les maisons, des sculptures de glace à l'intérieur et…

— On n'a qu'à s'arrêter à la prochaine qu'on voit, dit Meghan.

— Amen", dit Charlotte.

Durant leur déambulation, ils débattent de ce qu'il y a derrière chacune des décorations qu'ils croisent, notamment une énorme crèche dont les personnages sont si grands qu'ils semblent sculptés dans des poteaux téléphoniques.

Charlotte raconte une anecdote que personne n'avait jamais entendue à propos d'un spectacle de Noël auquel elle a participé dans sa jeunesse : "La pièce s'appelait « Une crèche vivante » et je devais prendre l'Enfant Jésus dans mes bras, or ce n'était pas un poupon mais un vrai bébé de quatre mois, chaud, humide et gigotant. C'était terrifiant. Alors qu'il était endormi dans le berceau en bois, il s'est tout à coup réveillé. Il a geint, puis s'est mis à pleurer de toutes ses forces et je ne savais pas si j'étais censée sortir de mon rôle et le prendre dans mes bras bien que ce ne soit pas encore le moment. J'ai regardé le chef de chœur en quête d'un signe, mais rien. Puis le public ; tout ce que je voyais, c'étaient des visages pleins d'espoir qui me regardaient avec un grand sourire ; ils trouvaient ça vraiment adorable. Quand j'ai fini par prendre le bébé, il était complètement trempé de pipi et j'ai trouvé ça dégoûtant mais j'ai dû le porter comme ça – remonter toute l'allée centrale et passer devant les enfants de chœur et les moutons. Quand on est retournés en coulisse, la mère de Jésus me l'a pris et lui a arraché sa couche – c'était peut-être le premier pénis que je voyais – et après l'avoir changé, elle a sorti son sein et l'a allaité. Je n'avais jamais vu ça non plus. Le Noël le plus traumatisant de ma vie." Elle rit.

Le Gros Bonnet se gare sur le parking de la chapelle de-l'Oasis-du-Désert, un grand bâtiment ocre sur la façade duquel on peut lire "Si quelqu'un a soif, qu'il vienne à moi et qu'il boive", tiré de Jean, 7, 37, en caractères Gideon Plexus de trente centimètres de haut.

“À celui qui a soif, je donnerai de la source de l’eau de la vie, gratuitement, dit Tony alors qu’ils pénètrent dans le bâtiment.

— C’est quoi, ça ?

— Une autre partie de la citation inscrite sur la façade, dit Charlotte.

— Apocalypse, 21, 6”, dit Tony.

Meghan sourit.

La messe est formidable. “Géniale”, dirait Meghan. Elle est avec sa mère, son père et son parrain, ils ont leurs livres de cantiques ouverts et tiennent des cierges blancs dans de petites coupelles en carton attrape-cire qui ressemblent à des cornets de glace. *“Gloria in excelsis Deo !… And Heaven and nature sing… Repeat the sounding joy. Repeat the sounding joy.”*

Répéter la joie qui résonne. Est-ce seulement possible ?

Vendredi 26 décembre 2008
Palm Springs, Californie
7 h 05

Tôt le matin, le lendemain de Noël, quelqu'un du foyer de post-cure vient chercher Charlotte. Surprise par le coup de klaxon, elle se dépêche de ranger ses affaires. Avant de sortir, elle se glisse dans la chambre où Meghan dort.

Elle balaie les cheveux qui cachent le visage de la jeune fille. "C'était merveilleux d'être avec vous, chuchote-t-elle. Mais je dois retourner dans ma cage.

— Je t'aime, marmonne Meghan. Joyeux Noël. Tu chantes bien."

Et en se rendormant, Meghan se demande si Charlotte doit retourner dans sa cage parce qu'elle y est à l'abri ou parce que les autres sont à l'abri de Charlotte quand elle est là-bas.

Son père la réveille à neuf heures. "Il est temps de se mettre en route. Maman est passée te dire au revoir ? Elle est partie très tôt.

— Oui, dit Meghan.

— Très bien", dit le Gros Bonnet.

Meghan rassemble ses affaires et son butin de Noël, puis une voiture les conduit à l'aéroport, elle, Tony et son père. En quittant Palm Springs, elle a le sentiment d'être escortée jusqu'à la sortie de son enfance. Tony et son père l'encadrent comme des vigiles ou des piquets de clôture. À la boutique de l'aéroport, elle cherche quelque chose à acheter – un souvenir, une trace, un marque-page, un dépositaire de ce moment. Elle trouve un carnet embossé du slogan de Palm Springs, "Laissez-vous aller au désert", et un crayon en forme de cactus.

Étant du genre à toujours réfléchir à ce qui vient d'arriver, à vivre en gardant un œil dans le rétroviseur, Meghan sait que sa vie ne sera plus jamais la même. S'il est vrai que tout change à chaque seconde, ce qui est arrivé à sa famille reste un choc. Elle le sait, puis elle oublie. Puis elle le sait de nouveau. Chaque fois qu'elle le sait, c'est une petite secousse, un pincement de déception et de découverte.

Ni Tony ni son père ne sont très bavards en avion. Ils voyagent avec des dossiers à examiner, des surligneurs de différentes couleurs et des lunettes de lecture de corrections diverses. "Variations sur la fatigue, dit Tony, désignant sa collection. La première paire, c'est un peu fatigué, la deuxième, très fatigué et la troisième, épuisé et quasiment aveugle.

— Je vais essayer « un peu fatigué »", dit Meghan, et Tony lui tend les lunettes. Elle essaie de lire un journal. Les lettres sont floues et donnent la nausée. "Pas pour moi, dit-elle, rendant la paire à Tony.

— Elles le seront un jour, dit-il. Ça arrive à tout le monde. Tu crois que ça ne t'arrivera jamais et un beau jour t'as quarante ans et les cartes d'anniversaire que tu trouves dans ta boîte aux lettres te semblent un peu plus dures à lire."

"On ne peut aller que de l'avant", écrit-elle dans son nouveau carnet. Elle dresse la liste de ce qu'elle attend d'elle-même : résilience, force d'âme, devoirs faits à temps. "Maman a une belle voix, écrit-elle. Elle a chanté dans une chorale." Elle saute une demi-page. "Il s'avère que maman n'est pas vraiment ma mère. Qu'est-ce que ça veut dire, « pas vraiment » ? Papa dit que, même si elle n'est pas ma mère biologique, elle reste ma mère. Pas vraiment. Pas vrai. Vrai mensonge." Inquiète de ce qu'elle a écrit, elle biffe le paragraphe entier.

"Je ne suis pas celle que je crois / que j'ai cru être / que je croyais devenir. Qu'est-ce que je vais devenir ?"

Comme dans une fugue dissociative, une hallucination prolongée, le brouillard de l'identité perdue est un tourbillon laiteux et primal de confusion et de contradiction qui s'installe au milieu de ses poumons. Elle respire malgré lui, à travers lui mais il demeure, la marque comme une cicatrice.

Fibrose – épaississement du tissu conjonctif, généralement consécutif à une blessure.

Et parce qu'il y a des moments d'incrédulité, elle écrit : "Est-ce que c'est vraiment arrivé ?"

Vendredi 26 décembre 2008
The Hay-Adams Hotel
Washington
23 h 45

À Washington, ils déposent Tony chez lui et se rendent à leur hôtel. Quand Meghan était plus jeune, ses parents avaient un appartement dans le complexe du Watergate avec vue sur le Potomac. Elle se souvient de les avoir vus s'y habiller pour une soirée, sa mère était en robe de soie jaune, sans manches, droite comme un tube. Elle avait les cheveux courts et portait quelque chose sur la tête, un bijou peut-être, ou un diadème. Elle avait des gants assortis à la robe qui lui montaient jusqu'aux coudes. Une femme en uniforme rose était venue garder Meghan et lui avait offert un ballon rose gonflé à l'hélium. Elle se souvient qu'elle avait joué au ballon avec la babysitter, après le départ de ses parents, et qu'à son réveil, le lendemain matin, le ballon était par terre près de son lit. Elle avait pleuré parce que, sans la femme en uniforme rose, le ballon ne voulait pas rester en l'air. Jusqu'à récemment, voilà ce qu'elle appelait un traumatisme. Bizarre, songe Meghan, qu'un souvenir puisse être si précis et si vague à la fois.

La voilà dans un hôtel de luxe à regretter de ne pouvoir rentrer à l'internat. Elle est prise d'un sentiment d'urgence ; tant qu'elle ne rentre pas au lycée, toute sa vie est en suspens, et si elle ne rentre pas bientôt, elle a le sentiment qu'elle n'arrivera pas à rentrer, qu'elle n'ira jamais à l'université et que sa vie s'arrêtera. Pourquoi ? Parce qu'elle ne sait pas en tant que qui ou quoi continuer – elle ne sait vraiment plus qui elle est.

“Je peux voir mon acte de naissance ? demande-t-elle à son père.

— Je ne l'ai pas sur moi, mais je peux me le procurer.
— Merci."
Il appelle Godzich, qui promet d'en faxer une copie le lendemain matin.

Samedi 27 décembre 2008
The Hay-Adams Hotel
Washington
9 h 30

“C’est un faux, dit Meghan quand son père lui montre son acte de naissance.

— Non, dit-il. C’est une copie faxée. Godzich a l’acte authentique dans un coffre au bureau. On voit qu’il est embossé du sceau de Washington. Tu es née ici, comme le document l’indique.

— Ce genre de truc, n’importe qui peut le fabriquer. Et il n’y a pas son nom à elle.

— Exact.

— Donc c’est un faux.

— Non, dit-il. Quand quelqu’un est adopté, un nouvel acte de naissance est délivré.

— T’as dit que j’étais pas adoptée, que t’étais mon père.” Sa voix enfle.

“Je suis ton père, mais maman a dû t’adopter. Dans ces cas-là, ils établissent un nouvel acte de naissance et archivent l’ancien.

— Qu’est-ce qu’ils font de l’ancien ?

— L’État le classe comme confidentiel.

— Washington n’est pas un État, dit-elle.

— Peu importe, la localité où tu es né le classe et il ne peut être communiqué que sur ordre d’un juge dans des circonstances exceptionnelles.

— Est-ce qu’avoir menti à quelqu’un, c’est considéré comme exceptionnel ?

— C’est comme ça qu’ils font, dit-il. L’idée était de protéger la femme.

— Quelle femme ?
— La femme qui a mis l'enfant au monde et la femme qui l'a adopté.
— La protéger de quoi ?
— D'empêcher que ça se sache.
— Donc tout ça est comme un accident qu'il faut garder secret ?"
Il ne dit rien.
"Pourquoi elle a pas avorté ?"
Long silence.
"Elle est catholique.
— T'aurais aimé qu'elle avorte ?
— Ce n'est pas ce que j'ai dit." Il commence à s'énerver.
"T'as pas dit que tu voulais pas qu'elle avorte. T'as pas dit que tu me désirais plus que tout au monde. T'as dit : « Elle est catholique. » Le catholicisme proscrit l'avortement.
— Je te désirais plus que tout au monde, dit-il. Mais ce choix lui appartenait. Je ne crois pas qu'un homme doive dire à une femme ce qu'elle doit faire ou non.
— Très progressiste de ta part, dit Meghan.
— Ne parle pas comme ça.
— Tu me dis que je suis ou ne suis pas votre enfant, et quand je t'interroge, tu me regardes comme si t'avais envie de me frapper." Elle marque une pause. "T'as déjà frappé maman ?
— Non. Bien sûr que non."
Un temps s'écoule.
"Si un homme ne doit pas dire à une femme ce qu'elle doit faire de son corps, ça veut dire que t'es pour l'avortement ?
— Comment ça ? demande-t-il.
— Politiquement.
— Je suis pour la liberté de choix des femmes. Je ne suis pas sûr que ça fasse de moi un partisan de l'avortement."
On sonne à la porte. Ils s'interrompent.
"Tu as commandé quelque chose ?" lui demande-t-il.
Elle secoue la tête.
On sonne de nouveau, puis on frappe sans ménagement.
Le Gros Bonnet s'avance dans l'entrée. "Oui ? demande-t-il à travers la porte.

— Monsieur Hitchens, c'est Chris, de la réception, auriez-vous l'obligeance d'ouvrir ?"

Le Gros Bonnet regarde par le judas. Deux hommes se tiennent dans le couloir.

Il fait glisser la chaîne et ouvre.

"Auriez-vous l'obligeance de sortir un instant ? demande Chris.

— C'est à quel sujet ? demande le Gros Bonnet.

— Papa ?

— Puis-je vous dire un mot ?" demande Chris.

Le Gros Bonnet sort dans le couloir et l'autre homme se glisse dans la chambre.

Meghan s'est mise à pleurer.

"Moi, c'est Eugene, dit l'autre homme. Je suis agent de sécurité. Quelqu'un a appelé pour dire qu'on entendait des cris."

Meghan paraît gênée.

"Vous êtes en danger ? demande Eugene. Vous avez besoin d'aide ? Est-ce que l'homme avec qui vous êtes vous fait du mal ou vous garde ici contre votre gré ?

— Non, répond-elle, secouant la tête. Non, non, non. C'est mon père. On se disputait sur mes choix d'université." Elle renifle. "Il veut que j'aille dans une petite fac pour filles comme Bryn Mawr ou Mount Holyoke et j'ai envie d'autre chose."

Eugene paraît soulagé. "Les larmes", dit-il.

Elle hoche la tête.

Le Gros Bonnet revient, l'air secoué. Il ne lui est jamais rien arrivé de tel. "Au temps pour moi. Le fait que l'échange ait été si vif m'apprend une chose." Il regarde droit vers Meghan. "On se ressemble beaucoup, tous les deux, comme deux gouttes d'eau." Il commence lui-même à avoir les larmes aux yeux. "C'est ta vie, ton avenir. Et elle doit être conforme à tes rêves à toi, pas à ma vision des choses." Il se tourne vers les deux hommes, sort sa pince à billets. "Je ne me doutais pas du tout qu'on nous entendait." Il en tire quelques-uns de la liasse.

Une fois les deux hommes partis, Meghan et le Gros Bonnet gardent le silence.

"C'est vraiment une première, dit-il.

— Tu pensais ce que t'as dit ? demande-t-elle.

— À quel sujet ?

— Que mon avenir devrait être conforme à mes souhaits.
— Oui, dit-il. Bien sûr.
— J'ai eu une vie très préservée, dit-elle.
— On a essayé de te protéger.
— De la vérité ?
— De la vie. De la souffrance."
Nouvelle pause.
"C'était notre première dispute, dit-elle.
— Ah bon ?
— Mes amies parlent de leurs disputes avec leurs parents, moi je n'ai jamais su le faire.
— Je suis désolé, dit-il.
— Pour quoi ?
— Pour tout."
Long silence.
"Tu m'achèteras une voiture ? Comme celle qui a été livrée la veille de Noël pour l'amie de maman.
— Non.
— Pourquoi ?
— Parce que t'es une enfant et que les enfants n'ont pas besoin de voitures de collection.
— OK", dit-elle.
Nouveau long silence.
"Il te faut une voiture ? demande-t-il, craignant d'avoir été négligent, de n'avoir pas pourvu à l'un de ses besoins.
— Non. Je ne sais même pas conduire."
Il est manifestement affecté. "Je vais aller me promener. Tu seras là à mon retour ?
— Oui, dit-elle. J'ai des devoirs à faire.
— Très bien." Il passe à la salle de bains et en ressort le visage lavé et les cheveux peignés. "Je reviens sous peu."
Une vingtaine de minutes plus tard, on sonne. Meghan hésite à répondre. Elle va à la porte et jette un œil par le judas. Elle voit un homme avec un chariot de service. Il sonne de nouveau pendant qu'elle le regarde.
"Qui est là ? demande-t-elle à travers la porte.
— Service de chambre, dit l'homme.
— Je n'ai rien commandé.

— Quelqu'un a commandé pour vous. Si vous avez des questions, vous pouvez appeler la réception.

— Je ne suis pas censée ouvrir la porte. Désolée.

— Pas de souci. Je peux le laisser ici. Appelez le service de chambre quand vous avez fini et nous passerons chercher le plateau."

L'homme sort quelque chose d'une boîte isotherme sous la nappe et le pose par terre, une assiette couverte d'une cloche argentée. Elle le regarde s'éloigner dans le couloir en poussant son chariot. Lorsqu'il est presque hors de vue, elle ouvre la porte et ramasse l'assiette. Elle est froide.

Elle l'apporte dans la chambre, la pose sur le bureau et soulève la cloche – tadam.

Un banana split.

On sonne de nouveau. Elle retourne à la porte. "Désolé de vous déranger. J'ai oublié qu'il y avait une carte avec l'assiette." L'homme glisse la carte sous la porte.

"Merci, dit-elle, en lui ouvrant. Je peux vous demander une cuillère ?"

En mangeant le banana split, Meghan lit la carte.

Ma chère fille, j'espère que tu veux bien accepter mes excuses. Je ne suis pas doué pour les disputes et probablement encore moins pour les réconciliations. Je suis incroyablement fier de toi – dernière année de lycée ! Premier bulletin de vote ! Tu es une grande source de joie et d'inspiration pour moi depuis le jour de ta naissance – n'en doute jamais – et ne l'oublie jamais.

Je t'embrasse – Papa

PS : Quand tu apprendras à conduire, je t'achèterai une voiture.

"J'ai envie d'aller au zoo", dit Meghan quand le Gros Bonnet est de retour. Il est en sueur bien qu'on soit en décembre.

"Maintenant ?"

Elle hoche la tête.

"D'accord, eh bien, je vais appeler la réception et voir si quelqu'un peut t'y conduire.

— J'ai envie que ce soit toi qui m'emmènes, dit-elle.
— Il y a des années que je ne suis pas allé au zoo.
— Justement, dit-elle. Quand j'étais petite, on y allait souvent.
— C'est vrai. Alors d'accord, va pour le zoo."

"Quel est ton animal préféré ? demande-t-elle alors qu'ils parcourent les allées du National Zoo.
— L'éléphant. Et toi ?
— Le lion. Et le panda."
Ils déambulent, bavardent.
"Il est bien, cet endroit, dit-il. C'est bien que tu y aies pensé.
— On venait vraiment souvent."
Il hoche la tête. "Je faisais des affaires avec un homme qui vivait dans l'immeuble d'à côté." Il le montre du doigt. "Le Kennedy-Warren. Beaucoup de gens y ont habité, y compris Lyndon B. Johnson et Lady Bird à leur arrivée à Washington. Et une pléthore d'amiraux et de généraux – notamment Edwin Watson. C'était le bras droit de Roosevelt – il est mort sur le bateau qui le ramenait de la conférence de Yalta, en 1945.
— Tu es obsédé par l'histoire, dit-elle.
— Oui. J'adore ça. Il n'y a rien de mieux, on y trouve les meilleures intrigues, les événements les plus profonds.
— J'aime ça aussi. Mais je remarque qu'il y a plein de choses que l'histoire ne retient pas. On ne les ajoute que plus tard, quand on y est obligé."
Il ne dit rien.
"Est-ce que tu as un regret, quelque chose que tu voulais être quand tu étais petit mais que tu n'as pas fait ?
— Oui, dit-il, d'un ton un peu amer. La vérité, c'est que j'aurais aimé faire quelque chose de vraiment majeur.
— Comme quoi ?
— Inventer la bombe atomique.
— Vraiment ? Un peu étrange.
— Ça a mis fin à la guerre. Et il n'y a pas eu d'autre guerre mondiale depuis, dit-il, comme si la démonstration était faite.
— Beaucoup de gens sont morts.
— Il y a un coût humain à tout.

— Si c'est vrai, on pourrait penser que les gens changeraient, que ça leur servirait de leçon et qu'ils agiraient différemment, dit-elle.

— Ça n'arrivera jamais. Les gens veulent le pouvoir. Ceux qui en ont n'y renoncent jamais d'eux-mêmes."

Ils marchent.

"Admettons que tu ne puisses pas inventer la bombe atomique, que ce n'est pas au menu, tu choisis quoi ? demande Meghan.

— Les puces. J'aurais ma propre boîte de puces électroniques. Les puces, c'est l'avenir. Et une banque – je prendrais un bout de banque. Cette année, le marché a été dingue, il a plongé en mars. Les gens mettent ça sur le compte de la dérégulation du secteur financier. Beaucoup ne se rendent pas compte que le capital, c'est comme un liquide qu'on n'arrête pas de transvaser d'un verre à un autre – le truc, c'est qu'on n'a pas envie d'en perdre en route. Ce qu'on aimerait, c'est qu'au moment où on le transvase, il augmente un peu, là, dans les airs. J'aime le voir comme un phénomène de condensation dans l'atmosphère, qui ajoute du poids aux précipitations – c'est comme de l'argent qui tomberait du ciel.

— Ça arrive vraiment, que de l'argent tombe du ciel ?

— J'aime à croire que ça peut arriver. D'habitude, je ne parle pas de ces sujets avec toi parce que j'imagine que les femmes les trouvent ennuyeux.

— Je sais pas si t'es au courant, mais tu passes ton temps à insulter les femmes.

— Je me dis seulement qu'elles ont d'autres centres d'intérêt. Si tu veux savoir comment marche le monde, ne suis pas des cours d'anglais. Étudie l'histoire ou, mieux encore, l'économie. Tous les secrets sont dans l'économie. Suis l'argent. Ça te dit quelque chose ?

— Non.

— C'est ce que Deep Throat a dit à Bob Woodward quand ce dernier essayait de comprendre les agissements de Nixon : « Suivez l'argent. » L'argent laisse une trace. L'une des choses auxquelles je travaille, ces derniers temps, c'est à essayer de réduire mon « empreinte ». Dorénavant, je fais un effort concerté pour réduire ma trace. Et si je me débrouille bien, un jour, pouf, je vais peut-être vraiment m'évaporer.

— C’est pas drôle.
— Ce n’était pas une blague.
— Ne t’évapore pas, dit-elle. J’ai besoin de toi.”
Ils marchent encore un peu.
“Tu crois que maman reviendra un jour ?
— Oui, répond le Gros Bonnet, catégorique. Le contraire ne m’a même pas effleuré.
— Elle est libre maintenant, dit Meghan. Il n’y a plus de secret et je suis censée partir à l’université. Peut-être qu’elle a envie de vivre sa vie.
— Toute seule ?”
Meghan hausse les épaules.
“Elle rentrera. Comme je disais, suis l’argent.
— Si elle ne veut pas rentrer, tu dois la laisser partir, dit Meghan. Et tu dois lui donner de l’argent. C’est un genre de réparation.
— Ouais, je ne suis pas sûr que le monde fonctionne vraiment comme ça, dit-il. Tu voudras peut-être faire avocate spécialisée dans le divorce, quand tu seras grande.”

Dimanche 28 décembre 2008
Maison Blanche
Washington
11 h 00

Après le petit-déjeuner, ils se rendent à la Maison Blanche. C'est un peu différent d'une visite ordinaire à quelqu'un de sa famille sur son lieu de travail. Ils montrent leurs papiers d'identité et franchissent un portique de sécurité avant que Tony ne les retrouve à l'accueil.

"J'ai toujours peur qu'ils disent que mon nom n'est pas sur la liste, avoue le Gros Bonnet.

— Ton nom sera toujours sur la liste, dit Tony. Mais aujourd'hui, on va faire court ; il n'est ici que pour quelques heures.

— Je ne cherche pas les grandes effusions", dit le Gros Bonnet.

Les couloirs sont encombrés de cartons de déménagement. Quelques employés sont en train de vider leur bureau en silence.

Tony frappe à la porte avant de l'ouvrir.

"Cet endroit commence à ressembler à une carcasse de dinde qui s'est fait étriller, dit le président Bush lorsqu'ils pénètrent dans le Bureau ovale.

— J'ai beaucoup pensé à vous, dit le Gros Bonnet, tendant la main.

— Ouais, il me tarde de quitter la ville ; ça fait plaisir de vous voir", dit le président, prenant la main du Gros Bonnet entre les siennes.

Le président regarde Meghan, qui est prise de timidité. "C'est pas pour mettre mon nez dans vos affaires, mais est-ce que le père Noël a apporté tout ce que vous aviez sur votre liste ?" demande-t-il, l'œil pétillant.

Meghan ne sait pas quoi dire.

“Mes filles font des listes très détaillées ; elles précisent les tailles, les couleurs et les noms des magasins où on peut exaucer leurs rêves. Parfois, on leur faisait une surprise, Laura et moi. Je me dis toujours qu'un chiot est le cadeau parfait en toute occasion, mais il s'avère que tout le monde ne partage pas mon point de vue.

— J'adorerais qu'on m'offre un chiot”, dit Meghan, comme si c'était une possibilité.

Le président Bush fait mine de chercher partout, comme s'il vérifiait qu'il n'y en a pas un qui traîne, ouvrant et fermant des tiroirs de bureau. Il donne l'impression d'être un enfant dans une confiserie. “Plus de chiots en stock, dit-il. Mais on a des stylos. Ça vous dit, un stylo ?” Il lui en tend deux. “Un à garder et un à négocier.”

Le Gros Bonnet rit.

“Et vous savez ce que j'ai d'autre ?” Le président farfouille et sort plusieurs boîtes de M&M's de la Maison Blanche. Elles sont de la taille d'un paquet de cigarettes et portent le sceau présidentiel. “On a ça dans l'avion. Air Force One. Dans le temps, ils filaient des cigarettes, mais Nancy Reagan a mis un terme à cette pratique. Ron avait des bocaux de *jelly beans*, mais franchement, combien y a-t-il d'amateurs de *jelly beans* ?” Il tend à Meghan six boîtes de M&M's. “Ça devrait suffire pour un accord commercial international.”

Tout le monde rit.

“Merci”, dit Meghan, avant de faire une révérence. Elle ne sait pas du tout pourquoi, mais elle le fait.

“Mais sérieusement, dit Bush au Gros Bonnet. Je tiens à vous remercier pour votre soutien au fil des ans. Ça a beaucoup compté pour moi personnellement.” Il y a une pause. “Vous voulez savoir dans quoi j'ai hâte de me lancer maintenant ?

— Bien sûr, dit le Gros Bonnet.

— Dans les hobbies, dit Bush. Quand on est président, on n'a pas le temps d'avoir de hobby ; on peut faire du vélo, aller courir ou jouer au golf avec les gros bonnets, mais on ne peut rien faire pour soi seul.

— Intéressant, dit le Gros Bonnet.

— Peindre, dit Bush. Je ne l'ai encore dit à personne, mais voilà ce que je vais faire.

— Votre maison ? demande le Gros Bonnet, un peu inquiet.

— Des tableaux, le rassure Bush. Vous savez combien il y a de nuances de bleu ?"

Un long silence s'écoule entre eux.

"Je ferais mieux de m'y remettre." Le président Bush tapote sur l'épaule du Gros Bonnet. "Merci d'être passés, dit-il, faisant un clin d'œil à Meghan. J'étais à Camp David avec la famille, mais l'envie m'a pris de venir régler quelques affaires." Il marque un temps d'arrêt. "La vérité, c'est que je voulais juste avoir une ou deux heures à moi dans le Bureau ovale avant que tout soit fini."

Ils avancent vers la porte.

"Et toi, je te vois tout à l'heure, dit Bush, pointant le doigt vers Tony.

— On s'est promis de faire une dernière partie de bowling ensemble, dit Tony alors qu'ils marchent dans le couloir.

— J'adore cet homme, dit le Gros Bonnet à Meghan lorsqu'ils sont de retour dans la 16e Rue.

— Ah bon ? dit Meghan, secouant les M&M's. Je croyais que tu ne l'aimais pas trop ; que tu trouvais que ce n'était pas un grand dirigeant.

— Les sentiments changent, dit le Gros Bonnet. C'est une fonction difficile, surtout pour quelqu'un comme lui, mais il ne s'en est pas si mal sorti à la fin ; c'est un type bien.

— Tu ne trouves pas ça bizarre qu'un même bâtiment serve à la fois de bureau où des gens travaillent, de monument historique et de maison habitée par une famille ? demande Meghan. Franchement, quand on est là-bas, on a du mal à croire que c'est le centre de commandement de tout le pays. T'as vu la moquette ?

— Peu importe la moquette, répond le Gros Bonnet. Ils la changeront. La Maison Blanche est le siège de notre gouvernement. Le président est le leader du monde libre et encourage la démocratie dans le monde entier.

— Mais sérieusement, tu crois que si tout le monde aux États-Unis voyait comment ça marche vraiment, ils seraient toujours aussi intimidés ?

— Intimidés ? Impressionnés, plutôt, non ? dit le Gros Bonnet. L'enjeu n'est pas le bâtiment qui, soit dit en passant, est chargé d'histoire ; l'enjeu, ce sont les idées et un mode de vie. Un jour, ta génération sera aux manettes. Tony et moi et nos amis faisons tout pour nous assurer qu'il sera encore là quand vous serez prêts.

— Il est en danger ?" demande Meghan.

Il y a une longue pause.

"Tu as bien vu ce qui s'est passé à Phoenix, dit le Gros Bonnet. Des adultes, hommes et femmes, en larmes. Oui, Meghan, il est en danger."

Nouvelle pause.

"Ailleurs dans le pays, les gens pleuraient pour une raison tout autre, dit Meghan.

— L'histoire s'envisage dans le temps long."

Lorsqu'ils rentrent à l'hôtel, Chris, de la réception, les prend à part. "Je suis navré pour hier.

— De quoi parlez-vous ? demande le Gros Bonnet.

— De mon ingérence. Quand on va à l'hôtel, on compte sur le respect de sa vie privée. Mais en ce moment, nous avons des personnes en plus avec nous.

— Quel genre de « personnes en plus » ?

— Le Secret Service, chuchote Chris. Les Obama arrivent la semaine prochaine, alors ils se préparent."

Le Gros Bonnet hoche la tête.

"Je ne suis pas censé le dire, mais votre suite fait partie de celles où ils logeront, elle fait donc l'objet d'un « suivi ». Bref, j'aimerais me racheter.

— En nous donnant une chambre qui ne fasse pas l'objet d'un « suivi » ?

— Je n'ai rien de disponible, j'en ai peur, mais je pourrais vous réserver une table quelque part.

— Ça ira, dit le Gros Bonnet. Merci."

Le Gros Bonnet et Meghan marchent vers l'ascenseur. "Ça, c'est un peu fort de café, non ? dit-il. Notre chambre fait l'objet d'un suivi. Je me demande si ça veut dire qu'elle est sur écoute.

— Ça veut seulement dire que les deux hommes en noir de la chambre d'à côté ne sont pas en couple.

— Y a des hommes en noir dans la chambre d'à côté ?"

Meghan acquiesce. "Ça veut dire que je dors dans le lit du futur président ?

— Non, dit le Gros Bonnet. C'est moi qui dors dans le lit du futur président, toi tu es dans la chambre des enfants ou de la belle-mère. J'ai cru comprendre qu'elle les accompagnait partout ; pour moi, ç'aurait été rédhibitoire.

— Est-ce que la belle-mère serait logée juste à côté du président ?

— Probablement pas si le mariage doit survivre. Selon toute vraisemblance, tu dors dans la chambre des filles. Ironique, non ? J'ai demandé à Godzich d'essayer de prolonger mon séjour, mais tout était complet. Quand tu seras repartie au lycée, je vais squatter au club un moment.

— Je me demande s'ils trouveront des M&M's présidentiels sur leur oreiller le soir", dit Meghan.

Le Gros Bonnet hausse les épaules. "Certaines choses demeurent des mystères."

Lundi 29 décembre 2008
The Hay-Adams Hotel
Washington
11 h 30

Le lendemain matin, le Gros Bonnet a des rendez-vous, alors il s'arrange pour que quelqu'un emmène Meghan faire les boutiques dans un centre commercial des environs. Meghan se décommande de la virée shopping et appelle la compagnie de taxi. Elle demande si M. Chicot peut passer la chercher et la conduire au pensionnat. Elle a envie de voir Ranger.

M. Chicot passe la prendre à l'hôtel. "Lady Girl, j'ai pris l'appel parce que je voulais m'assurer que tout va bien. Je ne crois pas que vous puissiez aller sur le campus si vous voulez avoir votre diplôme avec les félicitations et sans être poursuivie pour intrusion. Le lycée est fermé.

— Ranger me manque.

— J'imagine.

— Si on ne peut pas aller au lycée, est-ce qu'on peut aller sur la tombe du Soldat inconnu ?" C'est la première chose qui lui est venue à l'esprit ; elle ne sait pas du tout pourquoi, à part que ça pourrait toucher M. Chicot puisqu'il est ancien combattant.

"Vous avez fait quoi pour les fêtes ? demande-t-elle.

— Moi ? Pas des masses de choses. Je ne sais plus si je vous l'ai dit, mais je vis avec ma sœur et sa famille. Ils ont vraiment une belle maison, presque comme une ferme, et j'ai un petit appartement attenant au bâtiment.

— La suite de la belle-mère ?"

Il rit. “C’est comme ça qu’ils l’appellent, ou l’appelaient jusqu’à ce que j’emménage. Vous étiez dans votre famille ? demande-t-il.

— Ouais, dit-elle. Mais il s’est passé quelque chose.”

Il lui jette un regard dans le rétroviseur.

“Ma mère boit, dit Meghan. Ce n’est pas ça, la surprise. Vous vous rappelez quand je ne suis pas rentrée à la maison pour Thanksgiving ? Ben, c’était parce qu’elle était en cure de sevrage. Mais elle est revenue pour Noël parce qu’il y avait quelque chose qu’elle avait besoin de me dire – une des raisons pour lesquelles elle boit.”

M. Chicot fait un bruit qui semble vouloir dire “Hum hum” ou “Dites-m’en plus”.

“Il s’avère que ma mère n’est pas ma mère. Mon père est mon père, mais ma mère était une assistante dentaire.” Elle inspire un grand coup. “Tout compte fait, l’idée de la famille parfaite, c’est comme l’idée du rêve américain – ce n’est qu’un fantasme, une histoire qu’on se raconte pour se faire du bien.

— Dur, dur, ça, Lady Girl.

— Et ce n’est pas tout”, dit-elle.

Pendant ce temps, M. Chicot a raté la route menant au cimetière national d’Arlington et fait des tours de rond-point.

“Ils ont eu un bébé avant moi – et il est mort.

— C’est vraiment triste, dit M. Chicot, faisant deux fois le tour du rond-point avant de pouvoir en sortir proprement.

— Je me demande si ma mère a vraiment fait des efforts, si elle s’en est vraiment occupée ; elle n’est pas franchement chaleureuse.

— On peut supposer qu’elle a fait de son mieux, comme la plupart des mères. Ils vous ont dit ce qui est arrivé au bébé ?

— Ils ne m’ont pas donné le diagnostic précis. « Il n’avait aucune chance », a dit mon père. D’après ce qu’il m’a raconté, ma mère ne voulait pas se résigner et elle a insisté pour qu’ils ramènent le bébé et tentent tout. Il m’a dit que ça les avait déchirés et que c’est pour ça qu’il avait commencé à voir l’assistante dentaire.

— Les gens trouvent du réconfort où ils peuvent, dit M. Chicot, prenant enfin la bonne route.

— Si je n'avais pas déjà écrit mes essais d'admission pour l'université, je n'en serais plus capable. Je ne sais plus du tout qui je suis.

— Eh bien, vous pourriez raconter votre histoire.

— Et vous savez, mon parrain, Tony ?

— Le gars qui travaille à la Maison Blanche ?

— Il s'avère qu'il est gay et que personne ne me l'a jamais dit. Je le connais depuis toujours. Quelqu'un aurait peut-être pu me le dire. J'ai l'impression que les révélations se mettent à fuser de partout, et je n'ai qu'une envie, c'est de les renvoyer d'où elles viennent.

— Je ne sais pas si vous cherchez des conseils, dit M. Chicot. Mais je dirais : Ne résistez pas. Essayer de remettre quelque chose dans sa boîte, ça demande une énergie folle. Laissez tout sortir ; que ça prenne l'air. Si vous leur faites de la place, les choses s'allègent et au lieu d'être des pierres accrochées à votre jambe, elles se mettent à flotter comme des ballons. Si vous arrivez à leur faire de la place, vous vous sentirez moins liée ; plus vous vous cramponnez, pire c'est.

— Et le Jour de l'an, je suis censée rencontrer ma mère biologique, dit Meghan. On va la retrouver le matin parce que son mari fait la grasse mat'. Ça veut sûrement dire qu'elle ne va pas le réveiller en disant : « Bonne année et, au fait, je sors vite fait retrouver mon ancien amant et mon ancienne fille. »" Elle s'arrête. "Franchement, je ne sais plus quoi penser de rien.

— Mais si", répond M. Chicot.

Elle secoue la tête.

"Je serais prêt à parier que vous avez peur de ce que vous pensez déjà." Il croise son regard dans le rétroviseur. "Il est plus facile de croire ce que les autres ont envie qu'on croie, de suivre le mouvement. Mais il est important de penser par soi-même. Tout le monde n'en est pas capable. La plupart des gens se contentent de suivre. Personnellement, ça m'effraie. Mais vous n'êtes pas comme ça. Ne résistez pas à votre tempérament. Tout ce que vous m'avez raconté ces derniers mois plaide plutôt pour que vous jouiez un rôle nouveau, plus actif – votre vie vous appartient, Lady Girl.

— Je me sens si seule. Comme si je n'étais plus reliée à personne.

— Vous l'êtes.

— Non.

— Vous êtes reliée à vous-même. En tant que jeune femme, c'est à ça que vous devez être le plus fidèle. Dieu, soi-même et la patrie. Telle est ma trinité." Il lui montre son tatouage, *Pro Deo et Patria* – Pour Dieu et la patrie.

"Comment vous savez tout ça ?

— Ce n'est pas parce que je conduis un taxi que je suis un idiot. Je lis tout le temps. Et il se trouve que *Pro Deo et Patria* est la devise de mon ancien lycée, Archbishop Carroll." Un silence s'écoule. "C'est mon boulot, dit-il. Je transporte toutes sortes de gens ; je dois être capable de leur faire la conversation. Avoir une opinion fait partie du métier du citoyen. Comme je disais, on peut être suiviste ou on peut se forger son propre avis. Prendre les rênes." Il marque une pause. "Quand vous pensez à la rencontre avec cette femme, vous attendez quelque chose d'elle ?

— Je ne sais pas. Je crois que je me demande s'il lui est arrivé de penser à moi. Si elle a déjà regretté de m'avoir fait adopter.

— Vous allez lui poser la question ?"

Meghan hausse les épaules. "Je ne sais pas. Ça semble un peu personnel. Je suis censée faire quoi, quitter mon ancienne famille et faire partie de la sienne ? Je ne crois pas que ma mère veuille encore de moi, et je parie que cette femme a déjà sa vie et ne s'attendait pas à ce que je débarque comme ça, sans prévenir."

M. Chicot soupire. "Inventez-vous, écrivez votre propre histoire. Vous n'êtes pas liée par ce que vos parents ont dit ou fait. Beaucoup de gens mettent ce qui leur arrive sur le compte des autres, mais bien souvent il n'y a rien de délibéré ni de malveillant dans l'affaire. Ce sont les aléas de la vie. C'est comme ça que je vois les choses. C'est la vie. N'en faites pas une arme contre vous-même. C'est la vie. Point. Je n'avais pas le projet de devenir un chauffeur de taxi édenté mais… c'est la vie." M. Chicot est sur le parking du cimetière national d'Arlington. Il met le compteur en pause. "Vous comptez y entrer ? demande-t-il.

— Je veux bien, si ça vous dit aussi.

— Non, Lady Girl, malheureusement, je ne peux pas vous accompagner. Je ne peux pas quitter la voiture.

— Pas de problème. Je n'ai pas vraiment envie d'y aller ; je voulais juste vous parler."

Il sourit. Dans le rétroviseur, elle voit tous les trous dans sa dentition. Il la ramène à l'hôtel. Lorsqu'il s'arrête devant l'entrée et stoppe le compteur, elle croise son regard dans le rétroviseur, c'est comme ça qu'ils se regardent – toujours dans le rétroviseur.

"Un conseil ? lui demande-t-elle. Un dernier mot ?

— Ouais, dit M. Chicot. N'ayez peur de personne. J'ai entendu le chanteur Lou Reed le dire un jour dans une interview. N'ayez jamais peur de personne.

— C'est qui, Lou Reed ?"

M. Chicot fredonne un passage de "Walk on the Wild Side".

"Ah oui. Je l'ai entendue dans une pub pour une moto.

— Pour les scooters Honda." M. Chicot se remet à fredonner le refrain. "Écoutez, Lady Girl, j'étais sérieux quand je disais que dans la vie, tout arrive, et que vous devez tracer votre propre voie. C'était gentil de me proposer de venir sur la tombe avec vous, mais il y a une chose que vous n'avez jamais remarquée…

— Quoi ?

— Je n'ai pas de jambes."

Meghan se penche et regarde à l'avant. M. Chicot porte une chemise écossaise et un jean, mais les jambes de son jean sont vides. Son volant est équipé de commandes manuelles adaptées.

"Vous les avez perdues à la guerre ? demande-t-elle.

— Nan. J'ai été renversé par un bus ; je l'ai jamais vu venir."

Mercredi 31 décembre 2008
The Hay-Adams Hotel
Washington
3 h 00

Seul. Vingt-cinq ans qu'il ne s'était pas retrouvé sans Charlotte pour la Saint-Sylvestre. Le chagrin le prend par surprise.

Personne n'est mort ; c'est un fait qu'il ne cesse de se rappeler, mais il y a eu rupture, fossé, schisme, fissure, brèche, et ceci par sa faute. Désunion. Déloyal. Infidèle. Adultère. Lamentation. Tourment. Peine. Affliction.

Éveillé à trois heures du matin, il attrape l'agenda qu'il emporte partout avec lui. "Abyssal", écrit-il à la date du 31 décembre 2008.

Il passe l'année en revue.

21 janvier : Une alerte, un signal. *Subprime*. Un mot auquel les gens auraient dû faire plus attention. La Bourse s'est effondrée. Un titre qu'il a découpé dans le *New York Times* est collé sur la page d'en face : "La crainte d'une récession américaine fait plonger les marchés du monde entier."

19 mars : Sursaut gamma. GRB 080319B – phénomène le plus brillant JAMAIS observé dans l'univers. Encore un signal. Il s'agit d'explosions dans des galaxies lointaines, de phénomènes électromagnétiques.

21 avril : Londres – des yeux bioniques sont implantés chez deux patients – c'est la vue rendue aux aveugles !

12 mai : Sichuan, Chine, séisme de magnitude 7,9 – l'événement le plus meurtrier en Chine depuis les inondations de 1931 le long du Yangzi Jiang.

25 mai : Anniversaire de Charlotte. Il a griffonné : "Charlotte ! Sur Mars." Comprendre : c'est l'anniversaire de Charlotte et il

ne doit pas l'oublier – et l'engin spatial inhabité de la Nasa *Phoenix* est le premier à atterrir dans la région polaire nord de Mars.

20 septembre : Attentat terroriste, hôtel Marriott d'Islamabad, Pakistan – il a jadis été propriétaire d'une fraction du groupe Marriott.

3 novembre : Meghan rentre à la maison.

4 novembre : Élection présidentielle ! C'est la merde.

Et ça continue ainsi, des notations, des bribes d'histoire griffonnées au feutre, ce qui retient son attention, ce qui le lie au reste du monde.

Quatre heures du matin la veille du Jour de l'an. Il essaie de se distraire mais n'y arrive pas. Un tel chagrin, il ne l'a ressenti qu'une fois dans sa vie.

Sauf que Charlotte était avec lui cette fois-là. Au lieu d'être unis par la mort de leur enfant, ils sont devenus deux pôles magnétiques identiques – deux âmes brisées qui se repoussent.

Charlotte s'est tournée vers l'alcool, lui vers Irene. Avec le recul, il regrette que Charlotte ne se soit pas tournée vers quelqu'un d'autre. Mais peut-être les hommes sont-ils moins réconfortants qu'un manhattan – ou un martini, un cosmopolitan, un gimlet, un vesper, un white lady, un gin, un gin-fizz, un sazerac, un daïquiri, un bloody mary, un mai tai ou un last word – gin, chartreuse verte, marasquin, et citron vert. Ou que vodka, vodka, vodka.

Il ne l'en a pas empêchée. Au départ, souhaitant à tout prix qu'elle aille mieux, il l'a encouragée. Il a bu toute cette litanie avec elle, mais ça n'a rien changé ; sa compagnie n'était pas à la hauteur du chagrin de Charlotte.

Quand Meghan était petite, ils avaient déménagé dans le Connecticut, dans une belle maison pourvue d'une longue rampe d'escalier qu'il descendait en glissé deux ou trois fois par an pour faire son numéro. Charlotte disait que ses "chevauchées sur la balustrade" lui rappelaient un personnage de la nouvelle "Ô jeunesse et beauté !" de John Cheever – un homme obsédé par sa jeunesse perdue que sa femme finit par tuer d'un coup de feu. C'était l'élément qui l'avait marqué ; ce qu'il rappelait à Charlotte, c'était un homme que sa femme avait "atteint en plein vol".

Ils avaient aussi un appartement à New York. Le Gros Bonnet jugeait de son devoir d'aider Charlotte à renouer avec le monde. "Ce bébé-là ira très bien", insistait-il. Il conduisait Charlotte en ville, parfois des jours durant, pendant qu'une nounou restait auprès de Meghan. Il pensait qu'il était bon que Charlotte se distraie, fasse ce qu'ils faisaient avant, boire un verre ou deux, se détendre. C'était presque un défi pour lui prouver qu'elle pouvait baisser la garde, cesser d'être vigilante, et que Meghan y survivrait. Il ne se rendait pas compte que c'était aussi un frein à l'attachement de Charlotte – un problème qui était déjà complexe.

Meghan faisait du charme à Charlotte, mais ce n'était pas facile. Charlotte avait peur d'elle, elle était en colère. Elles n'ont pas passé de temps ensemble avant que Meghan ait environ huit mois. Charlotte s'était cassé la cheville dans un accident de cheval et s'était retrouvée coincée à la maison. Comme elles partageaient la même nounou-infirmière, Charlotte avait commencé à faire attention à Meghan.

Charlotte appelait le Gros Bonnet au bureau pour dire : "Elle m'a souri. Elle s'est assise toute seule. Elle a rampé jusqu'à moi et m'a tirée par la jupe." À huit, neuf, dix mois, Meghan faisait des choses que l'autre bébé n'avait jamais faites.

Il se réveille trop tôt le matin de la Saint-Sylvestre et sa première idée, c'est de sauter dans un avion pour retourner chez lui. Il a envie d'appeler Charlotte à Palm Springs pour lui dire de rentrer à la maison. Il a besoin que sa vie revienne à la normale.

Il appelle Tony. "Il me faut un plan."

Tony ne dit rien.

"Tu m'entends ? Il me faut un plan.

— Le Plan, dit lentement Tony.

— Non. Il me faut un plan pour ce soir. Je deviens dingue, ici, je me tape la tête contre les murs. C'est la Saint-Sylvestre ; Charlotte est partie, j'ai Meghan avec moi et au programme, *nada*."

Il y a une pause.

"T'es où ? demande le Gros Bonnet.

— Camp David, répond Tony.

— Pas tranquille pour parler ?

— Exact. Laisse-moi passer quelques coups de fil et te rappeler, dit Tony. Je suis sûr qu'on peut trouver quelque chose d'approprié."

Le Gros Bonnet va dans le séjour ; Meghan est déjà levée, en train de boire un reste de chocolat chaud de la veille.

"T'as du courrier", dit-elle, désignant une grande enveloppe que quelqu'un a glissée sous la porte.

Elle est de Chris, le gérant de l'hôtel. "Vous avez décliné mon offre de dîner, vous ne prenez pas part au petit-déjeuner, mais vous et votre fille serez-vous nos hôtes ce soir pour un réveillon années vingt ? Nous danserons le lindy hop jusqu'à l'aube. Buffet à volonté, champagne illimité et un chariot à desserts spécial que vous pourrez pousser jusqu'à votre chambre."

"Ça semble horrible, dit le Gros Bonnet.

— J'aime l'idée du chariot à desserts qu'on peut ramener dans notre chambre, dit Meghan. J'adore les chariots à desserts, il y a tant de choix : éclairs, millefeuilles, crème fouettée maison, entremets, fraisiers, profiteroles, *principessa*.

— Je ne le connais pas, celui-là, le *principessa*.

— Mais si ; le dernier qu'on a mangé était à la pâte d'amandes et à la crème au citron. Tous les pays ont leur gâteau de princesse."

Le Gros Bonnet s'esclaffe. "Est-ce qu'on te donne assez à manger ?

— Je n'ai pas faim, dit-elle. Je suis anxieuse. Quand je suis anxieuse, je rêve de desserts.

— On va faire quelque chose. Tony est sur le coup. Il va nous trouver une fête pour ce soir."

Ils ont passé cinq nuits à l'hôtel et ont déjà tout fait : shopping, patin à glace (il a regardé ; elle a patiné), musées (l'East Wing et le Smithsonian), les National Archives, le Kennedy Center, *Casse-Noisette* (ils ont tous deux dormi).

Ils en sont arrivés au point où il faut tuer le temps, et avec encore dix-huit heures à tirer au compteur de 2008, ils sèchent.

"On retourne au zoo ? C'est entre les zèbres et les éléphants que j'ai mes meilleures cogitations.

— Pas le zoo, dit Meghan. Mount Vernon.

— On n'y est pas déjà allés ?

— Jamais."

Quand Meghan était plus jeune, chaque week-end, ils se rendaient sur un site historique quelconque : champs de bataille, maisons de l'époque victorienne, *village greens*, rivières, ponts, bref, partout où il s'était passé quelque chose. C'était marrant et personne ne semblait remarquer que ni le Gros Bonnet ni Charlotte n'avaient la moindre idée de ce qu'on était censé faire le week-end avec un enfant ; s'il y avait une chose qu'aucun d'entre eux ne supportait, en tout cas, c'était de rester à la maison.

Ils vont à Mount Vernon.

"Qui savait que George Washington était le père de la mule américaine, hybride de l'âne et de la jument ?

— Pas moi, dit Meghan.

— Ça me rappelle certains couples de notre connaissance, dit le Gros Bonnet.

— Pas drôle. Qui savait que Washington avait eu la variole et s'en était remis ?

— Pas moi, dit le Gros Bonnet. Tu savais qu'il ne s'était rendu qu'une fois ? C'était à la bataille de Great Meadows.

— Je l'ignorais."

C'est un jeu auquel ils jouaient souvent autrefois.

"George Washington avait des esclaves, dit Meghan.

— Ils en avaient tous.

— Ça ne rend pas la chose acceptable.

— Il est le seul des Pères fondateurs à avoir stipulé dans son testament qu'à sa mort, ses esclaves seraient affranchis, dit le Gros Bonnet.

— À sa mort, c'était trop tard.

— Qui savait qu'à Noël 1787, pour la somme de dix-huit shillings, Washington avait loué un chameau afin de distraire ses invités ?

— Pas moi", dit Meghan.

Un médiateur les interrompt. "Désormais, un chameau nous rend visite chaque année pour les fêtes. Il est rentré dans son élevage pas plus tard qu'hier. George Washington adorait les animaux.

— Ça, je le savais, s'exclament en chœur Meghan et le Gros Bonnet, s'éloignant du médiateur.

— George Washington a été le premier maître espion d'Amérique, chuchote le Gros Bonnet.

— Je l'ignorais.

— Il avait recours à la désinformation, aux faux, aux boîtes aux lettres et au recoupement des sources.

— Je ne comprends rien à ce que tu racontes, dit Meghan.

— C'est ce qu'on appelle les sciences occultes, les ficelles du métier", dit le Gros Bonnet.

Meghan hoche la tête. "Savais-tu qu'il adorait le théâtre ?

— Je l'ignorais.

— Il est bien possible que j'aime l'histoire autant que toi.

— La pomme ne tombe jamais loin de l'arbre, dit le Gros Bonnet. Sache en tout cas que, depuis l'élection, je me suis engagé à tout faire pour préserver et protéger l'Amérique que nos Pères fondateurs ont bâtie au péril de leur vie. Je veux m'assurer qu'elle soit là pour toi quand tu seras prête."

Meghan opine. "Je sais. Et tu sais que l'histoire du cerisier et de la hache n'est pas vraie – ce n'est pas ce qui s'est passé*.

— Ça, je le savais, dit le Gros Bonnet.

— Je me suis aperçue que, s'il est important de préserver, comme on balise une scène de crime, il est tout aussi important d'accepter que l'Amérique soit un récit qui évolue. Aujourd'hui, si des contemporains faisaient ce que les fondateurs ont fait en s'émancipant de l'Angleterre, on ne porterait pas le même regard sur eux.

— Si je creusais un peu ce que tu dis là, je pourrais bien te traiter de révolutionnaire, dit le Gros Bonnet.

— Tu pourrais, dit-elle. La question, c'est peut-être de savoir si un révolutionnaire est la même chose qu'un patriote."

Ils poursuivent leur visite. "Son Altesse, le président des États-Unis, ou protecteur des droits d'iceux, dit Meghan. Quand ils l'ont élu président, ils ne savaient même pas comment l'appeler.

— L'Angleterre en était déjà à son troisième roi George quand Washington a été élu.

* La légende veut que George Washington, enfant, ait avoué à son père avoir abattu l'un de ses cerisiers pour essayer sa nouvelle hache parce qu'il était incapable de mensonge.

— Je l'ignorais.

— Quelle est la chose la plus importante que Washington ait faite ?"

Meghan hausse les épaules.

"Il s'est retiré au bout de deux mandats. Il a été le premier président et il a établi qu'un président ne devait effectuer que deux mandats de quatre ans. S'il était mort prématurément, on aurait pu en conclure qu'un président était élu à vie. On a un autre nom pour ça – celui de roi. Et s'il y a une chose que l'Amérique ne voulait pas être, c'était un royaume. En définitive, ce fut peut-être son apport le plus important. Ce n'était pas un penseur original, comme Franklin, Jefferson ou Hamilton, mais il savait comment procéder. Le gars le plus intelligent n'est pas toujours le meilleur leader.

— Premier dans la guerre, premier dans la paix et premier dans les cœurs de ses compatriotes. Ça me plaît, dit Meghan. C'est tiré d'une oraison funèbre. Un jour, j'aimerais bien être première."

En rentrant à l'hôtel, ils trouvent un message de Tony les informant qu'ils sont invités à une fête à Chevy Chase à vingt et une heures.

Ils mangent un morceau, prennent une collation en l'honneur de Charlotte, qui a toujours adoré les collations. Dans toutes les villes où elles passaient, Meghan et Charlotte avaient cette habitude ; elles prenaient une collation en début de soirée.

"C'est comme un chariot à desserts, dit le Gros Bonnet. À trois étages seulement." Il défait un sandwich au cresson. "De l'herbe. Pourquoi les femmes mangent-elles de l'herbe ?

— J'ai le sentiment qu'on la trompe en étant là et en allant voir la dame demain, dit Meghan.

— Ne t'en fais pas. Elle a ses propres soucis à régler en ce moment et nous avons à faire ; tout finira par s'arranger."

Ils se reposent jusqu'à huit heures et débattent brièvement de l'hypothèse de faire l'impasse sur toute l'affaire pour se coucher tôt. La seule chose dont ils ne parlent pas, c'est de celle qui occupe leurs esprits. Elle se manifeste d'elle-même quand le Gros Bonnet reçoit un appel hâtif lui confirmant leur rendez-vous le lendemain, à neuf heures, dans le Nord de la Virginie.

“C’était elle ?
— Oui.
— Elle a parlé de moi ?
— Elle n’a parlé de rien. Elle m’a seulement dit où la retrouver.
— Tu crois qu’elle est curieuse ?
— Comment ne pas l’être ?
— Tu crois qu’elle est nerveuse ?
— J’en suis sûr.
— Je suis carrément nerveuse”, dit Meghan.

La réception appelle pour dire que la voiture est là. Ils roulent vers Chevy Chase en silence. Le Gros Bonnet a peur de lui demander à quoi elle pense et elle a peur de dire au Gros Bonnet à quel point elle a peur.

Avant qu’ils n’arrivent à la soirée, le Gros Bonnet fait à Meghan un petit topo sur les personnes chez qui ils vont, lui dit à quoi elle peut s’attendre.

“Lui, c’est William Nelson ; elle, c’est Eunice Early. Les Nelson et les Early sont deux vieilles familles du Sud. Ils se connaissent depuis l’enfance, mais ce n’est pas un premier mariage. C’est ça, le truc ; ils ont grandi et ont tous deux épousé quelqu’un d’autre ; puis ils se sont trouvés à Washington il y a une dizaine d’années. Curieusement, tous deux étaient veufs et avaient deux enfants ; lui, deux filles et elle, deux garçons, et la suite, ma foi, on la connaît. Je parie que la compagnie sera du même genre que celle du dîner de Thanksgiving de Tony, un mélange de gens de médias, de lobbyistes, et je ne serais pas surpris qu’il y ait un ou deux juges de la Cour suprême, plusieurs d’entre eux habitent dans le coin, ainsi que certains satiristes connus. C’est ce qu’il faut dans tout réveillon – un bon humoriste.” Il fait avec Meghan ce qu’il fait toujours avec Charlotte, il la met au parfum avant qu’ils n’arrivent. “Et je parie qu’on va bien manger.
— Je ne me sens pas bien, dit Meghan.
— Trop de desserts ?
— Demain, dit Meghan. Et si je n’y arrive pas ?
— Tu peux y arriver. Tu n’as qu’à dire bonjour. Rien de plus.
— Quel plaisir, dit Eunice Early Nelson. Entrez, entrez. Les filles sont ailleurs, mais les garçons sont au sous-sol en train de jouer à ce qu’ils appellent le bière-pong. Je ne sais pas du

tout comment ça marche. J'espère seulement que personne ne va vomir sur la moquette. Je dois sans cesse faire remettre la moquette en état."

Bill Nelson les retrouve dans le salon de devant. "C'est épatant, dit-il. Je ne sais pas comment elle fait ça toute seule chaque année. Elle commence le 26 et travaille sans relâche. Demain, elle ne sortira pas du lit avant l'heure du dîner, et même là, ce ne sera pas joli à voir. Tous les ans, elle jure que c'est la dernière fois. « Je rends mon tablier, fait-elle. L'année prochaine, on passera commande au restaurant chinois et les gens devront s'en contenter. Je ne peux pas me tuer pour un jambon. »

— Ce n'est pas tout à fait exact, dit Eunice, fondant sur eux. Tous les ans, je dis « Jamais plus », mais ce soir, je rends mon tablier à une heure. J'irai me coucher et il s'occupera du reste.

— Œufs au caviar pour les traînards, dit Bill. Qu'est-ce que je vous sers à boire, braves gens ?

— Un scotch, dit le Gros Bonnet.

— Et pour vous ? demande Bill à Meghan.

— De l'eau."

La maison est grande et son atmosphère typique de Chevy Chase ; les cheminées abondent et les flammes lèchent des bûches au rougeoiement multicolore. Moulures et corniches partout. Photos de famille dans des cadres argentés sur toutes les surfaces, piles de livres. Les lieux semblent habités – on se sent comme chez soi.

Le Gros Bonnet est jaloux. Voilà la vie qu'il a toujours souhaitée, recevoir avec aisance, une femme qui aime la nourriture, la camaraderie, la musique, le bruit. Il mange quelques olives et, ne voyant où jeter les noyaux, les glisse sur l'un des livres de Bob Woodward sur l'étagère. "Voilà pour toi, marmonne-t-il. Vieux noyau."

Il vide un verre. Puis un autre. Bientôt, ce n'est pas qu'il soit ivre, mais il a besoin de s'asseoir. Il atterrit sur un canapé à côté d'une personne franchement âgée.

"Tiens, vous ici.

— Pardon ?

— J'ai connu votre père.

— Je ne crois pas, répond le Gros Bonnet.

— Je suis sûr que si, dit le vieil homme. Tous les gens qui sont là, j'ai connu leur père à un moment ou l'autre ; c'est dans l'ordre des choses. Comment m'avez-vous dit que vous vous appelez ?

— Hitchens, dit le Gros Bonnet. Et vous ?

— Moi, je ne vous l'ai pas dit. Mais vous avez l'air sympathique, alors je vais le faire. Richardson. Dick Richardson.

— Enchanté.

— Ça vous dit quelque chose, non ? Ministre de la Défense, dit-il. Pas en ce moment, mais durant une bonne quarantaine d'années, j'ai occupé un poste ou l'autre. J'ai fait des allées et venues d'un bout à l'autre de Pennsylvania Avenue pour éteindre des incendies, diriger des crétins, essayer d'empêcher le navire de sombrer.

— Ça me dit quelque chose, dit le Gros Bonnet, faisant signe à un serveur qu'il aimerait un autre scotch. Qu'est-ce que vous prenez ? demande-t-il au vieil homme. Un verre ? Un petit pain au jambon, des niébés ? Ça porte bonheur.

— Je ne veux rien, dit le vieil homme. Je ne peux pas danser, je ne peux pas jouer au golf ; je suis à deux pas de la tombe et je vous contemple, vous autres, qui croyez savoir ce qui est en train de se passer. Et vous savez ce que je vois ?

— Quoi ?

— Rien, dit-il. Rien qu'aveuglement et constipation.

— Ils font des compléments de fibres, pour ça.

— De la constipation politique, imbécile. Vous savez ce qui m'inquiète ?" Il marque une pause pour ménager son effet. "Les fers à cheval.

— Ma fille a un cheval ; je suis sûr qu'ils ont un… comment ça s'appelle, un valet de pied pour les chevaux ? Un maréchal-ferrant.

— Les cycles économiques, les contractions, les récessions, les reprises en U, en V, tout ça, c'est de la foutaise. Gardez l'œil sur le fer à cheval. Ce que je vous dis là est une réalité : les antipodes, les extrêmes sont plus proches l'un de l'autre qu'aucun d'entre nous ne l'est du centre." Il s'interrompt pour reprendre son souffle. "Autrefois, on gesticulait sur les bords et on se retrouvait au centre ; aujourd'hui, le centre les rebute. C'est fade et mou comme du pain blanc. Tu ne peux même pas l'avaler, ça ne coule pas, ça t'étouffe."

Le serveur tend un nouveau verre au Gros Bonnet.

"Ce que je suis en train de vous dire, c'est qu'on a les couilles à l'eau ; elles sont en train de couler, et le problème n'est pas de savoir qui est à droite et qui est à gauche, le problème c'est qu'on appartient au passé. Nous, les vieux hommes blancs. On est cuits. *Finito*."

Le vieil homme se penche pour se lever du canapé. Au moment où il se redresse, il pète au visage du Gros Bonnet.

"Pardon, dit-il. Avec le grand âge, on a des vents.

— Nous appartenons au passé, répète le Gros Bonnet. Pet écrit sur du vent."

Au sous-sol flotte une odeur de garçons – de bière et de transpiration. Meghan fait un tour de la salle puis remonte. Mark Eisner est dans le jardin d'hiver, en train d'empaler des cubes de fromages à coups de cure-dent.

Il sourit en la voyant. "Quel plaisir inattendu, dit-il.

— La dernière fois que je t'ai vu, on avait tous les deux une serviette sur la tête, dit Meghan. Comment connais-tu les Early-Nelson ?

— De vieux amis de la famille. Je ne savais pas que tu étais à Washington."

Depuis Phoenix, ils ont échangé quelques mails et, malgré leurs décennies d'écart, ils se qualifieraient d'amis.

"Est-ce que t'as une vie ? demande Meghan. Sérieux, tu ne parles jamais d'une amie, d'une femme, ni même d'une ex.

— Assez agressif, comme question.

— Ah bon ? J'aurais cru que quelqu'un comme toi aurait une vie un peu plus remplie." À peine a-t-elle prononcé ces mots qu'elle s'aperçoit que c'est du Charlotte tout craché. Elle entend les mots sortir de la bouche de sa mère et en ressent l'âpreté. "T'as raison. Désolée.

— Tu veux savoir la vérité ? demande Eisner.

— C'est de saison.

— Je suis infertile. Mutation génétique. Un chromosome X en trop et j'ai des petites boules."

Interloquée, Meghan cherche à comprendre ce qu'Eisner vient de dire. "Ça doit être dur. Enfin, difficile."

Un silence gêné interrompt la conversation.

“Je suis désolée, dit-elle.

— Merci, dit Eisner, vidant le fond de son verre. T’es ici avec qui ?

— Mon père, dit Meghan, hochant la tête en direction du Gros Bonnet.

— C’est ton père ? demande-t-il, cachant sa surprise.

— Ouais. C’est une longue histoire.

— Pour le moment, je n’ai rien d’autre que du temps et un verre vide.” Il fait tourner ses glaçons. “Deux heures avant que la boule ne descende sur son mât à Times Square. On fait un tour dans le quartier ?”

Ils arpentent les larges rues de Chevy Chase, Eisner ne cessant de se demander comment le Gros Bonnet va prendre le fait qu’il connaisse Meghan. De la musique s’échappe de diverses maisons, ici du swing, là du metal.

Des petites boules. Ce n’est pas comme si Meghan en avait vu beaucoup, mais dans le cas présent, elle n’arrête pas de penser à la toute petite balle en caoutchouc avec laquelle on joue parfois aux osselets ou à la version rose pâle reliée par un élastique à une raquette en bois. Des petites boules.

“Quand j’étais petit, on habitait juste là. La grande attraction, c’était le club.” Eisner pointe le doigt vers un country club caché derrière un mur de pierre couvert de lierre. “Ma mère avait horreur de cuisiner, de faire le ménage et de recevoir. Elle était anthropologue et venait d’une famille très huppée. Tout ce qu’elle voulait, c’était écrire et avoir la paix. Chaque fois qu’elle le pouvait, elle nous envoyait au club, mon frère et moi. « Allez à la piscine, allez faire un tennis, allez déjeuner ; il paraît qu’ils font un chouette cheeseburger. Peut-être que votre père peut vous emmener dîner au club. Peut-être qu’avec vos amis, vous pouvez organiser un tournoi. »”

Puis il s’arrête et se tourne vers Meghan. C’est le moment où un homme mûr pas net pourrait essayer de l’embrasser ou autre, mais au lieu de ça, il dit : “Mettons cartes sur table. Je connais ton père.”

Meghan rit. “Tout le monde connaît mon père. Il t’a déjà raconté qu’enfant, il croyait que son père était le propriétaire de leur country club ? Il s'est pris pour quelqu'un d'important jusqu'au jour où il a découvert qu'ils n'étaient que des membres comme les autres.

— Non. Je ne la connaissais pas.

— Comment on dit, déjà, « Prends-toi pour celui que tu veux devenir » ?"

Eisner rit. "Bref, ça me rendait nerveux ; tu es sa fille.

— Et encore, ça, ce n'est rien", dit-elle. Tout son émoi se déverse : l'histoire du bébé, de la maîtresse, l'alcoolisme de Charlotte, ce qui va se passer demain matin.

"Wouah, dit Eisner. Ça fait beaucoup depuis le mois de novembre.

— Ouais. La moitié du temps, je ne sais plus ce qui est vrai ou ce que j'imagine.

— Carl Sagan, un astronome très populaire dans les années soixante-dix, disait que « Quelque part, quelque chose d'incroyable attend qu'on le découvre ».

— Comment je saurai que je l'ai découvert ? demande Meghan.

— C'est la question qui se pose à chacun d'entre nous. Ces jours-ci, tu te trouves dans un moment très particulier. C'est ce qu'on appelle un espace liminal. Tu es dans la phase d'ambiguïté ou de perte des repères qui correspond au milieu d'un rite de passage. C'est propre au fait de devenir adulte, mais c'est aussi lié à ce que tu viens d'apprendre. Tu es en train de te transformer, d'intégrer cette information à ton identité. Ça peut faire peur, donner le sentiment d'être en chute libre.

— Exactement, dit-elle, gagnée par une estime nouvelle pour Eisner. Comment tu sais ça ?"

Il rit. "Ma mère. Liminal était l'un de ses mots préférés, « du latin *limen* ». On a laissé quelque chose derrière soi mais on n'est pas encore entré dans ce qui va suivre. Je ne sais pas si ça peut te consoler, mais c'est l'état dans lequel tout Washington se trouve du premier mardi de novembre au 20 janvier. Un cycle de suspens. C'est pour ça qu'ils sont tous si collants. Ils se raccrochent les uns aux autres parce qu'au bout d'un moment, les visages connus sont tout ce qui leur reste. Peu importe de quel bord ils sont du moment qu'ils sont familiers."

Ils remontent les marches du perron des Early-Nelson. Eisner trouve le Gros Bonnet dans le petit bureau qui jouxte la cuisine.

"Je ne sais pas trop quoi dire, commence-t-il.

— Ma braguette est ouverte ? demande le Gros Bonnet.

— Je connais ta fille.

— Tu la connais ?

— Je l'ai rencontrée à Phoenix ; on a passé du temps ensemble à causer termites. Elle m'a envoyé son essai pour son cours d'histoire, « Émerger du rêve, ou le cauchemar de mon père ».

— Je ne comprends rien à ce que tu me dis. Vous avez parlé de xylophages et de mes rêves ?"

Eisner secoue la tête.

"Laisse-moi te poser une question. Tu veux l'épouser ?"

Eisner rit.

"Qu'y a-t-il de si drôle ?

— Moi, dit Eisner. Je suis le comique de l'histoire. Et non, je ne veux pas l'épouser.

— Dans ce cas, y a pas de problème, dit le Gros Bonnet. On connaît tous des gens.

— Merci. J'aurais imaginé ta fille en twin-set, portant des perles et un serre-tête couleur écaille, mais c'est vraiment une chouette gamine.

— Qu'as-tu contre les perles ?" dit le Gros Bonnet.

Dans le séjour, les Early-Nelson portent un toast même s'il reste une heure à tirer. Eisner et le Gros Bonnet rejoignent le groupe.

"Nous voici sur le seuil, dit Bill.

— Entre cette année et la prochaine, dit Eunice. Entre le passé et l'avenir.

— Entre George Bush et Barack Obama", dit Bill. Quelques sifflets retentissent. "Elle m'a donné cette réplique parce qu'elle savait que certains d'entre vous risquaient d'avoir des commentaires.

— Nous nous retrouvons ce soir pour profiter de la compagnie de bons amis, pour fêter ce qui a été gagné, dit-elle. Et pour pleurer tout ce qui a été perdu.

— Beaucoup d'argent a été perdu, cette année, dit Bill.

— Mangez, buvez, soyez joyeux et dansons !" dit Eunice, et la musique enfle ; il y a d'abord "A Change is Gonna Come" de Sam Cooke, mais au bout de trente secondes, on passe à "Hot N Cold" de Katy Perry. Les adultes se mettent à danser.

Meghan trouve son père et crie pour couvrir la musique : "On peut rentrer à l'hôtel ?

— Maintenant, avant minuit ?

— Oui, dit-elle. Je suis fatiguée. Et je déteste cette partie de la soirée.

— D'accord, bien sûr." Il cherche Eisner des yeux, mais il a disparu.

"Est-ce qu'on doit dire au revoir ? demande Meghan, hochant la tête en direction des Early-Nelson, qui se trémoussent de façon un peu trop suggestive pour leur âge.

— Filons à l'anglaise", dit le Gros Bonnet.

Mark Eisner est sur le perron, branché sur la musique provenant d'une maison voisine. Il chante en chœur. "*I'm your captain, yeah, yeah, yeah, yeah.*

— Bonne année, Eisner, dit le Gros Bonnet en agitant la main.

— Ma chanson préférée au lycée, dit Eisner, désignant d'un geste la musique qui flotte dans l'air.

— Apparemment, ta bande est par là-bas, dit le Gros Bonnet.

— J'en doute, dit Eisner. C'est la maison de Dick Helms, l'ancien directeur de la CIA. Il me foutait les jetons quand j'étais petit. Ma bande, elle est ici même." Il se jette à genoux et fait mine de jouer de la guitare. "*I'm your captain, yeah, yeah, yeah, yeah.*

— T'es un grand gamin, toi, dit Meghan, secouant la tête.

— Bonne chance avec ton essai, lance Eisner à Meghan. Je serais ravi de le lire si tu as besoin d'aide.

— Il est sur quoi, celui-là ? demande le Gros Bonnet.

— Comment on gagne une guerre", dit Meghan alors qu'ils montent dans la voiture.

Meghan se couche et s'endort avant minuit.

Toujours vêtu de sa tenue de soirée, le Gros Bonnet se sert un verre de plus et attend l'heure, assis sur son lit. Il sursaute quand la sonnerie de son téléphone retentit.

"Vous êtes en soirée ?

— On est rentrés, dit-il. On a passé un moment chez les Early-Nelson.
— Ça devait être quelque chose, dit Charlotte.
— C'était chouette. Ils ont demandé de tes nouvelles.
— Je voulais te souhaiter une belle et heureuse année.
— J'aurais appelé, mais je ne voulais pas enfreindre les règles."
Il y a une pause, un silence.
"Ça va ? demande-t-il.
— Je crois, dit-elle.
— Ce n'est pas encore la nouvelle année là-bas.
— Ça ne va pas tarder", dit-elle.
Nouvelle pause.
"Il y a autre chose ? demande-t-il.
— Peut-être.
— Tu veux me le dire ?
— Pas sûre.
— Essaie pour voir, dit-il d'une voix douce.
— Je l'ai laissée m'avoir", dit Charlotte.
Il y a un silence.
"Ce n'était pas mon idée, mais je ne l'ai pas arrêtée.
— Je ne suis pas sûr de te suivre.
— Terrie, dit-elle. Je l'ai laissée…
— Tu l'as laissée quoi ?
— Me lécher.
— Sexe ?" Le Gros Bonnet est pris d'une bouffée de chaleur – honte, excitation, confusion nucléaire.
"Comme un chat, dit Charlotte.
— Cette femme est ton amante ?
— Je n'irais pas jusque-là.
— Vous l'avez fait plus d'une fois ?
— Oui.
— Tu le lui as fait aussi ?
— Grands dieux, non.
— Tu avais bu ?
— Non.
— Et là ? Tu as bu ou fumé ?
— Non, dit-elle. J'ai dû arrêter l'herbe. Je mangeais trop et je commençais à avoir des pensées désagréables au sujet de Meghan.

— Quel genre de pensées ?

— Je ne sais pas si je rêvais ou si j'étais éveillée, mais je n'arrêtais pas de penser que, parce qu'elle était fâchée contre nous, elle était entrée dans l'armée et était devenue commandante, mais j'avais du mal à saisir s'il s'agissait vraiment de l'armée ou d'une organisation extrémiste quelconque. En tout cas, je n'arrêtais pas de refaire ce rêve. Je veux qu'elle sache que je l'aime. Même si je ne suis pas sa mère, c'est ma fille. Tu comprends ?" Elle marque une pause. "J'ai peur de l'avoir déçue. Je n'ai pas été une très bonne mère." Charlotte renifle.

"Je ne sais pas quoi dire. T'as aimé ? C'était excitant ?" Le Gros Bonnet s'interrompt. "Laisse tomber. Ne me dis pas. Je ne veux pas savoir. Pour le moment, je vais faire comme si tu ne m'avais pas dit qu'elle t'a léchée comme un chat.

— Tu ne peux pas faire comme si, dit-elle. Il faut que tu saches. C'est la nouvelle règle ; c'est comme ça qu'on en est arrivés là.

— Tu vas continuer à le faire ?

— Je ne sais pas, dit-elle, un peu agacée, comme si là n'était pas le sujet.

— Tu me le dis parce que tu veux vraiment que je le sache ou parce que tu te sens coupable de m'avoir fait acheter une voiture pour ton amante lesbienne sous un faux prétexte ?"

Charlotte garde le silence.

"Très bien, fait-il. Voilà, c'est dit. Fais ce que tu veux. Et franchement, je ne suis pas sûr que ça mérite le nom de sexe. C'est vrai quoi, une femme ne peut rien faire de ce que fait un homme. C'est totalement différent." Il y a une nouvelle pause. "Et maintenant, est-ce que je suis censé confesser mes infidélités ?

— Non.

— Ce n'est pas qu'il y en ait eu beaucoup. Mais je te dirai qu'au club de sports, à New York, il y a des années, un masseur m'a inséré son index dans l'anus.

— C'est vrai ? demande-t-elle. Et tu ne me l'as jamais dit ?

— J'étais gêné.

— Ça t'a plu ?

— Ça ne m'a pas déplu. Je crois qu'aucun d'entre nous n'est aussi simple que la bonne société le voudrait.

— Voilà.
— Voilà.
— Bonne année, dit Charlotte.
— De même.
— Où est Meghan ? demande-t-elle.
— Elle dort à poings fermés. J'ai essayé de l'occuper. On est allés au zoo.
— Sympa. Tu as toujours adoré les zoos.
— Et on est allés à la Maison Blanche, histoire de dire au revoir. G. W. a été très gentil avec elle.
— Encore heureux, vu tout l'argent que tu lui as donné."
Un moment s'écoule.
Il se rince la bouche avec ce qu'il reste au fond de son verre, du scotch, pur, 63,5 % d'alcool, contre 26,9 % pour la Listerine.
"Quand Meghan rentre-t-elle au lycée ?
— Dans quelques jours." Il parle doucement parce qu'il ne veut pas la réveiller.
"Et ensuite ?
— On part de là.
— Bien.
— On reconstruit tout de zéro.
— Tu fais quoi, là ?" demande Charlotte. Sa voix est douce, presque séductrice.
"Je me déshabille. Le costume, ça va bien quelques heures." Il s'assied sur le lit et retire ses chaussettes. "Et toi ?
— Je te souhaite une bonne et heureuse année, dit-elle. On se reparle." Elle raccroche.
Elle l'a léchée comme un chat. Il s'allonge et se tire un peu sur la tige. Il n'en ressort rien de bon ; il a du mal à se l'expliquer, ça pourrait être n'importe quoi, l'alcool, l'âge ou le poids de l'histoire.
On les a dans l'eau ; elles sont en train de couler. *Mayday. Mayday*. Il entend la voix de Dick Richardson résonner dans sa tête. La corne de brume retentit, sept coups brefs suivis d'un long.
Le capitaine sombre avec son navire, se rappelle le Gros Bonnet.

Jeudi 1er janvier 2009
Alexandria, Virginie
8 h 40

“Comment je m’habille ?” demande Meghan à son père. Il lui jette un regard ahuri. “J’y vais habillée en qui ?

— En Meghan.

— Laquelle ?

— Celle de tous les jours, dit le Gros Bonnet. La vraie.”

Meghan veut que sa mère biologique l’apprécie, trouve qu’elle est une charmante jeune femme. Elle enfile une jupe, des collants sombres et des mocassins. À ceci près que sa jupe n’est pas écossaise, elle a l’air prête pour disputer un match de hockey sur gazon.

“Parfaite, dit son père. Tu es parfaite.”

Il est pimpant, vêtu d’une chemise jaune et de sa veste pied-de-poule préférée. “Avec ou sans cravate ? demande-t-il, tenant la cravate devant son cou.

— Sans. La cravate, ça fait rendez-vous d’affaires.”

Ils prennent l’ascenseur pour descendre. Le hall, qui, la veille au soir, était décoré pour la Saint-Sylvestre de ballons noirs et dorés et ressemblait à un speakeasy des années 1920 du genre Stork Club ou Cotton Club, a repris contenance. Pas de flaques de champagne sur le sol, pas de restes de confettis ou de langues de belle-mère. Les tables sont parées de nappes blanches – des carafes de jus d’orange fraîchement pressé reposent dans des seaux à glace ; croissants et pâtisseries sont à disposition sur des serviteurs muets. Meghan inspire – et se rappelle qu’elle a faim ; ils n’ont jamais dîné hier soir.

Le silence règne durant le trajet jusqu’au lieu du rendez-vous ; l’air est gorgé de sentiments mais pas de mots. Ça lui rappelle la fois où ils s'étaient rendus aux obsèques d'un grand-oncle, il y a quelques années ; l'homme s'était suicidé sans prévenir.

"Tu es nerveuse ? demande le Gros Bonnet.

— Oui.

— Moi aussi. Je ne l'ai pas vue depuis très longtemps.

— Qu'est-ce que tu sais d'elle ?

— Qu'elle avait un père et une mère.

— Tout le monde a un père et une mère.

— Et des frères et sœurs."

Nouveau silence.

"Maman sait qu'on fait ça ?

— Non.

— Tu espères que cette femme sera ma famille maintenant ? Que j'irai chez elle pour les fêtes ?

— Quoi ?

— Est-ce que tu refiles le bébé, te débarrasses de moi ?

— Ça va pas, la tête ? Pour rien au monde je ne me débarrasserais de toi. J'essaie seulement de t'aider, de nous aider, à naviguer. Je n'attends rien de toi sinon que tu tendes la main et dises bonjour."

Il y a un silence.

"Tu ne veux pas la rencontrer ? demande-t-il.

— Si, dit Meghan. Mais tout est si étrange.

— On peut le dire."

Lorsqu'ils arrivent au restaurant, il demande au chauffeur de les déposer loin de l'entrée.

Il descend. Il porte son manteau en poil de chameau. Ses cheveux gris lissés en arrière tombent sur son col – il a besoin d'une coupe. Son corps dans le manteau est gros, raide, comme celui d'un vieil ours.

Meghan repense à leur sortie au bureau de vote. C'était il y a deux mois seulement, mais le Gros Bonnet semble avoir rétréci. Il occupe l'espace différemment, comme s'il essayait de ne pas être vu.

Ils avancent vers la porte et le Gros Bonnet tire sur la poignée ; c'est fermé. Il est pris de panique ; quoi qu'il arrive, il ne veut pas que ça se passe sur le parking.

"Ça va ? demande Meghan.

— Ouais", dit-il, cognant fort à la porte en bois. On entend un bruit, le cliquetis d'un trousseau de clés dans la serrure, puis la porte s'ouvre.

"Bonne année, dit la serveuse, leur tenant la porte. Premiers clients de 2009. On vous offre le café.

— Merci, dit le Gros Bonnet.

— Installez-vous où vous voulez."

Ils prennent un box à l'autre bout de la salle. Le Gros Bonnet s'assied face à la porte.

La serveuse apporte les menus et le café.

"Un thé pour moi, dit Meghan. Si vous en avez.

— Bien sûr.

— Comment s'appelait le cheval de George Washington ? demande Meghan.

— Wilson ?

— Blueskin, dit Meghan. C'était l'un des deux principaux chevaux de Washington. Et c'était un demi-sang arabe, issu d'un étalon nommé Ranger.

— Je l'ignorais, dit le Gros Bonnet.

— Étonnant, non ? Washington a un lien avec Ranger, en quelque sorte.

— Comment s'appelait l'autre cheval ? demande-t-il.

— Nelson, dit-elle, tu ne te trompais donc qu'à moitié. C'était un alezan.

— À moitié bon. Pas terrible."

Ils attendent, nerveux, concentrés sur leur boisson. Le Gros Bonnet fait semblant de parcourir le menu. Puis il lève les yeux, prend une fraction de seconde pour s'assurer qu'il est présentable, se dresse et s'avance vers l'entrée du restaurant.

Meghan attend dans le box. Elle est dos à la porte ; elle ne sait quelle conduite tenir. Au bout d'un moment, elle se lève et se retourne. Quand la femme approche, elle tend la main. "Je suis Meghan.

— Moi, c'est Irene.

— Je sais."

Il y a un instant d'embarras, le temps de savoir qui s'installe où.

Le Gros Bonnet s'assied et Meghan se glisse à côté de lui dans le box.

"Comme tu es belle, dit Irene.

— Merci."

La serveuse arrive. "Je peux vous apporter quelque chose, café, thé, un petit verre pour faire passer la gueule de bois ?"

Le Gros Bonnet se marre. "C'est ma gueule normale, vous savez.

— Tu es en quelle classe ? demande Irene.

— C'est ma dernière année de lycée, je postule aux universités, figurez-vous.

— Tu sais ce que tu veux faire ?

— Aucune idée. Peut-être la haute fonction publique.

— Je voulais être médecin et aider des bébés à venir au monde.

— Ç'aurait été merveilleux", dit Meghan.

Irene hausse les épaules. "J'ai fait deux ans d'études, mais après j'ai dû travailler. Tu as de la chance. Tu vas faire de bonnes études et tu auras des opportunités.

— Merci, dit le Gros Bonnet, mais les femmes ne le regardent pas.

— Tu fais espagnol ? demande Irene.

— Français, répond Meghan. J'ai pris français parce que Thomas Jefferson est allé en France et, quand j'avais treize ans, j'étais obsédée par Thomas Jefferson. Ç'a été mon héros jusqu'à ce que j'en sache plus à son sujet, après je l'ai laissé tomber pour Eleanor Roosevelt."

S'ensuit un long silence.

"C'est super malaisant, dit Meghan. Il a eu des enfants avec Sally Hemings, qui était non seulement son esclave mais la demi-sœur de sa femme décédée ; j'ai écrit un essai sur le sujet. Quand on a visité sa plantation de Monticello, le guide en a parlé à demi-mot, comme s'il voulait à la fois qu'on sache et qu'on ne sache pas."

Personne ne dit rien.

"L'histoire est une chose compliquée", dit le Gros Bonnet.

Irene acquiesce. "Il y a diverses formes de savoir. Ma mère est mi-espagnole, mi-colombienne et mon père est blanc. Ils vivent en Floride, près de chez mes deux frères. Je n'ai jamais dit à aucun d'entre eux que j'étais enceinte. Mes parents sont religieux. Moi aussi. Du moins j'aime à le croire.

— Moi aussi", dit Meghan. Dans son cœur, elle est religieuse; elle a des conversations avec Dieu dont elle ne parle à personne.

Irene lui tend une petite boîte. "Je t'ai apporté quelque chose."

Meghan l'ouvre. Elle voit un collier – une chaîne et une pièce percée d'un trou.

"C'était mon porte-bonheur quand j'étais ado, dit Irene. C'est une pièce de cent pesos colombiens et ça, c'est le condor des Andes, l'oiseau de la Colombie.

— J'adore les oiseaux, dit Meghan, passant le collier. Je me suis justement acheté un pendentif de phénix il y a quelques semaines. Merci."

La serveuse vient leur demander s'ils sont prêts à commander. "Je vais prendre un muffin au maïs toasté, dit le Gros Bonnet. Et un jus de tomate.

— Partant pour un virgin mary? Je viens d'en préparer, épicé à souhait, avec du céleri frais, ça vous fait déjà un peu de verdure.

— Adjugé", dit le Gros Bonnet.

Meghan se sent obligée de commander quelque chose. "Je peux avoir les mini pancakes?

— Avec ou sans fruits?

— Avec, merci, dit Meghan, ayant le sentiment de devoir gonfler l'addition.

— C'est bon pour moi." Irene lève la main comme si c'était un panneau Stop. "Juste le café.

— J'essaie de réfléchir à ce que je devrais vous demander d'autre, dit Meghan. Couleur préférée? Plat préféré? Est-ce que ça a le moindre sens?

— Ma couleur préférée, c'est le bleu. Mon plat préféré, les pâtés impériaux. Et toi?

— Le vert, dit Meghan. Et j'aime…" Elle marque une pause. "Le lait de dattes."

Irene sourit. "Je n'ai jamais bu de lait de dattes."

Le silence retombe.

"J'ai travaillé au cabinet dentaire pendant longtemps, dit Irene à Meghan. Les gens me parlaient pendant que je leur nettoyais les dents. On ne peut pas bien parler quand on se fait nettoyer les dents mais ils le faisaient quand même. Je faisais semblant de comprendre ce qu'ils disaient, et de temps en temps je posais une question d'ordre général. Ils ne se doutaient pas le moins du monde que je ne comprenais rien."

Le Gros Bonnet s'excuse pour aller aux toilettes ; Meghan se demande s'il a vraiment besoin d'y aller ou si c'est pour les laisser un moment en tête à tête. "Trois tasses de jus sans avoir rien mangé, dit-il. Je reviens tout de suite."

Irene se penche en avant et serre la main de Meghan. "Tu n'as rien su jusqu'à maintenant ?"

Meghan secoue la tête.

"Je suis désolée. Je pensais qu'ils te l'auraient dit. Ton père avait beaucoup de soucis. Il t'aime énormément et a toujours voulu ce qu'il y avait de mieux pour toi. Quant à ta mère, je n'ose même pas imaginer ce qu'elle a pu ressentir. Ç'a été dur de me séparer de toi. Mais perdre un enfant, on ne s'en remet pas."

Irene contemple Meghan.

"Quoi ?

— Tu es si grande, dit Irene. Dans mon esprit, tu es toujours une toute petite fille. Tu ressembles à ma Titi Isabela, la tante de ma mère."

Le visage de Meghan s'éclaire. "Vous avez une photo d'elle ?

— Non. Elle est morte il y a bien longtemps, mais elle avait un beau visage, comme toi, les mêmes cheveux et elle faisait les meilleurs *patacones* du monde.

— Des *patacones* ?

— Des beignets de plantains. C'est si bon, salé, brûlant. Elle les faisait frire dans une immense poêle et je devais reculer. Elle avait toujours peur de brûler quelqu'un. Quand ils étaient cuits, elle les mettait à refroidir sur de l'essuie-tout et les saupoudrait de sel.

— Je n'ai jamais mangé de plantains. C'est des sortes d'aubergines ?

— De bananes, souvent vendues vertes", dit Irene.

Meghan hoche la tête ; elle du mal à s'imaginer un beignet de banane verte. "D'où vient votre famille à l'origine ?

— Ma mère avait des racines espagnoles et colombiennes et mon père venait d'ici, d'Alexandria ; il était militaire, dit Irene.

— Ah oui, pardon, vous l'avez déjà dit. Vous nettoyez toujours des dents ?

— Non. J'ai arrêté quand j'ai eu des enfants.

— Vous en avez combien ?

— Deux, dit Irene. Carolina, qui a neuf ans, et Isadore, un garçon, qui en a sept. Il n'est pas facile. Si quelqu'un essaie de te faire croire que garçons et filles, c'est pareil, c'est qu'il n'a jamais eu d'enfants ou n'a jamais mis les pieds dans un square."

Le Gros Bonnet revient à la table. "Vous voulez que je vous prenne en photo ?

— *Yes*", dit Meghan. Il y a un moment de confusion, le temps de choisir quel téléphone utiliser. "Prends le mien", s'empresse de dire Meghan. Elle lui tend le téléphone et lui montre où appuyer. Puis elle prend place à côté d'Irene. Elles se tiennent côte à côte, sans se toucher, comme deux inconnues. Son père prend la photo et la leur montre.

"Peut-être une de plus", dit Irene. Sur la suivante, elle tient Meghan par les épaules. Ce n'était pas évident sur le moment, mais l'objectif fixe tout. Sur la seconde photo, Meghan lève les épaules – comme on hérisse le poil.

"Je ferais mieux de rentrer à la maison, dit Irene, se levant. Mais je suis très contente de t'avoir rencontrée. Merci."

Ils se lèvent. Meghan ne sait pas si elle doit dire à Irene qu'elle aimerait bien la revoir ou rencontrer le reste de sa famille. Vont-elles en rester là ? Ou y aura-t-il une suite ? Elle a l'impression qu'il n'y a pas de place pour ça.

"Vous garderez contact ?" demande Meghan.

Il y a une hésitation. Meghan fond en larmes.

"J'essaierai, dit Irene. Ce n'est pas toi, le problème ; c'est moi. Mon mari ne sait pas que j'ai eu un bébé. Je peux te serrer dans mes bras ?" Sans attendre la réponse, elle étreint Meghan.

"Je t'aime, dit Irene à Meghan. Je t'ai toujours aimée. Et je sais que tu le sais. Là – elle tapote la poitrine de Meghan – dans ton cœur. C'est là que tu me conserves, dans ton cœur."

Et la voilà partie.

Le Gros Bonnet paie l'addition et s'ils s'en vont. La voiture traverse le parking et les récupère au bord du trottoir.

“C’est une dame très gentille, hein ? Tout ce qu’il y a de plus normale.” Il se tait un instant.

“Ouais, dit Meghan. Elle met même du sucre dans son café bien qu’elle soit assistante dentaire.

— C’est drôle, dit-il. Je n’y avais jamais pensé.

— Deux sachets.

— Tu te sens mieux maintenant que tu l’as rencontrée ?” demande-t-il.

La voiture descend silencieusement la rampe menant d’une route à l’autre ; il y a le poudoum, poudoum des pneus sur les joints de la chaussée qui lui rappellent celui du pick-up passant sur la grille à bétail, au ranch. Elle repense à novembre, aux bisons derrière la clôture, à leurs gros yeux luisants qui, apparemment, ne marchent pas très bien – ils compensent par une bonne ouïe et un puissant odorat. Elle pense à Ranger qui sent si bien les choses. Qui sait toujours ce qui se passe autour de lui. Elle se rappelle avoir lu que les chevaux voyaient tout en cinquante fois plus gros. Elle a l’impression que ce qui vient de se passer repose en elle – en cinquante fois plus gros.

“Comment t’as pu faire ça à maman ?” demande Meghan.

Le Gros Bonnet demeure un instant sans rien dire. “Peut-être que, plus grande, tu comprendras.

— T’as trompé ta femme et t’as menti à tout le monde, à maman, à moi et probablement à cette femme, Irene. Je te connais ; t’as besoin de penser que t’es quelqu’un de bien ; c’est important pour toi. Je parie que tu lui as dit que t’allais quitter ta femme.”

Il y a un silence.

“On n’a jamais eu une relation où tu me fustigeais. Je n’ai pas envie que ça commence aujourd’hui. Et le pire, c’est que tu brailles. N’oublie pas que c’est moi l’adulte et toi l’enfant.

— C’est encore une façon de me brider ; quand ce n’est pas parce que je suis une fille, c’est parce que je suis une enfant. Tu voulais que je sois forte, farouche, et que je m’attache à ce qui compte, mais ça ne vaut pas quand ça te concerne.

— Exact.” Il marque un temps d’arrêt. “Je ne dis pas que tu as tort. Je dis que je ne suis pas capable de faire face. J’ai mes propres sentiments sur tout ça.

— Parce que maintenant je dois me préoccuper de tes sentiments ? Je croyais que c'était moi, l'enfant. Les enfants ne se préoccupent pas des sentiments de leurs parents. Maintenant je suis censée prendre soin de toi parce que les femmes, ça sert à ça, et que maman ne te parle plus ?

— Est-ce que je peux faire quelque chose pour arranger ça ?

— Non, dit Meghan. Ce n'est pas un truc que tu peux régler à coups d'argent. C'est comme ça que tu fais ; tu achètes les choses, tu paies des gens pour les régler.

— Je ne suis pas parfait, je l'admets volontiers. Je connais mes défauts, mais je cherche vraiment à bien faire ; je veux ce qu'il y a de mieux pour toi et ta mère.

— Laquelle ?

— Ma femme, ta mère. Peux-tu admettre que nous ayons attendu que tu sois assez âgée pour comprendre ?

— C'est un mensonge, dit Meghan. Tu aurais attendu indéfiniment. Si tu me l'as dit, c'est uniquement parce que maman, Charlotte, ta femme, t'y as obligé. Il aurait été dur pour toi de me le dire il y a des années parce que ça t'aurait forcé à affronter tes problèmes. La personne que ce silence protégeait le plus, c'était toi. Tu n'es pas la personne que tu prétends être.

— Je peux comprendre que tu voies les choses comme ça", dit-il.

Le plus marquant dans cette rencontre avec sa mère biologique, c'est son caractère décevant. Irene est gentille, normale, et s'est construit une vie dans laquelle ni Meghan ni le Gros Bonnet n'ont leur place. C'est bien – elle est libre.

"Pour être honnête, je me sens malade d'une façon indescriptible – démente. Qui suis-je ? Qui sont les miens ? Mon identité entière n'est qu'une affabulation. Je suis bidon. Ça me rend irréelle.

— Je ne vois pas les choses comme ça, dit le Gros Bonnet. Pour moi, désormais, il n'y a plus de secrets.

— C'est comme si une bombe atomique avait explosé en moi." Meghan regarde son père. "Ta bombe, celle que tu aurais voulu inventer. Eh ben, finalement, tu l'as faite – c'est moi."

Vendredi 2 janvier 2009
The Hay-Adams Hotel
Washington
2 h 45

L'inventeur de la bombe.

Qu'est-ce que ça implique d'assumer ses responsabilités ? En est-il capable ? Pas facile de se regarder dans le miroir et de se voir non comme on aimerait être, mais comme on est.

Comment vivre avec ce qu'on voit ? Faire face aux conséquences de sa vie, de ses décisions, habitudes et présupposés, de tout ce qu'on a considéré comme allant de soi, pouvoir, argent, privilèges et – osera-t-il l'énoncer ? – couleur de peau ? C'est ce qui les a tant contrariés, lui et les Hommes de toujours. Ils ont soudain découvert qu'ils n'avaient plus le dessus. Après des centaines d'années, c'est un réveil brutal et ils le vivent très mal. Ce n'est pas seulement qu'Obama a gagné, c'est comme si les Pères fondateurs avaient été assassinés. Les vérités qu'ils tenaient pour évidentes sont devenues des cibles mouvantes. Dire que l'histoire essaie de les rendre fous, ce ne serait pas assumer ses responsabilités, ce serait éluder son rôle dans cette histoire.

Le Gros Bonnet n'arrive pas à dormir.

Et si tu t'étais pris pour un brave type ? Si tu avais eu besoin de le croire de tout ton cœur mais t'étais réveillé et, pour la première fois, étais conscient d'être un salaud ?

Il ne peut se défaire d'un sentiment d'incrédulité.

Tu sais que tu es un salaud, mais tu cherches un faux-fuyant.

Tu sais que c'est vrai, mais tout au fond de toi brûle comme une braise qui t'interdit de l'admettre. Une braise liée à l'image que tu te fais de toi-même.

Je suis un homme, te dis-tu. Un homme imparfait, certes, mais pas un salaud.

Je suis obligé de rejeter l'idée que je suis un salaud car si je l'admets, si je cède à ce savoir – il y aura un problème ; je dois pouvoir continuer à me supporter.

Or je ne peux pas supporter les salauds.

N'ayant aucun respect pour les salauds, je n'aurais aucun respect pour moi-même.

Je ne peux pas vivre comme ça.

C'est le milieu de la nuit et il se parle à lui-même.

Il voyage à travers le temps, le temps de son existence.

Comment réparer ce tort ?

Le Gros Bonnet veille longtemps, pensant à Charlotte. Il l'aime profondément ; c'est désormais plus évident pour lui que pour elle.

Il fait la liste de ce qu'il sait de Terrie, le chat, l'amante de Charlotte. Il note ce que Charlotte lui a raconté de sa famille, de son addiction, de sa moto. Il essaie de se rappeler son nom de famille – il se souvient que c'était un nom familier, un nom de journal comme Hearst ou Getty mais un cran au-dessous.

Il pense à Charlotte qui lui a fait acheter la voiture pour son amante et il l'aime pour ça. La seule façon pour lui de ne pas perdre Charlotte est de l'accepter (avec Terrie) et d'accepter ce qui s'ensuivra. Quelle ironie qu'il arrive à trouver un moyen de reprendre le contrôle du pays mais pas de son mariage.

Il est reconnaissant que Charlotte ait craqué et se soit fait soigner, qu'ils aient tous survécu. La vérité a éclaté ; cela a forcément du bon.

Il y a forcément un moyen de revenir à la case départ et une issue – tout à la fois.

Il pense à Charlotte au ranch, à Charlotte et ses chevaux. S'ils ont fini par avoir le ranch, ce n'est pas seulement pour des raisons fiscales, mais parce que Charlotte était lasse des courtisans de Washington et que New York la rendait claustrophobe, tout comme le Connecticut, quoique d'une manière différente. Là-bas, c'était comme vivre dans une bouteille, disait-elle, tout le monde savait tout sur eux. Elle n'avait pas envie d'aller déjeuner avec d'autres dames ; elle n'avait pas envie de siéger dans des conseils d'administration ou de donner de l'argent à des bibliothèques, des hôpitaux ou à la recherche contre le cancer. Elle avait envie d'être libre et qu'on la laisse tranquille. C'était la seule chose qu'elle voulait, la seule chose qu'elle n'avait jamais eue.

Quant à Meghan – sa création. C'est la bombe. L'élément qui a tout fait exploser.

Vendredi 2 janvier 2009
The Hay-Adams Hotel
Washington
6 h 20

Le Gros Bonnet la réveille tôt.

"Je dors, dit Meghan, les yeux encore fermés.

— C'est l'heure.

— Trop tôt."

Il la secoue doucement par l'épaule. "Allez, debout, Moineau, dit-il, reprenant un surnom d'il y a longtemps.

— Ça va ? demande-t-elle, dessillant les yeux.

— Oui. Juste un peu matinal."

Il lui tend une tasse de chocolat chaud. "Le service en chambre met vingt minutes quand tu commandes à six heures du matin, alors qu'à quinze heures, faut attendre une éternité." Il marque une pause. "Habille-toi, prends des vêtements chauds.

— On va où ?

— C'est une surprise. Et non, je ne t'ai pas acheté de voiture."

Il fait encore nuit lorsqu'ils montent à l'arrière de la voiture qui les attend en bas. Ils passent devant la Maison Blanche, prennent à droite dans la 15e Rue, puis de nouveau dans Independence Avenue. Les rues sont désertes. Lorsqu'ils arrivent au croisement d'Independence Avenue et Home Front Drive, la voiture ralentit. Elle se gare derrière un van attelé à un pick-up dont les feux de détresse clignotent.

"Mettez vos warnings, dit le Gros Bonnet au chauffeur. La dernière chose dont j'ai envie, c'est de m'en prendre un dans le pot à sept heures du matin." Le chauffeur presse le triangle rouge sur le tableau de bord et les warnings s'allument.

“Tu sais ce qu’il y a dans le van ?” demande le Gros Bonnet.

Meghan ne comprend absolument pas ce qui se passe.

“Ton cheval, dit-il. Réparer les dégâts que j’ai causés, mériter ta confiance, tout ça prendra du temps, mais dans l’immédiat, je me suis dit qu’une balade avec ton cheval te ferait du bien.

— C’est légal ?” demande-t-elle.

Voilà une question qu’il ne s’était pas posée. “Aucune idée. Qui va arrêter une femme à cheval ?

— T’as demandé à Godzich ?

— Non”, dit-il. Ça ne l’a jamais effleuré.

“Mais tu ne fais jamais rien sans demander à Godzich.

— J’espère franchement que ce n’est pas vrai.”

Meghan hausse les épaules. “Si je me fais arrêter, t’as intérêt à me sortir de prison.

— Tu as ma parole.

— Ce serait assez drôle : T’as fait quoi à Noël ? Oh, j’ai découvert que je n’étais pas celle que je croyais. Puis je me suis fait arrêter parce que je faisais du cheval dans les rues de Washington comme si c’était chez moi.”

M. Kelly, le palefrenier du lycée de Meghan, aide Ranger à sortir du van.

“Tu ne peux pas savoir à quel point tu m’as manqué, dit Meghan, déposant un bisou sur le chanfrein de Ranger.

— Je ne l’ai pas fait venir jusqu’ici pour que tu le bécotes, dit le Gros Bonnet. En selle.

— Toutes les filles bisent les chevaux”, dit M. Kelly, tendant sa tenue à Meghan et tirant un rideau de fortune à l’arrière du van pour qu’elle puisse se changer.

Meghan revient tout équipée. Elle ajuste la sangle de Ranger, serrant tout un peu plus fort, puis lance les rênes par-dessus sa tête, pose son pied dans l’étrier et monte en selle.

Elle donne un coup de talon et Ranger grimpe sur le trottoir pour avancer dans l’herbe. Elle est douce avec le cheval, le fait aller au pas pour qu’il s’échauffe, veille à contenir sa propre envie le temps qu’il soit prêt.

“J’ai mis un traceur sur le cheval, dit M. Kelly. Depuis l’incident dans les bois, je ne prends plus de risque.

— Laissez-moi un moment”, dit le Gros Bonnet, faisant signe à M. Kelly et à son chauffeur. Il part en direction du Lincoln Memorial. Le soleil commence à se lever.

En marchant, il pense à Lincoln, qui fut le premier président républicain et créa le parti sur la base de fragments, de chaos. Quand il était jeune, il adorait Lincoln mais son père le considérait comme une andouille. Il s’en souvient très bien, “une andouille”. Quand son père avait prononcé ces mots, il avait eu envie de pleurer, il avait peut-être même vraiment pleuré, mais ce n’est pas le détail qu’il veut garder en mémoire.

Le soleil levant jette une lumière chaude, orange sur le marbre blanc de la statue de Lincoln. Il y a quelque chose de mélancolique à cette visite à un vieil ami perdu de vue. Il lève les yeux vers le grand homme, le regarde un long moment, puis hoche la tête comme pour lui faire ses adieux et repart en direction de la voiture. Il pense à ce qui s’est passé quand Lincoln a été abattu. Les gens sont descendus dans la rue. Ce qui les a calmés, ce sont les mots de Lincoln lui-même, “sans malveillance envers quiconque”, et la question : Que ferait Lincoln ?

Des marches du mémorial, il aperçoit Meghan se promenant au petit galop, avant de s’élancer au grand galop et de filer.

Elle chevauche sa monture.

Elle fonce à travers le National Mall, le bras levé comme si elle menait une armée.

Elle est ce qui n’est encore jamais arrivé.

Elle est la révolution.

Le soleil est sur l’eau ; le Washington Monument lui fait face, en vrai et en reflet. Il marche dans sa direction et aperçoit Meghan qui fait des tours, décrit des cercles à la circonférence du monument. Il pense à George Washington, à Mount Vernon et au bon moment que Meghan et lui ont passé là-bas mercredi.

Il pense au rapport de Washington aux Anglais ; Washington a servi dans l’armée britannique pendant la guerre de la Conquête et a été agacé que les soldats de Virginie soient moins bien payés que les officiers commis par la couronne. Employé mécontent, il démissionne, épouse Martha Dandridge Custis, et on connaît la suite.

En juin 1775, le Congrès ordonne au général George Washington de prendre le commandement de l'armée continentale qui combat les Britanniques à Boston. "Notre glorieuse cause", comme l'appelle Washington.

Il pense à Washington sur son cheval Blueskin. Meghan dit que, même si ce n'était pas celui qu'il montait le plus souvent au combat, c'est celui sur lequel on l'a le plus souvent représenté parce qu'il ressortait mieux en peinture.

Il pense à Washington au combat ; il n'a connu sa première victoire qu'en septembre 1776, lors de la bataille de Harlem Heights. Et à Washington traversant le Delaware, de nuit, dans la tempête hivernale, pour prendre les Britanniques par surprise. Et à la seconde bataille de Trenton, le 2 janvier 1777. Il y a deux cent trente-deux ans jour pour jour. Il pense à l'enseigne lumineuse du pont de Trenton devant laquelle il est si souvent passé lors de ses trajets en train entre New York ou le Connecticut et la capitale : "*Trenton Makes – the World Takes**."

Il pense à Washington et à son humilité. À la fin de sa présidence, Washington a déclaré à ses collègues : "Si vous souhaitez me reparler, ce sera sous ma vigne et sous mon figuier."

Le Gros Bonnet remonte en voiture et demande au chauffeur de prendre la même direction que Meghan – vers le Capitole. Il passe un coup de téléphone à Meghan, la regardant mettre Ranger au pas avant de prendre l'appel.

"T'es où ? demande-t-elle.

— Tout près, répond-il, baissant sa vitre pour faire un grand salut. Regarde derrière toi.

— Je te vois, dit-elle, après avoir tourné la tête.

— Je te vois aussi et c'est splendide. Quand tu arriveras au Capitole, fais le tour jusqu'à l'autre côté, c'est là qu'il y a tous les bons trucs.

— C'est-à-dire ?

— La Bibliothèque du Congrès et la Cour suprême. C'est là qu'il faut finir, à la Cour suprême ; je t'y retrouve."

* Littéralement "Trenton fait – le monde prend". Slogan figurant depuis 1928 sur le Lower Trenton Bridge et vantant les capacités industrielles de la ville.

Mardi 20 janvier 2009
L'Auberge Chez François
Great Falls, Virginie
11h30

Voilà, c'est le coup d'envoi.

Il a fait faire des insignes émaillés par un bijoutier de Palm Springs, des disques de quatre centimètres de diamètre, comme en portent les chefs d'État ou les élus du Congrès pour se reconnaître entre "membres du club". Il les a dans des écrins individuels en velours noir. Il a donné au bijoutier l'idée d'un symbole combinant la rune de l'abondance et la balance de la justice, le caducée pour la médecine et le bon vieux dollar.

Il arrive tôt. Cela fait plus de trente ans que Chez François est son établissement de prédilection à Washington.

Dès qu'il ouvre la porte, il se sent requinqué, en partie parce qu'une bonne odeur de pain frais flotte dans l'air.

"Bonjour, l'ami, dit le maître d'hôtel. Jacques n'est pas là aujourd'hui, mais il m'a demandé de vous donner ça." Il tend au Gros Bonnet un paquet emballé de la taille d'un ballon de football américain.

"Je croyais qu'il avait arrêté d'en faire, dit le Gros Bonnet.

— Non, mais nous ne savions pas où envoyer le vôtre. Je dois dire qu'il est excellent, cette année.

— Le fameux cake aux fruits de Noël. Je connais un gars au Pentagone qui en a congelé pour dix ans.

— On a vent de certaines rumeurs." Le maître d'hôtel conduit le Gros Bonnet à sa table, dans le coin, au fond de la salle. "Jolie, cette épingle à cravate. Très européenne. Je n'en avais jamais vu de semblable.

— Vous avez l'œil. C'est une épingle de col en or quinze carats.

— Je ne savais pas qu'il y avait de l'or quinze carats.

— On ne vous la fait pas, à vous. Il n'est plus en usage depuis 1932. L'épingle appartenait à mon grand-père. Il jugeait qu'un homme n'était pas habillé s'il n'était pas épinglé.

— Et donc, aujourd'hui, c'est une occasion particulière ? Grosse transaction ? Enterrement de vie de garçon ?

— Déjeuner entre copains ; il fallait que j'invente quelque chose pour ne pas devenir fou." Le Gros Bonnet pose délicatement l'un des écrins de velours noir à chaque place, non pas sur l'assiette mais sur la droite, entre le couteau et le verre à vin.

"Je me plais à croire que je sais cerner les gens, mais j'imagine qu'on ne sait jamais vraiment, dit le maître d'hôtel. J'aurais pensé que vous seriez malheureux aujourd'hui, mais vous semblez d'humeur festive.

— Si je parlais mieux français, je vous expliquerais, mais pour faire court, oui, je suis malheureux mais je m'active pour changer les choses et ça me rend heureux. Je suis un homme d'action."

Le maître d'hôtel hausse les épaules. "Je ne me mêle pas de politique, c'est le secret de mon succès."

Le Gros Bonnet s'esclaffe. "Ah oui, et ça marche bien ?

— À merveille. On m'en a commandé, des omelettes norvégiennes en forme de sous-marin !" Le maître d'hôtel rit. "La bonne nouvelle pour moi, c'est que ce n'est pas mon pays, je n'ai donc pas à choisir – vous êtes tous mes amis."

Avant qu'ils aient pu en dire plus, Bo entre avec Kissick sur ses talons. "Le juge nous suit ; il est en train de payer son chauffeur. Entre nous, je vous le dis maintenant, je n'aime pas les bijoux sur les hommes, mais faites-vous votre avis."

Le juge franchit la porte et s'arrête pour s'assurer que tous les regards sont tournés vers lui. Il arbore le chapeau de cow-boy de rigueur et une cravate texane ornée d'une énorme turquoise dans une monture d'argent.

"Ravi que tu aies pu faire le déplacement, Douglas, dit le Gros Bonnet au juge.

— Ravi d'être là, répond le juge. Un jour comme aujourd'hui, on est réconforté par la présence de compagnons de route.

Jusqu'ici, ç'a été une journée de merde. À la télé, l'avant-match a commencé depuis six heures du mat' ; c'est non-stop et, bien sûr, je ne peux pas m'empêcher de regarder. Quel soulagement de quitter l'hôtel.

— C'est ton porte-bonheur ? demande Bo, hochant le menton vers la turquoise.

— Y a de ça, répond le juge.

— Joli chapeau, dit le Gros Bonnet, lui donnant une tape dans le dos. Ce n'est pas un petit modèle.

— Celui-là, c'est un Resistol en castor et hermine, l'une de mes marques préférées. Je suis un homme loyal, j'ai vendu mes parts dans la boîte dans les années soixante quand LBJ a fait du chapeau de cow-boy un geste diplomatique. Ça m'a fait plaisir de voir Reagan reprendre le flambeau, mais je n'étais plus dans le business à l'époque. Cela dit, j'aime toujours en porter. Et ils résistent à tous les temps. Vous vous moquez de nous parce qu'on se plaint de la chaleur, mais au moins on en a, nous, de la chaleur. Vous, vous n'avez que de la neige sale et triste, un marigot qui se transforme en planche à savon quatre mois par an.

— Je ne te le fais pas dire." Le Gros Bonnet s'est toujours enorgueilli de sa capacité à s'entendre avec tout le monde.

Twitch Metzger arrive de Chicago mince comme un clou, vêtu d'un pantalon haut que sangle une fine ceinture, d'une chemise boutonnée jusqu'au col, sans cravate, et de brogues. Il fait un mètre quatre-vingt-dix et sa tenue fait l'effet d'un costume, quelque part entre le VRP, le prédicateur et le numéro de cirque.

Bo lui tend la main. "Content de te voir."

Le Gros Bonnet reporte son attention vers le juge. "Je tiens encore à te remercier pour ton invitation ; désolé de n'avoir pu venir te voir à Fort Worth.

— N'y pense plus. J'ai vraiment aimé notre Thanksgiving impromptu et voulais te rendre la politesse.

— Très touché. J'ai réglé quelques affaires que je ne pouvais pas éluder.

— Ma femme aussi est une ivrogne, dit le juge. Dieu la garde, mais c'est une ivrogne. Bien qu'elle ne veuille pas le reconnaître. Mon astuce : les serrures électroniques. Je ne la laisse pas sortir de la maison après dix-huit heures. Alors oui, bien sûr, notre vie sociale en prend un coup, mais faut ce qu'il faut. Tout ce qui sort de sa bouche après dix-neuf heures est empoisonné."

Le Gros Bonnet est décontenancé ; il ne lui était pas venu à l'esprit *a)* que les gens savaient que Charlotte avait un problème d'alcool et *b)* qu'ils en parlaient dans son dos.

"Ma femme a fini par s'apercevoir que c'était devenu un problème et elle va mieux maintenant, dit le Gros Bonnet. Avec un peu de chance, la tienne aura la même prise de conscience.

— Je voulais seulement que tu saches qu'on est sur le même bateau en perdition.

— J'ai de la peine pour ces femmes, dit le Gros Bonnet. Si elles avaient fait quelque chose de leur vie, peut-être que ce ne serait pas arrivé. Pour les plus vives, être épouse et mère n'était pas franchement la carrière qu'elles avaient en tête. Avec le recul, on aurait dû les encourager davantage."

Le juge opine. "Vives comme l'éclair. C'est une partie du problème. C'est comme Martha Mitchell *, elle avait tout entendu et personne n'a voulu la croire.

— Je les ai connus, John et elle, du temps où ils avaient une maison à l'Apawamis Club de Westchester. Ils avaient une petite fille, Martha junior, et ils l'appelaient Marty, dit Kissick. La pauvre femme, ça l'a rendue folle que tout le monde essaie de la faire taire. J'aime à croire que les choses ont ne serait-ce qu'un petit peu changé."

Eisner arrive en sueur bien qu'on soit en janvier. Son pantalon lui serre les chevilles. "Je suis venu avec ma bécane, dit-il, posant son casque sur sa chaise. Je reviens – je vais me laver les mains.

— De grâce, dites-moi que sa bécane, c'est une Harley et pas un Schwinn Sting-Ray avec une selle banane", dit Bo.

Le Gros Bonnet secoue la tête. "J'espère vraiment qu'il est venu à vélo parce qu'il aime ça, pas parce qu'il n'a pas les moyens de s'offrir une caisse.

* Épouse de John N. Mitchell, chef du Comité pour la réélection du président Richard Nixon en 1972, Martha Mitchell est retenue captive puis discréditée par l'entourage du président Nixon alors qu'elle veut faire des révélations à la presse dans le cadre de l'affaire du Watergate.

— Il a une caisse, dit Kissick. Je suis monté dedans et elle est équipée d'un porte-vélos.

— Qu'est-ce qu'il croit, demande Bo, qu'il sauve le monde en faisant du vélo ?

— S'il sauve quelque chose, c'est plutôt lui-même. C'est à la fois du sport et de l'hygiène mentale, dit Kissick.

— Entre nous, chuchote Bo à Kissick, notre greffier, je me le garde sous le coude pour un attentat suicide si on a besoin d'acheter une voyelle ou un GI Joe. Personne n'empêchera jamais un Blanc en Dockers d'entrer dans n'importe quel bâtiment d'Amérique.

— Qu'est-ce qui te fait croire qu'il se sacrifierait comme ça ?

— Il n'a personne dans sa vie et il mourrait en héros. Et s'il n'était pas disposé, je suis persuadé que je pourrais lui donner envie de mourir, si tu vois ce que je veux dire…

— T'es l'homme le plus effroyable que j'aie jamais rencontré, dit Kissick. Terrifiant.

— Je prends ça comme un compliment", répond Bo.

Le Gros Bonnet fait tinter son verre pour attirer leur attention. "Avant que nous n'allions trop loin, j'aimerais simplement vous remercier pour vos efforts et votre empressement à vous lancer dans cette entreprise. Nos origines et nos expériences sont diverses, mais c'est pour moi un grand réconfort de savoir que nous partageons un but commun.

— C'était drôlement casse-couilles d'arriver jusqu'ici, en tout cas. Qui a choisi cet endroit ? veut savoir le juge.

— C'est moi, dit le Gros Bonnet.

— C'est loin de tout, dit le juge.

— Je venais ici avec mes parents, dit Eisner, prenant place à table.

— Dans le temps, quand le restaurant était en ville, j'y voyais Bob Haldeman en compagnie d'Ehrlichman. Vous savez ce que j'adorais chez Haldeman ? dit Metzger.

— Je serais curieux de l'entendre, dit Bo.

— C'était un publicitaire, il a longtemps travaillé chez J. Walter Thompson. Je l'ai rencontré avec mon père quand j'étais petit. Il a fait partie de l'équipe de campagne d'Eisenhower en 1956 pour sa réélection et mon père aimait vraiment Ike."

Bo s'esclaffe. "Je me souviens des badges… *I Like Ike*.

— C'est Pete Peterson qui a trouvé ça chez Market Facts. Mais c'est Irving Berlin qui a écrit la chanson pour la campagne de 1952, dit Metzger.

— Le Pete Peterson qui a dirigé Lehman puis fondé Blackstone ?

— Celui-là même.

— Les gars, vous oubliez qu'il a fallu enrôler Ike pour l'élection présidentielle, la seule fois dans l'histoire des États-Unis qu'un simple citoyen s'est vu propulser comme ça dans le Bureau ovale", dit Bo.

Le Général fait son entrée. "Pardonnez-moi pour ce retard. J'inspectais le périmètre, j'ai repéré quelque chose d'intéressant." Il pose ses jumelles Steiner sur la table. "J'ai vu un harle huppé pas loin de la porte d'entrée.

— C'est l'ennemi ? demande Kissick.

— C'est un canard, dit Bo.

— Exact, dit le Général. Et je suis quasiment sûr d'avoir aperçu une petite nyctale.

— Hmm, font-ils tous, se demandant bien ce que ça peut vouloir dire.

— La nyctale est un animal très secret, mais je suis à peu près formel. Je vais le prendre comme un bon signe.

— Quelqu'un a regardé le menu ? demande Eisner.

— J'attendais que le toubib arrive, dit le Gros Bonnet.

— On prend deux plats ou un seul ? veut savoir Kissick.

— Comme bon vous semble, dit le Gros Bonnet.

— On partage ou chacun pour soi ?

— Prends ce que tu veux, Kissick, dit le Général. Tu n'as pas besoin d'interviewer tout le monde. Fais-toi confiance. Tu peux le faire.

— Deux plats, dit le Gros Bonnet.

— Quelqu'un peut me rappeler où est notre bien-aimé ? demande Bo.

— Charlotte ? fait le Gros Bonnet.

— Tony, dit Kissick.

— Il travaille, dit le Gros Bonnet.

— À la Maison Blanche ?" demande Bo.

Le Gros Bonnet hoche la tête.

“Il fait les cartons pour Bush ou les défait pour Obama ? demande Bo.

— Il fait son job, répond le Gros Bonnet, laconique.

— C’est quoi ces écrins à bijou ? demande Bo. On se fiance ?

— C’est un cadeau de ma part, dit le Gros Bonnet. Nous les ouvrirons au dessert lors de notre petite cérémonie de baptême.

— Rappelez-moi, qu’est-ce qu’ils font, les juifs, quand ils sont en deuil ? demande le juge.

— Ils lacèrent leurs vêtements, les déchirent de colère et de honte. C’est dans la Bible, il n’y a pas que les juifs, dit Kissick.

— Quoi qu’il en soit, ça m’est arrivé ce matin. J’ai lacéré ma poche arrière sur un cintre en bois râpeux et personne, au Four Seasons, n’a pu le raccommoder à temps.” Il soulève sa veste de costume pour exposer son cul considérable. “On voit mon calcif.

— Il y a un mot pour ça, dit Metzger.

— La pornographie, dit le Gros Bonnet.

— Pour quand tout va mal, dit Metzger.

— Recomptage ? propose Bo.

— Résistentialisme : le comportement hostile des objets inanimés, généralement électroniques, mais ça peut s’appliquer à n’importe quoi s’il y a assez d’éléments probants, explique Metzger.

— Je vais peut-être seulement prendre deux entrées ; j’essaie de surveiller ma ligne, dit Kissick. Vous l’ignorez certainement, mais nous, les comptables, on finit par avoir une brioche, un donut de graisse très malsain.

— Ne me montre pas ton donut, dit le Gros Bonnet.

— Je n’arrive pas à m’en débarrasser. C’est le boulot, rester assis à un bureau toute la journée. Je soutiens que les comptables digèrent les choses différemment.

— Pardon, pardon, dit le Dr Frode, arrivant à la table. Les embouteillages.” La barbe de Frode a considérablement poussé depuis la dernière fois qu’ils l’ont vu. Elle est si longue qu’il l’a divisée en plusieurs parties avec des élastiques, et il y a une sorte de chignon ou d’oignon au bout.

“C’est peut-être une couverture ? chuchote Eisner.

— Ce n’est certainement pas hygiénique, dit Kissick.

— Ça doit avoir un sens particulier, suggère le Gros Bonnet.

— *Skegg*, dit Frode. C'est comme ça qu'on appelle la barbe. Tous les dieux nordiques ont en une, sauf un.

— Lequel ? demande Bo.

— Loki. Si vous lisez le *Codex Regius*, ça devient plus clair. Personnellement, je préfère la *Saga de Njall le Brûlé*, une histoire de vendetta, d'honneur familial, un conte qui regorge de présages, de rêves, où les hommes sont aux prises avec leur destin. Quand je ne suis pas au labo à fissionner des atomes ou à surveiller des zones rouges et des activités bioterroristes, j'aime m'évader un peu.

— Comme nous tous", dit le Gros Bonnet.

Bo regarde sa montre, une Rolex Submariner vintage. "H moins quinze sur le Mall." Il enfonce un écouteur filaire blanc dans son oreille gauche et tripatouille quelque chose dans la poche de sa veste.

"T'as loupé le débat. Un plat ou deux ? récapitule le juge.

— Deux plats, dit le Gros Bonnet.

— Y a beaucoup de canard au menu, dit le juge.

— Ils ont de l'omelette norvégienne, dit Kissick.

— Tu regardes déjà les desserts ? demande le Gros Bonnet.

— J'aime partir de la fin pour décider, dit Kissick.

— Tu viens de dire que tu surveillais ton alimentation.

— C'est gras, l'omelette norvégienne ?

— C'est plus sucré que gras, dit le toubib.

— Et pour le vin ? demande Kissick.

— Il y a un Gevrey-Chambertin, dit le Gros Bonnet, un pinot noir. Je l'ai déjà pris, belle texture, rugueux avec des tanins solides, souples…

— Ce vin, tu vas pas coucher avec, tu vas le boire, dit Bo. Je déteste quand vous vous lancez dans un concours de bites autour du vin, les gars. C'est moi qui cultive des vignes, ici ; buvons américain et prenons le Shafer Hillside Select. Juge, tu veux mettre ton grain de sel ?

— Nan."

Le Gros Bonnet se penche en avant et demande à Eisner : "T'as parlé à Meghan dernièrement ?

— Oui.

— Il s'en est passé, des choses", dit le Gros Bonnet, tâtant le terrain pour voir si Eisner sait ce que la famille a traversé.

Eisner hoche la tête. "On a parlé d'identité liminale le soir du réveillon.

— Très bien", dit le Gros Bonnet. Il n'a aucune idée de ce dont il retourne.

"On se parle surtout en images." Eisner sort son téléphone et montre au Gros Bonnet une photo qu'il n'a jamais vue : Charlotte à bord de la nouvelle voiture, capote baissée, en train de faire coucou à l'objectif – tout sourire.

Le Gros Bonnet étouffe un rire – mécanisme d'autodéfense. Il est content que Charlotte et Meghan soient en contact mais se sent exclu. Il regarde encore. Charlotte a l'air détendue – satisfaite. Il suppose que Terrie a pris la photo.

"Meghan t'a raconté qu'elle avait monté son cheval dans le Mall ?

— Oui." Eisner montre une autre photo au Gros Bonnet : Meghan sur Ranger, le Capitole en arrière-plan et un message – "2 janvier 2009. L'année commence bien."

"Pourvu que ça dure ; 2008 a été assez merdique. On a traversé une mauvaise passe juste après le Jour de l'an ; elle a dit que son identité avait volé en éclats. Quand je l'ai ramenée au lycée, elle a ajouté qu'elle avait « besoin d'air pour digérer tout ça ». Charlotte et elle sont en train de « digérer ». Mais j'imagine que tu le sais déjà ?" Le Gros Bonnet regarde Eisner, qui hoche timidement la tête. "Ce n'est pas un problème. Je suis content qu'elle parle à quelqu'un.

— On peut commander, s'il vous plaît ? demande Kissick en faisant signe au serveur. Il y a une saison pour la sole ?

— À cette époque de l'année, la nôtre vient d'Alaska, dit le serveur.

— Je vais prendre la sole, dit Kissick. Ils peuvent la préparer sans beurre ?

— Pas de beurre du tout ? demande le serveur.

— Huile d'olive si nécessaire, dit Kissick.

— Je vais prendre la bouillabaisse, dit le juge.

— Ça fera deux, dit le Général.

— Des allergies ?" demande le serveur.

Le Général sort sa seringue d'adrénaline de la poche latérale de son pantalon de combat et la pose sur la table. "On est parés, dit-il au serveur.

— Un chateaubriand, dit le Gros Bonnet.

— Pareil, dit Metzger.

— Ces deux derniers mois ont été instructifs, dit le Gros Bonnet à Eisner. Je n'ai pas arrêté de dire que l'élection avait agi comme un électrochoc, mais la question n'était pas seulement la défaite de McCain et le fiasco du Parti républicain. Elle était plus vaste ; j'avais sombré dans un étrange coma de vieux con et ne voyais plus rien. Je n'ai pas vu que Charlotte et Meghan n'allaient pas bien. Pendant des années, j'ai cru que je prenais soin de Charlotte alors qu'elle était prise au piège et que je lui barrais l'horizon. Je vivais dans mon monde, bâti sur ma table de ping-pong au sous-sol. Non seulement je ne les voyais pas telles qu'elles étaient, mais je les privais de leur propre histoire. Il n'y en avait que pour moi et mon besoin de me protéger. Quel crétin je fais.

— Ça y est, dit Bo, interrompant la conversation. John Paul Stevens est en train de faire prêter serment à Biden."

Le toubib commande des légumes cuits.

"Si vous êtes végétarien, le chef peut vous préparer autre chose, suggère le serveur. Il se sert de champignons, de poireaux peut-être, de tout ce qu'il a de bon en réserve.

— Excellent, dit Frode. Si ça ne vous fait rien, je vais aller lui parler directement." Il se lève et se dirige vers la cuisine. Ébahi, le serveur plie la serviette de Frode et la repose à sa place.

Bo marmonne quelque chose dans sa barbe, pas totalement clair mais du genre : "Tellement bizarre qu'il est à ça de porter un chapeau en aluminium, le toubib.

— Va savoir, l'année prochaine il gagnera peut-être des millions en vendant des chapeaux en aluminium, chuchote Kissick à Bo.

— Tout le monde est de la partie : Jimmy Carter, Bush père, Clinton, même Hillary, pas en tant que perdante mais en tant qu'ancienne première dame ; ça doit faire mal", dit Bo.

Kissick finit par remarquer le cordon blanc qui court de l'oreille de Bo à la poche de sa veste. "T'écoutes quelque chose ?"

Bo fait une grimace, l'air de dire : À ton avis ? "Je l'ai en direct sur mon Zenith Royal, celui sur lequel j'écoute les matchs depuis plus d'un quart de siècle. J'aime les objets fiables."

Kissick sourit. "Je t'adore et je te déteste. Quelle station ?

— WTOP.

— J'ai parlé à W., dit le juge au Gros Bonnet. Il a dit qu'il t'avait vu, que tu étais passé pour l'aider à dire au revoir aux lieux. Entre nous, je suis persuadé qu'il n'y aura pas d'autre Bush à la Maison Blanche à court ou moyen terme. Je ne vois vraiment pas Jeb là-bas.

— Jeb est un brave type, dit le Gros Bonnet.

— Exactement, dit le juge.

— Roberts est en train de faire prêter serment, dit Bo. Ils ont cinq minutes de retard sur l'horaire prévu.

— C'est comme une exécution ? Y a un horaire ? demande Kissick.

— C'est une manifestation publique, dit Bo. Avec un programme.

— Peut-être que le toubib a commandé des légumes parce qu'il mange casher. Peut-être qu'il est juif, dit le juge à Kissick.

— Il n'est pas juif, répond Kissick. Il est ásatrú. C'est une religion nordique de paix et de tolérance, comme l'unitarisme.

— Si tu savais combien de gens sont juifs, dit le juge.

— Il vient de prêter ce putain de serment et il a cité son deuxième prénom, dit Bo. Hussein. Nom d'un chien."

Un bruit d'applaudissements s'échappe de la cuisine. "J'imagine que ça n'a rien à voir avec le toubib, dit Eisner.

— Barack Hussein Obama, qui l'eût cru." Le Gros Bonnet secoue la tête.

Frode regagne sa place avec une assiette qui ressemble à la palette d'un peintre. "Des échantillons de sauce." Il trempe son doigt dans l'une d'entre elles et la goûte. "Je suis nul en cuisine mais j'aime expérimenter."

Le Gros Bonnet est focalisé sur Eisner. "Elle t'a donné des nouvelles aujourd'hui ? Elles suivent le direct à l'Académie ?

— Elle est là-bas avec Tony.

— Où ?

— Là-bas. À la cérémonie d'investiture.

— Ah bon ?"

Eisner fait apparaître une photo sur son téléphone, un selfie de Meghan en haut des marches du Capitole, puis une autre où elle regarde en direction du Washington Monument. Des dizaines de milliers de gens sont rassemblés, peut-être même des centaines de milliers.

"Douce terre de liberté, dit le Gros Bonnet, secouant la tête, estomaqué. On ne sait vraiment jamais ce que l'avenir nous réserve.

— « Une fois que tu auras essuyé cette tempête, tu ne seras plus le même. Tel est le sens de cette tempête. » Murakami dans *Kafka sur le rivage*, dit Eisner.

— Jetez-moi aux loups, je reviendrai chef de la meute, dit le Gros Bonnet.

— C'est un peu ça", dit Eisner.

Bo est occupé à écouter la fanfare des Marines. Il enfonce un peu plus l'écouteur dans son oreille.

Le serveur est dans leur dos, la bouteille de vin à la main. La première gorgée est pour Bo. Il fait tourner un peu le vin dans son verre avant de le goûter.

"Il est fermé, dit Bo au serveur.

— C'est comme ça que je l'aime, dit le juge. Fermé au départ, puis au cours du repas il devrait s'ouvrir."

Bo hausse les épaules. "Allez-y, servez, et ouvrez une deuxième bouteille si vous voulez bien, merci."

L'employé commence à servir tout le monde, mais le Général couvre son verre. "Apportez-moi un ginger-ale. Chez nous, c'est un jour à rester sobre. Beaucoup de gens pensent que quelqu'un pourrait essayer de le descendre. Même s'il ratait, ce serait un problème.

— Ce serait comme dégoupiller une grenade, dit Bo, regardant Eisner.

— À chaque fois que tu dis ce genre de truc, tu me regardes ; c'est flippant", dit Eisner.

Le Gros Bonnet secoue la tête. Il y a des limites à ce qu'il est capable d'encaisser d'un seul coup. "Remontre-moi ces photos", dit-il à Eisner.

Eisner lui montre la série de photos que Meghan lui a envoyées ce matin.

"Je ne voulais pas trahir la confiance de Meghan, mais je me suis dit qu'il fallait que tu le saches, dit Eisner.

— Brave homme, dit le Gros Bonnet. Je vais te confier un secret, l'histoire n'est pas figée. Elle est fluide. C'est ce à quoi nous sommes en train d'assister.

— À propos d'investiture, j'ai entendu dire que Robert Gates était le survivant désigné, dit le juge.

— Drôle de choix, fait Kissick.

— N'est-ce pas ? dit le juge. Les deux partis dressent leur liste, puis le rôle est attribué comme une récompense, un cadeau de départ.

— Tony m'a dit qu'Obama appelait Gates Yoda, dit le Gros Bonnet.

— En ce moment, Yoda est dans les tréfonds de la montagne en train de se parler à lui-même, dit Eisner.

— Faut-il qu'on aborde ce sujet, Tony et Obama ? Est-ce que ça va poser problème ? veut savoir Kissick.

— Ce n'est pas un problème, dit le Gros Bonnet. Tony sait cacher son jeu.

— Son orientation, dit Bo. Pour Tony, c'est peut-être ça, le mot juste.

— Je le connais mieux que quiconque, y compris ma femme, et je serais prêt à lui confier ma vie. Il travaille pour la présidence, pas pour Obama personnellement. Il est bon pour nous d'avoir quelqu'un dans la place."

Leurs plats arrivent, portés par trois serveurs sous la supervision du maître d'hôtel.

"Quelqu'un veut dire une prière ? demande le Gros Bonnet.

— Ouais, dit Kissick. J'espère bien qu'on s'en sortira vivants, bon Dieu.

— Se sortir de quoi, tu veux préciser ? demande le juge.

— Des quatre années qui viennent."

Ils lèvent leurs verres. "À la vie !" dit le Gros Bonnet.

Après quelques minutes d'exclamations de délectations et autres passe-moi-le-sel, le toubib réclame plus de sauce. S'il ne mange que des légumes, il aime les noyer sous la sauce. On reparle médecine. “Interrogez-moi sur ce que vous voulez, pas seulement sur vos vieux genoux noueux, dit Frode.

— Quelle est la probabilité que quelqu'un s'attaque à l'approvisionnement alimentaire ? demande Kissick.

— Elle est grande, répond le toubib. Nous suivons en permanence les maladies d'origine alimentaire, qu'il s'agisse d'*E. coli*, des staphylocoques, des salmonelles ou de l'hépatite A. On en suit d'autres aussi : dengue, choléra, méningite, peste bubonique, entérovirus D68 – celui-là, il faut le surveiller de près. Il a été découvert en Californie en 1962. Il est rare mais je le garde à l'œil.

— Un homme selon mon cœur, dit le Général.

— Il fait quoi, le D68 ? demande Kissick.

— Il est de nature paralysante, répond le toubib.

— Je mange, dit Bo. On ne peut pas déjeuner en paix ?

— Mon père a eu la polio, dit le juge. Il a porté une attelle métallique à la jambe gauche. C'est comme ça que la famille est arrivée au Texas ; c'était censé le guérir. Il faut croire que ça a marché. Il a survécu, mais boiteux.

— Ce dont nous parlons là n'est qu'un pan du problème, dit le toubib. Des zones glacées depuis longtemps vont dégeler ; des choses endormies vont revenir à la vie. Le permafrost n'est pas si permanent que ça ; des animaux morts de maladies, aux cadavres gelés, vont se ranimer.

— Tu parles de dinosaures ? demande Kissick.

— Non, de rennes, peut-être. Au début du XXe siècle, plus d'un million de rennes sont morts de l'anthrax.

— Je croyais que les rennes étaient une invention, dit Eisner.

— L'anthrax, c'est une chose, mais il y a pire ; prenez 1918, par exemple…

— C'est l'année de naissance de mon père, dit le juge.

— En 1918, la grippe n'était même pas une maladie à déclaration obligatoire, mais en octobre 1918, aux États-Unis, il y a eu 195 000 morts en un mois. Ç'a été une pandémie mondiale, d'abord signalée au Kansas. Elle s'est répandue en deux vagues ; la première a été bénigne comparée à la seconde.

— Tu me donnes la chair de poule, dit Kissick.

— Je vais aller plus loin. Cette grippe était d'origine aviaire.

— C'est-à-dire ? demande Kissick.

— Elle venait d'oiseaux et a muté, infectant les humains, dit le toubib. Et qui dit aviaire, dit migration. Le Kansas se trouve sur la trajectoire d'oiseaux migrateurs. Je dirais que trois quarts des maladies infectieuses émergentes sont d'origine animale. Il y a quelques années, des chercheurs de la Nasa ont ranimé des bactéries qui se trouvaient dans un étang gelé depuis trente-deux mille ans. Votre vin, là, il a quoi, cinq ans, par là. Imaginez un truc qui a trente-deux mille ans ; l'année dernière, ils ont trouvé une bactérie qui avait huit millions d'années et une autre de cent mille ans. Et ce n'est que la partie émergée de l'iceberg." Il rit de sa propre blague. "Qu'on le veuille ou non, les emmerdes se profilent à l'horizon. La question, c'est de savoir ce qui va servir d'arme biologique. On a de pleins congélos de microbes et de toxines à haut risque." Le toubib marque une pause, pesant ses mots. "Ce à quoi il faut réfléchir, c'est à la façon d'atteindre un objectif…" Il suspend sa phrase plus qu'il ne l'achève, laissant flotter le mot "objectif".

"Quel genre d'objectif ?" demande Kissick.

Le toubib réfléchit avant de parler. "On a trouvé comment garder les gens en vie longtemps, comment gérer les maladies. On ne peut pas prendre tout le monde en charge. Il y a plein de gens qui ne font que pomper le système.

— La question, c'est quel est le résultat visé ? dit Bo. Comment se fait-il que ce ne soit pas clair pour vous tous ?

— C'est assez clair, dit Metzger.

— Vraiment ? dit Kissick. On ne va pas se mettre à tuer des gens.

— Pourquoi ? demande Bo. Donne-moi une bonne raison de nous en priver, putain.

— Parce que nous sommes civilisés, répond Kissick.

— Soit, dit Bo. J'étais seulement curieux de voir ce que tu allais répondre. Je parie que tu ne te rends pas compte que je dis parfois des choses par pure provocation.

— Ce que tu dis peut être pris comme le reflet de tes vérités, dit Kissick. À méditer."

Kissick se tourne vers le toubib. "Tuer des gens, c'est ça ? C'est le sous-texte de ce que tu racontes. Euthanasie, assassinat ou, pour employer un autre mot, génocide.

— Je n'ai pas dit ça, répond le toubib. Gérer les masses, c'est un talent. Par moments, on a besoin de prendre des décisions pour s'assurer que les ressources soient suffisantes ou contrôler la propagation de maladies.

— Dans une crise, on hiérarchise l'accès au soin, dit le Général.

— On s'occupe de ceux qui ont le plus de chance de survivre, dit Eisner.

— Ou de ceux qui peuvent payer la facture, on ne va pas se mentir, dit le juge. Les gens qui ont du blé coupent la file."

Bo interrompt la conversation, répétant ce qu'il entend dans son écouteur. "« Ce qui s'impose, c'est donc de revenir à ces vérités. Ce qu'il nous est demandé, c'est d'entrer dans une nouvelle ère de responsabilité. »

— T'as écouté pendant tout ce temps ? demande Kissick.

— Quoi, eux ou vous ? demande Bo.

— Eux ? demande le juge.

— Oui, dit Bo. Ce serait un tort de ne pas écouter.

— J'estime que c'est mon devoir en tant que membre…, commence le Général, révélant qu'il a l'autre écouteur de Bo dans l'oreille.

— Du clergé ? propose le juge, toujours focalisé sur son pantalon déchiré.

— Des forces armées, dit le Général.

— Tu es armé ?" demande Kissick, inquiet. Il ne lui était pas venu à l'esprit que le Général pouvait être armé.

"Je mentirais si je prétendais que non, dit le Général. J'ai toujours quelque chose sur moi. Tu connais sûrement la loi sur les agents de la force publique, qui nous autorise à porter une arme en dehors du service.

— Tu fais quoi dans l'armée, au juste ? demande Kissick.

— Je ne peux pas répondre à cette question, mais on considère que mes compétences dépassent le citoyen lambda.

— Des pouvoirs spéciaux ? demande Eisner.

— C'est plus de l'ordre d'une conscience accrue de la nature des dangers, dit le Général.

— Avec un ami avocat, on parle tout le temps de ce genre de choses, lance le toubib.

— Tu parles à qui ? veut savoir le juge.

— Et de quoi ? J'ai l'impression que tu te situes dans une nébuleuse entre le droit à mourir et le droit de porter des armes, dit Metzger.

— On parle des limites de la loi, de l'autorité et de notre frustration. On est très frustrés.

— C'est qui, ton ami ?

— Bill Barr. Ma femme et lui sont dans le même groupe d'étude biblique.

— Tu es de McLean ? demande Bo.

— Bethesda, dit le toubib. Bill est de McLean. J'aime habiter près du bureau.

— Je connais Barr, dit Bo. J'ai toujours pensé que c'était une espèce d'enfoiré."

Le toubib hausse les épaules. "Il est parfois dur d'avoir des amis quand on est puissant et intelligent.

— Parmi les plus gros enfoirés que je connais, il y a des gens très intelligents, dit Bo. Donc, es-tu en train de nous dire que Barr et toi parlez de transformer des virus et des bactéries en armes biologiques ?

— Non, dit le toubib. Nous parlons de notre vision du monde. Des choses vues d'en haut.

— Tu m'as dit que tu aimais la chasse ? demande Kissick.

— Oui, répond le toubib.

— Donc, si tu manges des légumes, ce n'est pas parce que tu es contre le fait de consommer de la viande ?

— Exact, dit le toubib.

— Comment tu peux être à la fois médecin, métier qui consiste à sauver des vies, et chasseur ?" veut savoir Kissick.

Le toubib regarde Kissick comme s'il avait affaire à un débile. "Les animaux ne sont pas humains. Ceux que je tue, je les mange.

— Un de ces quatre, il faudra que tu viennes me voir dans le Texas et je t'emmènerai dans mon club, l'Ordre international de Saint-Hubert. On adore aller à la chasse."

Le toubib ne réagit pas à l'invitation du juge ; il se contente de poursuivre. "Les produits alimentaires américains sont dégueulasses ; j'imagine que ce n'est un scoop pour personne. Je ne mange ni bœuf ni porc, et le poulet est shooté aux antibiotiques et aux hormones. De la viande, j'en mange quand je suis chez moi. J'ai mes fournisseurs, des producteurs locaux."

Le juge renouvelle son invitation. "Dis-moi quand ça t'arrange et je t'inscrirai. On n'encourage pas les visites de gens de l'extérieur mais tu t'intégrerais très bien."

Le toubib regarde le juge et grogne comme un sanglier.

"Ce n'est pas que je veuille vous détourner de cette brillante conversation sur les armes bactériologiques d'origine alimentaire que vous menez pendant qu'on mange, mais les affaires vont bon train, du côté du Mall, et nous avons des questions à régler aujourd'hui, dit le Gros Bonnet.

— Comment un médecin peut-il parler de faire de l'abattage sélectif ? demande Kissick. Car c'est ce que je crois comprendre. Je me trompe ?

— C'est vraiment une question de santé publique ou pour les spécialistes d'éthique, répond le toubib.

— Je suggère qu'on s'en tienne à notre sujet, dit le Gros Bonnet. Si nous sommes réunis ici aujourd'hui, c'est parce que la messe est dite. Si nous ne mettons pas la machine en marche, les choses qui nous sont les plus chères vont être perdues à jamais. Se lancer vers l'inconnu requiert du courage. C'est ce que Tony essayait de nous dire à Palm Springs."

Bo secoue la tête. "Tony essayait de sortir du placard. Il voulait nous dire que son petit ami était un traumatologue noir.

— Il te l'a dit ? demande Eisner.

— Il essayait, mais nous ne lui en avons pas laissé l'occasion, dit Bo.

— Je parie que c'est ce que quelqu'un est en train de dire en ce moment même sur les marches du Capitole, dit le juge.

— À vrai dire, ce moment est passé, dit Bo, tout comme « My Country 'Tis of Thee » chanté par Aretha Franklin, un poème et la bénédiction. À présent, la fanfare de la Navy interprète « The Star-Spangled Banner ».

— Merci pour l'info", dit le Gros Bonnet.

Un bruit d'applaudissements s'échappe de l'écouteur de Bo.

"Rassure-moi, tu as mis le volume à fond ? fait le juge.

— Non. En revanche, des millions de gens sont là-bas aujourd'hui ; ils fêtent l'événement."

Mardi 20 janvier 2009
Washington
Capitole des États-Unis
11 h 30

Cela fait des heures qu'ils sont dehors dans le froid. "Ce n'est pas pour les petites natures, dit Tony.

— Rien ne l'est", dit Meghan.

Sur le trajet, il y a eu des contrôles : détecteurs de métaux, chiens renifleurs, flashage des badges plastifiés qu'ils portent autour du cou, attribution d'un pin's à épingler à leurs manteaux.

"Il contient une puce électronique, dit Tony, tapotant son pin's. Ils savent qui le porte et où il est.

— Qui, au juste ? demande-t-elle.

— Le Secret Service, le FBI, etc."

Les accréditations de Tony leur assurent un bon placement et, plus important, l'accès à des toilettes dans le bâtiment du Capitole, ce qui est la vraie marque du pouvoir, plaisante-t-il. "Tout l'enjeu, c'est de savoir qui a le droit de pisser où et à quels sièges on a une couverture par ces moins deux degrés."

L'électricité dans l'air et le sentiment d'être témoins de l'histoire les aide à tenir le coup malgré le froid glacial. Ce n'est pas ici que Meghan s'attendait à être aujourd'hui, et pourtant l'y voici.

En se dirigeant vers leurs places, les gens échangent des signes de main, se tapent le poing, se saluent comme s'ils tiraient leur chapeau.

"C'est quelque chose, hein ? dit Tony.

— Tu te souviens quand je t'ai dit que voter m'avait semblé nullos ? Là c'est exactement le contraire.

— En effet, dit Tony. Mais c'est la puissance du processus électoral qui nous amène jusqu'à ce moment.

— T'es allé à combien d'investitures ?"

Tony rit. "T'essaies de me rappeler mon grand âge ? C'est ma sixième. Mon placement s'est nettement amélioré au fil des ans."

Il y a dix jours, Tony a téléphoné à Meghan pour lui demander si elle voulait l'accompagner. "Tu as besoin d'un mot pour le lycée ?

— J'ai dix-huit ans. Je suis adulte, et de toute façon, la directrice a une dette envers moi. Ça ne devrait pas poser de problème." Ils n'ont pas débattu de la nécessité ou non de demander leur permission à ses parents.

"Pourquoi William n'a pas voulu t'accompagner ?

— Ils ont programmé une opération complexe pour aujourd'hui et l'équipe médicale jugeait préférable de ne pas la reporter.

— Est-ce qu'il a dit au patient : « Mon vieux, vous avez de la chance, parce que j'étais censé être au Capitole aujourd'hui » ?

— Le patient est une patiente et je doute qu'il lui ait dit quoi que ce soit. Regarde, dit Tony, hochant la tête en direction de la tribune principale. Tu vois ce type qui fait des grimaces ? C'est M. Sûr-de-lui, Rahm Emanuel, le directeur de cabinet d'Obama. Il ne me plaît pas. Trop de personnalité pour le poste.

— Est-ce qu'on va parler de l'éléphant dans la pièce ? demande Meghan.

— Le fait qu'on soit deux Républicains à une investiture démocrate ? demande Tony pour plaisanter. Ou que je ne t'ai pas vue depuis que tu as rencontré Irene ?

— Tu l'as déjà rencontrée ?

— Non. Je n'ai su qu'elle existait que lorsque c'est devenu un problème.

— Lorsqu'elle est tombée enceinte, tu veux dire."

Tony hoche la tête.

"C'est vraiment étrange, tout ça, c'est comme si je tombais en chute libre façon puzzle. Je ne peux pas en parler avec papa ni maman parce qu'ils sont complètement retournés eux-mêmes. J'ai l'impression d'être en mille morceaux. Je suis Humpty Dumpty jonchant le sol et je dois me recoller toute seule en partant de zéro et en me demandant non seulement qui je suis, mais qui je veux être."

En fond, une fanfare militaire fait clinquer des airs de fête.

"On peut parler de l'autre éléphant ? demande Meghan. À savoir pourquoi tu ne m'as pas dit que tu étais gay ?

— Au cours du temps, j'ai imaginé bien des versions de cette conversation, mais jamais celle-ci", dit Tony, désignant tout ce qui est en train de se passer autour d'eux.

Meghan le regarde. Elle n'a pas l'intention de le laisser se défiler.

"On ne parle pas de sexualité aux enfants, dit Tony. C'est tout.

— Ce n'est pas une question de sexualité, c'est une question d'amour.

— Voilà une idée très moderne. Énoncée avec toute la naïveté de la jeunesse, et je t'adore pour ça. Mais non.

— C'est aussi une question d'honnêteté.

— Ma puce, jusqu'en 1993, être homosexuel était un délit, à Washington. Les gens allaient en prison pour ça, perdaient leur famille ; des carrières étaient brisées ; des gens tués.

— C'est dingue.

— Dingue et vrai. À l'époque du « péril mauve », dans les années cinquante et soixante, des hommes et des femmes étaient soumis à des interrogatoires et sommés de répondre à la question : « Vous considérez-vous comme homosexuel* ? » Le fils de Lester Hunt, un sénateur démocrate du Wyoming, a été arrêté pour sollicitations sexuelles. Et les Républicains ont décidé de monter l'affaire en épingle. Ils ont essayé de pousser Hunt à démissionner du Sénat, ce qui leur aurait permis d'obtenir la majorité.

— Inadmissible, dit Meghan. C'est ce qu'on appelle punir les fils pour les péchés de leur père.

* À l'époque du maccarthysme, la chasse aux communistes – ce "péril rouge" – se double d'une chasse aux homosexuels, dénoncés comme des traîtres en puissance. En mai 1953, le décret 10450 du président Harry Truman bannit les homosexuels de la fonction publique fédérale. Jusqu'à l'assouplissement de son application, en 1975, des milliers d'homosexuels seront interrogés et révoqués.

— En l'occurrence, c'était le « péché » du fils, à supposer qu'on veuille employer ce mot, utilisé pour faire chanter le père. Tu sais ce qui est arrivé ?

— Aucune idée.

— Le sénateur Lester Hunt s'est tiré une balle dans la tête, dans son bureau, dans l'immeuble juste derrière nous, avec un fusil qu'il avait apporté de chez lui.

— C'est horrible.

— En 1987, en cours de mandat, Stewart McKinney, un représentant républicain du Connecticut, est mort du sida. Tout comme Freddie Mercury, M. *« We will we will rock you »*, et Rock Hudson, et le gars qui jouait le père dans la sitcom *The Brady Bunch* et des dizaines de milliers d'autres.

— Tout ça est terrible, dit Meghan. Mais ce silence a fait que je ne t'ai jamais vraiment connu, toi qui as toujours fait partie de ma vie." Elle se met à pleurer. "Il y a une différence entre privé et secret.

— Certaines choses sont générationnelles."

Meghan secoue la tête. "Les secrets, ça fait des dégâts. Regarde ma mère."

Tony ne dit rien. Il adore Charlotte.

"Tu l'as vu, ça ?" Meghan montre à Tony une photo de Charlotte et Terrie. "Elle fait de la rando avec sa copine dans le canyon de Zion."

Tony est surpris. "Tu crois qu'elles sont ensemble ?"

Meghan hausse les épaules. "Ce sourire vient bien de quelque part." Elle montre à Tony un message de Charlotte : "PS du Nouvel An : la vie m'a enseigné une chose, garde les yeux sur l'horizon. Ne te concentre pas sur ce que tu crois que les autres veulent que tu sois, concentre-toi sur ce que tu veux devenir."

"C'est adorable, dit Tony.

— Oui. Mais ça ne lui ressemble pas, trop normal."

Ils rient.

"Et en parlant de trucs absurdes." Meghan marque un temps d'arrêt. "Comment tu peux être gay et républicain ?

— Rassure-toi, tu n'es pas la première à poser la question. Mieux vaudrait se garder de généraliser, mais nous vivons tous avec des contradictions, quelles qu'elles soient."

Tandis qu'ils parlent, des discours sont prononcés.

"Le fait que Rick Warren soit chargé de l'invocation en est une*, dit Tony.

— Comment t'as rencontré William ?"

Tony marque un temps d'arrêt. "Dans un bar, en ville. Il y a une dizaine d'années.

— Vous allez vous marier, un jour ?"

Tony étouffe un rire. "J'en doute.

— Pourquoi ?

— Je ne sais pas. Mais ça semble peu probable.

— Parce que vous n'en avez pas envie ?

— Je ne sais même pas pourquoi." Il songe. "On pourrait croire que, parce que je suis gay, je suis nécessairement radical, mais comme tu le sais, je suis plutôt vieux jeu, comme une vieille dame de l'époque coloniale.

— Qui tricote au coin du feu de la laine qu'elle a filée elle-même ?

— Qui fait des mots croisés une loupe à la main. Jette un œil de ce côté.

— John McCain. Il est venu.

— Ils viennent tous.

— Ça doit être dur pour lui.

— Il y a peu de place pour les sentiments chez la plupart de ceux qui sont là-haut. Ils ne s'interrompent pas assez longtemps pour avoir une vie affective."

Meghan fait une mine attristée. "Qu'est-ce qui les fait tenir ?

— Le pouvoir, dit Tony. La proximité avec le pouvoir. La première fois que j'ai rencontré Obama, il m'a demandé : « Que souhaitent les vôtres ? » J'ai cru qu'il parlait des Républicains. J'ai dû avoir l'air troublé parce qu'après, il a tapé sur son cœur. Et j'ai su qu'il savait que j'étais gay et me demandait ce que les homosexuels attendaient de lui. J'ai répondu : « Les miens sont des vôtres, monsieur », et il a souri. Et j'ai ajouté : « C'est vrai. Nous sommes tous les mêmes. »

* Ce choix de Barack Obama avait été critiqué par une partie de ses soutiens en raison des combats de Rick Warren, pasteur baptiste de la plus grande *megachurch* de Californie, à la fois contre le droit à l'avortement et contre le mariage pour les couples de même sexe.

— C'est si peu républicain de ta part.

— Je vais te dire un truc dont je n'ai jamais parlé avec personne.

— OK." Meghan attend.

"L'épidémie de sida m'a transformé. J'ai vu des hommes que je connaissais depuis des années dépérir, couverts de lésions. Leur famille refuser de leur rendre visite, de récupérer leur dépouille, de les enterrer. C'était le genre de comportement que je savais intellectuellement pensable, mais pas humainement possible. Ça m'a anéanti. Et je sais que ça se reproduira. La cause sera différente, mais quelque chose montera des Américains contre d'autres Américains."

Meghan acquiesce. "Le jour où j'ai interrogé papa au sujet de l'homme ordinaire, il m'a dit qu'il ne voulait pas en être un parce que l'homme ordinaire était un pauvre type."

Tony rit. "Il a dit ça ?"

Meghan hoche la tête. "Ça et davantage encore.

— Le statut économique est une chose, mais les luttes de diverses communautés pour la reconnaissance et l'égalité des droits doivent être des luttes partagées. Aucun progrès ne se fait de façon isolée.

— Là, tu m'inquiètes, dit Meghan. Tu as passé ta vie à promouvoir les valeurs conservatrices du Parti républicain mais au fond de toi, tu es quoi ? Socialiste ?

— Non.

— Pourquoi es-tu mêlé à ce que mon père est en train de mijoter ?

— Tu sais de quoi il retourne ?

— Pas précisément. Je sais qu'il amasse des fonds, qu'il est en train de constituer un « trésor de guerre ». Je l'entends parler à des gens. Préserver et protéger, voilà les mots clés.

— Je partage l'amour profond de ton père pour ce pays et son inquiétude pour son avenir."

Meghan est tout ouïe.

"Ton père et ses amis me traitent de gauchiste.

— De caméléon, dit Meghan. Qui change en fonction de la température.

— Ton père dit ça ?

— Non, pas papa, mais l'un de ses amis. Je ne me souviens plus de son nom.

— Il y en a qui cherchent l'attention et d'autres qui n'éprouvent pas le besoin d'être connus, dit Tony. Il est peut-être plus prudent de passer sous le radar. Il y a longtemps, j'ai appris à ne pas avoir besoin de l'approbation d'autrui, c'est la clé de ma réussite. Ton père veut restaurer son idée de l'Amérique, revenir en arrière. Ce qu'il n'accepte pas, c'est qu'on ne peut pas arrêter le cours du temps. Alors, avec son système de valeurs et son point de vue, la question c'est : Où se situe l'avenir ? En ce moment, j'observe, j'attends que le moment se révèle.

— Comme un super-héros avec sa cape ? le taquine Meghan.

— Ou comme un homme qui se fait sa propre idée.

— Mais, sérieusement, qu'est-ce que tu fais à Washington ? Qui est le vrai Tony Armstrong ?

— Ma place est ici, même si, quand j'étais plus jeune, j'ai songé qu'il serait sympa de travailler à Buckingham Palace.

— Marrant.

— La folie des grandeurs, dit Tony. À ma sortie de l'université, j'avais un job ici et un mentor qui m'a dit : « Gamin, va là où ça se passe. Peu importent tes convictions ; place-toi au cœur de l'action ; c'est comme ça qu'on débute et le reste se fera de lui-même. » C'était un bon conseil. J'ai toujours été en marge. Je fais mon travail avec une forme de distance qui m'offre une vision de long terme de la plupart des situations. À Washington, il y a une scène publique et une scène privée, et les deux sont très différentes. Je n'ai jamais voulu me présenter à une élection. Pour prendre part à la vie publique, il faut du charme et une cuirasse à toute épreuve. Les gens savent tout de vous et utilisent ce savoir contre vous. Mais en coulisses, quand vous avez l'oreille du pouvoir, on prend vos appels. Eh bien, je trouve ça très satisfaisant. Si c'est une révélation pour toi, j'ai toujours su que j'étais…

— Investi, dit Meghan.

— Quoi ?

— Mon père disait toujours que t'étais investi."

Tony s'esclaffe. "Pas investi. Inverti. C'est comme ça qu'on appelait les gays autrefois. Il est inverti. J'adore ton père. Il a toujours été si sérieux. Sa grande distraction, c'était d'aller visiter des champs de bataille. Mais il était authentique et si hétéro que mon homosexualité lui paraissait dénuée de sens. « Je n'arrive pas à croire qu'on puisse avoir envie d'être contact avec la b… »"

Meghan lève la main pour l'arrêter. "Je n'ai pas besoin d'en entendre plus."

Ils se taisent. La foule est silencieuse alors que le président de la Cour suprême, John Roberts, fait prêter serment à Barack Obama sur la bible d'Abraham Lincoln. Si l'air a jamais été chargé de rêves et d'importance, c'est bien à cet instant. La foule applaudit et la fanfare se met à jouer "The Star-Spangled Banner".

"Ce qu'il faut que tu gardes en tête, dit Tony, c'est que le monde évolue : la société, la culture, ce qui est normal, ce qui est attendu. Dans le monde entier, les gens ont dû lutter pour leurs droits et ces luttes se poursuivent. L'expérience personnelle vous transforme. La plupart des hommes blancs sont aveugles aux discriminations parce qu'ils n'en sont pas victimes. Nombre des personnes présentes aujourd'hui ne s'attendaient pas à connaître un président noir de leur vivant. Regarde autour de toi…"

Un homme passant près d'eux s'arrête et serre la main de Tony. "Tu es là avec les sortants ou les entrants ?

— Je suis simplement présent, répond Tony.

— L'éternel intermédiaire", fait le type.

Meghan pose sur Tony un regard interrogateur. "Il ne faut pas que tu prennes parti ? Être présent, ça suffit ?

— Être témoin, c'est un rôle. Travailler à façonner et raconter l'histoire, se placer, soi et « les siens », dans l'histoire, voilà ce qui est important.

— Oh mon Dieu, dit Meghan. J'aperçois Miley Cyrus et Demi Lovato.

— J'imagine que Miley Cyrus n'est pas la petite-fille de Cyrus Vance* ?"

Meghan ne comprend pas la blague.

* Nées en 1992, Miley Cyrus et Demi Lovato sont deux pop-stars et actrices américaines. Membre du Parti démocrate, Cyrus Vance (1917-2002) fut secrétaire d'État de 1977 à 1980, sous la présidence de Jimmy Carter.

“Ce qui va rendre William dingue, c’est d’avoir raté Yo-Yo Ma.

— C’est générationnel, dit Meghan. Je ne sais pas du tout de quoi tu parles. C’est quoi un Yo-Yo Ma ?”

Un instant plus tard, Tony tire Meghan par le manteau. “Allons-y.

— Ce n’est pas fini, dit Meghan.

— Justement.” Tony guide Meghan à travers la foule et ils entrent dans le Capitole, longent un couloir, puis un autre, et descendent un escalier. Il fait bon dans le bâtiment par comparaison avec la température extérieure. Les bruits des festivités leur parviennent atténués.

“On va où ? demande Meghan.

— Quand la cérémonie sera terminée, le président Obama raccompagnera l’ancien président Bush jusqu’à l’hélicoptère et nous serons là pour dire au revoir. Si tu as besoin de passer aux toilettes, nous avons le temps.

— Merci”, dit Meghan.

Tony et Meghan se fraient un chemin à travers le Capitole jusqu’à une zone où il n’y a presque personne sinon des agents du Secret Service et des soldats de la garde d’honneur. De dehors leur parvient le sifflement des rotors de l’hélicoptère.

“On l’appelle Marine One quand le président est à bord et Executive One quand le président sortant est à bord.”

Ils attendent en silence. On entend des pas résonner, presque comme les sabots d’un cheval ; un cortège approche, les Obama et les Bush, encadrés par une phalange d’agents du Secret Service. Meghan voit Tony et l’ancien président échanger un signe de tête. Dehors, le vrombissement du moteur de l’hélicoptère se fait plus fort. Elle se met à pleurer.

“Pourquoi tu pleures ?

— Je ne sais pas, dit-elle. Ce n’est pas rien. Les Bush s’en vont. Je les aimais vraiment. On a passé un bon moment à la Maison Blanche.”

Tony acquiesce. “Il y en aura d’autres. Je te le promets.”

Quelques minutes plus tard, alors que les agents du Secret Service escortent les Obama dans le bâtiment, le nouveau président voit Tony et s’arrête.

Il tend la main et lui tape sur l'épaule. “Comment on s'en sort, pour l'instant ?

— À merveille, dit Tony. Permettez-moi de vous présenter ma filleule, Meghan.”

Meghan tend la main. “Mes félicitations, monsieur le président.

— Merci, dit Obama, lui serrant la main. Ravi de vous compter parmi nous.”

Elle ne s'attendait pas à finir là, mais cette expérience boucle la boucle des deux derniers mois – une initiation, une immersion, une évolution.

“C'est dingue, dit Meghan. Je viens de serrer la main du président genre dix minutes après sa prise de fonction.”

Tony sourit. “On y prend goût ; je peux te le dire.

— Obama est un admirateur de Lincoln, il a prêté serment sur la bible de Lincoln, dit Meghan. Mon père est un admirateur de Washington. Tu savais qu'au moment de l'élection de Washington, ils ne savaient pas comment l'appeler ? Pendant la guerre, ils l'appelaient « mon général » ou « Votre Excellence ». Un officiel suggéra « Son Altesse très bienveillante ». Un sénateur « Son Altesse élue ». Puis le vice-président John Adams proposa « Son Altesse, le président des États-Unis et protecteur des droits d'iceux ».

— Un peu longuet, dit Tony.

— Après bien des débats, les choses se sont calmées et Washington est devenu le premier président des États-Unis.

— Excellente anecdote.

— Autre fait intéressant, dit Meghan alors qu'ils descendent encore des escaliers et empruntent les tunnels du Capitole. Au départ, Washington était un soldat britannique. Il a combattu pour les Britanniques durant la guerre de la Conquête.

— Ça, je le savais, dit Tony.

— Il s'est fâché quand il n'a pas obtenu de commission royale et a constaté que les Anglais accordaient moins de valeur à la milice de Virginie qu'aux soldats britanniques. Après avoir été rétrogradé, il a démissionné. C'était ce qu'on appellerait aujourd'hui un employé en colère.

— Je l'ignorais, dit Tony.

— C'est ce dont tu parlais tout à l'heure, être personnellement touché par un problème. Washington était déçu de la façon dont l'armée britannique l'avait traité, et quand le sentiment antibritannique a commencé à croître, alors que les colonies avaient passé dix ans à réclamer d'être représentées au Parlement et libérées de l'oppression fiscale, la réponse de l'Angleterre lui a fait perdre toute illusion et il a été de plus en plus évident pour lui que le problème ne se résoudrait pas pacifiquement. Il y a eu le *Stamp Act*, puis la *Boston tea party*, puis Concord...

— Le coup de feu entendu dans le monde entier*, dit Tony.

— Exact. Washington, l'ancien soldat britannique, devint le premier commandant en chef de l'armée continentale. La conclusion, c'est que parfois, pour être un acteur du changement, il faut réviser son jugement, faire volte-face, se détourner de ce qu'on tenait jusque-là pour vrai, qu'il s'agisse de ses opinions politiques ou de sa famille."

* *"The shot heard round the world"* est une expression forgée par le philosophe et poète Ralph Waldo Emerson (1803-1882) dans "Concord Hymn", un poème écrit pour l'inauguration d'un monument commémorant les affrontements de Concord qui, en 1775, furent l'une des premières escarmouches de la guerre d'Indépendance.
Le *Stamp Act*, loi anglaise de 1765 introduisant une taxe sur toute publication ou tout acte officiel dans les colonies américaines, et la *Boston tea party*, révolte d'importateurs de thé américains contre la concurrence déloyale de la Compagnie anglaise des Indes, en 1773, jalonnent la montée des tensions entre les colonies et le royaume de Grande-Bretagne.

Mardi 20 janvier 2009
L'Auberge Chez François
Great Falls, Virginie
13 h 30

Le Gros Bonnet a le téléphone d'Eisner à la main et parcourt les photos à mesure qu'elles arrivent. "Quelle époque formidable. C'est comme si on avait notre envoyée spéciale au cœur de l'événement – concentrée sur l'enjeu. Ce n'est pas rien. Malgré tout ce drame, je suis optimiste pour Meghan – et Charlotte. Meghan est une jeune femme intelligente et résiliente qui connaît mieux l'histoire que moi. À l'occasion de cet épisode – faute de trouver un meilleur terme – j'ai découvert chez elle une profondeur que je n'avais jamais pu constater. De la substance. On ne sait jamais quel effet on a sur ses enfants, et comme j'ai été un modèle tout sauf idéal – peut-être un peu trop égocentrique –, c'est impressionnant. Elle se fraie son propre chemin. Pour elle, l'histoire n'est pas encore écrite."

Eisner acquiesce. "En effet, ce n'est que le début. Je dois dire que ça me réjouit et me rend un peu jaloux.

— Évitons de nous distraire, dit Kissick. Nous avons trouvé des bureaux au 1700 K Street. Dorénavant, nous sommes aussi une société à responsabilité limitée, enfin plusieurs. Et nous sommes une organisation politique du nom de Forever Athletic Association. La FAA.

— C'est notre nom ? fait Bo. C'est exactement le même que la Federal Aviation Administration.

— C'est pour brouiller les pistes, dit Metzger.

— Je voulais un nom inoffensif pour le moment, dit Kissick. Je me suis aussi occupé des questions d'ordre bancaire. Tout est en place.

— Sacré boulot, dit le Gros Bonnet. Je pense que je prendrai un appartement en ville pour me rapprocher de l'épicentre et de Meghan. Et puis il nous faut des noms de code. Moi, j'ai choisi Raymond Chandler."

Bo s'esclaffe. "Et moi, je suis quoi ? Pinot noir ?

— Si ça te chante, dit le Gros Bonnet.

— Ça me chante pas, dit Bo. Appelez-moi Zénith.

— Moi, je m'en tiendrai à Colonel Moutarde, dit le Général.

— Frode, dit Kissick. Pour toi, j'ai noté Le Gourdin ou Disco Queen.

— Je ne demanderai pas d'où ça sort, dit Frode. Je serai Bombe Sale.

— Bien, dit le Gros Bonnet. Tu es Bombe Sale. Tony, c'est Myrna Loy, c'est lui qui a choisi.

— J'aurais pu avoir envie d'être Myrna Loy, dit Metzger. Elle est de Chicago, après tout.

— Vous savez comment le Secret Service appelle Cindy McCain ? Ombrelle. Reagan, lui, c'était Cuir Brut", dit le Général.

Le Gros Bonnet regarde Metzger. "Pour toi, j'ai Pare-Balles, Bonbec ou T. Rex.

— Je vais prendre le théropode, dit Metzger. *Rex* veut dire « roi » en latin. Et j'ai toujours été fan du groupe." Il fredonne *"Bang a gong"*, frappant le rythme de la basse sur la table.

"Va pour T. Rex, dit le Gros Bonnet. Quant à Eisner, notre benjamin, ce sera Crayola. Les pastels ont fait leurs débuts en 1958 dans *Captain Kangaroo*, l'émission pour la jeunesse qui a connu la plus grande longévité à la télévision américaine.

— Ça lui va comme un gant, dit Bo.

— J'ai oublié quelqu'un ?" demande le Gros Bonnet.

Les doigts se pointent vers Kissick.

"Mes excuses. Toi, mon ami, tu es soit Fricote, soit Fesse-Mathieu.

— Fricote, dit Kissick. Maintenant, si vous me permettez d'en revenir au fond."

Le Général s'éclaircit la gorge. "Avant que tu ne t'engages trop avant, Kissick, puis-je avoir un instant ?

— La parole est au Général.

— Je vais faire court. Comme je l'ai dit au Gros Bonnet il y a plusieurs mois, je tiens à vous assurer que nous nous préparons à ce genre de moment depuis des années. Nous savions qu'un jour décisif finirait par venir. La question n'a jamais été de savoir s'il arriverait, mais quand. J'ai parlé aux gens au-dessus de moi et nous vous savons gré de ce que vous avez investi pour que nous soyons prêts. Il y a une vraie affinité entre nous et nous travaillerons avec vous pour nous assurer que nous sommes sur la même longueur d'onde et parlons la même langue. Depuis la fin de la Seconde Guerre mondiale, nous plaçons des haut gradés, de simples soldats, des citoyens et des substituts tels que vous dans l'armée, les banques, les réseaux de transport et de communication, et autres secteurs essentiels. Nous avons des organigrammes précisant qui est aux commandes et recevra un petit carton blanc lui ouvrant les profondeurs de Raven Rock*. Bref, je tiens à ce que vous sachiez que nous sommes mobilisés et opérationnels."

Le Gros Bonnet verse une larme. "Merci, général, je suis si ému."

Bo fait un clin d'œil. "Je savais qu'on pouvait compter sur vous.

— Je ne suis qu'un émissaire, dit le Général. Un truchement, le porteur de ces directives. Voilà ce que nous devons garder en tête : nous sommes tous des citoyens soldats, d'une façon ou d'une autre.

— Magnifique, dit le juge. Faites savoir aux vôtres que nous leur sommes à jamais reconnaissants et qu'ils peuvent compter sur notre soutien indéfectible.

— Ces petits cartons blancs, ils existent vraiment ? demande Kissick.

— Affirmatif", dit le Général, qui sort le sien et le brandit vers Kissick. Il est tout blanc, épais, et semble avoir comme une bosse au milieu.

"On dirait un ramasse-miettes", dit Kissick.

* Construit au début de la guerre froide dans une colline de Pennsylvanie, le Raven Rock Mountain Complex est un vaste site militaire souterrain pouvant servir de refuge en cas d'urgence.

Le Général hausse les épaules. “C’est le joker pour sortir de la guerre nucléaire en un seul morceau. Il y en a cinq mille sur la côte est et autant sur la côte ouest.

— Qui y a droit ? veut savoir Kissick.

— Les personnes jugées essentielles.

— Ajoute mon nom sur la liste”, dit le Gros Bonnet.

Le Général rit. “Je vais voir ce que je peux faire. Les juges de la Cour suprême en ont un, mais uniquement pour eux, pas leur femme.

— Personnellement, ça ne me dérange pas, dit le juge. D’être sans madame.”

Bo se remet à ânonner ce qu’il entend dans son écouteur. “C’est parti pour la rediffusion. « L’espoir plutôt que la peur, l’horizon commun plutôt que le conflit. »”

Le juge commente : “Il n’a pas tort lorsqu’il dit : « À compter d’aujourd’hui, nous devons nous relever, reprendre nos esprits et nous remettre à la tâche de réinventer l’Amérique. » Nous regardons les deux faces opposées d’une même pièce. C’est peut-être un réconfort de savoir que nous faisons le même constat. Nous n’avons jamais été aussi lucides.

— Mais quand la question « À quoi rêvons-nous ? » sera posée, tu peux être certain que les réponses vont différer, dit Kissick. Nous avons beau vivre dans le même pays, nous ne faisons pas le même rêve.

— Tu fais exprès d’employer le mot « rêve » ? veut savoir Metzger. Tu veux dire « rêve » au sens de Martin Luther King ?

— C’est le genre de question qu’aurait posé ma femme, dit le juge. C’est une vraie Texane, qui te fait savoir ce qu’elle pense comme on sait le faire dans le Sud. Tu crois qu’elle dit une amabilité alors qu’elle est en train de te flinguer gentiment. C’est tout un art. Passé dix-huit heures, faut juste éviter de lui parler, sinon tu te fais éviscérer. Elle te nettoie un homme plus vite qu’un poissonnier.

— Je posais la question pour essayer de te comprendre un peu mieux, dit Metzger.

— Il est là-bas en fauteuil roulant, nom d’un chien, dit Bo.

— Qui ? demande Kissick.

— Dick Cheney, l’homme pour qui le Gros Bonnet en pince. Même Franklin Roosevelt évitait d’apparaître en fauteuil roulant.

Apparemment, Dick s'est fait mal au dos en portant des cartons l'autre jour.

— Ça arrive aux meilleurs d'entre nous ; rien d'émasculant là-dedans, dit le juge.

— Jusqu'où on va aller dans l'agressivité ? demande le toubib. Quand les choses seront lancées, est-ce qu'on se rendra compte qu'on est en guerre ?

— Doux Jésus, vous appelez ça une guerre ? demande Kissick.

— Comment tu veux l'appeler, un coup d'État ? demande Bo.

— Certains parleraient de trahison, suggère le juge.

— Et ils auraient tort, dit le Gros Bonnet. Il s'agit de mesures d'exception. Si nous n'empêchons pas le pays de partir à la dérive, il sera moins sûr, moins prospère et moins influent dans le monde. Il faut que nous restions une superpuissance économique et politique. Soyons clairs : nous protégeons et préservons la démocratie. C'est se foutre du monde que de faire comme si on n'avait jamais haussé le ton pour défendre la démocratie et c'est se foutre du monde que de prétendre que la vie est juste. La vie est injuste par nature. La démocratie est injuste. Les usines ne demandent pas aux ouvriers à quelle heure ils veulent prendre le travail, les banques ne demandent pas à leurs clients quel taux d'intérêt ils aimeraient. Toutes les opinions ne se valent pas. Ça ne devrait être un scoop pour personne.

— « Une renaissance de la liberté », c'est dans le discours de Gettysburg *, dit Bo. La bonne nouvelle, c'est que des trucs bizarres, ce pays en a connu. Quand ça va se reproduire, les gens vont trouver ça normal. Tout l'art consiste à redéfinir les contours de la normalité.

— Nous entrons dans la phase douce d'une campagne qui conduira l'Amérique à renouer avec ses racines et ranimera le rêve de nos aïeux, celui d'un pays où le labeur paie, où l'on chérit sa famille et son pays, dit Kissick.

— Joli, dit Metzger. Pour un peu, je t'embaucherais.

* Prononcé par Abraham Lincoln en novembre 1863 sur les lieux de la bataille la plus meurtrière de la guerre de Sécession, le discours de Gettysburg, qui invoque en dix phrases les valeurs des États-Unis, compte parmi les textes fondateurs du pays.

— Quelle est la probabilité qu'Obama soit réélu ? veut savoir le juge.

— Cette élection nous prouve une chose, c'est que nous n'exerçons pas le contrôle que nous pensions, dit le Gros Bonnet. Quand on regarde en arrière, il y a toujours une leçon à tirer. Mais quand on va de l'avant, il faut s'interroger sur sa capacité à définir l'avenir.

— « Je vous aime aussi. » C'est ce qu'Obama n'arrête pas de dire." Bo marque une pause et pique dans sa nourriture. "Faites-moi confiance, il y a des gens qui savent déjà si Obama fera deux mandats.

— C'est avec eux que je veux faire affaire, les gens qui savent, dit le juge.

— Ça dépendra en partie de la manière dont les choses évolueront, dit le Gros Bonnet. Je ne suis pas convaincu qu'Obama trouve beaucoup de soutien à la Chambre ou au Sénat.

— J'ai dîné la semaine dernière avec la Tortue, entre autres, et je peux vous confirmer qu'ils comptent les lui briser chaque fois qu'ils le pourront, dit le juge. Ce gars ressemble à un hibou ; vous savez qu'il a eu la polio à l'âge de deux ans ? Il est dénué de charme et barbant comme la pluie, mais c'est lui qui commande. Si on le croisait n'importe où dans le monde, on le prendrait pour un vieux papi grincheux. Mais à Washington, McConnell * est un homme dangereux, peut-être le plus dangereux de tous parce qu'il n'a qu'une obsession : le pouvoir.

— Est-ce qu'on va dire aux gens qu'il n'est pas d'ici ? veut savoir Metzger.

— Qu'est-ce que ça veut dire ? demande Kissick.

— L'Afrique, dit le juge.

— Contentons-nous de dire qu'il n'est pas né ici. Hawaï n'a pas toujours fait partie des États-Unis ; c'est un ajout tardif, dit Metzger. Et il est musulman.

— Vraiment ? demande Kissick.

— Il se présente comme chrétien, dit le toubib.

* Né en 1942, Mitch McConnell est sénateur du Kentucky depuis 1985 et chef du groupe républicain au Sénat depuis 2007.

— Son deuxième prénom, c'est Hussein, et les gens ont envie de croire qu'il n'est pas des nôtres. Ils ne veulent pas dire qu'ils sont racistes. Ça leur offre une couverture. Il n'est pas américain. Il représente une menace contre notre mode de vie, dit Metzger, se servant un autre verre de vin.

— En quoi ? demande Kissick.

— En tant que socialiste, dit le juge. Au Texas, on n'aime pas les socialistes.

— Vous savez que tout ça, c'est de la pure invention, dit Metzger. Les types comme moi, on passe notre temps dans notre sous-sol à fabriquer des rumeurs qui paraissent plausibles. Obama n'est ni plus ni moins américain que nous autres. Ah, oui, et Hillary Clinton est lesbienne.

— Tout le monde sait que c'est vrai, dit Bo.

— Vraiment ?" demande Kissick.

Bo intervient. "Ted Kennedy vient d'être évacué en raison d'une urgence médicale. Ils étaient en train de manger un ragoût de fruits de mer et un plat qu'ils appellent un « doublet d'oiseaux » – on croirait des trucs ramassés sur la route. C'est beaucoup, messieurs. Même pour le plus robuste d'entre nous, c'est beaucoup." Bo regarde les hommes. "Entre aujourd'hui et notre heure, bien des événements vont se produire, des forces vont surgir qu'il nous est impossible de prévoir, qui ne sont pas encore à l'horizon. C'est pour ça que nous avons ces conversations, c'est pour ça que nous devons nous entraîner. Nous devons nous préparer sur la base de ce que l'histoire nous a enseigné, de ce que notre époque nous apprend et de nos visions les plus profondes et les plus sombres de l'avenir.

— C'est toi qui parles ou l'écouteur ? demande Kissick.

— C'est moi, dit Bo. Je vous parle avec ma voix normale, pas ma voix d'écouteur." Il ferme les yeux, se rappelant ses paroles. "Ceux qui nous veulent du mal sont des scélérats ; leur esprit est plus noir que vous ne pouvez l'imaginer, alors si vous croyez qu'un événement ne peut jamais se produire, laissez-moi vous dire que non seulement il le peut, mais qu'il s'est probablement déjà produit et qu'on a fait en sorte de mettre ça sous le tapis...

— Dois-je m'en réjouir ? Des merdes arrivent ? Ne vaut-il pas mieux que je n'en sache rien ? demande Kissick.

— Quatre-vingt-dix-neuf virgule neuf pour cent des gens ne supportent pas la vérité. Ils paniquent. Ils pètent les plombs. Il n'y a rien de subtil là-dedans, dit Bo.

— Encore une bonne raison de cacher nos projets à quatre-vingt-dix-neuf virgule neuf pour cent des gens, dit le toubib.

— Je vais continuer à vous ramener à ce que j'ai préparé, dit Kissick. Il s'agit d'un projet de long terme pour que l'Amérique redevienne elle-même. Et nous aurons besoin d'axes de discussion clairs et concis." Le regard de Kissick passe de Bo à Metzger.

"Je suis vendeur, pas romancier, dit Metzger. Je pratique la forme brève. Formules chocs, haïkus. « McCain patine, / Choisit la *hockey mom* Palin : / Bonjour le spleen. » C'est un vrai haïku écrit par une certaine Chaunce Windle de South Bend, Indiana* ; je suis tombé dessus et il m'est resté gravé dans la tête.

— Nos communicants disposeront d'une panoplie de médias, journaux, radios, télés, dit Kissick. Vous pourrez toujours batifoler chez Foxy Rupert, mais l'info, la vraie, se fera sur des plateformes qui n'ont pas encore vu le jour.

— Tout juste, dit Metzger. Ce qui relevait de la science-fiction il y a vingt ans de ça est devenu réalité.

— Ce que j'aimerais savoir, c'est à quoi nous allons assister concrètement. Comment allons-nous mesurer notre efficacité, quels sont nos repères, nos marqueurs de réussite ? demande le juge.

— Merci pour cette question, dit Kissick. Pour reprendre là où j'en étais resté, le plan de déploiement comprend une période de troubles ainsi que de déstabilisations économiques, sociales et politiques, et l'effondrement naturel de réseaux de transport et de communication mal entretenus. Sous couvert de sécurité, on assistera à l'érosion des libertés publiques et à la montée de figures subversives extérieures à la classe politique.

— Je ne t'en aurais pas cru capable, dit Bo à Kissick. Ça me plaît. Ça me plaît beaucoup.

* Durant l'année électorale 2008, l'association politique progressiste People For the American Way organise un grand concours de haïkus politiques dont Chaunce Windle est la gagnante.

— Deux petites remarques, intervient Metzger. Vous vous souvenez peut-être que la Nouvelle Droite a rapidement pris de l'ampleur durant les années soixante-dix. Aujourd'hui, c'est la Vieille Droite fatiguée. Nous allons devoir ranimer leur flamme, sans oublier d'exploiter une résistance croissante : survivalistes, iconoclastes, autonomistes, complotistes et autres électrons libres. Nous allons les mobiliser et les faire progresser.

— Nous serons le lieu de convergence de tous les loups solitaires, la mare où ils viendront s'abreuver." Kissick jette sa tête en arrière et pousse un hurlement. "Désolé, je suis un peu bourré. Je ne bois vraiment jamais.

— Moins nous serons visibles, plus nous serons forts. Nous ne relierons pas les points avant que le moment soit venu d'appuyer sur le déclencheur, et alors le monde sera sidéré par notre puissance, dit le juge.

— Invisibles pour tous en dehors de notre cercle, dit Bo. La sécurité est cruciale.

— Écoutez-moi, je vais vous donner un vrai tuyau, dit Metzger. Pas seulement du blabla. Soyez attentifs. Deux mots qui changent la donne.

— Ah oui ?" demande Bo.

Metzger reprend comme s'il jouait aux charades. Il lève deux doigts. "Deux mots, dit-il, avant de marquer un temps d'arrêt. *Big data*.

— Ah, fait Kissick. Exactement.

— *Big data,* répète Metzger. Il se passe des choses que vous ne verrez jamais, une version moderne du contrôle des esprits. Vous ne verrez ni ne sentirez rien, mais il est déjà en train de découper ce pays en très fines coupes histologiques. Le *big data*, répète encore Metzger. Voilà, je viens de vous livrer la clé de tout. Nous sommes à deux doigts de disparaître, sur le point de devenir invisibles. Dans ce monde « nouveau », il y a des façons de communiquer plus efficaces que les pubs télé ou les encarts parfumés dans les magazines. L'ordinateur offre une expérience si personnalisée qu'il saura quel type de chaussures vous allez acheter avant même que vous sachiez qu'il vous en faut une nouvelle paire. Il saura ce que vous prendrez demain au petit-déj' avant même que vous ayez fini de déjeuner aujourd'hui. De superordinateurs amasseront, analyseront et vendront sur vous des informations d'une précision diabolique. C'est sur cette base que vous seront fournis vos actualités, votre nourriture, vos vêtements et votre sexualité. Ces données s'affineront, et bientôt, on ne vous servira plus que ce que vous avez indiqué aimer. Et vous ne vous rendrez compte de rien. Vous ne verrez que ce que vous avez envie de voir et penserez avoir une vision d'ensemble. Rien n'indiquera qu'il y a une autre version des choses, une opinion adverse. Vous penserez que ce que vous lisez est vrai. Vous penserez que vous allez mieux, que tout se présente bien, que les choses s'alignent parce que vous ne verrez pas plus loin que votre propre reflet." Il marque une pause et finit son vin. "Mais surtout, et c'est pour ça que je vous en parle, vous devez vous forcer à être plus attentifs. Vous pouvez penser prendre une décision, changer de chaîne de votre propre chef, mais il n'y a pas de libre arbitre. Vous penserez avoir le contrôle, mais partout où vous irez, le *big data* vous aura précédés. Ça va arriver ; c'est déjà en train d'arriver et vous ne mesurez pas l'ampleur du phénomène, personne ne la mesure à part quelques cols roulés de la Silicon Valley. Le temps que les gens comprennent, le monde sera tellement saturé de propagande que le jour où la Chine t'enverra une carte d'anniversaire, tu croiras qu'elle vient de ta maman. Et quand t'appelleras ta maman pour la remercier, elle te dira « Je t'en prie » et pensera qu'elle te l'a vraiment envoyée.

— Je viens de jouir dans mon froc, dit Bo.

— T'as pété, dit Kissick. Je le sens.

— Ça m'a fait du bien, en tout cas", dit Bo.

Eisner montre au Gros Bonnet une photo que Meghan a envoyée. De multiples paires de pieds, des chaussures bien cirées sur un sol de marbre. "Elle essaie d'être discrète."

Bo grogne et s'enfonce un peu plus l'écouteur dans l'oreille. "Maintenant, ils descendent Pennsylvania Avenue, deux cent cinquante chevaux, un orchestre de mariachis et tout le tralala.

— Ça fout les jetons, dit le Gros Bonnet.

— Je vais ajouter une petite cerise sur le gâteau, dit le toubib. La mémoire. Personne n'arrive à garder une pensée en tête. Il n'y a pas de mémoire, pas de contexte et pas d'histoire ; et vous voulez savoir pourquoi ?

— Oui, dit le Gros Bonnet.

— À cause des antidépresseurs. Dix pour cent de la population en prend, principalement des femmes, et l'un des effets secondaires est l'altération de la mémoire. Des millions d'autres sont accros aux opioïdes ; les gars qui fabriquent ces cachets se font des millions. Et le marché noir est tout aussi important. C'est un vrai problème de santé publique. Le troupeau se charge de son propre abattage sélectif.

— Pendant que vous êtes là à juter dans vos jeans, les autres sont à la Maison Blanche en train de configurer leur répondeur et de commander leur papier à en-tête. Messieurs, nous devons nous mettre au travail, dit le juge. Ce fut fort sympathique, mais je ne peux pas rester assis plus longtemps. Il faut que je bouge.

— Ce que vous verrez, ce seront des troubles, le chaos, un sentiment d'insûreté, dit Kissick.

— Ce mot n'existe pas, le corrige Metzger.

— De danger imminent." Le Général jette à Metzger un regard noir.

"Il y aura des explosions de violence qui, d'abord, paraîtront lointaines, mais qui, parce qu'elles seront relayées dans les médias et sur le web, en inciteront d'autres à descendre dans la rue. Il y aura des « châtiments » publics, comme quand les Pèlerins mettaient des hommes au pilori ; seulement, cette fois, la tape sur les doigts ressemblera davantage à un coup sur la tête, à un étranglement arrière qui vous coupe la respiration. Ils crieront au meurtre et descendront dans la rue. Il y aura des pillages. Le danger se rapprochera. Il instillera la peur. La peur elle-même est un bon moyen de contrôle ; elle engendre un sentiment de vulnérabilité et met à nu des zones sensibles. Ce qui débutera quelque part sur la côte ouest s'enflammera et se propagera jusqu'au centre du pays, à Phoenix, Chicago, Minneapolis. Puis le danger se rapprochera encore et nous nous servirons de cette peur. Il y aura un recul des libertés, un dépérissement des polices locales, la violence comme spectacle au mépris des droits constitutionnels. Quand ces événements commenceront à s'enchaîner, nous ne saurons pas que nous avons affaire là à ce dont nous rêvions. La situation paraîtra chaotique, prête à échapper à tout contrôle ; pour réussir, il nous faut parvenir à cette limite.

En plein chaos, nous aurons une ouverture, une opportunité, dit Kissick. La chose semblera naturelle, il y aura une demande de sécurité, de retour à nos valeurs fondamentales. Nous tiendrons le moment idéal. Ce que nous lançons aujourd'hui, c'est une lame de fond qui, lentement, va balayer le pays, passant inaperçue ou presque jusqu'au moment où la population américaine sera décimée, que ce soit sur le plan économique, physique ou spirituel. On ordonnera aux gens de rester chez eux, de ne pas se rassembler. On peinera à trouver le moindre consensus ; personne ne saura plus distinguer les faits de la fiction.

— Entre les épidémies, les déchets toxiques et la décentralisation du gouvernement, l'Amérique sera une zone morte. Les gens se mettront à cultiver leurs propres vivres à cause des pénuries et des contaminations, et nous en reviendrons à un système de troc. Beaucoup de gens seront sans emploi et sans argent, dit Frode.

— Le réseau routier sera si mal entretenu qu'on ne pourra plus traverser le pont pour aller chez mémé, dit Bo.

— On aura l'impression d'un enfer sur terre, dit le Général. D'être tombés entre les griffes de Béhémoth, d'un monstre à la fois physique et psychologique. Il y aura un tintement dans l'oreille américaine, un acouphène, une alarme qu'on ne pourra éteindre, une sonnerie qu'on ne pourra faire taire, un tintinnabulement qui résonnera à travers tout le pays.

— Notre économie sera scindée entre ceux qui ont toujours plus et ceux qui n'ont rien. Sur la scène internationale, la vision du pays sera brouillée. Nos alliés chercheront cette cité rayonnante sur la colline et ne verront que les ravages des feux de forêt, les inondations catastrophiques, la maladie, la mort. Ça leur semblera à la fois terrifiant et par trop familier, car une bonne partie de ces événements ne sera pas propre aux États-Unis. Le plan prévoit une version mondiale de ces désordres, dit Kissick.

— Comment allez-vous causer tous ces phénomènes que je qualifierais d'actes divins ? veut savoir le juge.

— Ça, c'est le plus facile ; on est déjà bien partis grâce au changement climatique, dit Bo.

— Partout dans le monde se développeront des réflexes tribaux ; les frontières s'ouvriront et se fermeront comme des accordéons cacophoniques, ce qui conduira à une confusion généralisée. Les citoyens moyens se replieront sur eux-mêmes, se divisant selon leurs revenus, leur race, leur religion, leurs préférences sexuelles. Fracturer fait partie du plan, dit Kissick. Du chaos naîtra l'opportunité, ainsi que la nostalgie de cette Amérique jadis connue et aimée.

— La grande expérience américaine en morceaux sur le sol, dit Metzger.

— Que disait Will Rogers de la démocratie, déjà ?" Bo marque une pause. "Qu'on n'en connaît aucune qui ne se soit pas suicidée.

— Nous ne sommes pas ici pour nous autodétruire, dit le Gros Bonnet. Au contraire. Nous sommes ici pour protéger et préserver.

— Comme on le dit dans mon métier, il faut parfois refracturer un os pour le réajuster. C'est ce que nous sommes en train de faire, dit Frode. Nous brisons l'échine de l'Amérique pour la redresser.

— Je suis fier d'être des vôtres, dit le juge.

— Mais qu'on ne les laisse pas dire qu'il s'agit du « dernier combat de l'homme blanc », dit Bo.

— Que Dieu me vienne en aide si ça mérite ce nom. Mais c'est un bon titre, tu devrais le garder pour tes Mémoires, dit le juge.

— Le quintuple jubilé des États-Unis tombe en 2026, dit le Gros Bonnet.

— Le quoi ? fait Bo.

— Le deux cent cinquantième anniversaire de la Déclaration d'indépendance, dit Kissick.

— Faisons-en notre pierre de touche, dit le Gros Bonnet.

— C'est dans dix-huit ans. Tu as dit que le déploiement prendrait douze à quinze ans, dit Eisner. Je serai vieux à ce moment-là.

— Tout le monde vieillit, Crayola ; c'est inévitable.

— Certains d'entre nous ne seront plus de ce monde, dit le juge.

— Tout prend plus de temps qu'on ne le pense, dit le Gros Bonnet. Le plan a besoin de mûrir.

— Je n'avais jamais pensé que je serais si vieux que ça, dit Eisner. Je serai déjà un pilier de l'association des retraités américains à ce moment-là.

— Ma benjamine finira ses études, dit Kissick.

— Meghan aura trente-six ans en 2026, dit le Gros Bonnet.

— C'est charmant que vos existences soient si planifiées, dit Bo. Manque de pot, la vie n'est pas toujours si ordonnée, y a parfois des changements de programme.

— 4 juillet 2026, dit le Général. Le rendez-vous est pris.

— Du chaos surgit l'opportunité. Quand le moment viendra, la chose paraîtra essentielle, urgente. Il sera évident que l'Amérique a besoin de restaurer son identité", dit Bo.

Le serveur apporte une énorme et magnifique omelette norvégienne ornée d'une énorme bougie magique et la pose devant le Général. Il inonde le plat de cognac et l'enflamme.

"Quand je suis allé à la cuisine, je leur ai dit que c'était votre anniversaire", chuchote Frode au Général.

Entre les étincelles de la bougie volcan et la meringue en feu, on croirait avoir la guerre d'Indépendance sur un plateau.

Les visages des hommes rayonnent sous l'effet des flammes et d'une certaine griserie.

"Les garçons aiment toujours la grosse bougie, dit le maître d'hôtel, venant à leur table. Je voulais faire quelque chose de spécial. Je suis si heureux de vous avoir parmi nous.

— *Merci beaucoup**", dit le Général.

Alors que les étincelles fusent en tous sens, l'un des serveurs accourt de l'autre bout de la salle, une coupe de glace à la vanille à la main, et en déverse le contenu sur la bougie, qui s'éteint dans un crépitement. Tout le monde rit.

"C'est pas drôle, dit le serveur. Vous pourriez mettre le feu à la baraque.

— Mais si, c'est drôle, dit le Général, servant de l'omelette norvégienne à tout le monde. C'est drôle comme tout, putain.

— Un dernier point pour aujourd'hui, dit le Gros Bonnet. Messieurs, ouvrez vos coffrets." Les hommes tâtonnent pour

* En français dans le texte.

ouvrir les écrins de velours noir. Ils poussent des "oh" et des "ah". Kissick se pique le doigt avec son insigne.

"Maintenant, princesse, tu vas dormir pendant très, très longtemps, lui dit Bo.

— Tu recommences, dit Kissick. Tu me fous les jetons. Pourquoi ? Pourquoi faut-il que tu fasses ça ?

— C'est tellement facile, dit Bo.

— Ce sont des insignes représentant qui nous sommes et ce que nous avons à cœur.

— Pourquoi y en a-t-il deux de plus que nécessaire ? demande Kissick.

— Brave petit, toujours en train de tout compter, dit le Gros Bonnet. Ceux qui restent sont pour Tony et un protagoniste dont le nom n'est pas encore connu."

Les hommes hochent tous la tête.

"Il y a autre chose, dit le Gros Bonnet.

— Évidemment, dit le juge, un salut secret, par exemple." Il est debout derrière sa chaise, en train de s'étirer les mollets.

"J'ai deux ou trois trucs à vous dire.

— J'écoute.

— Dans cette affaire, il y a un point de non-retour. Passé ce déjeuner, nous ne pouvons plus faire machine arrière. Nous pourrons échanger quelques mots en passant, mais nous ne fêterons pas Thanksgiving ensemble. Nous ne passerons pas d'appels tard le soir ; nous ne ferons pas de recherches sur internet ; nous ne laisserons aucune trace. Nous aurons un moyen de nous contacter les uns les autres. Il va être mis en place sous une quinzaine de jours, un contact, un homme en surface, dit le Gros Bonnet.

— Il me faut vos adresses, principales et secondaires, les numéros d'identification de vos véhicules, tout, dit Bo.

— Pourquoi ? demande le juge.

— Pour moi, dit Bo. En guise de cadeau de Noël tardif, je vais vous offrir des communications sécurisées et la formation nécessaire.

— Voilà qui conclut notre réunion. Je ne sais pas quand je vous reverrai, les uns et les autres. J'imagine que vous n'irez à aucun des bals de la soirée, dit le Gros Bonnet.

— Les seules valseuses que je compte effleurer, ce sont les miennes, dit Bo. Mais je serai à la prière du 5 février*.

— Moi aussi, dit le juge.

— Et moi donc, dit le toubib.

— Je ne manquerais ça pour rien au monde, dit le Général.

— On est en train d'appuyer sur le déclencheur ? demande le juge. L'heure du lancement est venue ?

— Affirmatif, dit Bo.

— Parés au décollage, dit le Général.

— Allons-y, dit Metzger. Mettons l'oiseau buveur en mouvement.

— On est prêts ? demande Eisner. Voici l'observation officielle du démarrage ; les lanceurs sont allumés.

— On est prêts, dit le Général.

— Le voyant est au vert, dit Kissick.

— L'agrément est donné, dit le Général.

— Opération autorisée, ajoute le toubib.

— Rendez-vous à Philadelphie en 2026", dit le Gros Bonnet. Quoi qu'il arrive, il aura le dernier mot.

"Nous avons décollé, dit Eisner tandis que les hommes se mettent debout et lèvent leur verre.

— Aux Hommes de toujours."

Le Gros Bonnet et Kissick sont les derniers à partir.

"Ça s'est bien passé. Le bouton a été enclenché. Le feu vert donné, dit Kissick alors que les deux hommes débattent sur le pourboire.

— Il y a des moments où il ne vaut pas la peine d'être pingre, dit le Gros Bonnet à Kissick.

— Et il y a des moments où en faire plus que nécessaire attire trop l'attention, dit Kissick, ôtant cinquante dollars de la table.

— Âme mesquine, dit le Gros Bonnet. Quelle que soit ta fortune, tu restes un indécrottable grippe-sou."

* Allusion au *National Prayer Breakfast* (petit-déjeuner national de prière), rassemblement annuel de membres de l'élite religieuse, politique et économique créé en 1953 par The Fellowship Foundation, un groupe d'influence protestant.

Kissick hausse les épaules. “Je suis comme je suis. Donc, dans le meilleur des cas, comment penses-tu que tout ça va se terminer ? demande Kissick au Gros Bonnet alors qu'ils quittent le restaurant.

— Ma fille sera présidente des États-Unis. Moi, je suis l'inventeur et elle, c'est la bombe.

— Ce n'est pas ce à quoi je m'attendais.

— Si j'étais prévisible, ce serait d'un ennui !”

TRADUCTIONS CITÉES

P. 9 : Thomas Wolfe, *L'Ange banni*, traduit de l'anglais par Michel Bandry, L'Âge d'Homme, Lausanne, 1985.
P. 9 : George Orwell, *Mil neuf cent quatre-vingt-quatre*, traduit de l'anglais par Philippe Jaworski, Gallimard, Paris, 2020.
P. 63 : Joan Didion, "La Femme au carnet de notes", traduit de l'anglais par Pierre Demarty, revue *Feuilleton*, n° 18, Éditions du Sous-Sol, automne 2016.
P. 157 : Tom Wolfe, *Le Bûcher des vanités*, traduit de l'anglais par Benjamin Legrand, Robert Laffont, Paris, 1999.
P. 379 : Haruki Murakami, *Kafka sur le rivage*, traduit du japonais par Corinne Atlan, Belfond, Paris, 2006.

OUVRAGE RÉALISÉ
PAR SOFT OFFICE À EYBENS
REPRODUIT ET ACHEVÉ D'IMPRIMER
EN AOÛT 2024
PAR NORMANDIE ROTO IMPRESSION S.A.S.
À LONRAI
POUR LE COMPTE DES ÉDITIONS ACTES SUD
LE MÉJAN
PLACE NINA-BERBEROVA
13200 ARLES

DÉPÔT LÉGAL
1re ÉDITION : OCTOBRE 2024
N° impr. : 2403215
(Imprimé en France)